KB123527

일제강점 초기
일본어 민간신문 문예물 번역집

3

부산 편(上)

일본학 총서 41
일제강점 초기 한반도 간행 일본어 민간신문의 문예물 연구 6

일제강점 초기
일본어 민간신문 문예물 번역집

3

부산 편(上)

고려대학교 글로벌일본연구원
일제강점 초기 한반도 간행 일본어 민간신문의 문예물 연구 사업팀

보고사
BOGOSA

간행사

　이 『일제강점 초기 일본어 민간신문 번역집』(전4권)은 1876년 강화도 조약 체결 이후부터 1920년 12월 31일까지 한반도에서 발행한 현재 실물이 확인되는 20종의 일본어 민간신문에 게재된 문예물 중 주요 작품을 선별하여 번역한 것이다. 이 번역집은 2016년부터 2019년까지 한국연구재단의 일반공동연구사업의 지원을 받아 수행한 연구 성과를 담은 결과물이다.

　강화도 조약 체결 이후 수많은 일본인들이 한반도로 건너와 이주하였고 그들은 정보 교환과 자신들의 권익 주장을 목적으로 한반도 내 개항 거류지를 비롯해서 각 지역에서 일본어 민간신문을 발행하였다. 이들 민간신문은 당국의 식민정책을 위에서 아래로 전달하기 위해서 발행한 『경성일보(京城日報)』나 『매일신보(每日申報)』와 같은 통감부나 조선총독부의 기관지와는 달리 실제 조선에서 생활하던 재조일본인들이 자신들의 필요에 의해서 창간한 신문들이었다. 예를 들어 조선총독부의 온건한 식민지 정책에 만족하지 못하여 강경파 정치단체의 도움을 받아 신문 창간에 이른 경우도 있으나 대부분 실업에 종사한 재조일본인들이 자신들의 정보 교환, 권인 주장, 오락 제공 등의 필요와 이익을 위해서 신문 창간에 이르렀다. 이렇듯 자신들의 권익을 위해서 창간된 일본어 민간신문은 재조일본인들의 정치·경제·문화 활동, 생활 상황, 일본 혹은 조선에 대한 그들의 인식을 여실히 보여주고 있고 지역 신문의 성격이 강했기 때문에 일본인을 중심으로 한 그 지역 사회의 동향을 살필 수 있는 중요한 자료라 할 수 있다.

　이렇듯 일제강점기에 한반도에서 발행된 일본어 민간신문은 식민지의 실상을 파악할 수 있는 중요한 사료라 할 수 있지만 신문들이 산재해 있고 보존 상태가 열악하여 연구 축적이 많이 이루어지지 않은 것이 실상이다. 또한 이들 민간신문에는 다양한 문예물이 다수 게재되어 있어 당시 한반도에 거주한 재조일본인들이 향유한 대중문화·문학에 관한 연구도 당연히 많지 않다. 일본어 민간신문에 게재된 문예물을 통해 한반도 내 일본어문학의 실상과 더불어 재조일본인의 의식, 나아가 식민지에서의 제국문학의 수용 양상을 파악할 수 있을 것이다.

이에 본 〈일제강점 초기 한반도 간행 일본어 민간신문의 문예물 연구〉 사업팀은 현존하는 일본어 민간신문의 조사, 발굴, 수집에 힘을 썼고, 이들 민간신문에 실린 문예물을 목록화하여 『일제강점 초기 일본어 민간신문 목록집』(전3권)을 작성하였다. 『일제강점 초기 일본어 민간신문 번역집』은 이 목록집에서 정리한 문예물 중 주요 작품을 선별하여 번역한 번역집이다. 번역 선별에 있어서 본 사업팀은 다음과 같은 기준을 세우고 작품을 선정하였다.

① 주요 작가의 미발견 작품

일본에서 기간(旣刊)된 작품의 재게재가 아니라 한반도에서 간행된 일본어 민간신문에 처음으로 작품이 게재된 주요 작가의 미발견 작품들을 선정하였다.

② 시대적 상황이 반영된 문예물

개화기 및 일제강점 초기는 러일전쟁, 한일병합, 제1차 세계대전 등 한반도를 비롯한 전 세계가 격동의 시대로 접어들던 무렵이었다. 『조선일보』의 경우 러일전쟁, 『경성신보』의 경우 한일병합, 『부산일보』의 경우 제1차 세계대전 등 이들 민간신문은 국내외 정세의 변화와 함께한 매체들이며, 자연히 문예물에도 이와 같은 시대적 배경은 뚜렷이 반영되고 있다. 본 번역집에서는 이처럼 게재/연재 당시의 사회적 분위기의 영향이 명확히 드러나는 작품을 선별하여 번역 소개함으로써 일제강점기 사회상을 파악하기 위한 자료로 제공하고자 하였다.

③ 독자 참여 문예

당시의 일본어 민간신문에는 다양한 문예란을 마련하여 독자들의 참여를 모집했다. 그 중에서도 특히 단카(短歌)나 하이쿠(俳句) 등의 고전 시가는 연일 투고작을 게재함과 더불어 신년 등 기념일에는 전국적으로 응모 행사를 개최하여 순위를 가렸다. 이처럼 신문 특유의 독자 참여 문예물은 해당 신문 독자층의 지역적 분포 양상을 파악하는 유일한 단서이자, 일본어신문 독자층의 대부분을 구성하고 있었던 재조일본인 사회의 시선이 직접적으로 드러나는 귀중한 자료라 할 수 있다.

④ 장르적 다양성

이 시기에 간행된 신문에는 일반적인 소설 문예 외에도 고금동서를 망라한 다양한 장르의 문예물이 게재되었다. 특히 일제강점 초기 간행된 신문 문예란의 대부분이 역사적 가나표기(歷史的仮名遣い)를 사용하는 데에다 그 해독에는 고전문법에 대한 기본적 소양이 요구되기 때문에 한국인 연구자들의 자료 접근이 용이하지 않을 뿐 아니라 현대 일본어에 익숙한 연구자들조차 접근이 어려운 실정이다. 특히 고단(講談)이나 단카, 하이쿠 같은 장르는 일본 고전에 대한 이해 없이는 연구는커녕 자료 번역조차도 곤란하다고 할 수 있으므로, 본 번역집에서는 최대한 다양한 장르의 문예물이 번역 소개되어 당시의 신문 독자들이 즐겼던 대중문예의 다양성을 가늠할 수 있도록 하였다.

⑤ 일본어 문예물의 유통 경로

한반도에서 간행된 일본어신문에는 내지 일본에서 기간(旣刊)된 문학이 재연재되거나 한국의 고전 소설, 혹은 서양 문학 등이 일본어로 번역되어 게재되는 등 당시 문학의 다양한 유통 경로를 보여주는 실례가 적지 않다. 본 번역집에서는 이처럼 양국 문예물의 유통 경로를 보여주는 작품을 선정하여 번역 소개하고자 하였다.

⑥ 각국의 번역 문학

일본 문학 장르, 일본인 작가의 창작물 외에도 「임경업전(林慶業の傳)」
등 조선의 위인을 소재로 하는 이야기나 「벌거벗은 임금님」 등 서구의
동화, 소설도 민간신문에 번역 연재되었다. 1905년 2월 14일에 게재된
「프랑스 기병의 꽃(佛蘭西騎兵の花)」이라는 표제의 작품도 코난 도일 원
작의 영국 소설 『제라르 준장의 회상(The Exploits of Brigadier Gerard)』을
번역 소개한 것으로 이러한 자료를 발굴, 소개하는 것은 재조일본인 미
디어 연구의 측면에서뿐만 아니라, 일본과 한국에서의 번역 문학 관련
연구에서도 중요한 의의를 가지고 있다고 판단하였다. 이에 본 번역집
에서는 일본어 민간신문에 게재된 일본어 번역소설을 한국어로 번역하
여 지금까지 한국어 신문이나 잡지를 주요 대상으로 삼았던 한국 근대
문학의 형성과 번역 연구 분야의 공백을 보완할 수 있을 것이라 기대하
여 선정하였다.

이 『일제강점 초기 일본어 민간신문 번역집』은 총 4권으로 구성하였고
지역별로 나누어 분권하였다. 제 1권은 경성에서 발행한 『대한일보(大
韓日報)』, 『대동신보(大東新報)』, 『경성신보(京城新報)』, 『경성약보(京城藥
報)』, 『용산일지출신문(龍山日之出新聞)』, 『법정신문(法廷新聞)』, 『경성일
일신문(京城日日新聞)』의 문예물을, 제 2권은 인천에서 발행한 『조선신
보(朝鮮新報)』, 『조선신문(朝鮮新聞)』, 『조선일일신문(朝鮮日日新聞)』의 문
예물과 대구에서 발행한 『조선(朝鮮)』과 평양에서 발행한 『평양신보(平
壤新報)』, 『평양일일신문(平壤日日新聞)』 그리고 신의주에서 발행한 『평
안일보(平安日報)』의 문예물을, 3권에서는 부산에서 발행한 『조선신보
(朝鮮新報)』와 『조선일보(朝鮮日報)』의 문예물을 4권에서는 3권에 이어
부산에서 발행한 『조선시보(朝鮮時報)』, 『부산일보(釜山日報)』의 문예물
을 번역 수록하였다. 또한 각 신문별로 가능한 다양한 장르의 문예물을
번역 수록하도록 하였다.

본 사업팀은 1920년 이전까지의 일본어 민간신문으로 번역 대상 시기를 한정하였는데 이는 기존의 식민지기 일본어문학 · 문화 연구의 시기적 불균형 현상을 보완하기 위해서 대상 시기를 일제강점 초기로 집중하였다. 2000년대 이후 한국에서는 일제강점기 재조일본인 연구 및 재조일본인 문학, 한국인 작가의 이중언어문학 작품의 발굴과 분석 등에 관한 연구가 활발히 이루어졌는데 이들 연구는 주로 총독부가 통치정책을 문화정책으로 전환하여 조선 내 언론 · 문화 · 문학 등이 다양한 양상을 보이기 시작한 1920년대 이후, 또는 중일전쟁 이후 국민문학, 친일문학이 문학과 문화계를 점철한 1937년 이후부터 해방 이전까지의 연구들이 주를 이루고 있다. 때문에 상대적으로 강화도 조약 이후부터 1920년까지 한반도 내 일본어문학 · 문화에 대한 연구는 많지 않으며, 또한 일제강점기 초기의 일본어 문학 · 문화 연구의 경우도 단행본, 잡지 혹은 총독부 기관지 연구에 편중되어 있다. 따라서 이 번역집 간행을 통해 현재 특정 매체와 시기에 집중되어 있는 식민지 일본어문학 · 문화 연구의 불균형 현상을 해소하는데 일조할 수 있을 것이라 기대하고 있다. 나아가 기존의 '한국문학 · 문화사', '일본문학 · 문화사'의 사각지대에 있던 일제강점기 일본어문학 연구의 공백을 채우고 불균형한 연구 동향을 보완할 수 있기를 바란다.

마지막으로 이 『일제강점 초기 일본어 민간신문 번역집』이 간행될 수 있도록 지원해 준 한국연구재단의 일반공동연구지원사업단에 감사의 뜻을 전한다. 그리고 본 사업팀이 무사히 연구를 수행할 수 있도록 많은 편의를 봐주신 고려대학교 글로벌일본연구원의 서승원 전 원장님과 정병호 원장님께 감사의 말씀을 전한다. 그리고 한 글자 한 글자 판독하기 어려운 옛 신문을 상대로 사업기간 내내 고군분투하며 애써주신 본 연구팀의 이현희, 김보현, 이윤지, 김인아 연구교수님들, 많은 힘이 되어주시고 사업 수행을 끝까지 함께 해주신 김효순, 이승신 공동연구원 선생님들, 그리고 번역을 함께해주신 김계자, 이민희, 송호빈 선생님, 판독이 어려운 글자를 한 글자 한 글자 같이 읽어 준 연구보조원 소리마치 마스미 씨에게도 진심으로 감사의 뜻을 표하고 싶다. 그리고 이 번역집 간행을 맡아 주신 보고사와 꼼꼼하게 편집해주신 박현정 부장님과 황효은 과장님께도 감사의 말씀을 전하는 바이다.

2020년 4월

유재진

일러두기

1. 일본의 인명, 지명 등의 고유명사 표기는 기본적으로 국립국어원의 외래어 표기 법을 따른다.

2. 본문 내의 서명 및 신문, 잡지명 등은 『 』, 기사나 평론, 수필, 시가 등의 제목은 「 」, 강조 혹은 인용문의 경우 ' ' 기호로 구분했으나, 문맥상 원문의 표기를 준수한 경우도 있다.

3. 판독이 불가능한 글자의 경우 □로 표시하였고, 문장의 경우 (이하 X행 판독 불가)로 표기하였다. 문맥이나 문장상으로 파악할 수 있는 경우도 있었으나, 가능한 한 억측이나 추측을 피하고자 하였다.

4. 일본 고유의 정형시[단카(短歌), 하이쿠(俳句) 등]의 경우 되도록 그 정형률 (5·7·5·7·7조나 5·7·5조 등)에 맞추어 해석하였다.

5. 본서의 모든 각주는 각 역자에 의한 것으로, 원저자에 의한 주는 본문 내에 병기하였다.

6. 원문의 오탈자의 경우 역자 임의로 수정, 보완하였으며, 부가적으로 해설이 필요한 경우 각주로 명기하였다.

7. 본문에 사용된 강조점은 모두 세로쓰기 원문의 방점을 그대로 옮긴 것이다.

8. 이하 국내 미소장 신문 자료의 경우 명시된 일본 도서관에 소장된 자료를 저본으로 사용하였음을 밝힌다.
   ① 도쿄 대학 대학원 법학정치학연구과부속 근대일본법정사료센터 메이지 신문 잡지 문고 원자료부(東京大学大学院 法学政治学研究科附属 近代日本法政史料センター 明治新聞雑誌文庫 原資料部) 소장 자료
      · 경성 지역-『대한일보(大韓日報)』, 『대동신보(大東新報)』, 『용산일지출신문 (龍山日之出新聞)』, 『법정신문(法政新聞)』
      · 인천 지역-『조선일일신문(朝鮮日日新聞)』
      · 평양 지역-『평양신보(平壤新報)』, 『평양일일신문(平壤日日新聞)』
   ② 일본 국립국회도서관(国立国会図書館) 소장 자료
      · 대구 지역-『조선(朝鮮)』
      · 신의주 지역-『평안일보(平安日報)』

차 례

조선신보
朝鮮新報

잡보(雜報)

○편자가 말하기를 조선 열사 임경업의 수많은 공적은 이미 많은 이들이 알고 있다. 이는 모두 같은 나라의 학자 금화산인(金華山人)이 순서에 따라 편집하였고, 우리나라의 번역관인 호사코 시게카쓰(寶迫繁勝)군이 열사의 공적을 기리고 번역하였다. 평소 이와 관련하여 조사해보니, 실로 열사가 간난신고(艱難辛苦)하여 읽는 자들에게 책임을 다하는 마음과 조선 내지의 사정을 잘 아는 것에 이바지하리라는 마음으로 일부러 원고를 부탁하여 본지 매호 잡보란에 계속해서 게재하여 독자들에게 소개하고자 한다는 등 운운.

(1882년 4월 5일)

[이현희 역]

조선 임경업전(朝鮮 林慶業傳)

조선국 금화산인(金華山人) 원저
일본국 로쇼켄슈진(鷺松軒主人) 역술

제1회

옛날 대명(大明) 숭정(崇禎) 말기 조선국 충청도 달천이라는 곳에 성은 임(林)이요 이름은 봉악(鳳岳)이라는 자가 있었으니, 그 집안은 가난하여 가까운 바닷가의 염전에서 일했으며, 아침저녁으로 연기가 올라오는 동안 세월은 흘러 봉악이 약 스무 살의 봄을 맞이하게 되었다. 성격이 총명하고 태어날 때부터 여린 마음을 가지고 있어 기특하게도 부모의 가난을 걱정하여 어느 날 부모에게 말하기를, 소자도 어느덧 스물을 맞이하는 봄이 되옵니다. 어떤 일이라도 힘을 주시는 엄격하신 아버님과 자혜로우신 어머님의 가르침에 커다란 은혜를 갚고자, 아직 어리지만, 이 마을 이상현(李祥賢)의 집에 고용되었으니 안심하옵소서. 이렇게 말하자 부모는 눈물을 머금고, 그래 너의 결심에 감동했구나, 그에게서 많은 일을 배우면 좋을 테니 내일부터 이상현의 집으로 가거라. 그 어떤 문제도 일으키지 말고 성실히 일하거라.

한편 이상현이라는 자는 서적을 파는 업을 하는 자로, □ 중의 □의 수리나, 그 자신도 독서에 능해 열성적인 독서가였으며, 그 집안은 번영하였다. 자선을 베푸는 성격을 가진 사람이라 신참인 봉악을 제 아들처럼 아끼고 밤에는 독서, 낮에도 집안일이 없을 때마다 공부하게 하였다. 그 외에도 정성스럽게 여러 가지의 일을 가르쳤다. 태생이 민첩하고 싫증을 내거나 게으르지 않았으며, 실로 서필(書筆)에 뛰어나서 고참 위에 오르는 몸이 되었다. 명성을 얻었을 즈음에는 공부에 실로 재주가 있는 사람으로 촉망을 받았다. 그러자 그 집의 고용인들은 신참인 봉악이 고참보다 위에 있는 것을 시기하여 그를 무시하였고 어떻게든 실수하게 하여 모함하였으며 집안에서 내쫓고자는 비열한 마음으로 여러 가지 좋지 않은 계략을 세웠으니, 대들지 않는 봉학의 서글서글한 마음에도 이를 불명예스러워했다. 그러더니 어느샌가 친구 같았던 풍랑도 불지 않게 되었다. 세월은 화살과 같이 빨랐고, 멈추지 않는 팽이처럼 돌고 돌아 10년이라는 세월이 흘렀다. (이하 다음 호)

(1882년 4월 5일)

제2회

봉악도 어엿한 장년이 되었고, 이상현의 집 안에서 긴 세월 열심히 일하는 사이, 그의 공적이 드러나서 그 이름은 사방으로 퍼져 예사롭지 않은 학자가 되었다. 그러자 결국 조정에까지 소문이 나서 한성 한림학교의 교사(訓導)로 임명이 되었으니 주인인 상현의 기쁨은 이루 말할 수 없었으며, 마치 자신의 아이가 출세한 것처럼 길일을 잡아 술과 안주를 준비하여 여가의 자리를 마련하고는 정성 들여 축하하여 주었으니, 봉악 또한 기쁨의 눈물을 흘리며 긴 세월 깊은 은혜에 감사하다는 인사를 하였다. 집으로 돌아가니 이웃 사람은 이별의 술을 마시며 봉악의 공부를 칭찬하였고 그가 떠나는 길을 배웅하였다. 이윽고 봉악은 한양에 도착하였고 이런저런 노력으로 한림학교의 교사가 되었다. 봉악은 학생들을 가르칠 때도 이전 자신이 상현에게 깊은 은혜를 입고 출세한 것을 한순간도 잊지 않겠다고 마음먹었으며, 정성스럽게 학생들을 가르치니 점점 평판이 좋아져서 한양 구석에서도 사람들이 찾아오는 학자가 되었다.

이 이야기는 달리하기로 하고, 한양 안에 사는 전 한림원 시강(侍講) 학사인 김유덕(金有德)이라는 자가 있었는데, 그에게는 두 명의 자녀가 있었으니, 큰 아이는 남자, 작은 아이는 여자였다. 그 소녀는 매화소녀(梅少女)로 불렸는데, 그 용모가 꽃에 비교할 바 없는 아름다운 소녀에다가 특히나 지혜가 있는 자한테 소중하게 자랐으니, 열여섯이 되는 해 꽃과 같은 매화의 웃는 모습에 어딘가에서 날아온 쓸데없이 두견새가 속삭이기 전에 좋은 신랑감을 찾아야겠다고 부모가 생각하였는데, 때마침 봉악이라는 자의 평판을 듣게 되자 신랑으로 삼고자 마음먹었으니, 다행히도 좋은 중매자가 나타나서 훈훈하게 혼담이 오갔으며, 길일을 맞이하여 축언의 식을 올렸다. 일가 화목하게 지내는 사이 세월이 흘러 다음 해 신축(辛丑)년 가을 봉악 부부 사이에 남자아이가 태어났다. 이 아이가 후에 그 이름도 빛나는 경업(慶業)이었으니. 그 후 세월이 흘러 봉악은 두 명의 아들과 한 명의 딸을 얻었다.

한편 봉악이라는 사람은 드디어 의정부의 이정의(李廷議)라는 사람의 귀에까지 들어가 상서시랑(尙書侍郎)이라는 관직과 함께 정4품에 임용되었다. 임금을 알현한 뒤 궐 밖을 나서는데, 봉학은 사화(賜花)[1]를 늘어트리고 가마를 탔으며 오른편과 왼편에는 대악(大樂)과 소악(小樂)의 속인과 꽃으로 장식한 모자를 쓴 동자가 옆을 따르고 있었고 하졸 또한 가마의 앞뒤로 따르고 있었다. 주변을 물리면서 문을 나올 때쯤, 기다리다 지친 수많은 제자가 선두가 보이자마자 먼저 앞서가려고 경쟁을 하였고, 그는 임시 거처로 이동하였다. 시랑은 고향을 떠나 3년이 되어 이처럼 훌륭한 사람이 되었고, 시간이 흐르고 별이 바뀌는 사이, 그를 아꼈던 상현은 자비로운 사람에게는 어울리지 않게 부인과 자녀와 사별하여 지금은 혼자 몸으로 가난한 사람이 되어 있었다. 명망이 높은 학자가 어느새 아무도 찾아주지 않는 사람이 되어 버렸던 것이다. 그야말로 세상 사람들이 말하는 천리마도 마르면 느린 말에게

---

1) 문, 무과의 급제자에게 국왕이 하사하던 꽃.

진다는 가장 가련한 이야기였으니. (이하 다음 호)

(1882년 4월 15일)

○임경업전(林慶業傳) (전전호의 계속)

한편 상현은 무엇 하나 손에 쥘 업도 빈약하였고 또한 몸도 둔해지고 언변도 떨어져서 사람들의 동정을 사게 되었다. 가마꾼으로까지 영락하여 한양 주변을 어슬렁거리며 적은 임금에 겨우겨우 하루를 살았다. 아스카(飛鳥) 강물의 흐름처럼 사람의 인생은 정해진 바가 없으니. 여하튼 나라를 묻지 않아도 세상의 백성들은 귀천존비(貴賤尊卑)의 차이가 있고, 귀한 사람은 평탄한 길도 가마를 탔으며, 천한 사람은 그냥 걸어도 힘든 울퉁불퉁한 계곡과 언덕을 오르기 위해 가마를 메었으니, 좋고 나쁨에도 존비(尊卑)가 서로 달랐으며 더구나 그사이에는 차이가 있었다. 조선국의 법도에서는 아무리 부귀한 사람이라도 그 사람이 관사가 아니라면 가마를 타고 가는 길에 관사를 만나면 가마에서 내리는 관습이 있었는데, 실로 불편한 일이 아닐 수 없다. 어느 날 한양에서 한 양반이 많은 하복을 데리고 길 앞을 물리고 있었다. 이것은 조선의 풍습으로 양반을 따르는 자는 하복까지 호랑이처럼 무서웠으며, 백성을 벌레처럼 경시하면서 무시했고, 뇌물까지 받는 나쁜 풍습이 있었다.

마침 저편에서 가마를 타고 오는 사람이 있었으니, 하졸은 그 가마를 탄 사람이 마을 사람이라는 것을 잘 알고 있었다. 속으로 계략을 세우고 소리 높여 그 가마에서 내리지 않는 것을 엄하게 꾸짖고 가마를 들어 보니 이름 있는 유복자 은거하고 있었다. 나이가 여든이 넘었고, 귀도 들리지 않고 눈도 보이지 않는 노인이었다. 하졸들은 재미있게 되었다면서 장난스러운 마음을 감추고 더욱 큰 소리로 꾸짖기 시작했는데, 시량은 무슨 일인지 싶어서 가마의 발을 올려서 이를 바라보았다. 무슨 생각이지 갑자기 가마에 내려서 하졸을 제지하고 관복을 벗고 평복으로 갈아입고는 친절하게 가마꾼 앞에 서서 아주 예의 바르게 손을 붙잡고 세 번 절을 했다. 그 모습이 너무나 이상하여 하졸들은 입을 다물었고 백성들은 잠시 멍하니 바라보고 있었다. (이하 다음 호)

(1882년 5월 5일)

○임경업전(林慶業傳) (전전호의 계속)

한편 양반이 온화하게 말을 하였는데, 그 가마꾼은 이런 일까지 당하다니, 정말 내가 영락했구나! 중얼거렸으며, 양반은 온화하게 하졸이 이런 무례한 짓을 한 점 부디 용서를 구한다는 말을 하였으나 수상쩍게 여겼다. 지금은 출세를 했지만 소생은 태어날 때부터 천한 신분의 하인이었으며, 몰락해서 어쩔 수 없이 가마꾼으로 가마를 매는 것을 영락했다고 하시는 거라면, 어찌 되었든 간에 소생이 무례하였던 것을 사죄하니 용서해주신다면 큰 은혜로 삼겠나이다. 이렇게 말하고 양반이 더욱 허리를 굽히니 수상쩍던 마음은 사라졌다. 지금 말씀드리는 소생은 어르신에게 깊은 은혜를 입고 한 사람의 몫을 하게 된 봉악이옵니다. 수많은 사람의 시중을 받고 그 어떠한 불편함도 없는 것은 어르신 덕분입니다. 잠을 잘 때도 깨어있을 때도, 잠시 쉴 때도 한시도 잊지 않았사옵니다. 어찌 되었든 공무를 처리하느라 소원했던 저의 죄를 용서하옵소서. 이 사죄의 말에 갑자기 생각난 가마꾼은 봉악아, 오랜만이구나. 지금 나의 비참한 모습이 부끄럽고, 나오는 것은 눈물뿐이구나. 봉악아, 앞으로도 더욱 예의를 차려 한 치도 주제넘은 일을 하지 말거라, 세상사 덧없는 것, 세상에 다가가거라. 조가(朝歌)의 시장에서 소를 잡는 여망(呂望)은 장군이 되었고, 무용(武勇)과 강의(剛毅)한 항왕(項王)도 냐오강(烏江)에서 목숨을 잃었다. 세상의 선례는 무수히 많으니라. 어르신의 영락함이 한탄스럽고 소생이 옷을 갈아입고 그들과 이야기를 하겠다고 하니 기쁘지만 슬펐으며 그리고 부끄러운 마음에 상현은 아무 말도 하지 못한 채 눈물만 흘리고 있었다. 겨우 해결이 되어 하졸들을 데리고 상현을 자신의 집으로 데리고 갔다.

　백성들이 많이 사는 한양이라 천태만상의 소문이 퍼져갔으며, 헐뜯는 사람도 있으면 칭찬하는 사람도 있었다. 소문은 커져만 갔고 봉악은 은인을 자신의 집으로 데리고 가 진심으로 부모처럼 존경하고 모셨다고 하니 만나기만 하면 그 누구라도 봉악의 이야기를 하지 않는 자가 없었고, 은혜를 갚은 일은 어느새 임금의 귀에까지 도달하였다. 어느 날 봉악을 어전으로 불러 이상현과의 이야기를 듣고는 임금은 감동하여 말하기를 더욱이 봉악이 상현을 만났을 때 관복을 벗고 뵈었다는 것이 참으로 기쁘구나, 실로 자네가 충신 중의 충신이로다. 의사(義士)로다, 하였고 바로 말하기를 관을 예조참판으로 올리고 지위를 정3품으로 하라, 봉악은 눈물을 흘리면서 감동했으며 세 번 절하고도 멈추지 않고 임금께 성은이 망극하옵니다, 라고 고하였다. (이하 다음 호)

　　　　　　　　　　　　　　　　　　　　(1882년 5월 15일)

　　　　　　　　　　　　　　　　　　　　　　[이현희 역]

조선시보
朝鮮時報

봄 바다(春海)

양산(梁山) 기타무라 뎃세키(北村鐵石)

春波演漾鏡中天　봄 물결 넘실대고 거울처럼 맑은 하늘
槿域繁華釜邑邊　조선의 번화한 부산 옆 마을
滊艦滊車齊到泊　증기선과 기관차 나란히 머무를 때
晨時浮在一空烱　온 하늘에 새벽동이 밝게 터온다

(1915년 2월 14일)

유선시초(遊鮮詩草)

촉석루(矗石樓)

오쿠다 고운(奧田耕雲)

危欄百尺枕江流　백 척 높은 난간이 강물을 마주한 곳
謂是晉陽矗石樓　이곳이 곧 진양(晉陽)의 촉석루(矗石樓)라네
八道雲山歸冷眼　팔도(八道)의 운산(雲山)은 냉안(冷眼)으로 돌리고
三韓景物射吟句　삼한(三韓)의 경물(景物)은 음시(吟詩)로 날린다
迷離分紛繁華夢　어지러이 뒤섞인 번화(繁華)한 꿈결 속에
落魄詞人汗漫遊　영락한 문인들이 한만(汗漫)히 노니는 곳
休把興亡催感淚　흥망성쇠 가지고서 눈물 재촉 말게나
茫茫天地一浮謳　망망한 천지가 한 자락 부질없는 노래인 것을

(1915년 2월 18일)

경주 잡시(慶州雜詩)

오쿠다 고운(奧田耕雲)

신라 옛터(新羅舊址)

廢墟殘壘舊新羅	폐허에 남은 보루는 신라의 자취
蒼莽風雲感慨多	푸른 들판 풍운(風雲)에 감개도 많다
放眼鳳凰臺上望	저 멀리 봉황대 위 올려보노라니
天來王氣滿山河	하늘이 내린 왕기(王氣)가 산하에 가득하다

첨성대(瞻星臺)

當年學問入幽玄	그 시대 학문은 어둠 속에 들어가고
文物於今惜不傳	문물은 오늘날에 전하지 않네
天老地荒空萬古	그 옛날 일들도 만고에 헛되이
瞻星臺畔草芊芊	첨성대 곁에는 들풀만 우거져

경주 유감(慶州有感)

山色四圍古慶州	산빛에 둘러싸인 그 옛날 경주 땅
樓臺寺觀跡空留	누대며 사찰 도관(道觀) 부질없는 자취뿐
曾將文物比羅馬	일찍이 문물로 로마(Roma)와 견주었건만
今日與之風馬牛	오늘날은 아무런 관계없는 일

(1915년 3월 27일)

【시보 시단(時報詩壇)】

종군을 전송하며(送從軍)

구포(龜浦) 구니미쓰세이(國光生)

赳赳武夫送遠征　헌걸찬 장병들 원정길을 전송하니
錦旗飜處皇軍城　비단 깃발 휘날리는 곳이 황군의 옹성
蠻烟瘴霧東亞地　오랑캐 독기 서린 동아(東亞)의 땅에
橫檢沙場□月朋　모래벌판 칼 비껴 차고 달과 벗하리

(1918년 8월 19일)

고노미(許斐) 대위를 애도하다(悼許斐大尉)

구포(龜浦) 구니미쓰세이(國光生)

提軍出入死生間　군대를 이끌고 생사 간을 출입하다
萬里遠征遂不還　일만 리 원정 끝내 돌아오지 못했네
史上□留忠義蹟　충의의 자취는 떳떳이 역사에 남고
功名千古赫如山　공명은 천고에 산처럼 빛나리

(1918년 9월 3일)

【시보 시단(時報詩壇)】

러시아 정벌 노래(征露詞)

구포(龜浦) 구니미쓰세이(國光生)

懸軍長驅滿洲邊　만주 변방 적진 속 깊이 달려 들어가
迫擊挺身勢衝天　선봉에서 몰아치는 그 기세 하늘을 찔렀네
大谷將軍意氣壯　오타니(大谷) 장군의 씩씩한 기상

旭旗向處更無前　　욱일기 나아간 곳 또한 미증유의 일

무오년(戊午年) 천장절(天長節)을 축하하며
(祝戊午之天長節)

구포(龜浦) 구니미쓰세이(國光生)

嗚呼! 普天之下, 率土之濱, 旭旗之翻處, 鐘鼓之聲, 管龠之音, 翕々
繹々, 相知相唱以祝焉. 天長地久, 聖壽萬歲寶祚永々, 天壤無窮. 嘻,
樂哉! 謹而頌矣.

아! 하늘 아래 모든 국토, 욱일기 날리는 곳에 쇠북소리 피리소리
성대하고 조화롭게 울리며 임금님 생신을 축하드리네. 우리 임금 장수
(長壽)하시고 황조(皇朝)는 길이길이 천지처럼 무궁하리. 아 기쁘도다!
삼가 시를 짓는다.

登極以來旣七年　　등극하시고 벌써 일곱 해
天長佳節玆開延　　천황 폐하 탄신 맞아 잔치가 열렸네
微臣何幸逢聖世　　못난 신하 무슨 행운으로 성세(聖世)를 만났나
寶祚無窮萬古傳　　우리 황조(皇朝) 무궁토록 만고(萬古)에 전하리

(1918년 9월 6일)

[송호빈 역]

봄의 추억(春の思ひ出て)

고가 사다오(古閑貞雄)

온통 쌀쌀한 덧없는 세상 거리 한밤중의 꿈
冴渡る浮世小路の夜半の夢

벽 건너편도 담소 나누는 소리 봄의 초저녁
壁越にも笑ひ話すや春の宵

조선에 에도 소문이 들려오는 봄의 해 질 녘
朝鮮に江戸の噂さ春の暮

기원절[1] 매화 핀 한 마을의 아침 햇살아
紀元節梅一村の旭かな

(1915년 2월 3일)

로게쓰긴샤-교토 에니시 하쿠규 선생 선
(弄月吟社-京都 江西白牛先生選)

시코(史好)

만조 바람에 향기 감도는구나 매화나무 꽃
滿汐の風に匂ふや梅の花

---

1) 일본의 건국기념일.

기초(起蝶)

새의 둥지에 연이 걸리어 있는 고개로구나

鳥の巣に凧かかりいる峠かな

(1915년 2월 16일)

선자음(選者吟)

하쿠규(白牛)

얇게 깔린 눈 화분에 심어 있는 월계수

淡雪や鉢に植へたる月桂樹

(1915년 2월 16일)

우암동 음사 구집(牛岩洞吟社句集)
두건(頭巾)

난운(南雲)

첫 손자에게 털실로 짠 귀여운 두건이로다

初孫に可愛き毛糸頭巾哉

고오(後翁)

두건이라도 뒤집어쓰고 가는 이 추위여라

頭巾でも被つて行ふ此寒さ

(1915년 2월 23일)

우이동 음사 구집/주제 「연말」
(牛岩洞吟社句集/題 「年の暮」)

쇼아(笑蛙)

외상값 받는 이가 저금 권하는 한 해 끝 무렵
掛乞の貯金すすめる年の暮

가쇼(佳祥)

연말 별장을 지키는 이 초저녁 잠이로구나
年の暮別莊守の宵寢哉

호세이(芳聲)

한 해 동안의 아쉬움을 남기는 연말이구나
一年の名殘をのこす年の暮

(1915년 3월 4일)

로게쓰긴샤 구집-모리 무코 선생 선
(弄月吟社句集-森無黃先生選)

슌포(春浦)

만조에 몸을 일으키고 있구나 임신한 사슴
滿汐に身を起こしけり孕鹿

데루조(てる女)

해당화 꽂아 가벼운 고민으로 두통 고환을
海棠や輕きなやみに頭痛膏

슌포(春浦)

아지랑이여 우물에서 퍼내는 다양한 흙색

陽炎や井戶掘り上ぐる土色々

선자음(選者吟)

무코(無黃)

백주 선전을 하는 간판 그림의 꽃 새빨갛네

白酒の看板の繪や花紅く

(1915년 3월 26일)

경주 야요이카이(慶州彌生會)
어린 풀(若草)

료슈(陵守)

어린 풀이여 오래된 도읍에 남은 성의 흔적

若草や古き都の城の跡

어린 풀이여 찾아오는 이 없는 신라왕의 능

若草や訪ふ人もなき羅王の陵

(경북판, 1915년 3월 26일)

도에이샤 구집/여름 소나기(塔影社句集/夕立)

구부쓰(愚佛)

여름 소나기 생각지 않은 이를 방문하였네
夕立や思はぬ人を訪ねける

잇파쿠(一白)

여름 소나기 저쪽 마을은 좋은 날씨로구나
夕立や彼方の村は天氣なり

헤키운(碧雲)

여름 소나기 마부 처마 아래에 오래 머무네
夕立や馬子軒下に立つ永し

게이세쓰(景雪)

행각승 뛰어들어오는 신사여 여름 소나기에
旅僧の驅け込む社夕立に

(1915년 8월 10일)

후도카이 쓰키나미 하이쿠(不倒會月竝俳句)
주제 나루코, 잠자리, 벼 억새/이백십일/마쓰미네 선생 선
(題 鳴子、蜻蛉、穗芒/二百十日/松峰先生選)

이십내(二十內)

기무라(樹村)

인공연못에 꼬리 적시고 가는 잠자리구나
溜池に尾をつけて行く蜻蛉かな

도무라(都村)

해질녘 되어 처마 아래 모이는 빨간 잠자리
夕暮れや軒端に集まふ赤蜻蛉

기무라(樹村)

억새 핀 들판 해 저물어 쓸쓸한 여행길이여
芒野に暮て淋しき旅路かな

덴가이(天外)

사람과 친한 사슴 살 올라 있는 신사 앞
人馴れて鹿の肥たる社頭哉

천(天)

로스이(呂水)

억새 그늘서 휴식 취하고 있는 조그마한 배
穂芒のかげに憩へる小舟かな

지(地)

아래로 처진 구름 기이한 입춘 210일째
雲脚のおかしき二百十日かな

인(人)

덴가이(天外)

잠자리 다시 날아 올라보아도 원래의 말뚝
蜻蛉の飛び直しても元の杭

(1915년 9월 9일)

조진카이 추계 칠제-요시노 사에몬 선생 선
(超塵會秋季七題/吉野左衛門先生選)

유메사오(夢里)

역병이 도는 요맘때 섬의 남은 여름 더위여
疫流行此頃島の殘暑哉

하늘색 짙고 은하수는 그저 흐르고 있네
空深く天の川只流れけり

가슈(可秀)

나뭇잎 하나 떨어져 작은 사당 맞히었구나
一葉落て小き祠に當りけり

호스이(寶水)

오동잎 하나 삿갓으로 쓰고서 가는 아이여
桐一葉笠にして行く子供哉

(1915년 9월 17일)

엔슈안 관월 석상 하이쿠-쇼카도 사유 선/추계 혼제
(遠舟庵觀月席上俳句-省花堂茶遊選/秋季混題)

잇쿄(一擧)

오는 가을을 알리고 있는 이슬 내리는 밤길
立秋や知らるる露の夜道哉

잇쇼(一笑)

푸른 이끼가 자라나는 수전의 허수아비여
靑苔の生る水田の案山子哉

야마가스미(山霞)

심야 조용히 들리는 멀리서의 다듬이질 소리
夜の更けて靜かに聞や遠砧

리스이(利水)

그저 혼자서 조용히 달 뜬 밤을 새우고 있네
只一人靜かに月の夜を更す

(1915년 9월 26일)

도에이샤 구집(통영) (塔影社句集(統營))

추풍령(秋風嶺)

도강 금지의 쓰러진 나무 계속 우는 까마귀
川止の倒れ樹に啼き暮らす鴉

세이가쿠(整岳)

도강 금지에 비까지 더해지고 날은 저무네
川止に雨又加ふ行き暮れて

(1916년 7월 15일)

구포 깃코카이 구집(龜浦龜甲會句集)
찬자 쇼카도 사유 소쇼(撰者省花堂茶遊宗匠)

후도(楓堂)

번개가 치네 오층의 탑 보였다 감추었다가
稻妻や五重の塔の見へ隱れ

조세키(如石)

번개가 치네 어둠 속 방황하는 자 누구인가
稻妻や闇に彳む人は誰れ

가도(花堂)

벌레가 우네 성서 펴놓고 보는 창문 앞에서
虫鳴や聖書繙く窓の先

가이잔(海山)

가을 맑게 갠 물 고요한 산을 비추는구나
秋の水靜かな山をうつし鳧

(1917년 7월 7일)

구포 깃코카이 구집(龜浦龜甲會句集)

로카쿠(蘆角)

새로 난 쌀아 덤불 속 지저귀는 참새의 무리
新米や藪にさざめく群れ雀

히규(跛牛)

밤 폭풍우의 풀에 잠잠해지는 벌레의 울음
夜嵐の草に沈みて虫の聲

로카쿠(蘆角)

신변의 무사를 축하하는 마음아 국화 빚은 술
身の無事を祝ふ心や菊の酒花堂

가도(花堂)

번개 속에서 대나무의 물방울 반짝거리네
稻妻に竹の雫の光りかな

(1917년 7월 10일)

【시보음단(時報吟壇)】

고성 시치고카이 구집/가을 달(상)-채하동 선
(固城七五會句集/秋の月(上)-彩霞洞選)

슌호(春芳)

허수아비가 벼에 나와 부르는 가을날의 달
八千草の穗に出て招き秋の月

도카(桃香)

온천에 아이 혼자 있는 쓸쓸함 가을날의 달
溫泉兒に一人わびしや秋の月

기세키(奇石)

다양한 풀에 머무는 달 그림자 가을의 정취

八千草に宿る月影や秋の色

(1917년 10월 10일)

하이쿠 잡제-사내 선(俳句雜題-社中選)

애먹고 있는 5척 키의 남자에 가득한 햇빛

持て餘す五尺男の身を日の盛り

개구리 연못 조용한 가운데에 퍼지는 물결

蜻蛉の靜けき池に波紋かな

(1918년 8월 4일)

[김보현 역]

짝을 찾는 사슴(妻問える鹿)

고무(紅夢)

짝 찾고 있는 사슴의 우는 소리 울려오는 밤 가을은 남모르게 흐느껴 울고 있네

　妻問える鹿の啼く音の響く夜は秋は窃に泣欷する

등불에 칸나 피어있는 것 두니 짝 찾고 있는 사슴의 울음소리 정신없이 울리네

　灯に繙きしカンナを置けば妻問える鹿の啼く音の亂れ響くも

깨진 사랑의 심정 느끼고 있는 나에게 매일 밤마다 눈물 자아내는 사슴의 고독

　破れ愛の心地ちたる吾なれば夜毎に啼ける鹿の悲しき

(1914년 11월 5일)

응모 모집 문예/와카(支局募集文藝/和歌)

목포 게이게쓰(浦項 桂月)

골짜기부터 산에 사는 두견새 울기 시작해 경사스러운 일들 많을 군국의 봄날

　谷間より山ほととぎすなき出ててはめでたいやます軍國の春

부산 가도(釜山 雅童)

군국의 신년 처음으로 장식을 두른 소나무 천세 만세 영원히 번성해 나아갈 테지

　軍國の年の初の松飾る千代八千代にと榮へゆくらん

부산 긴게쓰(釜山 銀月)

가도마쓰의 짙은 초록빛과 모두 함께 천황의 위세로 빛이 나는 일본의 오늘 아침

門松の深きみどりともろともに稜威輝く日の本の今朝

(1915년 1월 1일)

병중(病中)

고호(孤峰)

얼음주머니 머리에 얹어놓고 보고 있으니 따스한 수증기가 피어오르고 있네

氷囊を頭にのせて眺むればほのぼのゆけの立ち上るかな

얼음주머니 머리에 얹어놓고 나도 모르게 정원의 푸른 잎 넋 놓고 보는 마음

氷囊を頭にのせて無意識に庭の靑葉に見入りし心

절절하게 푸른 잎 부추기는 여름 장마를 계속 넋 놓고 보는 애처로운 심정

しみじみと靑葉にそよふ五月雨をぢつと見入りし悲しき心

소나무 푸른 잎 조금도 미동 없이 여름 장마 속 고요하게 잠들어 있는 것이로구나

松の靑葉身しろぎもせず五月雨の內に靜かに眠りけるかな

(1915년 8월 24일)

달 맑은 밤(月淸き夜)

구사메(草女)

만월 전의 달 비치는 창문에서 차분하게 마음 가는 데까지 책을 읽고 있구나

十四月の月さす窓にしみじみと心ゆくまでふみよみにけり

무성히 자란 여름 풀 위에다가 반짝 빛나는 물방울 구슬 달이 만들어 내었구나

夏草のしげみが上にきらきらと玉の光りを月はつくりぬ

등자나무에 걸어서 지어놓은 거미의 둥지 밝게 빛나는 달빛 발견해 내었구나

橙の木にかかりたるくもの巣の月の光りにみ出されにける

달이 뜬 밤에 잠이 오는 것 같이 서 있는 나무의 가지 끝 미세하게 흔들리고 있구나

月の夜にねむれるが如く立る木の梢かすかにゆらぎてぞある

울타리 틈새 흘러나오는 있는 거문고 선율 소리에 달 뜬 밤의 구슬 픔 더해지네

垣間よりもれくる琴のふしの音も月夜はことにあはれ深けれ

(1915년 8월 25일)

곳코카이 7월 당좌제(國光會七月當座題)
어린 대나무(若竹)

고메이(廣明)

올해 자라난 정원 어린 대나무 어느새인가 바람이 머물 만큼 가지와 잎 무성하네

ことし生の庭の若竹いつしかに風やとすまで枝葉しけれる

가메오(歌免於)

공간 협소해 누추한 집도 어린 대나무 잎에 바람이 불어와서 시원한 여름이네

ところせきいふせき家も若竹の葉かぜかよひてなつは涼しき

(1918년 8월 1일)

더위 속 재봉(暑中の裁縫)

야마나가 하루(山永はる)

더위도 다시 마음 다잡고 하는 월동 준비 바늘겨레 그림자에 마음 시원하구나

あつけれも思ひ直して冬仕度針山かげを心涼しと

빨래(濯)

물 안 나오는 마을에 살면서 다듬이질을 하는 조선 여자의 고생 헤아려 보네

水のなき里に住み居てきねた打鮮女が苦心思ひこそ遣れ

(1918년 8월 3일)

부산에서(釜山にて)

김해 슈호(金海 秀穗)

길거리 모두 잠들어 잠잠해진 한밤중 역의 기차 기적 소리에 고향인
가 느끼네

街はみな眠りに落ちし眞夜中の驛の汽笛に故鄕ぞ思ふ

송도에서(松嶋にて)

태어난 곳의 바다와 닮아있는 송도 파도에 떠다니는 작은 배 적적하
게 보이네

故鄕の海にも似たる松嶋の波にたたよふ小舟淋しも

그대 그리워 곳에 서서 있으니 초가을에 낀 안개 속 이키시마 쓰시
마가 보이네

君戀し岬に立てば初秋の狹霧のなかに壹岐對馬見ゆ

(1918년 9월 29일)

부산 단카카이 영초(2) (釜山短歌會/詠草(二))

히로시(悲路死)

얕은 바다에 바닷물 차오르는 파도의 소리 찾아 들을새 없이 뒤돌아
서 보네(1점)

遠淺み潮みちときの波の音あさるひまもなくふりかへり見る(一點)

마쓰오 라쿠토(松尾洛東)

회합에 오지 않은 사람을 애타게 기다리다 숙소로 가는 사람 발걸음 소리 듣네

集まりに不參の人を待ちわびて宿行く人の足晉をきく

(1920년 3월 10일)

도도이쓰 대회 스이긴카이 주최/삼점
(都々逸大會 粹吟會主催/三點)

삼점(三點)

로쿠로(綠朗)

추억에 잠겨 그대의 웃는 얼굴 떠올려 볼 때 하늘에 한 마리의 기러기 우는 소리

思ひ出に主の笑顔を辿りし頃に空を一羽の雁の聲

일점(一點)

아카보시(赤帽子)

그토록이나 맹세하였던 말을 무참히 깨고 바람피우는 당신 마음을 모르겠네

あれ程誓つた言葉を反ごに貴郎の浮は氣の氣が知れぬ

삼점(三點)

세이노 히토(靜の人)

맑게 개인 날 그대와 이야기를 나누고 싶은 것 이외에는 달리 바랄 것이 없는 나

晴れて貴郎とい云ひたひばかりほかに願のないわたし

이점(二點)

아카보시(赤帽子)

당신의 바람 기운이 잦아들지 않는 한 나의 마음고생은 더해지기만
할 뿐

　貴郎の浮氣のやまない內は妾の苦勞がますばかり

(1920년 3월 29일)

[김보현 역]

의인과 가인(義人と佳人)

오구리 후요(小栗風葉)

(1)

산고개로 10리, 성 밑으로 80리 정도 되는 산록에 오래된 갈대발을 친 찻집이 있었다. 일찍이 올해도 쌀쌀한 가을바람이 구월 말에, '차 한 잔 주게' 하며 들르는 나그네도 드문 걸상에 지금도 진귀한 양복차림의 젊은이가 앉아서, 천천히 궐련을 피우고 있었다. 나이는 스물 일고여덟 정도로 보인다. 기품 있는 체격에 몸에는 세련된 상의를 걸치고, 반바지에 짚신 차림으로 짐이라고는 어깨에 가방 하나 맨 게 다였다.

"한잔 마셔보세요. 좀 식어서 안됐지만요."

라며 나이는 들었어도 다부진 노파가 뜨은 차를 따라주었다. 마치 신기하다는 듯이 가만히 젊은이의 얼굴을 바라보았다.

"미지근한 것도 괜찮소. 서두른 탓인지 목이 많이 말라서." 젊은이는 의기양양하게 찻잔을 들어 한 모금 마셨다.

"도련님, 별거 아닌 것을 여쭙습니다만, 당신은 이곳 출신이십니까?"

"아니, 나는 먼 곳에서 왔다네, 이곳에는 처음 온 것이네만, 왜 그런가?"

"저, 너무 닮으셨네요. 마치 다른 사람의 분신 같으십니다."

"닮았다니, 누구와 닮았다는 건가?"라며 젊은이는 의심스럽다는 듯이 노파를 바라보았다.

"누구와 닮았냐 하면…저 얼굴 생김새며 자태며 이렇게 닮은 분이 세상에 또 있구나, 이런 이런, 그 웃으시는 입매까지 너무 닮으셨어요. 왠지 저는 여우에게라도 홀린 것 같은 기분이 듭니다."

"하하하, 내가 누군가와 그렇게 닮았다니. 당신의 아들이랑 닮은 건가?"라며 웃었다.

노파는 여전히 너무 이상한 나머지 못 견디겠다는 듯이, 자주 젊은

이의 얼굴을 바라보았다.

"이곳의 주인이십니다. 마침 이 산속으로 출타 중이셔서, 언뜻 당신을 뵈었을 때는 저는 주인님이라고만 생각했습니다. 걸치신 옷이 여느 때와는 다르다고 생각했습니다만, 정말 수염 모양도 그렇고 꼭 닮아서 이렇게 닮은 분이 있을 수가 없지 말입니다."

"이쪽의 주인님이라고 하면 어떤 분이신가?"

"자작님이십니다. 가문의 이름은 아지카(秋鹿), 예전에는 이 토지의 영주이셨습니다."

"아지카 자작."

"네, 아지카 님, 아시는 분이신가요?"

"아니네, 그분은 알지 못하지만, 이름 정도는 들어 보았네. 그렇다면 그분이 이 산중에 지금 사냥하러 나오셨다는 건가?"라며 젊은이는 차를 마시며 대화를 나눈 뒤에 천천히 새로운 궐련을 피웠다.

노파는 쟁반을 무릎에 두고 앉으면서

"젊은 주인님 도시하루(利春)입니다만, 나이까지 꼭 비슷한 것 같습니다. 수행원을 서너 명 데리고 다니시고, 수렵을 몹시 즐기시는 것으로 보여서 오늘까지 닷새 동안 산 속의 오두막에 머물고 계십니다만, 내일은 또 그 주인님에게는 승계와 혼례를 겸해서 요 앞에 다카미야(高宮)의 저택에서 피로연이 있을 예정입니다. 뭐니 뭐니 해도 예전 영주이셨기 때문에, 온 마을이 축하 인사를 드리고 불꽃놀이나 장식품 등 대단한 분위기입니다."

"음, 그건 괜찮은 구경거리겠군. 그럼 아내 분은 어디에서 오시는 분이신가."

"가와하라(河原)라는 예전 분가한 가문의 아가씨라고 들었습니다. 오가는 이야기여서 확실히는 알 수 없습니다만, 성함이…맞다, 마사코(晶子) 님이라고 합니다."

"어, 가와하라 가문의 마사코 님이라…"

젊은이의 얼굴색이 어인 일인지 싹 변했다.

(1915년 2월 5일)

(2)

노파는 그런 것은 눈치 채지 못하고, 혀를 할짝거리며 혼자서 말을 이어갔다.

"그 아가씨는 어제도 이미 마을에 도착하셨다네요. 그런데 나리는 오늘까지 아직 산의 오두막에 계시며 사냥에 빠져 계신다니…후후후…윗분들은 참 느긋하시군요."

젊은이는 피다 만 궐련을 버리고, 뭔가 생각하는 듯이 잠자코 건너편을 응시하고 있었다.

"하긴, 의식은 만사 동생분의 지시로 준비는 이미 다 되어있고, 나리는 내일 아침 기차로 들어오신다는 계획이라죠. 동생분인 히데키 님이 정말 총명한 분이고, 선대가 매우 총애하셔서 한때는 이쪽이 가문을 잇는다는 소문이 자자했는데, 역시 상속은 장남인 도시하루님, 그리고 여기서 불과 20리 밖의 산쪽에 구즈가하라(葛ヶ原)라는 별장을 물려받는다는군요. 부디 가문이 무사히 정리되었으면 해서, 저희들이 보이지 않는 곳에서 걱정하고 있답니다."

구 영주 가문을 생각하는, 옛날 기풍의 노파가 이야기하고, 젊은이는 마음속 깊이 귀를 기울이면서

"그것은 형님이 대를 잇는 것이 순당한 이야기지만, 그러면 뭔가 그 일에 대해 얼마 전부터 두 사람의 사이가 원만하지 않은 건가?"

"네, 그렇습죠. 그것이 인정이란 거죠. 그렇지만 자작님의 후계자는 대단한 것이지요. 동생으로 태어났으니 뭘 해도 어쩔 수 없는 거죠.

역시 같은 혈통의 지엽(枝葉)이고 보면……"

"불만이 있을 거란 말이군. 그러나 그건 차남이 승복하지 않을 수 없겠지……"

"그런데 도시하루 님은 오랫동안 교토 쪽에만 계셨고, 이 고장 백성들에게 익숙하지 않은 것과 달리, 동생분인 히데키 님은 쭉 이 고장에 사셨고, 바로 옆에서 이렇게 저렇게 말씀드리는 자들이 있을 거라는 거죠."

아지카 자작가문이라 하면 예전에는 이름에 걸맞는 난카이(南海)의 다이묘, 삼십 몇 만 석의 영주로 이름난 집안이었다. 지금도 그 남은 세력이 은근히 이 현하(懸下)의 주권을 쥐고, 지사든 경무관이든 구 번(藩) 출신이 아니면 오랫동안 근무할 수 없는 정도의 세력이었다. 부귀나 위세와 명망 어느 것이든 예전에 뒤지지 않는 이 명문 가문의 내막에도 그런 암운이 드리운다고 생각하니, 젊은이는 새삼스레 어디든 비슷한 인정의 야속함을 절절히 느끼는 것이었다. 그렇지만, 그 저택으로 들어가는 마사코 아가씨. 아주 오래도록 행운이 있을지니, 남몰래 마음속으로 생각하였다. 그리고 약간의 찻값을 놓고서, 자리에서 일어났다.

"아니, 이렇게 많이 주시다니요." 노파는 콩콩대면 허리를 구부리고 예를 갖추면서

"도련님은 이제 어디로 가시는지요. 정거장이라면 고개로 가지 마시고, 이 기슭을 따라 오른쪽으로 가십시오."

"고맙네. 인연이 있다면 다시 만나세."

"조심해 가십시오."

싹싹하게 배웅하는 말을 뒤로 하고, 젊은이는 홀연히 찻집을 나섰다. 그렇지만 노파가 가르쳐준 정거장으로 가는 길로 가지 않고, 그대로 곧장 언덕으로 가서 완만한 경사길을 올라갔다.

(1915년 2월 6일)

(3)

젊은이의 이름은 나이토 가쓰오(內克藤夫)였다. 주고쿠(中國) 부근의 오랜 가문의 막내로 현재 교토의 법과대학에 적만 두고 있을 뿐, 그는 원래 호방하고 자유로운 성품이라 가만히 학업에 몸담고 있을 수 없는 의기(意氣)와 체력이 그의 가장 큰 자랑이었다. 유도도 잘 하고, 검술을 잘 알 뿐 아니라, 무엇보다 여행을 좋아하여 매년 반 정도는 훌쩍 여행을 떠나는 것이 보통이었다. 재작년에는 홋카이도 아이누 부락을 샅샅이 탐험하러 떠났고, 작년에는 호쿠리쿠(北陸) 지방을 구석구석 걸었다. 그러나 그가 왜 학업을 뒤로 하고 이렇게 자유로운 방랑을 즐기는가 하면 전혀 이유가 없는 것은 아니었다. 그렇지만 그것은 마음 속 깊이 숨겨서 친구나 형제에도 결코 누설하지 않았다.

그래서 올해는 난카이 여러 지역을 목표로 온 것이었다. 벌써 한 달 정도 해안을 돌고, 어젯밤에는 산지(山地)에 가까운 구즈가하라의 숙소에서 하룻밤 묵었다. 그리고 오늘 아침 일찍부터 이 일대의 산간을 활보할 생각으로 출발했지만, 원래 정처 없이 다니는 여행이어서 마음 가는대로 사방의 경치를 찾아다니곤 했다. 현에서 제일 큰 다카미야 마을까지는 저녁까지 도착하면 된다, 우선 천천히 산간 오지까지 돌아보자, 이쪽의 계곡 저쪽 봉우리 마음 가는 대로 발 닿는 대로 걸었다. 가을의 청량한 기운은, 계곡에도 봉우리에도 산에도 계곡에도 차고 넘쳐서 정오 무렵의 햇빛은 쾌청하게 빛나고 있었다. 나뭇가지에 앉아서 울고 있는 새 소리도, 한층 주변의 고요함을 더해주었다.

가쓰오는 드디어 피로를 느끼고, 어느 밤나무 그늘에서 쉬면서 준비한 도시락을 먹었다. 매끄러운 잔디 위에 몸을 쭉 펴고 누워서 사방의 고요함에 마음을 가라앉히고 있자, 자연히 마음에 떠오른 것은 아까 노파가 들려준 이야기였다. 내일 다카미야 시내에서 행해지는 번족 가문의 상속식이나 그 아지카 가문의 어두운 내부 사정 등 그런 것들도 흥미진진하긴 하지만, 무엇보다 그의 마음속의 동요는 마사코 아가씨의 결혼, 가와하라 가문 영양(令孃)인 마사코가 이 자작 가문의 새로운 부인으로 들어온다니, 실로 꿈결처럼 믿을 수 없었다. 생각해보면 그 마사코 아가씨는 가쓰오의 오랜 연인이었다. 아직 18, 9세 소년 시절에 그는 가와하라 가문의 구 번사 집안인 관계에서 그 집에서 자라 중학교에 다녔다. 마사코는 그 무렵 14, 5세의 소녀로 땋은 머리의 사랑스런 모습은, 지금도 가쓰오의 눈에 남아 있었다. 사랑이란 이름 뿐이고, 그저 아련한 사랑의 마음이었다. 그저 아침, 저녁으로 두 사람이 사이좋게 얼굴을 맞대고 천진난만 서로 속삭이며 즐겼을 뿐이었다. 원래 깊은 약속을 맺은 사이는 아니었지만, 그 잊을 수 없는 사랑스런 모습은 오래도록 가쓰오의 가슴에 비애의 씨앗이 되었다. 가와하라는 주인 가문이었고, 나이토는 가신 집안이었다. 이 주종이란 두 사람의 신분은 결국 가쓰오의 열정적인 첫사랑을 가슴속에서 가라앉힌 채 이룰 수 없게 만들었다. 예민한 감수성을 지닌 소년의 마음에는, 허망한 이별이 얼마나 애잔하게 가슴에 남겨졌을지.

(1915년 2월 7일)

(4)

그러나 그때 헤어지고 나서 어언 10년의 세월이 지났다. 가쓰오는 그 사이에 중학교에서 대학까지 진학하였다. 학업은 차근히 훌륭한 성적을 거두었지만, 그의 기질은 전혀 변하지 않았다. 마음 가는 대로 여러 지역을 걷고 눈에 새로운 풍경이나 색다른 인정을 찾는 것을 유일한 모람으로서, 애써 잊으려 노력한 끝에 마사코의 일은 이제 아련한 연기처럼 그의 가슴 속에 남아있지 않았다. 그 시절의 모습도, 즐거웠던 정취도 지금에서는 거의 세상과 담을 쌓은 듯 잊혀지고 말았다.

그렇지만 예기치 않게 그 사람의 결혼 소식을 들으니, 먼 옛날 모습도 생각이 났다. 그래서 노파의 이야기를 들었을 때에, 무심결에 그의 안색이 바뀐 것도 무리는 아니었다.

아련히 꿈결을 헤매듯 공연히 이전의 일을 떠올리는 사이에, 가쓰오는 어느 틈엔가 잔디 위에 잠깐 꾸벅 졸고 말았다. 2, 3시간 잠을 잤을까, 문득 사람 소리가 들려서 눈을 떠보니, 두 남자가 놀란 듯이 옆에서 있었다.

"아니, 나리가……나는 완전히 그런 줄 알았어."

"나그네군요. 과연. 너무 닮았네요."

두 사람은 이상한 듯이 얼굴을 마주보았다. 한 사람은 격식 있는 옷차림에, 키가 큰 희끗희끗한 수염을 기른 군인 같은 노년의 남자였고, 또 한 명은 아직 젊고 상냥한 약간 거무스름한 낯빛의 남자였는데 온화한 풍채는 평범한 시골 남자로는 보이지 않았다. 두 사람 모두 가벼운 수렵복을 입고 손에 엽총을 들고 있었다. 가쓰오는 깜짝 놀라 일어났다.

"앗, 키까지 똑같다니……" 수염을 기른 남자는 젊은이를 보며 같이 온 신사에게 말했다. 가쓰오는 의아한 얼굴로 두 사람을 바라보았다.

그러자 노년의 남자는 허물없이 옆으로 다가와, 가볍게 모자를 벗고 인사를 하면서

"아, 실례했습니다. 당신은 어떤 분이십니까?"

"저 말입니까?" 가쓰오는 천천히 미소를 지으며

"그러나 당신들이 먼저 말씀해주시죠."

"그렇군요. 실례가 많았습니다. 저는 이 현에 사는 사람으로 비상근 육군 소좌 이즈미 신고(泉眞吾)라고 합니다. 이쪽은 미야타 도오루(融) 군, 두 사람 다 아지카 자작 가문을 섬기는 자입니다."

"그렇습니까? 저는 나이토 가쓰오라는 자로 교토의 법과대학에 다

닙니다. 부디 기억해주기 바랍니다." 가쓰오는 대범한 가운데 정중하게 인사를 건넸다.

"이상한 인연이로군요." 이즈미 소좌는 웃으면서

"지금 제가 여기 갑자기 온 것은, 당신이 자고 있는 얼굴을 한번 보고 너무 이상하다, 나리의 용모와 조금도 차이가 없어서 무심결에 이 남자를 불렀기 때문에, 마침 당신의 잠을 깨우고 만 것입니다. 엉뚱한 일로 결례를 했군요."

"당신은 어디로 가시는 겁니까?" 라고 미야타는 옆에서 물어보았다.

"저요? 저는 기분파라 그저 정처 없이 여행을 하고 있습니다. 매년 여기 저기 다닙니다만, 올해는 이쪽 지방으로 나오게 된 것입니다."

"그건 참 유쾌한 일이네요."

"어떻습니까? 나이토 씨." 소좌는 상쾌한 어조로 "그런 거라면 길을 서두르는 것도 아니고, 여기서 만난 것도 인연이네요. 친해질 겸 저희 산오두막에 들렀다 가지 않으시겠습니까? 나리께도 소개드리고 오늘 밤은 사냥감을 술안주 삼아 즐겁게 한잔 합시다. 어이, 미야타 군."

"꼭 동행해주세요. 나리도 귀한 손님을 무척 반기실 테니까요."

친절히 권유하는 두 사람의 말을 듣고 가쓰오는 매우 기분 좋게 여겼다. 원래 기분 내키는 대로 하는 여행은 이런 일도 때론 받아들이는 맛이어서, 즉시 승낙을 하겠다고 답하고 이윽고 산 오두막으로 무리지어 갔다.

(1915년 2월 9일)

(5)

"이봐, 미야타. 술은 어떻게 되었나? 술은 보시다시피 이미 비었네. 어서 기다리게 하지 말아주게."

이미 술에 얼큰히 취한 자작은, 자주 술병을 흔들며 술을 가져오도록 재촉하였다.

"네, 이제 오늘밤은 그만 하심이……"

"끝내라는 건가? 말도 안 되지. 귀한 손님을 맞고서 흥이 오른 참이 아닌가. 오늘밤은 밤을 새워 마시자고."

"네, 그렇지만 내일 이른 출발이어서 외람되지만 오늘밤은 이 정도로 자리를 마무리하심이 어떠실지요."

미야타는 몹시 곤란해하는 모습으로 황송해하고 있었다.

"뭐야, 그런 일은 걱정할 필요 없지. 도시하루는 아직 술에 정신을 뺏기지 않았다고. 자네는 이 손님을 뭐라고 생각하는 건가?"

"아니, 저는 이제 충분합니다." 가쓰오는 얼큰하게 술에 취한 얼굴을 만지며,

"이제 어떠신가요? 이런 자리는 큰 일에 미치지 못하니까요."

"자네, 그렇게 딱딱하게 굴지 말고, 좀 더 여유를 가져주게. 나도 이걸로 한때는 교토의 대학에 다녔기 때문에, 자네와는 소위 동문 아닌가. 아니 동문이라 하면 오늘 여기서 비로소 자네와 만난 때에 과연 나도 깜짝 놀랐지. 대낮부터 내 유령이 나타난 건가 생각했으니 말이네."

"황송하네요."

"아니, 조금도 황송해할 일이 아니지. 자네는 언제까지나 아지카 자작의 모습을 담고 있어주게. 내일은 9시 열차로 떠나면 되니 결코 서두를 것은 없네. 보시다시피 산중의 사냥용 오두막이어서 대접은 할 수 없었지만, 술만은 많이 있지 않은가. 걱정 말고 지내 주게."

도시하루는 손수 술병을 받아서, 가쓰오의 잔에 가득 따라주었다.

수렵용 오두박이란 일부러 산의 오두막처럼 지은 목조 단층집으로, 임시 건축이지만 확실히 풍류를 살려서 제법 우아한 정취가 있는 집이었다. 촉촉하게 이슬을 머금은 나뭇잎 향은, 열어젖힌 창문에서 조용

히 흘러나와서 먼지에 오염된 이마를 남김없이 씻어주는 듯했다. 가쓰오
는 이미 여러 차례 앉은 자세를 바꾸지 않았지만, 퍽 술에 취해 있었다.

이상한 것은 이렇게 서로 취한 얼굴을 대면하고 있는 자세를 보아
도, 보면 볼수록 두 사람은 닮아있었다. 어느 쪽이 자작이고, 가쓰오인
지 조금 봐서 판단이 서질 않았다. 다만 조금 가쓰오 쪽이 이쪽보다
약간 체격이 더 크지만, 그래도 다른 점을 찾아서 말하기 때문에, 이
정도 닮은 두 사람이 또 있을까 생각되었다.

그 시각 요리사 이구치 우키치(井口卯吉)가 정좌를 하고 손에 든 술
병 하나를 들고 술을 내밀면서

"나리, 지금 구즈가하라의 나리로부터 심부름꾼이 와서, 이것은 바
다 건너 온 물건이라고 합니다만, 나리께 음미해보시라고 합니다." 공
손히 인사를 하고 물러갔다,

"뭐야, 히데키가 보내온 선물인가? 재밌군. 빨리 따 보게. 기왕 보내
올 거면 4, 5병 보내면 좋을 텐데. 하하하, 인색한 놈이군."

도시하루는 가볍게 쓴웃음을 지으며, 빨리 그 병을 따게 하고 우선
한잔 음미했다. 밤은 고요히 깊어지고, 무엇을 느꼈는지 자작의 얼굴
은 급히 심각하게 굳어지며

"이즈미, 미야타, 나이토 군, 자네에게 이런 얘기를 하는 것은 면목
없지만, 동생인 히데키는 좋지 않은 놈이네." 목소리는 늠름해서 사방
에 울려 퍼졌다. 갑자기 소리 높여 웃으며

"하하하, 저 교활한 놈. 난 저놈의 건강을 축하하고, 이 한 병을 비우
겠네." 라며 병을 입에 갖다 대고 한입에 다 마셔 버리자, 갑자기 빈
병을 마당을 향해 힘껏 내던졌다.

(1915년 2월 10일)

(6)

그때까지는 가쓰오도 기억하고 있었지만, 어느 새인가 자신이 옆방으로 물러나있고 이유 없이 잠이 들어버렸는지, 주변은 조금도 알 수 없었다. 그는 몹시 술에 취해 있었던 것이다.

새벽바람이 차갑게 베갯머리에 스며들어, 가쓰오는 문득 눈을 떴다. 무엇보다 목이 말라서 참을 수 없었기 때문에, 물을 한잔 마시려고 바로 일어나서 정원으로 향한 툇마루로 나섰다. 마침 나서자마자 이즈미 소좌의 모습을 보았기 때문에

"안녕히 주무셨나요? 밤에는 매우 실례가 많았습니다." 인사를 하자 이즈미는 대답도 않고 갑자기 가쓰오 옆으로 오더니

"자네, 자네, 이걸 좀 보게."

정원 쪽 지면을 가리켰다.

거기에는 자작이 길게 드러누워 있었다. 얼굴은 불처럼 빨갛게 달아올라 있었고, 숨도 힘들게 쉬고 있었다. 소좌는 어깨에 손을 얹어 흔들어 보았지만, 자작은 그저 가느다란 신음을 계속 하고 있을 뿐, 마치 정체도 알 수 없는 모습이었다. 머리도 얼굴도 끼얹은 물로 젖어 있었다.

"좀 보게나. 이 모양이라네. 아까부터 한 시간정도 여러 가지로 손을 써봤지만, 소용이 없었네."

옆에 있던 미야타도 어쩔 줄 몰라 서 있었다. 가쓰오는 큰 일이 난 것을 알아채고, 성큼 다가가서

"이건 엄청난 일이네요. 독이라도 드신 건 아닌지요."

"글쎄, 나도 그렇게 생각하네. 아무래도 마지막에 마신 술이 의심스럽군."

소좌가 말하자 세 명은 저절로 얼굴을 마주하였다.

"여기저기 우선 의사를 부르는 게 좋겠습니다."

"그렇지만 구즈가하라까지 가지 않으면 의사도 없으니, 설령 의사

가 본다 한들, 먼저 이 모습으로는 도저히 오늘 돌아오는 것은 어렵지. 어떻게든 정신이 들 때까지 대여섯 시간은 걸리겠지."

"어쨌든 병환을 알리는 연락을 한다면 어떨까요?" 미야타가 말했다.

"음……" 소좌는 우울한 얼굴로

"그렇지만 오늘 상속식에 출석을 못하게 된다면, 그건 꺼림칙한 일이네. 아지카 가문은 어차피 나리의 물건이 아닐 터이고."

"그것은 또 무슨 얘기입니까?" 가쓰오는 수상하여 되물었다.

"왜냐하면 사람들은 다같이 식의 준비를 하고 대기하고 있고, 지사를 비롯해 현의 주인이었던 자들은 빠짐없이 참석하기로 되어 있네. 그 정도라면 괜찮지만, 궁내성에서 특사가 온다고 하지 않나. 저 특사는 히데키 씨의 숙부에 해당되는 사람이네."

"그렇습니까?"

미야타는 한층 더 걱정이 더해졌다. 자작과 히데키가 배다른 형제라는 것을 가쓰오도 알아챘다.

"그러나 병이라고 하면 어쩔 수 없는 거 아닌가요?"

"변명은 되겠지만, 인망(人望)은 땅에 떨어지고 말걸세."

소좌는 한숨을 쉬었다.

"게다가 그럼 나리가 독을 마셨다고 하면, 그 독약은 누가 넣었다고 생각하나?"

"물론 히데키 씨의 지시라고 생각합니다."

분하다는 듯이 이를 악물었다.

"그렇겠지. 그거다. 히데키 씨가 무엇 때문에 독주를 보냈는지, 물론 오늘 상속식을 방해하는 시도임에는 틀림없지. 그리고 즉 현민(懸民) 일반에게는 불만을 품게 하고, 궁내성에는 숙부님이 교묘하게 트집을 잡게 하려는 속셈인 거지. 무엇보다 중대한 상속식 당일에 술에 취해서 출석하지 못한다고 하면, 후일에 어떤 비난을 받아도 어쩔 수가 없으니 말이네."

"그렇습니다. 나리의 행실이 나쁘다고 소문내고, 슬며시 은거하게 만들고, 나중에는 히데키 님에게 상속하게 한다. 있을 법한 시도군요." 두 사람은 번쩍 당혹스런 얼굴이 어두워졌다.

(1915년 2월 11일)

(7)

어찌 됐든 아지카 가문의 일대 행사가 치러지는 셈이다. 가쓰오도 예기치 않게 그 자리에 참석한 것이 불상사로, 그저 수수방관하고 있을 수만은 없었다. 두 사람 모두 여러 가지 선후 대책을 합의했지만, 이렇다 할 좋은 묘책은 떠오르지 않았다. 세 사람의 입에서 그저 덧없는 한숨만 새어나왔고 아무것도 할 수 없었다.

이윽고 이즈미 소좌가 갑자기 무릎을 탁 치고

"그렇다. 좋은 비책이 있네. 자작님이 별 탈 없이 참석할 수 있어."

갑자기 이 말을 듣고 다른 두 명은 자기도 모르게 소좌의 얼굴을 바라보았다.

"나이토 군, 이것은 꼭 자네가 애써주기를 바라네. 엉뚱한 일에 연루되어 자네에게 폐가 될 테지만, 제발 부탁하겠네. 아지카 가문에 힘을 빌려주게나."

어떤 부탁일지 생각하면서, 가쓰오는 고개를 끄덕이며,

"좋습니다. 제게 가능한 일이라면, 결코 수고를 마다하지 않겠습니다."

"그런가. 송구하네." 소좌는 미야타를 향해 "저, 미야타, 어제 예기치 않게 이 사람을 만난 것은 신의 가호인 것 같네. 나는 이렇게 하려고 생각하네. 이 경우에 방법이 없으니, 나이토 군이 오늘 주인이 되어서 예정대로 다카미야로 출발하는 것은 어떤가."

"아니, 제가요?"라고 가쓰오는 너무 놀라서

"그건 안 됩니다. 그렇게 해서는 이 상황이 도저히 해결되는 것은 아닙니다."

"왜 그런가?"

"한두 명 앞이라면 무사히 넘어갈지도 모릅니다만, 어찌 됐든 몇 십 명이나 되는 참석자들 앞이라면 바로 들통이 나지 않을 수 없습니다."

"원래 모험이지 않나. 그러나 자네의 풍채라면 십중팔구 성공을 예견하네. 미야타 군, 자네는 어떻게 생각하나?"

"글쎄요…"라고만 할 뿐 가쓰오의 의향을 알지 못하여 입을 다물었다.

"저 나이토 군, 내 부탁을 받아들여주기 어렵겠나."

"그러나…" 가쓰오는 대답하기 곤란해 하고 있었다.

"민폐라고 생각하는 건가."

"어찌 됐든 당사자의 모습을 하고, 대중을 기만하는 일은 매우 꺼려지는 일입니다. 가령 들키지 않고 끝난다고 해도. 제 양심에 반하는 일이라서요."

"부끄럽다는 건가? 그건 그렇지. 그러나 비상시에는 비상수단을 필요로 하는 법이니, 보통 때의 규범으로 일을 논해서는 안 되는 거라네."

"하지만 이것은 내가 무리하는 거지. 자네는 원래 그저 나그네이고, 자작 가문과는 아무관계도 아닌데, 그런 사람을 붙잡아 이런 모험을 하라고 부탁하다니, 아무래도 내가 무리였네."
라고 소좌는 실망한 듯이 한숨을 내쉬었다.

"그렇게 말씀하시면, 제가 모험을 두려워하는 겁쟁이라고 말씀하시는 건가요?"

가쓰오는 조금 낯빛을 바꾸며 말하였다.

"그런 것은 아니네. 겁쟁이라든가 그런 얘기는 아니지만, 그러나 나이토 군 우리 입장을 좀 살펴주게나. 우리는 자작 가문에게 대대로 은혜를 입은 몸이고, 만약에 가문을 위해서라면 목숨도 아깝지 않을 각오거든. 그렇지만, 설령 목숨을 내던지더라도 이 번 일만은 우리의 힘으이 미치지 않네. 그래서 자네에게 부탁을 하는 게 아닌가. 자네에게는 소위 꼭두각시 같은 역할, 게다가 자칫하면 봉변을 당할지도 모르니, 이것은 떳떳한 일이 아닐 걸세. 그러나 자네의 승낙 여하에 따라서는 자작 가문의 성패가 달린 일이어서 무리를 하라고는 못하겠지만, 만약 자네에게 조금의 정의감이 있다면 우리의 고충을 헤아려주게."

소좌의 부탁에는, 가쓰오도 마음이 움직여졌다. 설령 한번 본 지인에 불과하다 해도, 이러한 부탁을 거절하는 것은 도리가 아니다, 특히 지금 일본에서도 유수한 명문가인 아지카 자작 가문의 성패가 내 결심 하나에 달려있다고 생각하니, 사내대장부의 대의명분으로 해 보자, 라고 가쓰오는 결국 결심을 하였다.

"좋습니다. 말씀대로 하겠습니다."

"어, 그럼 부탁을 들어주겠는가?"

"네, 나이토 가쓰오 이 한 몸 명을 받들겠습니다." 분명히 말했다.

(1915년 2월 13일)

(8)

우선 주인님을 대신할 여러 명이 마련되었다. 그리고 소좌는 구체적인 준비는 이렇게 하도록 면밀히 마련한 계획에 대해 두 사람에게 이야기하였다.

자작은 정신이 들 때까지 잠시 몰래 이 오두막에 숨겨 두고, 가쓰오를 자작 대신에 옹립하여 두 사람이 수행하고, 다카미야의 본가에 잠입하여 예정대로 상속식을 거행하는 것이다. 그리고 밤에 저택의 하객들도 돌아가고, 시내도 퍽 조용해질 무렵에 미야타는 혼자 남아, 자작의 침실에서 망을 보고, 소좌는 가쓰오를 데리고 저택의 뒤편에서 사람 눈을 피해 재빨리 말을 달려 이 숲으로 돌아온다. 이쪽에 없는 틈에는 요리사인 우키치에게 저간의 사정을 주지시켜서 오직 자작만 지키게 한다면 걱정은 없다. 두 사람이 이곳으로 돌아올 때까지는 자작도 반드시 정신이 들 테니까, 그런 뒤에 바로 수행하여 밤중에 다카미야로 돌아온다는 것이었다.

이즈미 소좌가 대책이란 결국 이런 것이었다. 그러나 만일 자작이 발각되는 경우에는, 그때야말로 하는 수 없이 바로 그 자리에서 히데키를 쫓아가서 살해한다는 각오였다. 하수인에게는 물론 그 자신의 경우에는 더욱 의지를 불태우는 소좌였다.

다만 소좌에 비하면 가쓰오는 의지가 부족하였다. 만약 거사가 성공하지 못한다면, 자신의 몸도 어떠한 재난을 입을 지도 모르고, 다행히 계획이 성공하더라도 진짜 자작이 이 오두막으로 오면 밀려난 뒤에 자신은 갑자기 일개 나그네로 돌아가 홀연히 이 땅을 떠나야 하는 것이다. 이해 득실을 생각한다면, 애초에 가능한 역할이 아니지만, 그러나 그럴수록 고결한 의협심은 남아 있다. 일단 남자의 의기를 갖고 아지카 일가의 위험을 구하려고 결심한 이상, 가쓰오는 원래 어떤 일도 마다않는 각오였고, 소좌의 책략을 모두 이의 없이 받아들였다.

이즈미 소좌는 다시 가쓰오를 향해 사전에 알아두어야 할 사항을 하나하나 자세히 들려주었다. 또한 구체적이고 자세한 것은, 그때그때 그가 옆에서 주의를 게을리 하지 않을 거라고 말했다.

미야타는 문득 생각이 나서

"이즈미 씨, 그건 좋지만 오늘 아침 구즈가하라에서 마중을 나오기로 하지 않았습니까?"

"마중 나올 사람은 필요 없네. 구즈가하라로 가지 않고 바로 이 쪽 정거장에서 타도록 하지."

"그러나 그쪽까지는 틀림없이 마중 나올 사람을 보낼 겁니다. 빼돌리는 것은 상관없다고 치더라도, 나리가 여기 계시는 것을 들켜서는 곤란합니다."

"어이쿠, 그건 걱정 없네. 안 계시는 동안은 답답하더라도 나리는 안쪽 움막에 계시도록 할 생각이니."

"움막 정도는 찾아두겠습니다."

"뭘 찾을 것까지. 그건 우키치에게 말해서 출발하셨다고 말하게 하면 되네."

"그러나……" 미야타가 여전히 신경 쓰는 것을 소좌는 초조해하며

"이보게, 농담하지 말게. 그렇게 자잘하게 걱정하면, 나리를 대신하는 것도 애초에 모험이네. 흥하든 망하든 대담하게 해보는 수밖에."

이렇게 말하고 소좌는 일어나서 자작을 가볍게 움막으로 옮겼다.

(1915년 2월 14일)

(9)

가쓰오와 미야타는 그동안에 떠날 채비를 하고 문쪽에 타고 갈 말을 준비시켰다. 가쓰오는 자작이 착용하던 줄무늬 양복으로 갈아입고, 수염도 뺨에 멋지게 말아 올려서, 어느 쪽에서 보든 틀림없는 아지카도시하루, 누가 이를 가짜라고 의심할 것인가. 자작은 이 대로 계속 다카미야로 들어가고, 정거장 옆의 저택에서 복장을 매만지고, 드디어 식장으로 들어가게 되어 있었다. 다만 한 가지 여기에 방해물이라 하면 가쓰오가 입고 온 양복과 가방을 역시 우키치에게 맡기고, 밤까지 어딘가에 숨겨두는 수밖에 없다는 것이다.

그러는 사이에 소좌가 움막에서 돌아왔다.

"음, 됐군 됐어. 그럼 현미경으로 보더라도 괜찮을 걸세. 자, 나리의

준비가 끝나면, 어서 출발하기로 하지."

가쓰오의 모습을 기쁜 듯이 보면서 미소 지었다.

머지않아 세 명은 출발하였다. 산뜻한 산간의 아침 바람에 얼굴을 나부끼며, 나무 아래 그늘을 천천히 달려가자, 힘든 임무를 띠는 몸이지만 저절로 마음이 가벼워지고, 배짱이 두둑해졌다. 지금까지는 계획이 성공할지 말지에만 마음을 빼앗겨 불안감에 짓눌려있던 가쓰오는 겨우 마음이 안정되면서 오늘 만날 마사코가 서서히 마음에 떠올랐다. 생각지도 않은 사건이 연이 되어 이제 2,3 시간 후에 그토록 그립던 사람과 만나는 것이다. 게다가 자신은 예전의 가쓰오가 아니라, 마사코가 남편으로 기다리고 있던 자작 도시하루로서가 아닌가. 설마 자신을 잊고 있지는 않을지, 의식을 치르는 자리에서 비로소 얼굴을 마주했을 때, 마사코는 얼마나 놀라게 되는지. 기이한 인연이랄까, 기우(奇遇)라고 할까. 꿈에서도 전혀 볼 수 없을 듯한 이상한 재회를 생각하며, 가쓰오는 서서히 가슴이 뛰는 것을 느꼈다.

드디어 일행은 들판의 작은 정거장에 도착했다. 시계를 보자 오전 8시 정각이었다. 다행히 비어있던 1등실로 세 명이 올라탔다.

"지금쯤은 막 구즈가하라에서 마중나온 이들이 갔을 시간이군."

미야타가 걱정스레 말하자

"그렇지, 그들은 기대와는 달라서 놀랄 것이네." 소좌는 유유히 담배를 피우고 있었다.

"나리를 찾지 못하면 좋겠지만."

"괜찮을 걸세. 너구리 새끼 녀석들에게 뭐 가능하겠는가?"

어깨를 들썩해보였다.

철로의 굉음은 시끄럽게 들판 사이를 삐걱거리며 순식간에 창밖 풍경은 변해갔다. 하나씩 점차 정거장을 지나서 이미 다카미야 마을이 가까워졌다. 세 명은 새삼 계획의 위험성을 느끼고, 말을 맞춘 듯 얼굴을 마주했다.

"보게나. 이것이 다카미야라네. 즉 귀공의 구 성하(城下)이지." 이즈미는 일부러 가볍게 웃으며, 가쓰오의 얼굴을 바라보았다.

"드디어 도착했나요?"

"어떤가? 어떤 기분이 드는가? 안색이 조금 바뀐 것 같은걸."

"그거야 저라도 목석이 아니니까요." 가쓰오는 쓴웃음을 지었다.

"좋네. 걱정하지 말게나." 소좌는 몇 번이나 고개를 끄덕여 보이며

"그런데 정거장에 도착하면 먼저……"

"바로 밥을 먹어야죠. 아직 아침 식사 전이니, 퍽 배가 고파졌군. 화족 상거래는 처음이니, 아무래도 출생이 나빠서인지 배가 고프면 허기가 져서 아무것도 할 수 없네요."

때에 따라서는 뻔뻔한 말에 소좌는 문득 손뼉을 치고 웃으면서

"이거 든든한걸. 그 정도 담력이 있으면 성공할 것임에 틀림없네."

(1915년 2월 16일)

(10)

열차가 서서히 다카미야의 정거장에 도착하자 이즈미 소좌와 미야타는 우선 플랫폼에 서둘러 뛰어내리고, 공손하게 가쓰오를 부축해 내렸다.

가쓰오는 이때 자기답지 않게 목소리가 기어들어가는 기분이 들었다. 갑자기 눈앞의 공터 쪽에는 도착을 알리는 불꽃이 일제히 쏘아올려졌다. 속마음을 들킨 듯한 기분이 들면서도, 침을 조금 삼키고 침착한 태도로 조용히 정거장 근처의 저택으로 들어갔다.

그것을 보고 주변은 벌써부터 야단법석이었다. 이 고장의 고관, 아지카 가문의 옛 신하들은 재빨리 달려왔다. 식장에 있는 히데키에게는

곧 심부름꾼을 보내 알렸다. 저택에서 식사를 마치고 하오리와 하카마 상하의 전통 예복으로 갈아입고, 일동에게 모습을 드러내려는 순간, 소좌는 가만히 권총을 가쓰오에게 건네주었다. 그는 고개를 끄덕이고 그것을 품속에 넣어두었다.

큰 방에는 벌써 자작을 맞이하기 위해 사람들이 점점 더 몰려들었다. 그 중에서도 특히 프록 코트 차림의 키가 큰 노신사가 위엄 있게 기다리고 있었는데, 이윽고 서서히 자작의 앞으로 나아갔다.

"이시즈카 지사"라고 이즈미 소좌는 재빨리 가쓰오에게 말해 주었다. 이 사람은 역시 아지카 가문의 구 신하(臣下)였다.

지사는 공손하게 도착을 환영한다는 인사말을 하고, 다음으로 히데키로부터 전하는 말을 이어갔다. 이쪽에서 마중을 나와야 도리겠지만, 잠깐 체류하는 것이어서 실례지만 식장 쪽에서 맞이할 준비를 하고 기다리겠다는 불참을 사죄하는 말이었다. 가쓰오 자작은 의기양양하게 그 사죄 인사를 받았다.

그 동안에 그는 매우 주의 깊게 일동의 모습을 보았지만, 어느 누구 하나 자작의 진위에 대해 의심을 품는 자는 없는 것같았다. 그 정도로 가쓰오의 모습이 자작과 너무도 닮았기 때문이지만, 도시하루가 여러 해 교토 쪽에만 있어서 이곳 사람들에게 익숙하지 않아서이기도 했다. 어찌되었든 잘되었다고 가쓰오는 마음속에서 기뻐했다. 그러는 동안에 식장으로 향할 시간이 되었다. 가쓰오는 마차에 이즈미 소좌와 동승하고, 그 밖의 사람들은 인력거로 뒤를 쫓아갔다.

자작이 지나는 길에 해당하는 길에는 가마 앞에 막을 둘러치고, 시민들은 도로변에 늘어서서 구 번주(藩主)의 행렬을 맞이하였다. 환호하는 소리는 여기저기에 흘러 넘쳤다.

여러 길을 통과하여 곧 마차는 아지카 신사의 앞에서 멈춰 섰다. 이 신사는 아지카 가문의 사당이 있는 곳으로, 오늘 상속 의식은 이

경내에서 치러지는 것이었다. 하지만 대담한 가쓰오도 점점 이곳에 왔을 때에는 평소와는 달리 몸이 위축되는 듯한 기분이 들었다. 이것이 아지카 가문의 선조 도시히로(利廣) 공을 비롯한, 대대로 내려오는 신령이 사는 곳인가 생각하니 새삼 자신의 하는 일의 무서움에 발이 흔들렸다. 오래된 삼나무가 울창하게 즐비하였고,[1] 잔가지를 치우고 먼지 하나 없이 청소를 한 경내를, 그는 두근거리는 가슴을 누르고 진정시키며 천천히 식장으로 들어갔다.

배전 앞에서는 한 무리의 사람들이 자작을 맞이하려 기다리고 있었다. 그 중에는 한 명, 키가 작은 얼굴이 빨간, 예복을 입은 어딘지 어두운 인상을 띤 그는 자작의 이복동생 히데키였다.

지금 히데키는 가쓰오의 모습을 한번 보더니, 갑자기 얼굴빛을 바꾸어 손에 든 모자를 땅에 떨어뜨렸다.

(1915년 2월 17일)

(11)

신전의 의식은 엄숙하지만 매우 간단하여 선조의 신단을 향해서, 이번에 자신이 아지카 가문의 정통을 잇는 다는 것을 삼가 아뢰고, 가문의 이름을 욕되게 하지 않는다는 선서를 한다. 그것을 마치면 주된 참석자의 축사가 있고, 일동에 대한 새로운 자작의 인사가 있고, 이것으로 식이 끝나는 것이다.

그 동안 히데키의 모습은 보기에도 딱할 정도였다. 몸은 부들부들 떨고 왼쪽 오른쪽 두리번거리면서 발도 땅에 닿지 않는 듯하고, 얼굴색은 새파랗게 질려 있었다. 가쓰오도 이즈미 소좌도 시종 이 사람을

---

1) 원문에 '天□□々'부분이 삽입되어 있는데 판독의 어려움으로 번역문에서 생략.

응시하고 있었다.

"오늘은……정말……경사스런 의식으로……" 히데키는 말을 더듬 거리면서 겨우 말을 이어갔다.

"고마우이, 히데키. 이번에는 여러모로 자네의 도움을 많이 받았네 요. 대단히 감사하다는 인사 드립니다." 가쓰오는 의기양양하게 해내 었다.

"결……결코……" 떨리는 목소리로 말하며 그는 이쪽 얼굴을 바라 보았지만, 정신적으로 무너져 있었기 때문에, 물론 자작의 진위를 의 심하는 기색은 없었다. 만약 조금이라도 이변이 있을까 싶어, 가쓰오 도 소좌도 품속의 권총을 만지느라 근질근질했지만, 그럴 필요도 없이 식은 무사히 끝이 났다.

그리고 일동은 식장을 나와서 자작과 함께 본가로 들어가, 드디어 마사코 아가씨와의 결혼 피로연이 거행될 예정이었다. 이미 자작의 진 위에 대해서는 단 한사람도 의심을 품고 있지 않았기 때문에, 가쓰오 는 이제 완전히 마음이 안정되어 자신이 진짜 자작이 된 듯한 기분이 들었다. 그러나 면으로 된 모자에 이쓰쓰가사네(五重襲)[2]를 입은 마사 코 아가씨와 나란히 서서 경사스럽게 식에서 세 번 술잔을 주고받을 때만큼은, 그렇게 담대한 가쓰오도 파도처럼 마음이 춤을 추었다. 이 것이 십년 전의 연인 가와하라 마사코인가라고 생각하니, 천천히 그리 운 마음이 솟구쳐서 자칫하면 자신이 지금 수행하는 큰 역할을 잊어버 리게 되었다. 가쓰오는 어떻게든 한번이라도 그 얼굴을 보고 싶었다. 신부의 머리에 깊게 늘어진 면 모자를 집어 들어 얼굴과 얼굴을 마주 하면, 마사코는 얼마나 놀랄 것인가. 설마 자신을 잊고 있지는 않을지, 그 놀라는 모습을 보고 싶다, 그리고 한마디라도 말을 나눠보고 싶

---

2) 안감을 다섯 겹으로 댄 여성 정장 예복.

다……간절히 마음속으로 생각했지만, 물론 그런 기회는 없었다. 얼굴도 보지 못하고, 목소리도 듣지 못하고, 그저 그 그리운 연인의 모습과 나란히 했을 뿐, 의식은 법대로 끝나고 말았다. 참석자 일동은 이윽고 각자 해산하여 가쓰오 자작은 잠시 안쪽 거실에 들어가 휴식을 취했다. 해는 이제 흔적도 없이 저물고, 정원의 깊은 수목의 그늘도 어두워진 방에는, 선명한 꽃 램프가 켜져 있었다.

가쓰오는 하루동안의 대역(大役)으로 정말 피곤해서 몸을 쉬게 하고, 깔개에 자리를 마련하면서 저절로 마사코의 모습을 머리에 떠올렸다. 이즈미 소좌는 옆에서 계속해서 오늘의 성공을 기뻐하며

"저, 나이토 군, 뭔가 이상하다고 한들 오늘 하루 정도 이상한 날은, 필시 자네 평생에 다시 없을 걸세. 나도 반나절 정도는 주인님에 되어 보고 싶다네. 하하하."

작은 소리로 말하고는 웃었다.

"하하하, 그러나 의외의 성공이었네요."

"정말 더 바랄 나위없었네. 이것으로 아지카 가문은 만만세이지. 모두 자네 덕이 아닌가. 고맙네. 나는 이제 어떻게 감사의 말을 전해야 할지 모를 정도로 기쁘다네." 이즈미는 만면에 기쁨이 가득하던 바로 그때에, 황급히 들어온 것은 미야타였다. 앉자마자 바짝 무릎으로 다가와서는

"이즈미 씨, 이렇게 계실 때가 아닙니다." 라고 서둘러 말하였다.

(1915년 2월 18일)

(12)

"어떻게 된 거야?"라고 이즈미도 가쓰오도 일제히 미야타의 얼굴을 보았다.

"히데키 씨가 좀전에 구즈가하라에서 전보를 받았다고 합니다."

"뭐? 구즈가하라에서 전보가 왔다구?"

"그렇습니다. 어떤 전보인지는 알 수 없지만, 서생 다카하시의 이야기로는 받은 것이 확실합니다."라고 미야타는 녹록치 않다는 얼굴색을 하고 침을 삼켰다.

"좋아."라고 이즈미는 고개를 끄덕이며 "그럼 꾸물거리고 있을 수 없군. 우리는 바로 출발하세. 그러면 미야타 군, 자네는 이곳에 남아서 누군가 대면을 바라더라도 주인님은 주무신다고 하고 모두 사절해주게. 괜찮겠나? 손님이 누구라고 해도 내일 아침 아홉 시까지는 대면이 불가하다고 하게."

"알겠습니다."

"그런데 자네" 하고 가쓰오를 향해

"자네는 그 외투를 꼭 입어주게. 마침 날도 어두워졌고, 지금부터 말을 달려가야 만사가 계획대로 되는 거네."

"좋아, 나가지."

라고 대답하고, 가쓰오는 남몰래 한숨을 쉬었다.

이제 출발하면 밤 1시경에는 구즈가하라의 수렵장에 도착할 것이다. 그렇지 않으면 도로 아미타불, 가쓰오는 이제 자작도 주인님도 아니다. 역시 그저 가쓰오인 것이다. 완전히 한단(邯鄲)의 노생(盧生)이 꾸는 한 순간의 꿈이라고 할까, 그것도 정말 옛날의 그리운 연인을 만나서 그 사람과 이야기도 하지 못하고, 얼굴도 보지 못하고 그저 타인의 몸만 빌려서 결혼식을 막 올린 참이었다. 역시나 아쉽고 한심한 생각이 들었다.

"생각해보니 재미없는 이야기죠."

라고 가쓰오는 우스갯소리처럼 몰래 자신의 심정을 말해보았다. 그러자 소좌는

"그렇게 말하지 마시게. 나도 자네의 역할이 안됐다고 생각하고 있지만, 그러나 이 경우에 목숨에 별반 지장이 없는 것이 다행이라네. 아직 방심할 수 없지. 히데키 씨가 전보를 받은 이상, 경우에 따라서는 구즈가하라에 무슨 일이 있었을지도 모른다네. 그렇다고 한다면 아직 자네의 목숨은 간당간당한다는 거지. 언제라도 목이 떨어질 수 있네."

"그런 기분 나쁜 말을 하다니 듣기 싫군요."

"아니, 진짜 그렇다네. 아무튼 빨리 이곳을 떠나는 것이 급선무일세."

이런 말을 듣고 보니 가쓰오도 침착하게 있을 수만은 없는 상황이었다. 뭔가 일이 들통 난 것은 아닌지 생각이 드니 이젠 옛날 애인 따위가 아니다. 이제 와서 뭐니 뭐니 해도 마사코는 엄연히 아지카 가문의 부인이기도 하고, 원래 그 사람에게 깊은 마음을 품었던 것은 아니었다. 하지만, 그런 것보다도 지금은 일신의 큰 일, 만약 모략이 들통난다고 하면, 소좌가 말하는 대로 한 시도 지체할 수는 없었다.

"그렇다면 더 이상 자네와 나는 이걸로 헤어지세. 조심하게나."
라고 미야타가 가쓰오의 얼굴을 보면서 말하자

"지금 상황이라면 여유로운 작별인사도 예를 차리는 것도 나중에 하세. 자, 나이토 군. 내 뒤를 따라 오게나."

소좌는 얼른 차려입고 자리에서 일어났다.

(1915년 2월 19일)

(13)

저택의 비상문 바깥쪽 커다란 나무가 우거진 곳에, 미리 소좌의 배려로 말 두 마리가 묶여 있었다. 두 사람은 훌쩍 말에 올라타고 인적이 드문 뒷길을 따라서 조금씩 외곽으로 도망쳐갔다. 밤기운은 물처럼 차갑고, 달은 지금 산 끝자락에 빨갛게 떠 있었다. 도중에 서로 말도 하

지 않고, 그저 들판 길을 서둘러 달렸다. 잠시 후에 가쓰오는 비로소 입을 열고,

"이즈미 씨, 히데키 씨가 받은 전보라는 것은, 대체 어떤 것입니까? 아직 걱정이 됩니다만."

라고 낮은 목소리로 말했다.

"그걸 모르기에 걱정인걸세."

라고 소좌의 대답도 이것뿐으로, 이후에는 다시 서로 침묵하고 있었다.

말은 질풍처럼 달려갔다. 다카미야 시에서 대략 6,70리쯤 왔을 듯한 시점에, 이즈미 소좌는 갑자기 말을 멈추고

"이봐, 좀 들어보게."

"네…" 가쓰오도 말을 멈춰 세웠다.

밤은 11시를 지날 무렵으로, 사방은 조용히 어두워진 가운데 뒤편에서 불어오는 바람결에 가늘게 말발굽 소리가 들려왔다. 두 사람은 귀를 쫑긋 세우고, 잠자코 눈을 맞추었다. 그러자 갑자기 말에서 뛰어내린 소좌는, 지면에 귀를 대고서 잠시 소리를 듣고 있었다.

"말은 두 마리다. 5리 정도밖에 떨어져 있지 않네. 바람이 부는 쪽으로 가고 있는 것은 이쪽의 행운일세."

필시 쫓아오는 무리임에 틀림없다고 두 사람은 한 번 더 강하게 말고삐를 당기고, 약 1시간 정도 앞으로 앞으로 달려갔다. 잠시 어느 숲에 다다르자 나무들이 양옆에서 나뭇가지를 뻗어 있어서, 길은 겹으로 구부러져 있었다. 이렇다면 이제 추격자들의 눈에 뜨일 염려는 없겠지만, 그와 더불어 이쪽도 추격자들을 볼 수가 없었다.

삼림 속을 30분정도 지난 곳에서, 길이 두 갈래로 나뉘어져 있었다. 소좌는 고삐를 꽉 쥐고

"오른쪽이 수렵장으로 가는 길, 왼쪽이 구즈가하라로 가는 길이다. 어쨌든 자네, 조금 더 내려가 보게."

가쓰오가 주저하자

"괜찮으니 빨리 가세."

소좌는 서둘러 말에서 내렸다. 가쓰오도 어쩔 수 없이 말하는 대로 하자, 그는 말을 숲 속 그늘에 숨기고, 말이 놀라지 않도록 눈에 눈가리개를 씌워주었다.

"어떻게 하실 겁니까? 여기서 추격자들을 보려고 하는 건지요."

가쓰오가 이상히 여겨 물어보자

"괜찮으니 잠자코 있게."

이즈미는 손으로 제지하면서, 함께 풀숲 위에 엎드려 있었다.

그러는 동안에 말발굽 소리는 점점 가까이 들려왔다. 달은 구름 한 점 없이 휘영청 드리워져 있었지만, 요즘 가뭄이 이어져 길은 허옇게 말라 있었다. 그 때문에 이쪽 말 발자국은 조금도 남아있지 않았다.

"왔네." 이즈미가 귓속말을 했다.

"히데키일까요?"

"아마 그렇지 않을까."

과연 추격자는 히데키였다. 그 외에 살집이 있는 건장한 남자 한 명이 수행하고 있었고, 두 사람은 가쓰오 등이 숨어있는 바로 앞으로 다가오려는 찰나, 히데키는 갑자기

"이봐, 잠깐만."

수행자에게 말을 건네고 고삐를 꽉 잡았다.

재빠르게 이즈미 소좌는 권총 방아쇠에 손가락을 걸고, 숨을 참으며 과녁을 노려보고 있었다.

(1915년 2월 20일)

(14)

"이와즈미, 어디로 갈까?"

고무래 정자 모양으로 생긴 길모퉁이에 말을 세우고, 히데키는 수행하는 남자를 돌아보았다.

"저택 쪽으로 가시죠. 어쨌든 시시비비를 가린 뒤에요."

이와즈미라고 불린 남자가 공손히 대답했다.

"음…"

히데키는 잠시 생각하고 있었지만,

"그렇지만 말발굽 소리를 들은 것 같지 않은가?"

"아뇨, 전혀요." "듣지 못했다구? 그런가?"

라고 말하며 이상한 듯이 고개를 갸웃하였다.

말하는 분위기로 자신들을 뒤쫓아 온 것이 아니라고 알게 된 이즈미 소좌는, 겨우 방아쇠에 건 손가락을 풀었다. 다시 히데키가

"그렇다 해도 우선 사냥 오두막 쪽으로 가 보면 어떨까?"

라고 말했다.

"그렇습니까? 뭔가 적에게 계략이라도 있지는 않을지. 그걸 걱정하기 때문에. 게다가 전보로는 만사 성공이라고 했으니, 성공했다고 한다면 따로 오두막에 갈 필요는 없다고 사료됩니다. 만약 성공이라는 것이 잘못된 것이라면 그거야말로 계략이 있는 것일 테니까요."

히데키는 잠시 머물러 있다가 이윽고

"좋네, 그럼 저택 쪽으로 가세."

라며 말에 가볍게 박차를 가했다.

두 사람은 그대로 왼쪽으로 뒤도 돌아보지 않고 달려갔다. 그 발소리가 멀어진 것을 듣고 나서 이쪽의 두 사람은 조용히 숨겨둔 말을 꺼내어

"어떻게 생각하나? 나이토 군, 전보에는 만사 성공이라고 했다네."

소좌는 깊은 생각에 잠기면서 이렇게 말했다.

"어떤 성공일까요?"

"그건 알 수 없지."

고개를 갸웃하며 "어쨌든 그들도 상황을 알기 어려웠을 테지. 그래서 이쪽에서 헤매던 것 아니겠나? 아무튼 오두막의 상황이 걱정이네"

"서둘러 가보죠."

두 사람은 바로 말에 올라타서 오른쪽으로 갔다. 숲 아랫길을 빠르게 달려서 금방 그 오두막에 도착했다. 그런데 오두막 안은 적막이 흐르고 있었고, 금방 마중을 나올 우키치의 모습도 보이질 않았다. 궁금해 하며 소좌는 앞장서서 문 쪽을 밀자, 문은 이유 없이 열렸다. 그 방 안에는 아무도 없었고, 어젯밤 그대로인 술자리 흔적이 어지럽게 흩어져있을 뿐이었다.

"우키치, 우키치."

이즈미는 불러보았지만, 대답이 없었다.

"뭔가 이상한데요."

"이상하군. 빨리 나리를 찾아야겠군."

두 사람은 서둘러 구멍 쪽으로 갔지만, 오두막 앞까지 와서 보고 깜짝 놀랐다. 문 아래쪽에서 피가 흘러넘쳤고, 그 피는 이미 굳어있었다.

"아…"

과연 두 사람도 얼굴색이 바뀌어 멈춰서고 말았다. 그러나 가쓰오는 재빨리 다가가서 문을 열어 보았지만, 열리지 않았고 빗장이 단단히 걸려있었다.

"어떤 피일까요? 이건…."

"아무래도 사람의 피 같은데."

어쨌든 상황을 보고 싶은 것은, 이 문 안쪽이기 때문에 가쓰오는 바로 부엌에서 부젓가락을 들고 왔다. 정신없이 열어서 열쇠 안을 열고자 했지만, 좀처럼 움직이지 않았다. 그래서 이번에는 권총을 열쇠 안에 대고 한발 당기고 드디어 열쇠가 부서졌다. 문을 힘껏 열어보자, 달빛이 안으로 들어왔다. 그러자 사방이 피범벅이 되어있고, 오두막 구석에 시체 한 구가 놓여있었다.

(1915년 2월 21일)

(15)

어젯밤은 아지카 자작과 함께 유쾌하게 술을 나눠 마시던 바로 그 술자리에서, 지금은 가쓰오와 이즈미가 마주 보고는 아까부터 한 마디도 할 수 없었다. 도코노마의 탁상시계가 그저 한 번 울렸을 뿐이었다.

노 소좌는 주먹으로 거칠게 눈물을 훔치고, 휴 큰 한숨을 내쉬었다. 조금 제정신으로 돌아온 것 같았다.

"아…나리를 빼앗기고 말았다."

원망스러운 듯이 혀를 끌끌 찼다. 도시하루의 모습은 끝내 오두막에서 볼 수 없었던 것이다. 그리고 그 굴속의 시체는 요리사였던 우키치였다. 가쓰오도 절절이 한숨을 내쉬며

"아까 히데키 씨가 말한 만사 성공이란 이 일을 두고 한 말이었나 봅니다. 실로 어처구니없게 되었네요. 오늘 다카미야에서 커다란 환호성을 듣고 있던 그때에, 여기서는 이런 변고가 있었다니, 정말 생각도 하지 못했습니다."

"정말 안타까운 일을 만들고 말았군. 그러나 앞으로 어쩌면 좋단 말인가…"

"글쎄요…" 두 사람은 서로 얼굴을 마주보았다. 두 사람도 이번에는 거의 어찌할 바를 모르고 있었다.

"어쩔 수 없으니 경찰의 도움을 빌리는 것이 어떨까요…"

가쓰오가 말했다.

"말도 안되는… 공론화할 거였다면 처음부터 걱정도 안 했을 걸세."

소좌는 드디어 차분해진 것 같았다. 소매에서 담뱃대를 꺼내어 조용히 물고서

"그렇지만 잘 된 거지. 자네가 다카미야에 가주지 않았다면, 지금쯤 우리 모두 지옥인지 극락인지 알 수 없었을 테니."

"우리는 어쨌든 자작의 목숨이 달린 일입니다. 우물쭈물 하다가는 나리의 목숨이 위험해질 테니까요."

"우선 그렇게 서두르지 말게. 내게도 좀 생각이 있으니."

소좌는 아주 차분해져서 유유히 담배 연기를 뿜었다. 그리고 잠깐 동안 다소 냉소적으로 웃더니

"후후후, 히데키의 허를 찔러줬지." 의외로 여유로운 말을 했다.

"그러나 의표를 찔린 것은 아닐까요."

"음, 다음에 한 번 더 의표를 찔러주지."

"그렇다면 어떻게 하실 건지요."

"식은 죽 먹기지. 이제부터 바로 자네가 다카미야로 가면 되는 거네."

"다카미야로 간다고요?"

가쓰오는 수상쩍다는 듯이 소좌의 얼굴을 바라보았다. 그리고 바로 구즈가하라에 들어가서, 자작을 빼앗아오는 거라면 알겠지만, 그쪽은 버려두고 두 사람이 다카미야로 돌아간다는 것은 영 납득할 수 없었다. 소좌는 가볍게 웃으면서

"그렇지, 다카미야로 돌아가는 거지. 돌아가지 않고서 어떻게 한담. 아침까지는 꼭 나리는 저택으로 돌아가실 예정이지 않은가."

"그럼 이제부터 바로 구즈가하라로 가서 자작을 되찾아 와야 하지 않을까요?" 가쓰오는 여전히 열변을 토했지만, 이즈미는 침착하게

"이보게, 허둥대지 않아도 된다네. 제가 말하는 나리는, 물론 오늘 다카미야에서 상속식을 거행한 아지카 가문의 새로운 주인공이네." 웃으며 가쓰오를 가리켰다.

"그런 말도 안 되는!"

가쓰오는 질렸다는 듯이

"이즈미 씨, 이런 경우 농담할 때가 아니지 않나요?"

(1915년 2월 23일)

(16)

"뭐가 농담이라는 건가?" 노 소좌는 진지해져서

"자네가 이때 아지카 자작이 아니라면 어떻게 되겠나? 생각해보게. 내일이 되어 나리가 저택에 계시지 않는다면, 오늘의 계획은 모두 수포로 돌아가는 거라네. 만약 그건 가짜였다고 고백하는 것은 불가능하네. 설사 가능하다 해도 그 경우 자네 목숨은 어떻게 될지."

"그건 어떻든 간에 방법이 없지 않나요? 충의를 위한 범죄였으니."

"충의를 위한 범죄, 좋네. 죄라면 대가를 치러야겠지만, 그렇다면 아지카 가문은 어떻게 되겠나? 나라의 구 번사나 시민은, 자네에게 기만당했다고 그대로 잠자코 있지는 않을 걸세."

"그렇게 저를 다그치셔도 방법이 없지 않나요? 원래 저는 이른바 임시방편이었으니."

가쓰오는 쓴웃음을 지었다.

"하하하, 그렇지. 자네를 비난할 거는 못 되지." 소좌는 웃으며,

"그렇지만, 자네도 일단 충의를 느끼고, 우리를 도와주었네. 지금 자네가 도망가 버린다면, 모처럼 오늘 애쓴 수고도 모두 헛수고가 되고 말테니. 그래서 한 번 더 자네가 분발해주지 않겠나? 자네가 가 준

다면, 나리는 괜찮을 거라네. 구해낼 기회가 있을 걸세."

"아니, 이제 저는 실례하고 싶습니다. 게다가 히데키 씨가 진짜 자작을 잡고 있으니, 이 이상 가짜는 통하지 않을 것입니다."

"가짜라는 것을 그들이 안다고 해도, 원래 그건 상관없는 거네. 만약 그들의 입에서 그 사실을 공언한다면, 그거야말로 자신들의 음모를 만천하에 알리는 것일 테니. 설마 그 정도로 그들이 바보는 아닐 걸세."

"그렇다면 그것도 일리 있군. 히데키가 설령 진짜 자작을 붙잡고 있고, 이쪽이 가짜라는 걸 안다고 해도, 그것을 사방 온 천지에 말한다면, 즉 자신의 죄상을 자백하게 되는 것이니까. 사냥 오두막에서 도시하루를 납치해서, 수행하던 우키치를 살해했다는 사실, 그 모든 전말을 나열하지 않으면, 가짜 자작이란 측면을 늘어놓는 셈이다. 과연 이것은 가능하지 않을 걸세. 그러나 이쪽 또한 그렇다고 해서 안심할 순 없는 건, 설령 히데키에게 까발려지지 않더라도, 언제까지나 사람들 눈을 속일 순 없을 테니."

"안됩니다. 아무 대책 없이 있을 순 없으니까요."

가쓰오는 주저했다.

"알게 되면 어쩔 수 없지. 어쨌든 다카미야에는 꼭 자네가 없으면 안 되네. 그런데 일단 자네도 아지카 가문을 도와주고자 결심하고, 오늘 역할도 수행해준 이상, 여기서 모든 일의 파탄을 보고서 모른 척 물러가는 건 비겁하지. 이런 점을 감안해주게. 어떻게든 이 상황은 한번 더 자네가 힘써주지 않을 수 없는 거네."

"그것은 저도 걱정하는 바입니다. 그렇지만 이러고 있는 동안에, 그들이 나리를 죽일지도 모릅니다."

"그것은 나도 걱정하고 있네. 자네가 여기서 꼭 힘을 빌려주지 않으면, 놈들은 금방 그것을 단행할 걸세. 자작의 목숨은 풍전등화와 같네."

"아니 이미 단행했을지도 모른다고 생각하면……"

"그때에는 어쩔 수 없지. 자네를 만년 아지카 가문의 나리로 바꾸는 거네."

"저런……" 가쓰오는 마지막에 갑작스런 노 소좌의 말에, 아연실색 하여 그 얼굴을 바라보았다. 그렇지만 노 소좌는 농담이 아닌 듯하였다.

(1915년 2월 24일)

(17)

"그렇지만 괜찮을 걸세. 우리는 결코 그들이 주인님을 죽일 일은 없다고 믿고 있다네."

라고 이즈미 소좌는 힘주어 말했다.

"자네가 자작이라 칭하고, 저택에 있어 주는 이상은 결코 주인님의 목숨에 이상은 없다네. 무엇 때문에 그들이 살인의 대죄를 저질러서 보란 듯이 유배된 자네에게 아지카를 넘겨주겠는가. 그건 괜찮을 걸세."

…소좌의 이 말에도 일리가 있다. 지금 진짜 자작을 죽인다 해도, 나중에 가쓰오 자작이 있는 데다 가쓰오 쪽을 진짜라고 생각하는 이상, 히데오가 도시하루를 없앤다고 하는 것은 드디어 가쓰오를 진짜 자작으로 삼는 셈이 되기 때문이다.

그러나 그것은 그렇다고 하더라도, 여기서 가쓰오가 다시 다카미야로 들어간다는 것은 매우 위험하다고 하지 않을 수 없을 것이다. 왜냐하면 지난번에는 뭐니 뭐니 해도 단 하루였고, 거식의 혼잡함 때문에 들키지 않았을 뿐이지만, 이번에는 좀 다르다. 우선 히데키 일행이 이미 가짜라고 알고 있고, 오늘 언제 어떤 일이 벌어질지 모른다. 마치 살얼음판을 걷는 것 같은 것이다.

이러한 모험은 가쓰오가 좋아하는 편이다. 설령 싫어한다고 해도 원래 이런 경우에 이즈미 소좌가 놓아줄 리가 없다. 가쓰오를 아지카 가문을 위해 허수아비처럼 사용하려 하고, 풍류를 전혀 알지 못하는 난폭한 성격의 노인이지만, 충의의 의지는 금석(金石)보다도 단단하다. 가쓰오로서도 히데키의 음모는 정말 싫다. 자신과는 어떤 관련도 없는 다른 가문의 갈등이라고 하지만, 정의가 은폐되고 악인이 이기는 것을 방관할 수는 없다. 원래 젊은 나이의 혈기왕성한 가쓰오는 일이 달성된다면 남아로서는 더할 나위없는 쾌거라고 생각했다.

"좋습니다, 해 보겠습니다. 어차피 사내로 태어난 바에는 모험은 평생 피할 수 없는 것이고, 만약 잘못 되어 목숨을 잃는 것이 충의를 위해서라면, 아쉬울 것이 없다고 생각합니다."

그는 드디어 결심이 섰다고 대답하였다. 소좌는 손을 잡고 기뻐하며

"고맙네. 역시 자네는 남자로군. 머리를 조아리고 싶을 정도로 나는 자네가 고맙다네. 그런데 휙 타고 갈 말이지만, 어차피 막 왔다면 타기 어려울 걸세. 기다려주게나. 그자들도 설마 말까지는 데리고 가지 못할 걸세."

이미 □이 정해지면 한시도 지체할 수 없다고 소좌는 갑자기 가쓰오를 재촉하며 일어섰다.

"그러나 우키치의 시체를 어떻게든 처리하지 않을 수 없지요."

"…. 그럴 여유는 없다네."

"여유가 있든 없든 이것만은 하지 않을 수 없습니다. 충의에 죽은 자입니다."

"그런가. 알았네. 그건 틀림없지. 자네는 실로 지와 인의와 용기(智仁勇)를 두루 갖춘 인물일세."

소좌는 감복한 듯이 말했다. 그리하여 임시방편이지만 우키치의 시신을 정원 한쪽에 매장해두고 이제 출발하려는 찰나에, 가쓰오는 문득 생각이 났는지

"잠깐 기다려 주세요. 나이토 가쓰오의 시신도 처리해야 하니까요."

라고 다시 자리로 돌아가서 자신의 여행용 복장과 가방을 보자기에 싸서 단단히 안장에 매달았다.

"아니, 그리 훌륭한 시신도 아니지 않나?"

두 사람은 웃으면서 사냥터 오두막을 나섰다. 30척(尺)³⁾ 정도 갔을 때에 갑자기 옆쪽 숲속에서 한 발의 총성이 울리더니 '앗' 하고 가쓰오가 오른팔을 움켜쥐었다.

"어찌된 건가?"

소좌가 뒤돌아보자, 다시 대여섯 발 우수수 탄환이 날아왔다.

(1915년 2월 25일)

(18)

적에게 뒤를 보이는 것은 유감이지만, 지금은 이런 사소한 것에 매달릴 때가 아니었다. 그래서 두 사람은 못된 놈들이라 생각하며 내버려 두고 날쌔게 말에 채찍을 가하여 뒤도 돌아보지 않고 숲 아랫길로 달려갔다. 그들을 저격한 것은 두말 할 필요도 없이 히데키 일당의 한 명으로, 어느 틈엔가 사냥터 오두막 부근에 잠복해 있었던 것같았다. 가쓰오의 상처는 다행히 왼쪽 손목을 스친 정도였다. 두 사람은 그저 달이 뜬 밤길을 전속력으로 다카미야로 달려 도착한 것은 그럭저럭 아침 6시 경이었다. 어둠은 완전히 물러나고 마을로 접어든 시점에는 사람도 말도 물에 젖은 솜처럼 기진맥진해있었다.

아지카 저택의 뒷문을 들어가자, 거기에는 한 명의 건장한 남자가 기다리고 있었다. 이즈미 소좌의 심복으로 이케구치(池口)라는 예비역 소위였다.

---

3) 척관법의 길이의 단위. 1척은 약 30cm 정도.

"잘 오셨습니다."

매우 공손하게 집에서 서서 맞이하였다.

"이케구치, 오늘 아침의 일은 입 밖에 내서는 안 되네."

소좌는 주의를 주고 가쓰오와 함께 다시 원래 거처로 들어갔다.

미야타는 어젯밤 그대로 여기서 불침번을 서 있었는데, 역시나 매우 피곤하여 졸기라도 했는지 장지문이 열리는 소리에 깜짝 놀라 일어섰다.

그리고 가쓰오의 얼굴을 보더니 갑자기 그 자리에서 엎드려서

"잘 다녀오셨습니까? 무사히 돌아오셔서 무엇보다 다행입니다."

라고 매우 기뻐하며 말했다. 미야타는 가쓰오의 모습을 완전히 주인님 도시하루라고 본 것이었다.

가쓰오는 애써 미소를 지으면서

"아니 집을 비운 사이 이래저래 심려를 끼쳐 고생이 많았네."

"별말씀을…"라고 말하며, 문득 가짜임을 눈치를 챈 듯이 미야타는 의심스런 눈초리로 가쓰오를 바라보았다. 그러자 소좌는 "잠이 덜 깨어서는 안 되네"라고 옆에서 어깨를 탁 쳤다.

"네…"

미야타는 비로소 눈치를 채고서, 점점 얼굴색을 바꾸어

"주인님은 어찌 된 것입니까? 주인님은…이즈미 님, 주인님은 어찌 된 것입니까?"라고 엉겁결에 서둘러 물었다.

"쉿, 목소리가 크네. 뭐라고 하는 건가."

소좌는 찡긋 눈짓을 하고서 "주인님은 여기 계시지 않은가?"

"그, 그렇습니다만, 그러나…"

목소리를 작게 하여 "대체, 어떻게 된 것입니까? 이것은…이즈미 님, 나이토 군?"

점점 불안한 낯빛으로 미야타가 물어보았을 때, 문득 장지문 밖에서 사람 발자국 소리가 들렸다. 소좌는 깜짝 놀라서 갑자기 가쓰오의 손

을 이끌더니

빨리 다른 방으로 가시오, 어서."

라고 떠밀듯이 중간 문을 열어서 밀어내면서

"어서 침구 속에 숨겨 놓게나. 안에 쏙 들어가서 그렇지, 목만 내놓고 눈을 감고 모자, 모자를 벗고 침구 속에 숨겨 두게나."

아직 누가 온 것인지 알 수 없었지만, 이쪽은 번잡하기 그지없었다. 가쓰오는 말해주는 대로 그 다음 방인 자작의 침실로 숨어들어 요 속으로 숨었다. 소좌는 그것을 확인하고 미야타에게 눈짓을 하더니, 미야타는 짐짓 모른 척 조용히 방의 장지문을 열었다. 들어 온 것은 마사코 부인이 보낸 시녀로, 자작에게 아침 문안인사를 드리러 온 것이었다.

(1915년 2월 26일)

(19)

"당치 않게 간담이 서늘해졌군 그래."

노 소좌는 부인의 시녀를 내보내고서는, 재수 없다는 듯이 중얼거리면서, 침실로 들어갔다. 그 사이에 가쓰오는 미야타에게 가져오게 하여, 자작의 평상복으로 갈아입었다.

"어찌 됐든 우선 아침을 먹기로 하세, 배가 몹시 고프군."

소좌는 초인종을 눌러서 세 사람의 밥상을 가져오도록 분부했다. 오늘 아침은 주인님의 식사자리에 이즈미와 미야타가 배석한 셈이었다. 아무튼 두 사람은 매우 지쳐있었다. 어젯밤부터 한숨도 자지 못한 채 그런 활극을 벌인 셈이기 때문에, 밥상에서 술이라도 한잔 마시고 여유 있게 몸을 쉬려고 생각했지만, 미야타는 혼자서 초조해하며

"저기요, 그렇게 가만히 있을 수 없는 거 아닌가요? 한시라도 빨리 히데키 씨를 처분해야 하지 않을까요?"

"좋네, 그러나 자네처럼 야단스럽게 할 것은 아니지."

소좌는 유유히 포도주를 꺼내어, 한 잔 기울이면서

"그럼, 이참에 일거에 히데키를 처벌하는 것도 유쾌한 일이겠지. 그렇지만, 그것은 결코 묘안이라 할 수 없네. 만약 지금 사력을 다해 구즈가하라에 쳐들어간다면, 히데키를 공격하는 것은 어렵지 않지만, 주인님의 목숨이 위험하지. 저놈도 보통내기가 아니고. 자신의 목숨이 위태롭다고 보이면, 반드시 주인님에게 손대지 않을 수 없을 걸세."

"게다가 또한…" 가쓰오도 옆에서

"설령 여기에 자작이 돌아와 있는 이상, 이쪽에서 히데키 씨를 처분하는 구실이 없는 셈입니다."

"그럼, 이대로 두는 것입니까?"

미야타는 안절부절 못 하는 기색으로

"그렇지, 우선 처분은 보류하는 거지. 괜히 잘 못 된다면, 하지 않는 편이 나으니까."

"그럼, 전에 사천왕 그놈들 중 두 명이 그곳에 눌러있다고 합니다."

"둘이라…다른 두 명은?"

"이곳에 탐색하러 온 모양입니다."

"그런가."

이즈미는 고개를 크게 끄덕거리며

"그렇다면 드디어 주인님은 무사하겠군. 저쪽에 있는 두 사람이 반드시 주인님의 경호역할을 맡고 있음에 틀림없을 테니. 좋아, 안심이군."

이즈미 소좌는 점점 도시하루가 안전하게 있다고 확신했다.

이 사천왕이라는 것은, 히데키의 심복 일당으로 늘 곁을 지키는 4명의 검사를 말하는 것이다. 어젯밤 구즈가하라에 돌아온 그들은 오늘 아침 일찍 다카미야로 돌아갔을 테지만, 그 사천왕 중 둘만 데리고 온 바를 생각해 보면, 나머지 두 명은 매우 중요한 임무를 띠고 구즈가하라의 자작의 경호를 하는 것임에 틀림없다는 소좌의 추측은 아마도 맞는 것이리라.

(1915년 2월 27일)

(20)

2, 3일 지난 어느 날, 가쓰오는 묘한 편지를 받았다.

"결례를 무릅쓰고 편지로 말씀드리겠나이다. 나리의 옥체를 소중히 생각하시옵소서. 이 미천한 계집이 이렇게 편지로 말씀드리오니 부디 한번 읽어주시기를 바라옵나이다."

라고 운을 뗀 여자 글씨체로 된 이름 없는 편지였다. 어찌됐든 이즈미 소좌와 함께 열어보니, 다음과 같은 내용이 씌어있었다. 그 긴 편지에는 시내의 덴노초(天王町)의 외곽에 나무판자를 둘러친 집이 있을 것이다, 오늘밤 그 뒷문에서 중정(中庭)의 정자까지 몰래 들어와 주신다면, 거기서 나리의 신상에 관한 중대사를 알려드리고 싶다고 에둘러서 정성껏 적혀 있었다.

"음, 그다지 좋은 계략도 아니군, 누가 이런 고루한 덫에 걸려들 것인가."

라며 이즈미에게 한번 웃어주고는, 아예 취급하려고 하지 않았다.

가쓰오도 동감하며 편지를 얼른 찢어버리려고 하였는데, 문득 뒤편에도 무언가 쓰여 있는 것을 보게 되었다.

"만약 이 편지를 의심하신다면 일단 이즈미 씨에게도 상의해주시기를…"

"뭐라고, 나와 상의해보라고…"

소좌는 웃으면서 들여다보았다.

"그럼, 읽어보지."

하고 그 뒤를 읽어 내려갔다.

"히데키 씨가 부인에 대한 이루어질 수 없는 야망을 평소 방해하는 것은 어떤 여자인건지…소좌님은 일찍이 알고 계시는 바일 것입니다. 그저 쓰노지(つの字)라고 여쭤보시면 아실 것입니다."

"쓰노지라고 하면 고즈나(小繩)라는 게이샤가 아닌가. 히데키의 첩이지."

라고 소좌가 말했다.

"그렇지만, 대체 어떤 취지로 보낸 것일까?"

"물론 히데키의 지시겠지. 여자로 유혹하게 하고 단칼에 잘라버리는 것은 예전부터 자주 쓰는 수법이네."

"그렇겠죠. 어쨌든 그런 거라 저도 생각하지만. 그러나 그 수법을 알아봐야 하지 않겠습니까? 저는 오늘 밤 그곳으로 가 볼 겁니다."

라고 가쓰오는 말을 꺼냈다.

"이런 말도 안 되는…자네는 중요한 몸이 아닌가. 그런 경솔한 짓을 하면 못 쓴다네. 알아볼거라면 내가 대신 가보지."

"당신은 문 있는 데까지 나와 주세요."

"아니, 내가 그 정자까지 가겠네."

"그것은 안 됩니다. 그러면 제가 비겁하게 됩니다."

가쓰오는 꽤 생각에 잠긴 듯이

"어찌 됐든 제가 가게 해주십시오. 제게도 믿는 구석이 있으니."

"그건 그렇게 유인하는 거지, 상대가 여자라면 아무튼 쉽게 보고 덤비니까 깜박 넘어가는 걸세."

"그렇지만, 이대로 여자 손으로 나를 유인하는 이상, 만약 이것이 덫이라면 그렇게 하는 상대가 비겁하고, 그것을 두려워하여 가지 않는 것은, 이쪽이 비겁한 것입니다. 저는 결코 비겁하다는 오명은 남기고 싶지 않습니다."

"이보게, 이런 데에 무사도를 들고 나오면 곤란하네. 똑같이 충의를 생각한다면 좀 더 이 자작 가문을 위해서 생각해주게나."

"원래 충의를 생각해서 위험을 무릅쓰려고 하는 것입니다. 이렇게 언제까지나 편하게 기다리고 있기보다는, 호랑이 굴에 들어야 호랑이 새끼를 얻을 수 있듯이, 때로는 그런 곳에 잠입하는 편이 낫다고 생각합니다."

가쓰오의 열변에 마음이 움직인 노 소좌도 조금 동의할 빛을 보이며, 고개를 끄덕였다.

(1915년 3월 2일)

(22)⁴⁾

밤부터 비구름은 새카맣게 하늘을 뒤덮어, 겨우 남쪽에 별이 두세 개 빛나는 것이 오히려 적막하게 느껴졌다. 밤바람이 조금씩 불어오는 거리를 묵묵히 걸어가는 그림자 두 개는 이즈미 소좌와 가쓰오 두 사람의 것이었다. 이윽고 편지에 제시된 그 덴노초의 외곽 뒤편에 도착하자, 두 사람은 잠시 조용히 대화를 나누었지만, 가쓰오 혼자만 문을 열고 안으로 들어갔다. 손에는 작은 등을 들고 있었다. 편지에 쓰여 있던 대로, 중정의 어두운 작은 길을 따라가자, 쓰키야마(築山)⁵⁾ 같은 것이 있었다. 어둠을 뚫고 돌계단을 밟고서 올라선 곳에 나무로 둘러친 담이 있었고, 싸리 울타리로 만든 정취 있는 사립문이 있었다. 옆으로 다가가 이 문을 열자마자 안에서 튀어나오듯이 모습을 드러낸 여자는 갑자기 가쓰오의 손을 잡았다.

---

4) 20회(1915년 3월 2일)에 이어 22회(1915년 3월 3일)가 게재되었다.

5) 감상용으로 정원에 인공적으로 만든 산.

"문을…문을 닫아 주십시오."

떨리는 목소리로 말했다.

말하는 대로 문을 닫은 가쓰오는, 즉각 등불을 여자에게 비추었다. 불을 비춰보자 언젠가 본 듯한 여자였다. 나이는 스물 두셋 정도로 눈에 띄게 요염한 자태에 단정한 평상복 차림이었다. 좀 이상하다고 여기는 가쓰오의 안색을 보고, 여자는 서둘러 손을 저으며 말했다.

"나리, 결코 말씀하셔서는 아니 되옵니다. 저는 나리를 알고 있습니다. 이전에 교토 기온에 계셨을 때에, 서너 번 뵌 적이 있습니다. 나리는 대학의 나이토 씨라는 분이시죠?"

라고 작은 목소리로 말하고는

"저 갑작스럽게 편지를 드리게 된 것은, 모두 아지카 도련님의 분부이셨습니다."

가쓰오는 비로소 어깨를 치켜들었다.

"그렇군요. 대개 그럴 거라 짐작했습니다."

"그리고 지금부터 30분 있으면 두 사람이 나리를 죽이러 오기 때문에, 여기 계시면 위험합니다. 어서 도망가십시오."

그것은 원래 각오하고 온 가쓰오였기 때문에, 별반 당황하는 기색 없이

"고맙네. 도망갈지 말지는 모르겠네. 내가 도리어 그들을 죽일지도 모르니 말이네."

"나리, 그런 여유 있는 말씀을 하시다니…좀 들어주세요. 오늘밤 나리를 살해하고 그 시체를 사람 눈에 띌 곳에 버려둔다면, 표면상 자작은 누군가의 손에 의해 죽은 셈이 되기 때문에, 그렇게 구즈가하라에 있는 주인님을 없는 사람으로 만드는 것이 이번 모략인 것입니다. 그렇게 된다면, 즉시 가문은 동생분의 것이 되니까요."

"음, 그런 모략이었던 게군."

가쓰오는 고개를 끄덕이며

"그런데 당신은 왜 그것을 나에게 알려준 겁니까?"

"저…제가 어째서 알려드렸는지 물으시는 것인지요? 나리는 저를 의심하고 계시군요. 하하하, 전 의외로 착한 사람이랍니다. 어떤 잘못도 없는 나리가 그런 피해를 입으시다니 너무 딱하니까요."

"정말 감사합니다."

가쓰오는 아직 이 여자의 속내는 잘 이해되지 않았지만, 자신을 오늘밤 위기에서 구해주려고 생각한 것만큼은 의심의 여지가 없었다.

"그럼, 빨리 도망가십시오. 나리가 들어오셨던 쪽에는 이미 덫이 놓여 있을 테니까요. 나리는 이 쓰키야마를 내려가서 왼쪽으로 가십시오. 그러면 담에 사다리를 걸쳐 놓았으니 그것을 건너서 도망가십시오." 이렇게 말할 때에 정원 저편에서 사람의 발소리가 가늘게 들려왔다.

"저런! 벌써 왔군요. 어떻게 하시겠습니까? 나리, 어서요."

여자는 안색을 싹 바꾸었다.

(1915년 3월 3일)

(23)

발소리는 빨리도 문에 근접해서 거기서 딱 멈추었다. 이젠 도망갈 길도 없다. 가쓰오는 마음의 준비를 하고, 품속의 총을 꺼내어 걸쇠에 손을 대고 자세를 취하고 있었다. 여자는 옆에서 조마조마하고 있었고, 얼굴색이 새파랗게 변해 있었다.

"나이토" 밖에서 날카로운 소리가 들렸다. 가쓰오는 일부러 가만히 있었다.

그러자, 이번에는 온화한 목소리로

"나이토 군, 자네에게 할 말이 좀 있는데, 그 이야기가 끝날 때까지는 총을 쏘지 말아주게나."

"누구냐, 이름을 말하게."

가쓰오는 단호히 말했다.

"이름…이름 따위 뭐든 상관없지 않은가."

"이름을 대지 않는다면 이야기는 사절이다."

"그럼 말하겠네. 이와즈미(岩住)라는 자일세. 아지카 가문의 둘째 도련님을 모시는 몸이네."

"다른 한 명은?"

"다케우치(武内)라네."

어두운 목소리로 대답했다.

가쓰오는 문틈으로 들여다보자, 두 명 모두 늠름한 풍채의 남자들이었다. 이 자들이 들었던 사천왕의 무리들이라고 마음속으로 생각하면서, 여전히 경계를 풀지 않은 채 권총을 겨누고 있었다.

"안으로 들어오게나. 우리는 결코 비겁한 짓은 하지 않을 걸세."

다케우치가 말했다.

"안됩니다. 안됩니다."

고즈나는 눈짓으로 알리면서, 가쓰오의 손을 잡았다. 가쓰오는 고개를 끄덕이며,

"잠깐 말하는 거라면, 거기서라도 괜찮겠지. 들어갈 필요는 없네."

"그렇지만, 그것은 안되네. 자네 쪽에는 숨을 곳이 있으니, 자신을 숨기고 이쪽을 쏘려고 하겠지만, 그건 안 되지. 한 명은 쓰러져도, 두 명이 있다는 걸 명심하게. 그것보다는 마주보고 이야기하세." "아니, 자네들이 허튼 짓을 하지 않는 이상, 나는 결코 쏘지 않을 테니 안심하게." 밖에 있던 두 사람은, 두런두런 귓속말을 하더니 곧 이와즈미의 목소리로

"알겠소. 그럼 이야기 해보세. 다른 게 아니라 자네를 무사히 교토로

되돌려 보내려는 거네. 그것뿐만이 아니라, 여비로 50엔의 돈을 주겠네. 어떤가, 이걸로 자네는 빨리 교토로 갈 생각은 없는가?"

"거짓말입니다. 거짓말."

고즈나는 또한 가쓰오의 소맷부리를 잡으며 주의를 주었다.

"그렇군. 그럴듯한 이야기로군."

가쓰오는 냉소하듯이 말하며, 바깥의 분위기를 살폈다. 두 사람은 빈번히 이쪽 틈을 살피는 기색이었다.

"괜찮은 얘기지만, 조금 생각해야겠군…"이라고 말했다.

작은 소리로 여자를 향해, "위험하니 당신은 더 이쪽 그늘에 숨어있게나."

"어떻게 하시려고요."

고즈나는 걱정스레 말했다.

"보고 있게나."

가쓰오는 정자(亭子) 안에 있던 철제 걸상을 꺼냈다.

그것은 아주 무거운 물건은 아니었고, 다리를 양손으로 잡으면 편하게 머리 위로 펼 수 있었다. 가쓰오는 이것을 그 자리에서 방패삼아 권총을 가슴에 품고 등불을 허리에 매달고서 되도록 문에서 몸을 사렸다.

도망갈 준비가 다 되었을 때쯤 "좋네, 자네들도 사내라면 하는 말에 거짓은 없겠지. 알겠네"라고 대답했다.

(1915년 3월 4일)

(24)

가쓰오가 수락한다고 답하자 밖에서는 갑자기 몸 채비를 하는 움직임이어서

"그럼, 지금 돈을 건넬 테니, 여기 문을 열어주게."

라고 말했다.

"그 문은 그쪽으로 열 테니 밖에서 당겨주게." 가쓰오는 일부러 침착하게 말했다.

"뭐야, 바깥으로…어느 쪽으로 열어도 좋으니, 자네가 열어주게."

가쓰오는 두세 번 문을 덜커덕덜커덕 흔들어 보이며

"큰일이다, 자물쇠가 잠겨 있군."

"어떻게 해도 열리지 않는가?" 바깥의 두 사람은 쉽게 접근하지 못하고 있었지만, 잠시 뒤에 성큼성큼 다가온 것은 이와즈미였다.

"아, 귀찮군. 내가 열어주지."

라며 문에 손을 대었다. 자물쇠가 걸렸다는 것은 원래 거짓이었기 때문에, 접이식 문은 쉽게 열렸다. 그러자 두 사람은 각자 권총을 쥐고서 출입구 쪽 가쓰오는 즉각 뛰어서

"얍" 하고 철제 걸상의 앞을 가리면서 단박에 뛰어올랐다. 그것을 보고 두 사람은 일시에 권총을 쏘기 시작했다.

탄환은 슝 날아왔지만, 생각대로 걸상에 맞아서 방어할 수 있었다. 가쓰오는 되는대로 그 방패로 가리면서 두 사람을 밀어내려고 하였다. 두 사람은 뒤얽혀 싸우고, 힘껏 밀치락달치락 하는 사이에 어찌된 일인지 한 명이 발을 잘못 디딘 탓에 세 명이 걸상과 함께 우당탕 돌계단을 굴러 떨어졌다.

"앗!" 깜짝 놀라서 고즈나가 달려오려고 했을 때에는, 가쓰오가 재빠르게 일어나서 쏜살같이 샛길로 도망쳐갔다. 다케우치는 벌렁 드러누워 손발을 어긋나게 하고 있었다. 이와즈미는 옆으로 고꾸라져서 돌계단을 굴렀지만, 가쓰오가 도망치는 것을 보고 순식간에 일어나서 곧 뒤에서 총 한발을 쏘았다.

가쓰오는 돌아보면서 이에 응수했다. 다섯 발의 탄환을 한꺼번에 쏘아서 확실히 반응이 있다고 생각하자, 갑자기 '윽' 하는 신음소리가

들렸다.

가쓰오는 뒤를 돌아보지 않고 달려 나가서 드디어 담벼락에 다다르자, 마침 손에 닿은 줄사다리 덕분에 줄을 잡고 담을 기어 올라갔다. 이것이 없었더라면 도저히 올라갈 수 없는 담치고는 너무 높은데다가 방범용 죽창 같은 게 좍 꽂혀있어서, 밧줄 덕분에 가쓰오는 어렵지 않게 담을 넘을 수 있었던 것이다. 바로 그때 밖에서도 한발의 총성이 들려왔다. 가쓰오는 고개를 숙여서 어둠을 뚫고 보았지만, 그것은 이즈미 소좌임을 알 수 있었다. 소좌는 가쓰오가 무사한지 걱정되어 아까부터 이쪽저쪽으로 담 바깥으로 찾아다니고 있었다. 그러다 총소리가 자주 들리자 큰일이라 여기고 바로 도와주려고 했지만, 어느 틈엔지 문은 자물쇠가 꽉 잠겨있어서 밀고 당겨도 열리질 않았다. 그래서 소좌는 초조해하며 문에 걸린 자물쇠 구멍에 총을 쏘았던 것이다. 가쓰오를 깜짝 놀라게 한 것은, 바로 이 총소리였다.

가쓰오는 가볍게 담 밖으로 뛰어내리자

"이즈미 씨." 작은 소리로 불렀다. 그런데 소좌는 몰두하여 겨우 문을 열었기 때문에, 곧장 뛰어들려는 참에

"이즈미 씨." 가쓰오는 옆으로 가서 어깨를 두드렸다. 소좌는 깜짝 놀라서 돌아보았지만, 생각지도 않았던 가쓰오의 얼굴을 보고서

"무사했군." 라고 말하고서 그 다음 말을 잇지 못했다.

(1915년 3월 4일)

(25)

가쓰오가 자작 도시하루를 대신하여, 아지카 가문에 들어온 지 얼마 되지 않은 것 같은데 벌써 한 달 남짓 지났다. 유명한 명문가의 주인으로 떠받드는 신분으로 여겨져 무엇이든 가능하여 산해진미도 질리도

록 먹을 수 있었지만, 구즈가하라의 저택에 인질로 잡혀있는 진짜 자작을 생각하면, 단 하루도 마음 편할 날이 없었다. 전날 마사코 부인에게는 미야타가 간절히 저간의 사정을 털어놓았기 때문에, 원래 총명한 부인은 새삼스레 득 될 것 없는 소동이 벌어져도 어쩔 수 없다고 체념하고, 만사를 이즈미 소좌를 비롯한 세 명의 충성스런 모의에 일임했다. 그리고 그 비밀을 한 마디도 밖으로 누설하지 않고, 깊은 애상을 마음속에 간직한 채 가쓰오에 대해서도 진짜 자작에 대해서도 조금도 변함없는 모습을 보였다. 그렇지만 피로연 당일부터 자작은 병중이라고 하며 가쓰오는 줄곧 처소에 틀어박혀 있었고, 이즈미 소좌가 옆을 떠나지 않고 지키고 있었다. 그렇기 때문에 부인과 얼굴을 마주하는 일은 자연히 드물었다. 그렇지만 한번 보면 금세 알 수 있었기 때문에, 마사코 부인은 물론 가쓰오를 기억하고 있었다. 이 이상한 인연을 마음속으로 분명 놀라기도 하고, 또한 그립기도 했을 터이지만, 어디까지나 조신한 부인은, 결코 그런 기색을 겉으로 드러내지 않았다. 가쓰오도 지금은 그저 자작을 대신하는 몸으로 엄숙하게 부인을 대하고 있었다.

그러나 그리운 첫사랑을 앞에 두고 가짜 남편 역할을 수행하고 있는 가쓰오는 매우 괴로운 입장이었다. 아무리 의리가 있는 가쓰오라 해도, 원래 목석이 아닌 이상 옛일을 문득 떠올리고, 깊은 속정에 마음이 움직이지 않을 수는 없었다. 억누르려고 해도 이것만은 누를 수가 없었던 가쓰오는, 늘 이 일을 마음에 걸려 하였다. 그렇지만 언제까지나 아지카 가문에 머물러 있을 수는 없다, 하루하루 깊은 수렁에 빠질 뿐이다, 한시라도 빨리 도시하루 공을 구해내어 자신은 교토로 돌아가고 싶다고, 때때로 이즈미 소좌, 미야타와 협의했다. 하지만, 이렇다 할 수단도 없었기 때문에, 마음에도 없이 사오 일 덧없이 시간을 보내고 있었다. 오늘밤도 늦게까지 세 명이 얼굴을 맞대고 상의하며 시간을 보내고 있었다. 역시 이렇다 할 결정도 내리지 못하고, 가쓰오는 혼란스런 머리를 식힐 겸 밤바람을 쐬기 위해 혼자 정원으로 나섰다.

달빛이 서늘하고 조용한 나무들 사이를 정처 없이 걷고 있었다. "가쓰오 님" 하고 자신을 부르는 자가 있었다.

가쓰오는 놀라서 발걸음을 멈추었다. 이 저택으로 들어오고 나서, 모든 사람이 주인님이라고 높여 불렀기 때문에, 자신의 이름으로 불린 적이 없었을 뿐 아니라, 소좌나 미야타 외에는 가쓰오라는 이름조차 아는 이가 없을 터인데…

"가쓰오 님, 저입니다."

라는 상냥한 여자 목소리가 바로 근처 정자에서 들려서, 바라보니 거기에는 달빛이 서늘한 걸상에 마사코 부인이 홀로 앉아있었다.

(1915년 3월 6일)

(26)

"당신이었습니까?" 가쓰오는 천천히 옆으로 다가가자, 부인은 상냥한 미소를 띠우며

"놀라셨는지요."

"네, 누군가 했습니다."

"호호호, 주인님 이렇게 불렀어야 하네요."

아름다운 눈매에 미소가 번졌다. 부인의 말을 듣고 나서 가쓰오도 쑥스러운 듯이 미소를 띠웠다. 생각지도 않게 본명으로 불린 가쓰오도, 본명을 부른 마사코도 지금으로부터 10년 전 가까운 사이였음을 떠올리며 그리운 생각이 북받쳐 올랐던 것이다. 가쓰오는 전에 없이 격의 없는 모습으로 옆 걸상에 앉으면서

"어쩐 일이십니까? 지금 이 시간에 여기서 혼자 계시다니요. 아직

주무시지 않은 겁니까?"

"네, 좀 생각할 일이 있어서요."

"금방 잠들 수 없으실 테니까요."

라고 마사코는 뭔가 생각하는 듯이 한숨을 내쉬었다. 청명한 달빛에 비쳐 아름다운 구슬에 새긴 듯한 마사코의 옆얼굴을, 가쓰오는 문득 바라보고 있었다. 사방의 풀숲에는 여러 벌레 울음소리가 들려오고 있었다.

마사코의 한숨은 어떤 근심 때문이었을까. 구즈가하라에 있는 남편의 신상을 떠올리고 적적한 고독한 마음을 한탄한 것이었을까? 그게 아니라면 한 달 남짓 태어난 집을 멀리 벗어나서 그리운 부모님 얼굴을 뵙지 못한 그리움에 마음이 약해져 슬퍼한 것일까? 실은 그런 것이 아니라 마사코의 가슴에는 오늘 이 시간 가쓰오와 같은 생각이 깊게 자리하고 있었던 것이었다. 10년 전에 꿈결처럼 헤어지고 난 이후에 잊고 있었던 그 사람과, 생각지도 않게 이 저택에서 다시 만나 보게 된 처음 그 순간부터, 그리운 옛 정이 한층 더 새롭게 가슴에 벅차올랐다. 이제 그 사람은 예전의 마사코가 아니라 적어도 남의 부인이 된 지금, 도리가 아닌 자신의 생각을 곱씹어 보아도, 들뜬 마음은 점점 더 깊어질 뿐이었다.

마사코는 요즘 며칠 밤은 그리운 마음으로 지내고 있어서, 오늘밤도 어찌할 바 모르는 생각에 견디다 못해 정원에 나와 본 것이었다. 그리운 옛일을 떠올리고, 그리운 사람을 떠올리며 어쩔 수 없는 지금의 신상을 생각하면서 그저 혼자 이 정자에 깊어가는 달을 바라보고 있었던 것이다. 마사코의 고개 숙인 모습을 바라보면서, 가쓰오는 제정신이 아닌 마음의 동요를 느끼고 있었다.

"고민거리라 하면 구즈가하라에 계신 자작의 일입니까? 그것은 저도 이해합니다."

라고 친절하게 위로하듯이 말하였다.

"아니요, 주인님에 대한 것이 아닙니다."

라고 마사코는 나지막히 대답했다.

"그럼 당신의 일신에 대한 것입니까? 어쨌든 이렇게 말씀드리면 실례가 될지 모르지만, 만약에 얘기해도 괜찮으시다면 고민을 말씀해보세요. 고민에 따라서 제가 당신을 위해 뭐든 힘써 볼 테니까요."

가쓰오는 열성적으로 얘기해주었다.

"가쓰오 님, 진심이십니까?"

"무엇 때문에 거짓을 말하겠습니까? 특히 당신하고는 이전에 가까운 사이기도 하고, 저는 지금도 그때의 당신을 결코 잊지 않았습니다."

마사코는 그 말을 듣고, 기쁜 듯이 고개를 들었다. 그리고 뭔가 말하려는 듯이 몇 번 말을 주저하더니, 가늘게 한숨을 내쉬었다.

"제가 이렇게 자작 가문에 들어오기 전이라면 저는 어떻게든 이 마음을 당신에게 털어놓았을…가쓰오 님, 저는 요즘 정말…"이라고 말을 흐리면서, 눈시울을 붉히며 힘없이 고개를 떨구고 말았다.

"요즘은" 그 말을 받아서 가쓰오는 진지하게 바라보았다.

"당신은 예전의 저를 지금도 잊지 못한다고 말씀하셨죠?"

"네, 저는 결코 잊지 못합니다. 지금도, 지금도 저는…"이라고 말했지만, 그는 말을 주저했다.

"가쓰오 님, 저도 잊지 못했습니다. 제가 요즘 이렇게…당신 이해해주세요."

라고 마사코는 눈물을 뚝뚝 흘리며, 넋을 잃고 남자의 무릎에 엎드렸다.

"마사코 님" 가쓰오는 떨리는 목소리로 부르더니, 가련한 여자의 몸을 세게 안으려는 바로 그때, 수풀 건너편에 인기척이 들렸다.

두 사람은 깜짝 놀라 서로 떨어졌다.

(1915년 3월 7일)

(27)

그곳에 나타난 것은 이즈미 소좌였다. 소좌는 두 사람의 평소와 다른 모습을 눈치 채지 못했지만, 마사코 부인의 모습을 보고 많이 놀란 것같았다. 가쓰오와 부인이 예전에 아는 사이라고는 가쓰오에게서 들었지만, 서로 마음에 품은 정에 대해서는 물론 조금도 알 리가 없었다. 마사코 부인은 그대로 걸상에서 일어나서 두 명에게 인사하고, 자신의 처소로 돌아갔다. 소좌는 이를 조용히 쳐다보고 있었는데, 이윽고 가쓰오에게 말했다.

"대체 부인은 무슨 일로 이런 곳에 나와 있었던 걸까."

"걱정거리가 있어서 잠들지 못했다고 합니다."

가쓰오는 아무렇지도 않게 대답했다.

"그런가. 역시 주인님을 생각하시는 것이겠군."

"음…" 애매하게 대답하며 가쓰오는 뭔가 생각에 깊이 잠겼다. 좀 전의 자신의 행동을 생각하니, 그는 지금 퍽 마음이 꺼림칙했다. 마사코 부인의 열정이 담긴 말과, 자신의 억누르기 힘든 마음의 정을 생각하고, 이제 이렇게 길게 이 저택에 머무르는 일이 스스로도 적지 않은 위험성을 느끼는 것이었다.

"무슨 생각을 하고 있는가?" 소좌는 그의 모습을 수상하게 여겼다.

가쓰오는 몰래 한숨을 내쉬며,

"이즈미 씨, 당신은 언제까지 저를 이렇게 두실 겁니까? 저는 이제 더는 참을 수 없습니다."

"이보게, 농담은 관두게나. 지금 자네가 가버리면, 앞으로 어떻게 되겠나. 조금 더 참아주게."

소좌는 몹시 놀란 듯이 말했다.

"언제까지 참고 있는 겁니까? 이렇게 시간을 보내고, 히데키 씨와 대항하고 있다 해도, 아무것도 되지 않으니."

"그래서 때를 기다리고 있는 게 아닌가. 아주 편하게 있는 게 아니라네."

"때라는 것은 이쪽의 결심이면 언제라도 얻을 수 있습니다."

"결심이라니 어떤 결심을 말하는 건가?"

"어서 뭐가 됐든 끝을 내야 한다는 것입니다. 그렇지 않다면 저는 조용히 이곳을 떠나던지, 혹은 매우 부도덕한 인간이 되어야 할 것입니다. 그러나 어느 쪽도 저는 하고 싶지 않습니다. 그렇게 의롭지 않은 인간은 아니지만, 그만큼 저는 이렇게 여기 있는 것이 괴롭기 때문에, 빨리 구즈가하라에 나가서 일거에 일을 매듭지어 주십시오. 해치울 녀석은 해치우고, 하루 빨리 자작을 구해야 하지 않겠습니까. 당신이 우물쭈물하신다면 저 혼자라도 가겠습니다."

눈을 강하게 번뜩이며 말했다. 소좌는 믿음직하다는 듯이 그 얼굴을 바라보며, "잘 말해주었네. 역시 자네로군. 자신이 힘들다고 도망치지 않고, 혼자서 나가더라도 결정하려는 그 정신에 나는 감탄했다네. 잘됐소, 자네가 그 정도로 말해준다면, 어떻게든 빨리 거사를 치르세."

"이야기가 그렇게 정해진다면, 하루라도 빠른 게 좋죠. 내일 출발하기로 합시다."

"좋구 말고. 그러나 여러모로 준비할 것도 있으니, 방으로 돌아가서 미야타와 협의하세."

라고 소좌도 지금은 결심하듯이 보였다. 한밤의 요령부득한 논의를 대신하여, 얘기는 그 자리에서 정해졌다. 두 사람은 용기에 차서 거실로 돌아갔다.

(1915년 3월 9일)

(28)

가쓰오 등이 구즈가하라에 들이닥쳐서, 일거에 일을 해치우려고 여러 준비를 하여 겉으로는 사냥을 간다고 위장하여 서서히 예정대로 그 지역으로 출발하였다. 마침 구즈가하라 마을에서 10리 정도 떨어져서, 아지카 히데키 저택이 홀연히 언덕위에 서 있는 맞은편으로, 이쪽 언덕 중턱에도 산뜻한 별채가 있었다. 그곳은 미야타와 인연이 있는 토지인 소호(素封) 가문 다니무라 씨 소유의 땅이었다. 자작이 이번 수렵에 즈음해서 미야타에게 의뢰를 받고, 다니무라 씨는 흔쾌히 자작의 저택에 빌려준 것이었다. 일행은 가쓰오, 이즈미 소좌, 미야타 외에 힘센 젊은이 너 댓명이 있었다. 원래 중차대한 일이지만, 목적은 자작 도시하루를 구하자는 것이어서, 억지로는 할 수 없는 잘못된 일을 벌여 적에게 이기더라도, 만에 하나 자작의 신상에 실수가 있어서는 안 된다. 승부야 어떻든 도시하루를 무사히 구해내는 것이 중요하다. 그러기 위해서는 역시 힘으로 다투기 보다는 좋은 기회를 기다려서 별안간에, 그 사람을 구하는 것 외에는 방법이 없다. 퍽 어려운 일이기도 하고, 위험한 일이기도 하지만, 이렇게 일단 나온 이상은 그 정도의 일은 원래 각오한 것이었다. 일행이 별채에 도착하여 아직 반나절도 지나지 않은 동안에, 자객도 아니고 단순히 간보기를 위한 심부름꾼이라니, 물론 사천왕의 무리로 덴노초 아래 저택에서 만난 것과 전혀 다른 두 사람이었다. 한 사람은 마쓰카와(松川), 또 다른 한 명은 구로베 주헤이(黒部重平)라고 불리는 남자로, 이 자는 뛰어나게 골격이 다부진 서른 둘 셋 정도의 혈기 왕성한 자였다. 각진 얼굴에 더덜더덜 검은 수염을 기르고, 눈이 번쩍 빛나는, 사람을 사람으로 보지 않는 눈매, 만만치 않은 성격일 듯한 얼굴이었다.

심부름꾼의 설명은 결국 히데키에게 빨리 인사드리러 가는 길이었지만, 약간 열이 있기도 해서 결례를 한다는 핑계에 불과했다. 주헤이는 빤히 주위를 돌아보면서, 입술에 냉소조차 띠우며 건방지게 설명을 마쳤다. 가쓰오는 천천히 다 듣고서,

"하하하, 히데키는 병환이라든가, 그것은 유감이군. 어떤 몸 상태인지."

"네, 덕분에 아주 경증이십니다. 모쪼록 마음에 두지 마시라는 이야기여서…"

"그런가, 무엇보다도 몸조심하시라고 전해주게. 그래, 그렇지. 이와즈미는 지난번에 뭔가 부상을 입었다고 들은 것 같은데, 별다른 증상도 없는 상태인지."

가쓰오는 우연히 생각나서 물어보았다. 부상이란 두말 할 필요 없이, 그 아래 저택에서 벌인 한밤중의 싸움으로, 가쓰오에게 총을 맞은 상처였다.

"아뇨, 이것은 특별한 일은 없습니다! 그저 긁힌 상처라서…"

라고 주헤이는 빤히 가쓰오를 바라보면서, 빈정거리는 웃음을 띠었다.

잠시 후에 갑자기 얼굴을 정색하고,

"아, 이것은 주인님께서 특별히 분부하셔서, 은밀히 말씀드리고 싶은 것입니다만…"

하며 주위를 꺼리는 듯이 살펴보았다.

"그런가, 잠시 모든 이에게 물러가게 하겠네."

가쓰오는 소좌를 비롯해 그 자리의 모든 자에게 옆방으로 물러가게 하였다.

그 자리에는 가쓰오와 주헤이만이 마주 앉았다.

(1915년 3월 10일)

(29)

서로 적의를 품고 있는 사이에서, 지금 히데키 쪽의 제일 수상한 자인 주헤이와 이렇게 제3자 없이 마주하는 것은, 부주의하다면 부주의한 것이지만, 설령 어떤 녀석이라도 일대일이라면 어떤 녀석이든,

가쓰오는 처음부터 상대를 하찮게 여기는 것이다. 주헤이는 또한 진중하게 자세를 잡고 잠시 주위를 둘러보았다.

"이보게, 나이토."

갑자기 분위기를 확 바꿔서

"푸하하, 어리석은 짓도 어지간히 해두지 그래. 바로 들통날 텐데 언제까지 그런 바보 같은 짓을 할 셈인가." 라고 말하며, 다리를 쫙 벌리고 앉았다. 가쓰오는 그 모습을 바라보았다.

"음…"

주헤이는 코웃음을 치고, "그만두라는 거라고. 뭐지, 그 근엄한 얼굴은. 내 행동에 불만이라도 있는 건가?"

"아니, 네 녀석에게 할 말은 없지. 지금 마쓰카와를 불러 줄 테니, 바로 저택으로 돌아가게. 너같은 녀석과 말을 섞는 것도 불쾌하니까. 볼일이 있다면, 다음부터는 최소한 이치를 아는 자를 보내라고 돌아가거든 히데키에게 전하게. 구즈가하라의 저택에도, 설마 자네 같은 무뢰한만 있지는 않겠지. 다음부터는 주의하라고 전해두게."

가쓰오는 조금의 틈도 보이지 않았다.

"하하하, 뭐야 그 대사는. 이봐, 언제까지 재미도 없는 얘길 지껄이고 있을 건가. 적당히 가면을 벗으라고. 안 그러면 모처럼 얘기도 할 수 없지. 이봐, 자네도 보통내기는 아니니, 솔직하게 얘기하는 게 어떻겠나?"

가쓰오는 끝까지 산뜻하고 다부진 얼굴로 가만히 바라보고 있더니, 무슨 생각을 했는지 이쪽도 갑자기 태도를 바꾸었다.

"주헤이는 좀…자네는 나와 본명으로 얘기하고 싶다는 건가?"

"그렇다네."

주헤이는 어깨를 들어올렸다.

"알았네. 그럼 나는 나이토 가쓰오라네. 물론 내가 진짜 아지카 가문의 주인은 아니지. 그건 자네 주인이 잘 아는 바이고, 히데키 씨의 용무가 어떤 건지 들어보겠네."

"음, 용케 가면을 벗었군. 역시 듣던 대로 나이토 자네답군. 그래서 이야기는 다름 아닌 우리 주인님은, 내가 보기에 매우 자비로운 분이네. 당신 같은 방해꾼은 두말할 것 없이 잡아버리자고 하는 것을, 특별히 교토까지 보내주라고 하셨지. 그뿐 아니라, 오천 냥이라는 거금을 여비로 주라고 하셨다네. 어때, 받는 편이 좋을 걸세."

어김없는 감언이설인가, 가쓰오는 마음속으로 웃으며,

"그렇군, 그건 굉장한 얘기로군. 목숨 걸고 이런 연극을 하고 있기보다는, 손쉽게 얻는 오천 냥은 쉽게 얻을 수 없는 행운이지. 그건 바로 알겠네. 우선 자네라면 할 만한 얘기지만, 이보게 잘 생각해보게. 아지카 가문이란 큰 집안이 오천 냥이나 만 냥이란 푼돈으로 살 수 있다고 생각하나? 시세가 너무 싼 거 아닌가."

라고 능청을 떨었다.

"아니, 너무 싸단 말인가?"

"다 알면서 뭘 그러나. 저택만으로도 이만, 아니 오만 냥의 값어치는 있을 걸세."

"그럼 얼마를 달라는 건가?"

"얼마든 구차하게 말하지 않아도, 히데키 씨의 모가지 하나로 아주 싸게 깎아주겠네."

(1915년 3월 11일)

(30)

히데키의 모가지 하나로 깎아주겠다고, 가쓰오에게 일격을 당한 주헤이가 놀랄 거라는 예상과 달리, 그는 무릎을 탁 치고 고개를 끄덕이며

"음, 역시 나이토로군. 이런 감언이설에 응할 사내가 아닐 거라고

생각했지. 과연 자네는 감탄할만하군. 히데키라는 인물은 아쉽게도 상대방 인물을 보는 안목이 없지."

갑자기 친해진 듯한 말투로 말을 건넸다.

가쓰오는 다시 큰 소리로 웃었다.

"그럼 자네는 어떤가. 자네 눈에는 나란 인물에 대해 알겠는가."

"이봐, 우습게 보지 말게나. 상대방 얼굴을 힐끗 보면, 어떤 인물인지 영혼까지 꿰뚫어보는 나일세. 자네는 결코 돈에 움직일 자가 아니네. 같은 경우라면 명예를 중시하여 죽는 쪽이지."

"건방진 말을 하는군. 그럴 틈에 자기 목숨이나 조심하게나."

"뭐라고?" 주헤이는 잘난 척하며

"흠…재밌군. 나와 겨루겠다는 건가?"

"하하하, 말도 안되지. 내 신분을 생각해보라고. 히데키의 졸개 따위가 아닌가."

"히데키의 졸개로는 부족하다는 건가. 과연 자네는 자작이란 엄청난 신분이지. 아니, 자네가 부족함이 없다고 해도 그런 나무 인형 같은 가짜 나리를 상대로 해서는 이 주헤이 솜씨가 망가지지. 어디 나도 가짜 이름으로 백작으로라도 변신해 볼까나." 라고 비웃었다.

이 모욕적인 말에 가쓰오도 울컥했지만, 아직 거칠어질 상황이 아니라고 마음을 바꿔먹고, 아무렇지도 않게 미소지었다.

"주헤이, 자네가 있는 곳에 인질로 잡혀 있는 사람은 어떻게 지내고 있나?"

"음, 그 나리인가……" 라고 말하려는 것을 가쓰오가 말을 끊으며

"아니, 그 인질 말이네."

"하하하, 과연 그런가? 좋지……아직 살아 있긴 하지." 턱 수염을 어루만지며 말했다.

"이보게, 그것보다 자네 쪽 미인은 어찌 지내나? 아니, 부인은 어떻

게 되었는지. 내 주인이신 히데키 씨는 집착하는 편이라 못 당하는 모양이네. 어떤가? 뭐 배라도 불러오는 건 아닌지." 라며 이상한 눈으로 보았다.

가쓰오가 이미 마사코 부인과 정을 통하고 있다고 추측한 이 말은, 무엇보다 가쓰오의 가슴에 뼈아프게 다가왔다. 아무리 꺼림칙한 것은 없다고 하더라도, 그의 위치는 그렇게 생각되더라도 변명의 여지가 없었다.

가쓰오는 무의식중에 성난 기색을 드러내었다.

"쓸데없는 입을 놀리지 말고, 이제 볼일은 끝났으니 어서 돌아가라고."

"쓸데없는 참견 말라고."

주헤이는 끝까지 거만하게 굴었다.

가쓰오는 더 이상 참을 수 없어서, 서둘러 손뼉을 쳐서 일동을 불렀다. 그러자 주헤이는 갑자기 앉은 자세를 고치더니 돌변하여 엄중한 태도로

"아니, 이번에는 뜻밖에 오랫동안 실례를 했습니다. 그럼 오늘은 이것으로 인사드리겠습니다."라고 방석에서 내려왔다.

"돌아가는 건가? 그럼 히데키에게 잘 전해주게. 가까운 시일 안에 편안하게 보자고 얘기하게."

가쓰오도 자작이 된 것처럼 말하였다.

"하아……" 공손히 인사를 하고, 주헤이는 마쓰카와와 함께 자리에서 일어났다.

큰일이 있으면 바로 진압하기 위해, 이즈미 소좌와 미야타는 그 뒷모습을 지켜보고 있었다.

(1915년 3월 12일)

(31)

2, 3일 아무 일도 없이 지나갔다. 그 동안 가쓰오 등은 사냥을 핑계

삼아 셋이서 숲속을 헤쳐 들어가서, 도시하루를 구해낼 방도를 이리저리 모색했다. 그렇지만 사전에 저택의 상황을 정찰해둘 필요가 있어서, 오늘밤에는 몰래 시도하고자 결심하였다. 그날 아침부터 옅게 구름이 끼더니 밤이 되어 무서운 비바람이 불었다. 하늘도 땅도 캄캄한 어둠속에서 바람은 씽씽 나무숲에 거세게 불고, 비는 조릿대를 내리꽂듯 줄기차게 내리고 있었다. 견디기에는 참으로 힘든 밤이었다. 가쓰오와 이즈미 소좌 두 사람은 일부러 언덕 자락을 크게 돌아서 그의 저택 뒤편으로 나왔다.

적에게도 원래 준비는 있었으리라. 정찰하려면 가급적 인원이 적어야 한다기에, 잠시 소좌를 해자 바깥에 남겨두고, 가쓰오 혼자서 해자를 넘어 담장 안으로 숨어들어갔다.

뒤편 저택 쪽은 등불이 반짝반짝 빛나고 있었고, 술자리라도 시작된 듯 때때로 높은 웃음소리가 들려왔다. 이 뒤편 저택과 안채 사이에는 또 다른 해저 하나가 있어서 거기에는 다리가 놓여있었지만, 다리를 건넜다가는 만일 집안사람에게 발각될 우려가 있었다. 그래서 가쓰오는 옷을 훌렁 벗어서 건너편까지 헤엄쳐 건넜다.

어딘가 기어오를 발판은 없는지 돌담을 따라서 이쪽저쪽 살펴보던 때에, 머리 위 작은 창문에서 가느다란 소리가 새어나오는 것을 들었다. 누구의 소리일까 잠시 귀를 기울이고 있었지만, 창문의 모습이 아무래도 집안사람이 사는 곳이 아닌듯했다. 혹시 이곳에 자작이 유폐되어 있는 것은 아닌지, 지금 목소리는 자작의 신음소리인가 싶어서, 가쓰오는 곧바로 돌담을 기어올랐다.

둘레를 칠해 보이지 않게 만든 흙광에는 철로 된 엄청난 문이 꽉 닫혀있었다. 이것으로 안의 모습은 알 길이 없었지만, 문 쪽에 귀를 대고 들어보니, 가느다랗게 사람소리가 들렸다.

"그럼 이제 주무세요……용건이 있으면 말씀해주세요."라고 말하는

것은 분명히 들어본 적이 있는 이와즈미의 목소리인 것같았다. 몹시
분해하는 말투였다.

"죽…죽이려면, 빨리 죽이라고……빨리 죽이라고 히데키에게 전해
주게나, 서서히 고통 속에 죽이는 건 비겁하잖아……."

이 목소리는 분명 도시하루의 소리였다. 가쓰오는 저절로 마른침을
삼켰다. 그러나 이와즈미는 껄껄 웃으며

"나리, 그렇게 서두르시면 안 되십니다. 나리의 목숨은 아직 저희
쪽에 필요가 있으니까요. 필요가 없어지면 언제든……그렇게 길지는
않을 겁니다…조금만 참으시죠. 하하하, 극락에 가는 꿈이라도 꾸시는
게 좋겠네요."

그렇게 얘기하나 싶더니 안쪽 문이 탁 닫히는 소리가 났다. "에잇."
자작은 부르짖더니 그 자리에서 몸을 던져 엎드린 것 같았다. 우연히
이 상황을 듣게 된 가쓰오는, 가슴속 피가 끓어올랐다. 내가 찾던 사람
은 불과 철문 하나를 사이에 두고 바로 눈앞에 있었다. 이 문만 부수어
버린다면, 이와즈미 한두 명은 별거 아니었다. 금방이라도 자작을 구
해낼 수 있는 것이다. 하지만 이 문 하나가 지옥과 극락의 경계라고
잘못 움직였다가, 만약에 적에게 발각된다면 중요한 자작의 목숨이 위
험해질 것이다. 가쓰오는 미리 예기한 상황은 아니었지만, 새삼 일의
어려움을 깊이 탄식할 수밖에 없었다. 그렇지만 적어도 자신들이 그를
구해내려고 하여, 이곳에 와 있는 것만큼은 알리고 싶다는 생각으로,
가쓰오는 창문에 얼굴을 대고

"나리……나리……."

작은 소리로 불러 보았지만, 비바람 소리에 섞여서 들리지 않는지,
안에서는 조용하여 아무런 대답이 없었다.

(1915년 3월 13일)

(32)

가쓰오는 여전히 두세 번 불러보았지만, 안에 있는 자작에게는 결국 들리지 않았다. 이대로 물러나기에는 너무 유감스러웠지만, 너무 큰 소리를 내면 적의 귀에 들어가서는 안 되겠기에 참기 힘든 감정을 억누르고 그날 밤은 철수하고 말았다. 그렇다고 해도 저택 안으로 들어가는 것은 경비가 엄중하였다. 하다못해 간첩이라도 들여보내지 않으면, 도저히 만전의 성공을 기대하기는 어려웠다. 그래서 가쓰오는 적당한 사람을 구하기 위해 주의를 기울였다.

오늘도 세 명은 별장 정원에 모여서, 느긋하게 맥주잔을 기울이며 상의하기 시작하였다.

그러자 거기에 부하 중 한 명이 명함 한 장을 들고 왔다.

'이즈미 소좌님과 면회를 하고 싶다고 이런 분이 방문하셨습니다'라고 전해주었다.

살펴보니 명함에는 '다카미야 경찰서 형사, 미시마 기타로(三島紀太郎)'라고 씌어있었다. 이는 소좌의 옛 친구로, 가쓰오도 한두 번 본 적이 있는 자였다. 뭔가 경찰의 임무를 띠고, 구즈가하라까지 출장을 왔기에 온 김에 방문하겠다는 것이었다.

"그럼, 이곳으로 오게 합시다. 이런 사람들 중에는 색다른 얘기가 있을지도 모르니."

가쓰오가 말했다. 그래서 미시마 형사는 이윽고 이곳으로 안내되었다. 처음에는 자작의 면전이어서 미시마는 매우 황송해하며 이야기도 제대로 하지 못했지만, 가쓰오의 수더분한 대우에 점차 편해져서 형사 사회의 뒷얘기 등을 시작했다. 맥주 서너 잔을 마시고나서, 꽤 입이 풀려서 이야기하기 시작했다.

"이번 사건은 어떤 것인가?"

"네, 지금 탐색중인 인물이 있습니다만. 지금으로서는 딱히 중대한 사건은 아닙니다. 하지만 제 감정(鑑定)으로는 그 이면에 의외의 범죄 사실이 숨겨져 있지 않을까 생각하고 있습니다."

자신의 추측을 자랑스럽게 이야기하였다.

"그렇군. 그렇다면 어떤 범죄인지 실례가 되지 않는다면 묻고 싶네만."

"그 인물은 교토 법과대학 학생으로 꽤 신분도 있는 자인데, 2, 3개월 이래 행방이 묘연해졌습니다. 원래 여행을 좋아하는 인물이기는 합니다만."

가쓰오는 마음속으로 깜짝 놀랐다. 그 자는 물론 자기 자신임에 틀림이 없었기 때문에 몰래 이즈미 소좌와 눈을 맞추었지만, 그대로 아무렇지 않은 것처럼

"음, 그래서 그 자가 이 근방에 와 있는 흔적이라도 있는 건가." 라고 그 뒤를 물어보았다.

"그렇습니다. 2개월 정도 전에 이 구즈가하라에서 확실히 봤다고 말하는 자가 있었기 때문에요."

"이름은 뭐라고 하는 자인가?"

이번에는 소좌가 사이에 끼어들었다.

"나이토 가쓰오라는 자입니다."

"그렇군."

가쓰오는 고개를 끄덕이고, "그 숨겨진 범죄란 어떤 종류인지 어디서 도적질이라도 한 것인지, 아니면 뭔가 중요한 일이라도…"라고 능숙하게 이야기를 끌어내었다.

(1915년 3월 14일)

(33)

"네, 그게 말입니다요."

미시마 형사는 조금 목소리를 낮추었다.

"그 나이토라는 자가, 어떤 여자의 흔적을 쫓아서 이곳으로 온 것 같은데. 그 부인이 예전에 교토에서 예기를 하던 자로서, 예명이 고즈나라고 합니다."

"고즈나…들어본 것 같은 이름이지만, 설마 히데키 부인이 아닌지."

"하하, 알고 계시군요. 그거 황송합니다."라고 미시마는 이마를 탁 쳤다.

"흠, 뭐니 뭐니 해도 그건 재밌는 얘기로군. 그럼 그 나이토라는 자가 고즈나를 연모하여 그 뒤를 쫓아 이곳으로 왔다는 건가?"

미야타도 흥에 겨워 앞으로 다가왔다.

"그렇습니다. 그런데 여기까지 온 것은 알겠지만, 그 이후에 어떻게 되었는지 그걸 알 수 없습니다."

"그러나 고즈나는 이 근처 저택에 있다고 하지 않은가."

"네, 그건 알고 있습니다. 부인은 확실히 이쪽 저택에 있습니다만, 남자의 행방을 알 수 없어서요. 그래서 제 감정으로는 상황에 따라서는…"라고 말을 건네고는 깜짝 놀라서 입을 다물었다.

그 모습을 보자 만약 히데키가 그 남자를 연적으로 여기고, 몰래 살해한 것은 아닌지 미시마는 그렇게 감정하고 있는 것 같았다.

가쓰오는 일부러 깊이 생각하는 듯한 얼굴로

"흠, 그건 쉬운 사건이 아니로군."라고 말했지만, 실은 자신과 무관한 듯 관계가 깊은 것이었다. 이 남자가 주변을 서성이게 된다면, 자연히 자신들의 계획에 지장을 초래할 것이었다.

"그러나 미시마 씨, 자네는 직업상 어쩔 수 없겠지만, 사건이 아지카 가문의 명예와 관련되는 것이라면 좀 민폐가 되는 거라서. 부디 이 주변은 충분히 신중하게 해주길 바라네."라고 자연스럽게 주의를 주었다.

"네, 그것은 두말할 나위 없습니다."

형사는 그저 황송한 것 같았다.

"자네는 다카미야 쪽은 조사해보았는가?"

"아니요, 그쪽은 아직입니다. 아무래도 이쪽은 단서가 있을 것 같아서요."

"그러나 어쨌든 다카미야 쪽은 넓고, 모든 사건의 단서를 숨기기에 편리하지 않을는지."

"네, 그쪽도 생각하지 않을 수 없네요."

"실은 그러고 보니 나도 들은 바가 있다네."

소좌가 재빨리 옆에서 거들었다.

"아니, 어떤 일인데요."

"글쎄, 말해도 되지만, 내 입으로 듣지 않고도 자네의 민첩한 수완으로 다카미야의 시내를 조금 돌아보면 금세 알 수 있을 거라고 생각하네. 우선 그쪽을 돌아보는 게 좋겠네."

"그렇습니까. 그럼 바로 시내를 둘러보겠습니다."

미시마는 세 명에게 둘러싸였다. 그 탐색하는 당사자가 지금 눈앞에 있을 거라고는 알지 못하고, 이윽고 그대로 실례하겠다고 알리고는 자리를 떠났다.

(1915년 3월 16일)

(34)

같은 날 오후에 가쓰오는 이즈미 소좌와 둘이서 남의 눈에 띄지 않게 일부러 간소한 차림으로 구즈가하라 마을로 산책을 나섰다. 그러자 어느 마을 어귀에서 우연히 주헤이와 마주쳤다. 뭔가 볼일을 보고 돌아가는 듯이 보였고, 주헤이도 가벼운 차림으로 다가왔다. 그러다 이쪽을 보고는, 골목으로 돌아서려고 하였다. 가쓰오는 조금 생각난 것도 있었기 때문에, 소좌와 헤어져서 터덜터덜 그 뒤를 좇았다. 이를 눈치 챈 주헤이는 무슨 생각이 들었는지 갑자기 발길을 멈추고 돌아보았다.

"이보게, 나이토 군. 나는 지금 맨손으로 있네. 어떤 무기도 갖고 있지 않지. 그 틈을 노리고 뒤에서 불러 놓고 그쪽에서 이즈미에게 한발 쏘게 하거나…그건 말이 안 되지." 하고는 이쪽을 바라보았다.

"하하하, 쓸데없는 걱정은 했군. 그렇게 신경을 쓰다니 그러면 자네의 품격이 떨어질걸. 내가 그 정도로 비겁한 사내인지 아닌지, 한번 만나보면 알 수 있을 걸세. 그것보단 실은 조금 얘기하고 싶은 일이 있는데."

"음, 내게 무슨 할 얘기가 있는지. 좋네, 그럼 내가 가지."

주헤이는 거침없이 되돌아서 왔다.

가쓰오는 주위를 주의 깊게 살펴보더니 차분한 어조로

"조금 이목을 꺼릴 얘기지만, 다행히 지나가는 사람도 없는 것 같군. 그런데 다름이 아니라 어떤가. 자네도 조금 세상 이해득실을 따져보지 않겠나. 나도 언제까지 이런 역할을 하고 있는 것도 답답하고 견딜 수 없으니. 자네들도 그리 마음이 편치는 않지 않을 걸세. 그것보다 적당히 자네 쪽 네 명은, 이쪽으로 건네주고 서로 편해지면 어떻겠는가. 그 편이 자네들에게도 좋을 것 같은데."

"하하하, 이번에는 그쪽에서 타협을 청하는 건가? 그건 아니지. 자네야말로 이쪽의 얘기를 듣고 물러서는 게 어떨지."

"그런 말도 안 되는…누가 히데키의 이야기 따위 들을 손가."

"그럼 나와 상의하지 않을 텐가."

라고 말하고 주헤이는 잠시 상대의 의중을 떠보듯이 얼굴을 바라보았지만 이윽고 가까이 다가와서 목소리를 죽이고는

"이봐 자네, 나는 자네 쪽에서 정정당당하게 저택으로 와 주었으면

하네. 남몰래 그걸 기다리고 있었지."

"음, 그렇게 남자답게 자웅을 결정하자는 건가?"

"그게 하나의 책략이지."

"무슨 책략인가?"

가쓰오는 진지하게 상대하지 않았다.

"이보게, 좀 더 진지하게 듣게나. 나는 정말 대사를 논하고 있는 거라고. 실은 자네를 염두에 두고 하는 얘기라네."

매우 힘주어 말했다.

"진지하게 듣고 있지. 그러니 무슨 책략인지 묻고 있지 않은가."

"그렇게 결국 저 이즈미와 미야타를 해치우는 거지."

"뭐라고?"

"좀 들어주게나. 다음으로 히데키도 처리하는 거지. 이봐, 그러면 그 다음에는 어떻게 될 거라고 생각하나?"

"히데키도 처리한다고……"

가쓰오는 자신도 모르게 눈을 크게 떴다.

(1915년 3월 17일)

(35)

거짓인지 진심인지 주헤이는 점점 마음이 동해서

"그렇다네, 딱히 놀랄 일은 아니지. 저런 고집쟁이 녀석, 무 꼬리를 자르듯 쉬운 일이지. 내가 싹 해치워 버릴 걸세."

"이봐, 그럼 자네는 주인님을 죽일 셈인가?" 가쓰오가 대화에 끼워들자

"어이, 잠자코 듣고 있게. 그래서 자네가 예전에 말한 수인(囚人) 말인데, 이는 정말 조작은 아니네. 소매치기라고 하면, 바로 댕강 목이 잘

리는 수순이 되겠지. 그런데 나중에 남은 것은 단 둘뿐이네. 즉 이렇게 말하는 구로베 주헤이와, 아지카 가문의 주인인 자네 둘이란 말일세."

의외라면 의외인 주헤이의 계략을 듣고서 의연한 가쓰오도 그저 놀라지 않을 수 없었다.

주헤이는 드디어 얼굴에 열심히 그런 기운을 드러내며

"이보게, 어떤가. 퍽 재미있는 도박이 아닌가. 천만 엔을 가진 아지카 가문의 재산과 저 미인인 부인까지, 이 모든 것이 자네의 것이 되는 거지. 나는 많은 걸 바라지 않네. 상당한 재산을 받아서 평생 안락한 생활을 영위하면 그뿐일세."

"자네는…그럼 모반 계획이군."

가쓰오는 슬쩍 그 얼굴을 바라보았다.

"그렇네. 아까 말한 대로이다."

주헤이는 태연히 대답했다.

"실은 이렇게 내가 예상한 것도, 조금 기분 나쁜 일이 있었기 때문이다. 히데키 녀석, 애송이 주제에 괘씸하다니까. 질투심이 많은 녀석이지. 어젯밤에도 난 화가 나서 저 녀석을 패대기쳐서 죽여 버릴까 생각했었지."

처음으로 그의 심중을 알 수가 있었다.

원래 싸울 상대가 없는 보통내기가 아닌데다, 충의라곤 찾아볼 수 없는 주헤이여서 별거 아닌 정사(情事)의 다툼으로 주인을 주인으로 여기지 않을 정도로 못 당할만한 것이었다.

가쓰오는 남몰래 마음속에서 수긍을 하면서

"그럼 뭔가 부인의 일로 달갑지 않은 일이 있었던 건가?"

"음, 꽤 미인이지. 자네는 언젠가 본 적이 있었을 테지만."

라고 말하는 건 아니나 다를까 고즈나에 관한 것이라고 가쓰오는 빨리도 눈치 채고,

"저 덴노초 아래 저택에서 만난 그 여자가 아닌가?"

주헤이는 잠자코 고개를 끄덕였다. 그는 무례하게도 주인님의 첩에게 연모를 느끼고 있었던 것이다.

"그때는 자네 무리에게 딱한 일을 했었네."

가쓰오는 웃으면서 말했다.

"그렇게 어리석은 질문을 하니 실패하는 거지. 그러니 처음부터 내가 외출하려고 하는데, 히데키 녀석, 여자를 뺏길까 염려하여…바보 같은 놈이네."

"그럼, 여자 쪽 마음은 어떠한가?"

"제법 기가 세고, 처리가 좋지는 않네. 그렇기도 하고 결국 히데키가 있기 때문에. 딱히 그에게 끌리는 건 아니겠지만, 신분이 높고 돈이 많으니. 어쨌든 내 쪽이 불리한 거지."

주헤이는 쓴웃음을 지었다.

"그러나 그건 그렇고, 내가 지금 이런 상의를 해도 자네가 즉답은 어려울 테지. 잘 생각해 두게나. 어쨌든 자네에게도 그닥 손해를 보는 얘기는 아닐 테니. 잘 생각해 볼 일이네."

"좋네, 잘 생각해보지. 조만간 어딘가에서 천천히 만나세."

가쓰오는 마음을 터놓은 듯이 대답했다. 저 녀석을 이용하면, 혹여 자작을 쉽게 빼내 올 수 있지 않을까 속으로 끄덕였던 것이다.

(1915년 3월 18일)

(36)[6]

구로베 주헤이는 고즈나를 강하게 연모하는 마음 때문에, 주인인

---

6) 원문에는 35회로 표기되어 있으나 순서에 맞도록 정정한다.

히데키와의 사이에 강한 원한을 품었다. 그런 나머지 적진의 가쓰오와 서로 이야기하고, 아지카 일가를 뿌리 채 빼앗아 버리려고까지 음모를 꾸미게 되었다. 이 무렵에는 저택의 직무는 완전히 내던지고, 밤낮없이 홧술을 마셔 술에 취해 쓰러지는 모습이었다.

오늘밤도 그는 아주 만취 상태로 몰래 안쪽 자리의 고즈나 방을 살펴보았다. 다행히 히데키가 없는 것을 확인하고, 갑자기 장지문을 열어젖혔다.

고즈나는 혼자 손난로 옆에 앉아, 생각에 잠겨 있었다. 하지만 주혜이 모습을 발견하고 깜짝 놀라서 집안을 치우면서

"아니, 구로베 씨, 뭔가 볼일이 있으신가요?"

험상궂은 눈으로 올려다보았다.

주헤이는 무신경하게도 거침없이 방 안으로 들어오며

"하하하, 고즈나 씨, 그런 애교 없는 목소리로 말하지 말아주세요. 볼일이 있으니 살아있는 보살에 절이라도 하듯이, 이렇게 매일 밤 참배하잖아요. 이제 제 마음을 알아줘도 좋지 않을지."

이렇게 말하는가 싶더니 입김에 술 냄새를 풍기며 벌러덩 드러누웠다.

"이보세요, 저리로 가 주세요. 밤늦게 여자 있는 방에 드러눕다니 너무 실례를 하는 거 아닌가요?"

"이거 놀라운데요. 엄청 사나운 얼굴을 하고 있군요. 그렇지만 조만간 황송한 사이가 될 거라고요. 하하하, 남처럼 굴지 마시라고요."

아랑곳 하지 않고 팔꿈치를 뻗어 여자 손을 잡으려고 했다. 고즈나는 당황하여 이를 뿌리치고

"뭐 하시는 건가요? 이런 결례를…빨리 저리로 가세요."

"아니, 당신 왜 그러시는 건가요? 이렇게까지 당신을 생각하는 저의 마음을 모르시는 건가요? 고즈나 씨 너무 초조하게 만들지 마시고, 적당히 이제 예, 라고 말해주셔도 좋지 않나요?"

이렇게 말하면서, 뻔뻔하게 몸을 일으켜 여자 옆으로 다가오자 여자
는 얼른 몸을 피하며

"너무 무례하시군요. 당신이 아무리 그렇게 하셔도 저는…저는 당신
의 마음에 따를 정도라면, 이 물웅덩이에 몸을 던져 죽어버릴 겁니다."

단호하게 거절하였다. 남자는 일부러 창문에 기대어 물 위를 쳐다보
면서

"하지만, 물에 뛰어들기에는 너무 춥겠는데요. 하하하, 농담이 지나
치시군요. 고즈나 씨, 당신도 열아홉, 스무 살 소녀도 아니고, 그런 물
정 모르는 얘기를 하는 게 아니죠. 새침 떼지 마시고 그 아름다운 얼굴
을 이쪽으로 돌려주세요. 아름다운 얼굴을 좀 본다고 해서 닳는 것도
아니잖아요."

고즈나는 질렸다는 듯이 등을 돌리고, 대답도 않고 있었다.

"이봐요, 고즈나 씨, 당신은 여기 대장에게 의리를 지키고, 제게 차
갑게 대하시지만, 대장이 대체 뭐길래 그러시나요. 당신만 그렇게 의
리를 지킨다고 해서, 저쪽에 마사코라는 아름다운 부인이 있잖아요,
이쪽도 좀 생각해주지 않으면 조만간 험한 꼴을 겪을 지도요."

"주헤이 씨" 고즈나는 조용히 정색을 하고

"당신이 뭐라고 하시든, 저는 그런 추잡한 이야기 들을 생각이 없으
니……그렇게 실례되는 얘기 자꾸 하시면, 주인님께 이를 것입니다."

(1915년 3월 19일)

(37)[7]
주헤이는 놀랄 거라는 예상과 달리

---

7) 원문에는 36회로 표기되어 있으나 순서에 맞도록 정정한다.

"뭐, 주인님께 이른다고? 하하하, 그런 걸로 움찔할 내가 아니지."

웃으면서 다시 찰싹 옆으로 다가오더니, 고즈나가 뿌리치는 것도 아랑곳 않고 여자의 부드러운 손을 잡고서

"자, 주인님께 많이 일러 보라고. 일러봤자 그 친구, 뭐라고 생각할지. 요즘엔 마사코 부인에게 빠져있어서 연적인 그 바보 같은 놈, 그 가짜 자작 놈을 잡고 싶은 마음에 엄청 신경 쓰고 있을 걸. 아니, 진짜 그렇지. 우리가 옆에 보더라도 정말 불쌍할 정도라고."

고즈나는 있는 힘껏 남자의 손을 뿌리치며

"정말 당신은……그런 거 나는 아무래도 좋다고요."

"그런데 결코 좋진 않을걸. 연적의 숨통을 끊어주라고 그놈이 나에게 간절히 부탁했다니까. 그래서 그놈이 어떤 약속을 나한테 했다고 생각하나? 고즈나 씨, 이봐, 어떤 약속을 했다고 생각하냐니까?"

여자는 들은 척도 하지 않고, 아무것도 모르는 얼굴로 바깥쪽을 보고 있었다.

그런데도 불구하고, 주헤이는 웃으면서

"이봐, 너에 관해서는 저쪽에서 이미 약속을 해 두었다고. 그걸 당신은 언제까지나 그런 서먹한 나리에게 의리를 내세울 건가? ……그건 너무 눈치 없는 이야기 아닌가?"

휙 무릎을 가까이 당기려고 하는 찰나에, 갑자기 입구의 장지문이 쓱 열렸다. 주헤이는 놀라서 돌아보자, 히데키는 얼굴색을 바꾸고 거기에 서 있었다.

주헤이도 깜짝 놀랐다. 그렇지만 곧 아무렇지도 않은 듯이

"나리신가요? 잘 오셨습니다."

히데키의 얼굴에는 이미 타고난 짜증이 확 올라와서, 눈썹을 찌릿찌릿 치켜올리며

"주헤이, 네 놈은 여기서 뭘 하고 있는 건가?"

"아니, 실은 나리가 안 계신 동안에 고즈나 씨가 혼자 외로우실 것 같아서 그래서……헤헤헤."

"입 다물거라. 네 놈은 지금 저 여자에게 뭐라고 지껄이고 있었단 말이냐. 고얀 놈이……자, 뭐라고 했느냐? 내 앞에서 다시 한 번 말해 보거라."

"딱히 말씀드릴 한 건 없습니다요. 그저 이런저런 잡담을 좀……"

"이런, 말도 안 되는! 네 놈은 저 여자에게 발칙한 수작을 걸고 있었던 거 아니냐."

"흠, 그래서 말했다면 어떻다는 겁니까?"

주혜이는 갑자기 냅다 내던지듯이 태도를 바꾸었다.

히데키는 거칠게 그의 팔을 쥐고

"이 고얀 놈이 오늘밤만은 용서해주겠다만, 앞으로 이런 일이 있다면 그때는 가만두지 않겠다. 어서 나가거라."

"아하하, 이거 깜짝 놀라운 일이군요. 세게 협박을 하시다니. 부드럽게 부탁드립니다. 네, 당신은 매우 겁쟁이시니까요."

"뭐라고? 그 말은……네 놈은 주인을 조롱하는 게냐?"

"음, 노려봐도 소용없는 협박이지."

주혜이는 양반다리를 하고, 수염이 덥수룩한 턱을 만지고 있었다.

"이런, 무례한 놈을 봤나."

갑자기 책상 위에 있던 은으로 된 문진을 쥐고서 주혜이의 눈을 향해 휙 던졌다.

보통내기가 아닌 주혜이라도 이런 불의의 습격에는 속수무책이라, 문진은 그의 볼에 정확히 맞혔고, 피가 주르륵 흘려 내렸다.

(1915년 3월 20일)

(38)

"앗!" 주헤이는 그 자리에서 쓰러졌다. 그리고 상처부위를 누른 채 '으흐' 하며 신음소리를 내었다. 히데키는 화가 치미는 대로 문진을 집어 던진 채, 그것이 지금 이마에 아프게 상처를 낸 것을 보자, 평소 주헤이의 성격을 알고 있는 만큼 속으로 적지 않은 공포를 느꼈다. 하지만, 이 경우에 약한 모습을 보이면 안 된다고 생각했다.

"꼴좋네, 발칙한 놈."

허세를 부리며 어깨를 치켜 올렸다.

고즈나는 역시나 못 본 척하지 못하고 "누구 안 계신가요?" 깜짝 놀라서 옆으로 다가가려고 하자, 히데키는 떨어져서 "신경 쓰지 말게. 이 정도 제재를 가하지 않으면 본보기가 되지 않을 테니."
라고 말하며 주헤이를 내려다보고 있었다.

주헤이는 겨우 소매에서 종잇조각을 꺼내어, 천천히 핏방울을 닦고 있었다. 이윽고 얼굴을 들고 바라본 얼굴에 매우 처참한 표정을 드러내었다.

"아지카 히데키, 다시 결투를 신청하네."

말이 떨어지자마자 벌떡 일어나 자세를 잡았다.

그 자세는 너무도 늠름하고, 안정되어 보였다. 히데키는 자신도 모르게 움츠러들어서는 "뭐, 뭐라고…" 슬금슬금 뒷걸음질을 쳤다.

"자, 남자답게 결투를 하자고 하는 거다. 설마 사내의 이마를 깨뜨린 이상, 그 정도의 각오는 되어 있겠지?"

"너란 인간은 주인님을 잊었는가?"

"뭐, 주인님? 더 이상 그런 거 없다. 내 쪽에서 그저 연을 끊었다. 이제 주인님도 부하도 아니다. 이 구로베 주헤이와 깔끔하게 결투를 하게."

힐끗 주헤이가 노려보자 히데키는 새삼 두려움에 떨면서

"무례한 놈. 물럿거라. 저리 물러가라고."

"하하하" 주헤이는 흔들면서 크게 웃으며

"이제 와서 쓸데없이 시끄럽게 구는가. 자, 사내답게 승부해 보자고."

"이런 무례한 놈 같으니라고. 주, 주인님을 몰라보고"라고 말하며 히데키가 선반에 놓여있던 총을 집어들려고 하자

"각오하라고."

주헤이는 재빨리 파고들어 오른손으로 쩽하고 단도가 번쩍이는가 싶더니, 재빨리 히데키의 가슴팍을 칼로 찔렀다.

"흑" 하는 외마디를 지르고 히데키는 입을 다물고 그 자리에서 쓰러졌다.

"누구 좀 와 주세요! 구로베 씨가 나리를……"

고즈나가 얼굴이 새파랗게 질려서 소리를 지르고 도망가려는 찰나에, 등잔불이 뒤집어지며 뭔가 깨지는 소리와 함께 사방이 깜깜해졌다.

"앗! 도, 도와주세요……누군가……" 괴로운 듯이 소리를 쥐어짜면서 구조를 부르는 히데키, 주헤이는 고즈나를 좇아가려고도 하지 않고 어둠 속에 그저 서 있었다.

"마쓰카와 씨, 다케우치 씨, 어서…어서 와서 구해 주세요."

여자의 부르짖는 소리는 계속해서 심야의 적막을 뚫고 울려 퍼졌다. 터벅터벅 달려오는 사람들 발자국 소리가 복도에서 들려왔다. 주헤이는 얼른 방을 빠져나와, 입구의 기둥에 등지고 자세를 취하고 있었다.

(1915년 3월 21일)

(39)

뒤편 저택에서 이와 같은 소동이 벌어진 밤에, 마침 가쓰오는 다시 저택 안으로 숨어 들어가서 안쪽 해저의 다리 밑에 몸을 있었다. 때맞

추어 어둠을 가르는 여자의 외마디 소리에 놀라 고개를 들어서, 잠시 상황을 살피고 있었다. 건너편 방에서는 계속해서 칼싸움하는 소리, 울부짖는 소리가 웅성웅성 거리고, 복도쪽의 발자국 소리 등 매우 혼잡한 분위기였다. 무슨 일이 벌어진 건지 어찌 되었든 저택 안에 대소동이 일어난 것은 확실한 것 같았다. 그는 자작 도시하루를 위해서 몰래 이렇게 하늘이 도운 것을 기뻐하였다. 갑자가 저쪽 문이 열리고 주헤이의 모습이 쓱 나타났구나 싶더니, 뒤돌아서 기세 좋게 다시 안으로 들어서려는 바로 그때, 이쪽 토광 문을 열고서 뛰어나간 자가 있었으니 그는 사천왕 중 한 명인 마쓰카와였다.

가쓰오는 서둘러 몸을 숨기고, 다시 고쳐놓고서 빙긋 웃음을 지었다. 그때까지 어떻게 토광 속에 숨어있었을지 그 수완에 놀랐지만, 마쓰카와가 그곳의 문을 연 것은 생각지도 않게 하늘이 도운 것이었다.

가쓰오는 재빨리 숨어있던 곳을 벗어나 마쓰카와와 교대로 문 안으로 들어갔다.

안에는 아직 이와즈미와 다케우치가 망을 보고 있을 테지만, 두 사람 정도는 원래 있는 셈 치지도 않아서, 가쓰오는 토광 안에 들어가서 바로 자작이 유폐되어 있는 움막 쪽으로 다가갔다. 급한 돌계단이 있었고, 그 내려가는 쪽에 작은 등잔불이 하나 어둠을 밝히고 있었다. 그는 그것을 손에 들고, 돌계단 위에 서서 잠시 주변 상황을 살펴보았다. 그러자 건너편 판자문 안에서 작은 소리로 이야기를 나누는 목소리가 들려왔다.

"무슨 일이 있는 거겠지? 저 소동은…"

"글쎄… 알 수 없지." 이와즈미의 목소리였다.

"그들이 쳐들어 온 것이 아닐까?"

"안에 있는 대장을 죽여 버리는 게 어때?" 라고 하는 소리를 듣고서 가쓰오는 멈칫했지만, 다행히 이와즈미가

"좀 기다리게. 죽이는 것은 어렵지 않으니. 좀 더 상황을 지켜보자고."

이것으로 대화는 끊어졌다. 그러자 누군가가 문 쪽으로 들어오는 기색이 들어서 가쓰오는 서둘러 불을 끄자 판자문이 열렸다.

"이런 깜깜하군. 불이 꺼져 있네."

"이봐, 성냥불을 켜 보게나."

다케우치가 이렇게 말했다. 그들이 불을 켜면 정말 끝장이다. 지금은 먼저 제압하는 수밖에 없다고 결심하고, 가쓰오는 비호처럼 돌계단을 내려갔다.

문쪽에는 다케우치가 칼을 들고 서 있었다. 이와즈미는 방 안에 양반다리를 하고 막 성냥을 건네려고 하고 있던 차에, 가쓰오가 갑자기 나타난 것이었다.

두 사람은 깜짝 놀랐다. 이와즈미는 순식간에 준비한 칼을 빼어들고서 "이 도둑놈아!" 하며 달려들었다. 마쓰카와는 기습을 당해서 칼만 빼어들었지만, 자세를 취하지 못한 탓에 점점 가쓰오의 칼끝에 쫓기게 되었다. "에잇!" 어깨 쪽을 가격당해 퍽 하고 쓰러졌다.

이와즈미 쪽으로 가쓰오는 칼을 다시 빼어들었지만, 이와즈미는 미리 준비한 대로 가쓰오와 싸우지 않고, 지금 이 위급한 상황을 보자마자 재빨리 안쪽 방으로 숨어들었다. 도시하루의 목숨을 빼앗으려고 한 것이었다. 그의 모습은 그렇게 보였다.

큰일이다……자작의 목숨이 풍전등화처럼 위태로웠다.

"이와즈미, 기다려!" 가쓰오는 소리를 지르며 바람처럼 그를 좇았다.

(1915년 3월 24일)

(40)

가쓰오가 안쪽 방으로 뛰어 들어갔지만, 자칫 한발 늦게 된다면 자작의 목숨은 이미 죽은 목숨일 것이다. 이와즈미는 칼을 정면에서 휘두르며, 빨리 한번 휘두르는 듯이 보였다. 자작 도시하루는 병을 앓아서 손에는 수갑을 걸고 있는데다가, 긴 유폐 생활로 인해 반쯤 미친 듯이 보였다. 그는 그저 방 한쪽 구석에 서서 멍하니 이와즈미를 바라보고 있었다.

"비겁하군, 이와즈미…기다려!"

소리를 지르며 가쓰오는 곧바로 이와즈미에게 칼을 빼어 달려들었다.

"방해하지 말라고."

이와즈미도 재빠르게 자세를 바꾸어 칼을 맞대었다. 두세 번 칼을 부딪혔지만, 가쓰오 역시도 그가 내리꽂는 격한 칼끝에 조금 위축된 듯이 보였다. 위로 아래로 불꽃이 튀기며 싸움을 벌였지만, 상대의 칼이 보다 우위에 서서, 가쓰오는 어쨌든 방어하는 자세가 되어 한발씩 뒷걸음질을 하며 칼을 막아내다가 팔에 얕은 상처까지 입게 되었다.

기다리고 있었다는 듯이 이와즈미는 달려들어 점점 날카롭게 옥죄어왔다. 가쓰오는 점차 구석으로 몰려서 지금은 그 칼을 내려뜨릴 것만 같았다. 그러자 그때까지 방 안 구석에 멍하니 두 사람의 칼싸움을 지켜보던 도시하루는, 이제 겨우 정신이 들었는지 갑자기 뛰어 올라왔다.

"나이토 군이 아닌가. 나이토다, 나이토. 나도 가세함세."

손에 걸린 화로에 손을 댄 것은 괜찮지만, 겨우 5,6촌 정도 들어 올려서 어슬렁어슬렁 불안하게 두 사람 쪽으로 다가왔다. 가쓰오는 이 병자의 가세로도 힘을 받아

"더 이 쪽으로, 이쪽으로 오시죠. 발밑에 화로를…"

경황없는 가운데도 소리를 높여 자작을 격려하였다.

이와즈미는 다가와서 격하게 칼을 내리쳤다.

"그래요, 조금 더…"

가쓰오의 인도로 도시하루는 비틀비틀 거리면서 손난로를 누르고,

적의 발밑으로 달려들었다. 이와즈미는 위험한듯하여 갑자기 뒤로 물러섰다. 하지만 잽싸게 한번 칼을 휘둘러 자작에게 덤벼들었다. 자작은 "앗!" 하며 쓰러졌다. 칼을 다시 잡더니 이와즈미는 가쓰오에게 또다시 덤벼들기 위해 돌아보는 순간에, 공교롭게도 화로에 발이 걸려서 엉겁결에 무릎을 꿇었다. 이 틈에 끼어들어 가쓰오는 달려들어 강하게 상대의 목덜미를 옥죄었다.

"이런!" 이와즈미는 빠져나오려고 버둥거려보았지만, 가쓰오는 빠져나오지 못하게 있는 힘껏 조여서 쓱 하고 가슴팍에 칼을 관통시켰다.

가쓰오는 "휴" 하고 한숨을 쉬더니 자기도 모르게 정신이 흐려지려 했지만, 갑자기 정신을 차리고 몸을 일으켰다. 자작의 상처는 어떤지 옆에 가서 보니, 이마의 급소에 깊이 상처를 입어서 얼굴 전체에 피범벅이 되어 있었다. 가쓰오는 가슴에 손을 대고, 호흡의 유무를 확인하려던 찰나에, 또 다시 토광 밖에서 엄청난 소음이 들렸다. 가쓰오는 다시 서둘러 일어났다. 설령 자작의 호흡이 남아있더라도, 이렇게 있다가는 두 사람 모두 독안에 든 쥐가 될 것이기 때문이다. 잠시 자작의 생사는 천운에 맡겨두고, 그는 재차 칼을 주워서 다시 달려 나갔다.

(1915년 3월 25일)

(41)

토광의 문 쪽까지 나와서 바깥 상황을 살펴보았지만, 이쪽으로는 달리 사람이 쳐들어오는 기색도 없었다. 그래서 가쓰오는 재빨리 상의 소매를 찢어서 팔의 상처를 세게 묶어주었다.

그러자 복도 안쪽에서 "어이, 이쪽으로 오라고, 이런 번거롭게 너 따위에게 볼 일은 없지. 상대는 히데키다, 방해하면 용서치 않겠다." 라고 소리 지르는 주헤이의 목소리가 들려왔다.

가쓰오는 문 쪽에서 좀 떨어져서, 이쪽 소동을 바라보았다. 이쪽저쪽에서 비상사태임을 알고 모여드는 사람들이 복도로 몰려들어 초롱불은 불똥처럼 어둠속에서 날아다녔다.

해자로 이어지는 복도 아래에는 벌써 열 명 남짓한 사람들이 메우고 있었다. 하지만 누구나 사냥감만을 앞에 내세워 웅성웅성 거릴 뿐, 몸은 뒷걸음질 치듯 보기 흉한 모습이었다.

복도 안쪽에는 구로베 주헤이가 피묻은 칼을 손에 들고, 장승처럼 선 채로 사람들을 바라보고 있었다. 옷을 벗어젖히고 가슴 언저리에 빨갛게 피를 묻히고 있었지만, 똑바로 선 자세를 보니 아직 한군데도 다친 곳은 없는지 아니라면 다쳤다 하더라도 큰 상처는 아닌 것 같았다.

"이봐, 비겁자 히데키! 도망친 건가? 죽어버린 건가? 남자답게 나와서 겨뤄 보라고."

"죽여 놓고서 이런 불충한 놈!"

울부짖는 듯한 여자의 목소리가 들려오더니, 드디어 여자가 방에서 뛰어나왔다.

"뭐라고? 죽었다고? 그럼 한번 찔러서 죽어버린 건가? 약해빠진 녀석이군, 하하하."

주헤이는 껄껄껄 웃으면서

"이봐, 너희들도 들었지? 뭐야, 그 보기 흉한 모습은…조용히 하라고! 긴 것을 휘두르다니, 그럴 여유가 있거든 얼굴이라도 씻고 오든지. 그리고 다시 나에게 머리를 조아리게나. 오늘부터 내가 이 저택의 주인님이니까."

그때 저택 바깥쪽에서 부술 듯이 문을 두드리는 소리가 나더니, 사람들이 외치는 소리가 들려왔다.

가쓰오는 이것을 듣고서, 뛸 듯이 기뻐했다. 분명히 일찍이 조치한 대로 이즈미 소좌가 사람들을 이끌고 바깥문에서 몰려들어온 것이었다. 소리는 점점 가까워졌지만, 이쪽의 일동은 주헤이에게만 신경을 쓰느라 그 소리에는 미처 신경쓰지 못하고 있었다.

쿵쾅쿵쾅 탕탕 문을 열어젖히고, 주헤이 앞에 다가선 여자의 모습. 두말할 필요 없이 고즈나였다. 검은 머리를 어깨까지 흐트러뜨린 채, 얼굴색은 죽은 사람처럼 새파랗게 질려 있었다.

"저, 저…나리의 적…"

이라고 외치며 떨리는 손으로 권총을 들어올렸다. 그러자 빠르게 한 발이 주헤이를 향해 불을 뿜었다.

탄환은 안타깝게도 과녁을 빗나가서 정원의 숲속으로 메아리치며 날아갔다.

"이거 장난이 아니구먼. 이 아름다운 눈매로 죽일 셈인가. 권총까지 동원하다니 뼈아픈 대우로군. 그 어여쁜 자태로 오늘밤 이런 계획을 행하다니 죄를 짓는군."

이라고 말하면서 난간에 발을 디디는 듯하더니 바로 첨벙 해자로 뛰어들었다.

그때 서둘러 이즈미 소좌 일행이 다리를 건너 가까이에 들어섰다.

"자, 너희들은 여기 저택의 사람들을 지키고 있거라. 토광에는 내가 갈 테니."

라고 이즈미 소좌가 소리쳤다.

(1915년 3월 26일)

(42)

가쓰오는 이제 더 이상 자작에게 마음을 쓸 필요가 없다고 여기고, 주헤이의 뒤를 쫓아서 자신도 해자 속으로 풍덩 뛰어들었다. 주헤이는 벌써 저 멀리 헤엄치고 있었다. 주헤이 때문에 가쓰오는 오늘까지 몇 번이나 굴욕을 참았었다. 오늘이야말로 생각한 대로 겨뤄보겠다고 결심했다.

"기다려! 주헤이. 기다리라고!"

주헤이는 힐끔 뒤를 돌아보았을 뿐, 거침없이 물살을 가르며 헤엄쳐 갔다. 주헤이가 힘있게 가는 것에 비해, 가쓰오는 이미 피로가 몰려오고, 팔에 상처도 입었다. 두 사람의 간격은 점차 더 커져갈 뿐이었다.

건너편 물가에 다다른 주헤이가 계속해서 올라갈 곳을 물색하는 사이에, 마침 가쓰오가 밤에 타고 내려왔던 밧줄이 버드나무 뿌리에 남아있었다. 그는 재빠르게 이를 발견하고, 두세 번 밑에서 잡아당겨 본 뒤에 꽉 잡아서 쓱쓱 올라갔다. 그 사이에 가쓰오도 좇아가서 금세 그 밧줄을 잡자, 주헤이는 흘낏 돌아보고는 "어이, 토광에서 어떻게 빠져나온 건가?" 이렇게 자작과 구별이 안될 정도로 가쓰오의 얼굴은 창백해져있었다. 하지만 금방 가쓰오라고 눈치 채고는

"음, 그 가짜로군. 왜 당신은 여기에 온 건가?"

"네놈과 승부를 하기 위해서다."

"하하하, 건방진 놈이로군."

주헤이가 뒤에서 기어오르는 것을 기다렸다가 칼을 빼어들든 찌르든 마음대로 할 수 있었다. 그래서 잠시 입가에 웃음을 띠우고, 내려다보고 있었다. 그러자 갑자기 몸을 틀어서 숲속으로 도망쳐갔다. 가쓰오는 서둘러 물가로 올라갔지만, 주헤이는 저 멀리 도망치고 있었다.

"비겁한 놈. 기다려!"라고 외치는 소리를 듣다가, 비겁한 놈이란 한마디에 발끈한 듯이 주헤이는 갑자기 멈춰서서 돌아보았다.

"참으로 성가신 놈이군. 올 테면 와라." 하며 자세를 취하였다.

덤벼드는 가쓰오 쪽은 원래 피가 뜨거워져 있었기 때문에, "얍" 하며 칼을 덮어놓고 마구 휘둘러 덤벼들었다.

상대는 원래 그런 녀석이어서 들어오는 칼 끝을 멋지게 받아쳐서,

되돌아가는 칼날을 내리꽂았다. 가쓰오는 재빨리 물러섰다. 물러서면서도 다시 날카롭게 칼을 휘두르며 나아가자, 이 한쪽 칼을 미처 막아내지 못하고, 주헤이는 볼에 한 뼘 정도의 상처를 입었다. 가쓰오는 점점 힘을 받아서 종횡으로 칼을 휘둘렀다.

주헤이는 왠지 기가 꺾인 듯이, 하지만 상처 입은 멧돼지처럼 기세가 점점 거세져서, 서로 칼을 부딪히며 맞섰다가 다시 좌우로 흩어졌다. 어느 한쪽이 죽지 않고서는 끝나지 않는 남자들의 의지, 어느 한 명도 말하지 않고 용호상박의 형국으로 으르렁대듯이 보였다.

이때 가쓰오의 뒤편에서 "이보게, 나이토 군이 아닌가?" 하는 소리가 들리며 재빠르게 뛰어온 것은 바로 미야타였다.

이를 본 주헤이는 더 이상 싸우지 않고, 갑자기 몸을 돌려서 도망쳐갔다. 가쓰오는 쫓아가려는 찰나에, 돌에 걸려서 풀썩 넘어지고 말았다. 격심한 피로 탓에 미야타의 목소리를 듣고 조금 방심한 탓이리라. 이제 일어날 힘도 없었다.

그 틈에 주헤이는 숲속 어딘가로 모습을 감추고 말았다.

미야타는 서둘러 다가가 가쓰오를 안아올려 보니, 팔에 난 상처에서 뚝뚝 핏방울이 떨어지고 있어서, 임시로 묶어둔 붕대는 새빨갛게 물들어 있었다.

"미야타 군." 가쓰오는 괴로운 듯이 말했다.

"이보게, 나이토 군, 정신을 차리게."

미야타는 민첩하게 준비한 수건을 꺼내어 붕대 대신 감으려고 하였다.

"자네는 무사한가?"

"무사하구 말고. 걱정 말게나. 자네의 활약으로 모두 성공이라네."

"그렇군." 가쓰오는 새파래진 입술에 옅은 웃음을 지었지만, 그대로 미야타의 팔에 몸을 맡기고 꿈속으로 빠져들었다.

(1915년 3월 27일)

(43)

구즈가하라 저택 안의 소동은 시끄럽게 세상의 소문에 올랐지만, 어느 누구도 사건의 진상을 아는 자는 없었다. 구로베 주헤이라는 흉악범에게 당한 히데키는, 표면적으로는 병사한 몸으로 신고되었고, 그외에 이와즈미, 마쓰카와 등은 사람 눈에 띄지 않은 채 매장되고 말았다. 관헌에서도 이에 대해 수상하게 여기지 않은 것은 아니지만, 진상을 파헤치면 구 번족 가문과 관련되기 때문에, 자연히 유야무야되고 말았다.

극악무도한 주헤이는 저택 해자에서 가쓰오와 격투한 이래로 모습을 감추고 말았다. 그 뒤로도 은밀히 뒤를 캐 보았지만, 원래 공식화하지 않았기 때문에 결국 그 행방을 알 길이 없었다. 그로부터 예기 고즈나도 역시 며칠 뒤에 히데키의 수발을 들고 이 묘지를 떠나고 나서 소식을 알 수 없었다. 히데키가 생전에 돈을 들여서 만든 그 방에는, 지금 형인 자작 도시하루가 병상에 누워 있고, 남은 자 없이 간병을 받고 있었다. 이마에 입은 상처의 경과는 퍽 좋은 편이어서, 이미 마사코 부인과 다시 대면하였고, 무슨 일인지 잠시 여러 이야기도 나눈 정도였다.

가쓰오는 그날 혼절한 그날부터 미야타의 부축을 받아서 별장 쪽으로 철수했다. 원래 팔에 난 상처도 대단한 것이 아니었고, 하룻밤 푹 자고나서 피로도 완전히 회복되었다. 그러나 상처 치료를 하는 동안에는, 별장에 있는 것도 자연히 사람들 눈에 띄기 쉽기 때문에, 저택 안으로 옮겨서 자작이 유폐되어 있던 토광 속에 숨어서 극진한 치료를 받았다.

예전에는 폭풍우 치던 밤에 안쪽 상황을 살피던 철제 창문도, 지금은 완전히 열어젖히고 표면에 형형히 비치던 안채의 등불이 가까이 보였다. 가쓰오는 조용히 창가에 다가가, 어젯밤 일을 떠올리며 천천히 운명의 기묘함을 느끼지 않을 수 없었다. 잠시 후에 미야타가 들어와서 자작이 가쓰오를 부른다고 알려왔다. 그래서 가쓰오는 안내를 받고 자작의 처소로 갔다. 도시하루는 병상에 누워서 쉬고 있었는데, 가쓰오의 모습을 보자 바로 자리에서 일어났다.

"나이토 군." 하며 지긋이 얼굴을 바라보았다.

가쓰오도 자작의 무사한 얼굴을 보자 기쁨을 감추지 못했다.

"나이토 군, 실로 이번 일로 난 자네에게 뭐라 고마움을 표해야 할지 모르네. 그저 감사할 따름일세. 아지카 가문도 내 목숨도 모두 자네 덕분에 살았네."

목소리는 비록 힘이 없었지만, 얼굴에는 깊은 감사하는 기색이 흘러 넘쳤다.

"그래서 난 지금도 이즈미나 미야타와 언쟁을 한 참이네. 나도 자네를 다카미야의 저택으로 오게 하여 충분히 사례를 하고 싶고, 내 구번사 사람들에게도 소개하여 자네의 높은 뜻에 보답하고 싶은데 두 사람은 그것을 허락지 않더군. 오늘까지는 되도록 비밀로 해둬야 한다고 하지 뭔가. 난 정말 곤란하다네."

삼가 이 얘기를 듣고 있던 가쓰오는,

"외람되지만 그것은 두 사람이 하는 말이 도리라고 사료됩니다. 자작님의 배려는 대단히 감사합니다만, 그렇게 해서는 제 뜻에 반하는 일이 됩니다. 부디 저는 이대로 귀경하게 해주셨으면 합니다. 해야할 일을 다 마쳤으니까요."

"자네는 끝났을지 모르겠지만, 나는 자네가 진력해준 것에 어떤 보답도 하지 못했네. 오늘 아침부터 이런 저런 일을 들으면 들을수록 눈물이 날 정도로 자네의 의협심에 감탄하고 있었다네."

(1915년 3월 28일)

(44)

가쓰오는 이렇게까지 자작으로부터 감사의 말을 듣고 오히려 자신의 마음이 부끄러웠다. 자신은 마사코에 대한 옛 정을 잊지 못하고, 일찍이 이제까지 남몰래 연정을 품었던 일조차 있지 않은가.

"세상사는 실로 번잡한 것이네. 나는 자네에게 생각만큼 답례도 할 수 없는 채로 이별해야 하는 것인가…"

도시하루는 진심으로 깊은 한숨을 쉬었다. 그리고 오랜 병으로 힘없는 눈매를 하고 애잔하게 가쓰오의 모습을 바라보고 있더니, 이윽고 그대로 조용히 자리에 누웠다.

"아, 정녕 자네를 언제쯤 다시 볼 수 있을는지…"

잠시 슬픈 듯이 이렇게 말했다. 눈물이 자연스레 볼을 타고 흘러내렸다.

"언제든지 제 도움이 필요하신 때라면 다시 오겠습니다."

"나이토 군, 난 결코 자네를 잊지 못할 걸세." 도시하루는 가만히 눈물 고인 눈을 감았다.

그런 참에 미야타가 조용히 안으로 들어왔다. 가쓰오는 자작에게 작별을 고하고, 그와 함께 방을 나왔다. 토광 쪽으로 가려면 왼쪽으로 가야하지만, 미야타는 잠자코 오른쪽 복도로 안내하였다. 가쓰오는 이상하게 여기고 "어디로 가는 건가?"라고 물었다.

"부인이 자네와 만나고 싶다고 하시네. 이야기가 끝나면 이 복도를 따라 돌아와주게. 나는 이 쯤에서 기다리고 있을테니."

"아, 부인이…무슨 일인지." 가쓰오는 자신도 모르게 가슴이 두근거렸다.

"이번 일에 대한 감사 인사를 하려는 것이겠지."

이렇게 말하면서 미야타는 안쪽 방으로 가쓰오를 들어가게 하고는 자신은 그대로 물러가 버렸다.

아름답게 꾸며진 6조의 공간에 두꺼운 요를 깔고, 오동나무 화로에 가까이 가면서 마사코 부인은 깊은 생각에 잠긴 듯이 있었다. 창백하면서도 그늘이 진 볼 언저리에 뒷머리가 삐져나와서, 가쓰오를 맞이한 눈에는 이미 눈물이 고여있었다.

"가쓰오 씨, 이제 이별이군요." 가라앉은 목소리로 말했다.

"마사코 씨, 부디 용서해 주세요. 오늘까지 저는 자작의 지위에 앉아 여러번 당신을 대하면서도 실례되는 행동을 저질렀습니다. 그러나 이 또한 어쩔 수 없는 일이었습니다. 오늘까지의 일은 당신도 잘 아시리라 생각됩니다. 모쪼록 어떤 일이든 용서해주기 바랍니다."

가쓰오는 진심을 담아 부인의 얼굴을 바라보았다.

"아녜요. 당신이 하신 일은 모두 이 아지카 가문을 위해서 하신 것입니다. 가쓰오 씨, 저는 감사 말씀드립니다." 눈물을 슬쩍 닦으면서, 가쓰오의 팔에 맨 붕대에 눈이 머물렀다.

"저 상처는 어떻게 된 건가요? 조금은 괜찮아지신 거죠?"

"이미 다 나았습니다. 내일이라도 작별인사를 드릴 생각입니다."

가쓰오는 이렇게 말하면서도, 역시 아쉬운 듯이 마사코의 얼굴을 바라보았다. 부인은 애잔하게 한숨을 내쉬면서, 잠시 가만히 고개를 떨구고 있었다.

"가쓰오 씨, 당신과 저는 어째서 이렇게도 인연이 깊지 않은 걸까요?"

이렇게 말하면서 끊임없이 눈물을 흘리고 있었다. 가쓰오는 이 한마디에 자신도 모르게 가슴의 피가 끓어오르면서, 꿈속에 있는 듯이 옆으로 다가갔다.

"마사카 씨, 제 마음도 헤아려주시기 바랍니다. 저는 정말 실수로 당신을 다시금 연모하고 있었습니다."

(1915년 3월 30일)

(45)

첫사랑의 과거는 꿈처럼 잊고 있었던 가쓰오가, 기묘한 인연으로 다시 마사코와 만나게 되어, 요즈음 다시 새로운 연정을 가슴에 품고 있었던 것이다. 그 일을 지금 확실히 가쓰오의 입으로 듣게 된 마사코는 눈물로 범벅이 된 얼굴을 들어올리고

"당신도 그러셨습니까?"

"예전이라면 저는 행복했을지 모릅니다. 설령 지금은 자작 부인인 당신에 대해…" 마사코 씨 부디 이해해 주십시오."

마사코는 불타오를 듯한 연모의 눈으로, 지긋이 가쓰오의 얼굴을 바라보고 있었다.

"아, 저는 어떻게 하면 좋을까요? 어떻게 해야 하나요…"

애달프게 끓어오르는 눈물에 목메어 울었다.

"아, 모든 것이 일장춘몽입니다. 설령 그렇게 생각하더라도 다시 볼 수 없는 몸입니다."

가쓰오는 진심을 담아 말했다

"그렇지만 이 대로 당신과 헤어져야 하는 것을 정말 너무 아쉽습니다. 마사코 씨, 정말 무례한 부탁입니다만, 당신의 추억거리가 될 만한 물건을 제게 주십시오. 그걸로 당신을 추억하겠습니다."

"어떤 것이라도…"

마사코는 눈물을 흘리며 손가락에 끼고 있던 반지를 빼서 남자에게 건네었다.

"이것을 지녀주세요. 가쓰오 씨, 저는 평생 당신을 잊지 못할 거예요."

"저도 잊을 수 없을 겁니다. 이 반지를 당신의 분신이라 생각하고, 죽을 때까지 몸에 지니고 있겠습니다. 이것으로 당신과 이별을 고해야 하다니 너무나 아쉽습니다."

마사코는 자신도 모르게 남자의 무릎에 매달려서,

"가쓰오 씨, 언제까지나 이 대로 계실 수 없는 것인지요."

"모든 것이 일장춘몽입니다. 마사코 씨, 저는 오늘밤 이별을 고하고, 내일은 교토로 돌아가야 합니다."

"내일…" 마사코는 놀라서

"그건 너무 하시네요. 적어도 2, 3일만이라도…"

"그러나 너무 남의 눈에 띄지 않도록 이곳을 떠나야 합니다."

가쓰오는 천천히 옷을 고쳐 입고 재빨리 일어나려고 하였다.

"그렇다면 저도 함께 데려가주세요."

마사코는 체면 불구하고 그에게 매달렸다.

"무슨 말씀을 하시는 건지요."

가쓰오는 당황하여 마사코를 떼어놓았다.

정말 다음 날 아침 날이 밝기 전에 가쓰오는 구즈가하라의 저택을 떠났다.

이즈미 소좌와 미야타 두 사람은 함께 국경까지 배웅하면서, 서로 작별 인사를 하고 연락을 끊지 말고 소식을 전하라는 등 다정한 인사를 주고받았다.

아침 해가 밝아올 무렵, 일행은 국경의 한 한적한 정거장에 도착했다. 사람의 눈을 피하기 위해 가쓰오는 일부러 이곳에서 기차를 탄 것이었다.

이렇게 몇 번이나 생사의 기로에 몸을 던지고, 잠시 아지카 가문의 안위에 힘썼던 의인 가쓰오는 그저 자작 도시하루의 감사에 만족하며, 몸에 입은 상처를 안고 길을 떠났다.

(1915년 3월 31일)

[이승신 역]

활극 「명금(名金)」

―사이와이칸(幸館) 상영[1] 세계적 탐정극―

1

〈편집국장의 명령〉

뉴욕 신문의 편집국, 편집장은 사회부장인 스미스를 불러들여

"이번에 입사한 특별 기자인 키티 그레이 양에게 뭔가 쓰게 해볼까?"

"알겠습니다. 바로 명령을 내리겠습니다."

사회부장은 편집장에게 일임하고 자기 자리로 돌아가자마자, 키티 양을 회의실로 불렀다.

하얀 빛이 감도는 작은 무늬의―일본에서 말하자면 격자무늬가 자잘하다고 해야 할 것이다―가벼운 옷차림에 가벼운 본네트 모자를 쓴 키티 양은, 부드러운 느낌의 얼굴에 넘칠 듯한 애교를 띄우며 스미스 부장의 초대에 응했다. 부장은 일어나서 키티 양을 맞이했다.

"키티 양, 갑작스럽지만 뭔가 특종 재료를 써주지 않겠나? 탐정물 같은 전미를 경탄하게 만들 만한 것이 좋겠는데…돈은 아무리 들어도 괜찮으니. 기사 제목도 정하지 않겠소. 당신의 예민한 관찰력과 두뇌를 믿을 테니."

사회부장의 주문을 잠자코 듣고만 있던 키티 양은 빙그레 미소 지었다.

"괜찮습니다. 써 보겠습니다. 그럼 빨리 초점을 잡아서 상의 드리도록 하겠습니다."

"그럼 어서 다녀오세요."

---

1) 1915년에 제작, 공개된 미국의 무성영화 『The Broken Coin』을 원작으로 한 연재소설이다.

"알겠습니다."

가볍게 수락한 키티는 그대로 편집국을 나와서 접수처에 묶어둔 애견 페티를 데리고 어디론가 정처 없이 번화한 뉴욕 거리의 인파 속으로 사라졌다.

〈의미 있어 보이는 금화〉

뉴욕 브로드웨이 거리의 남단의 길이 있는 거리 모퉁이에, 작은 골동품가게가 있었다. 호사가로서 명성 높은 그 집의 주인은 예전에는 남북전쟁 시대의 고장난 투구에서 금자탑 조각의 흙과 자갈에 이르기까지 이런 것을 좋아하는 사람이라면 각별하겠지만, 보통 사람이 보면 '무슨 이런 걸' 싶은 잡동사니를 가게 앞에 늘어놓고 특이한 손님을 기다리고 있었다.

지금도 진열해놓은 고대 금화 상자 앞에 서서 자주 눈을 번뜩이고 있었다. 한 성격 할 것 같은 건장한 남자는 살집이 있고 근육이 긴장한 다부진 노동자풍의 체구를 지니고 있었다. 그는 이윽고 진열된 금화의 안쪽을 아주 정성스레 중앙에서 두 조각으로 부러뜨렸다. 옛날 금화 조각을 가리키면서

"이봐요, 할아범. 이 금화는 매물인가?"라고 물어보았다. 바로 그때 가게 구석에서 신문을 읽고 있던 가게 주인은

"어서 오세요. 그 금화인가요?"

"파는 것입니다. 사실 거면 싸게 드리죠."

라고 납득한 얼굴로 남자는 물어보았다.

"얼마인가?"

"글쎄……이건 5달러에 해드리죠."

"5달러? 조금 비싼 것 같은데, 그냥 사기로 하지. 마침 가진 게 없으

니, 지금 집에 돌아가서 돈을 가지고 오겠네."

라고 말하고는 그 남자는 가 버렸다.

좀 전에 중대한 명령을 받고 회사를 나온 키티 양은 강아지를 끌면서, 이리저리 어떻게 제재를 얻을지 고심하며 걷고 있었다.

방금 골동품상의 점포 앞까지 와서, 별 생각 없이 금화 상자에 매와 같은 눈빛이 떨어진 찰나에, 전광석화처럼 그녀의 머리를 스친 것은 그 남자가 주목한 금화였다.

"아니, 별로 보지 못하던 금화네."

게다가 여성 기자 키티의 눈……

"그것이 반으로 쪼개져 있다니 기발하군."

이렇게 생각하면서 연약한 손을 뻗어 그 금화를 손에 들고 바라보니, 금화의 뒤쪽에 라틴어로 "……그레이트호헨 국의……비밀 진보(珍寶)……로스앤젤레스……□석 밑에서"라고 신문기자의 머리를 자극하기에 충분한 글자들이 새겨져 있었다. 그녀는 성큼성큼 가게 안으로 들어가서 5달러를 지불하고 이 수상한 금화 반쪽을 집어 들고 다시 가게를 나섰다.

그녀와 엇갈려 들어온 맨 앞의 거한(巨漢)은 약속한 5달러의 돈을 갖고 좀 전에 본 금화 반쪽을 찾으러 왔다.

"선금이라도 걸어두셨다면 모르겠습니다만, 골동품 가게에서는 보기만 사고 안 사는 손님들이 많은 법이라, 방금 전에 막 사 가신 참입니다."

골동품 가게 주인에게 아니꼬운 듯한 말을 들은 거한은, 뾰로통한 모습이었지만 할아범에게도 일리가 있어 싸울 거리도 되지 못하였다. 그 금화를 산 사람이 지금 가게로 들어왔을 때 지나친 개를 데리고 들어온 부인이라 듣고서 바로 추적하기 시작했다.

한편, 이 괴한은 어떤 자인가. 그리고 또한 왜 키티가 산 금화를 저렇게까지 돌려받고 싶어 하는 것일까.

(1916년 7월 22일)

2
〈급하게 유럽으로 출장을 가다〉

매우 신기한 금화 반쪽을 얻은 키티 양은 가슴에 밀려오는 호기심을 꽉 누르면서, 신문사에 돌아가 목록표를 모조리 조사해보니 다음과 같은 간단한 설명이 적혀 있었다.

"그레이트호헨……아프리카 남부 일단에 위치하는 소왕국으로 국력이 매우 빈약하고, 늘 혁명당 때문에 국세가 동요한다. 현 국왕은 미첼 2세이고 이웃나라 그라호헨 왕국은 국왕 필립 및 총리대신 사치오 백작의 손에 의해 통괄되고 있다. 이집트보다도 리비아 사막을 건너 입국하는 것이 편리하다."

이것으로 막연하지만 그레이트호헨 국의 윤곽만큼은 명료해졌다. 키티는 편집장이나 사회부장과 회의 끝에 탐방비용으로 오천 달러 수표를 받아서 드디어 유럽으로 출장을 가게 되었다. 신문전보 발신표나 후납표(後納票), 기차·기선의 교통패스 등 빠짐없이 준비를 마치고 드디어 출발하게 되었다.

〈배 안에 나타난 괴한〉

바람은 아주 평온해져서 키티 양이 승선한 2만 1천 톤의 거대한 배는 미동도 느껴지지 않았다. 문득 아까부터 한 사람의 괴한이 자신의 행동을 감시하는 것처럼 보였다. 앞쪽 갑판으로 가니 그 남자도 따라왔다. 뒤쪽 갑판으로 물러나자 그 남자도 언젠가 뒤쪽 갑판으로 왔다.

"아, 이것이 여행자를 노리는 도둑인지도 모른다. 주의해야겠군."

이렇게 생각한 키티 양은 주의를 게을리하지 않으면서 그에게 기회를 주지 않으려고 생각했지만, 갑판에 나란히 놓인 등나무 의자에 외투 깃을 높게 세우고 드러누워서 깊은 생각에 잠긴 척하고 있었다.

그 괴한은 바로 어제 브로드웨이 거리의 골동품 가게에서 금화 반쪽을 사지 못한 남자로, 끈질기게 키티의 행방을 추적하던 수상쩍은 자였다.

이 수상한 자는 로로라는 이름의 문제의 중심인 그레이트호헨 국의 재상 프레드릭 백작의 부하로, 중요한 사명을 띠고 미국에 도항했던 남자였다. 중요한 사명이란 키티 양이 갖고 있던 금화 반쪽을 찾는 것이었다. 키티 양이 갖고 있던 금화의 다른 한쪽은 그레이트호헨 국왕 미첼 2세가 비밀리에 소장 중이었고, 잃어버린 반쪽을 찾고 있었다. 그러나 그 잃어버린 한쪽을 찾아서 바로 한쪽을 맞추는 때에는, 선대 국왕이 감춰둔 그레이트호헨 국의 보물이 묻힌 장소를 알 수 있기 때문에 국왕에게는 소중한 반쪽임에 틀림이 없었다. 그래서 흑심을 품은 프레드릭 백작은 재빨리 이를 깨닫고 먼저 자신이 발견하고 그 재산을 빼앗으려고 일을 꾸며서, 로로에게 이 반쪽을 찾도록 명령한 것이었다.

〈상냥한 여성의 정〉

그레이트호헨 국에 도착한 키티 그레이는, 매일 일과처럼 흰색 자동차를 달려서 이 나라의 인정 풍속의 시찰을 겸해서 근처를 관광하며 세월을 보내고 있었다.

오늘도 여느 때처럼 자동차를 달려서 근처 산책을 하고 돌아가는 길에, 마침 프레드릭 백작 저택의 정원을 둘러싼, 담쟁이 덩쿨로 뒤덮힌 돌담을 따라 드넓은 초원을 비스듬히 가로질러 질주하던 차에, 문득 초원 중앙에 한 남자가 숨이 끊어질 듯 괴로워하는 듯한 모습을 보게 되었다.

키티는 자동차에서 내려 부상자 옆으로 뛰어갔다. 내려서 가보니 총에 맞은 건지 칼에 베인 건지, 얼굴이 피투성이였다.

키티는 이 부상자를 자신의 호텔로 데리고 가서 방으로 옮겼다. 곧 하얀 시트를 깐 침대 위에 부상으로 괴로워하는 몸을 뉘였지만, 부상자는 그것도 모르고 정신을 잃고 사경을 헤매고 있었다. 키티는 급사에게

"저, 죄송하지만, 곧 의사를 불러 주세요."

라고 응급 처치 준비를 명령했다.

곧 의사가 와서 극진히 치료를 해 주었다.

약 30분 정도 지나서 그 부상자는 정신을 차렸다. 그리고 자신이 이 친절한 미국 여성에게 극진한 간호를 받은 사실을 알고서 마음속으로 여러 번 감사의 뜻을 표했다.

키티는 환자가 눈을 뜬 모습을 보고 다가가서

"당신, 눈을 뜨셨군요."

라고 말하고 환자의 얼굴을 보았지만 이윽고

"앗." 외마디 소리를 지르고 위험하게 넘어질 뻔했다.

(1916년 7월 23일)

3

〈정말 마음을 고쳐먹다〉

그것도 그럴 터였다. 지금까지 정성껏 보살펴준 남자야말로, 자기가 뉴욕을 출발하여 대서양을 가로질러 항해하던 중에 자주 자신을 따라다니던 수상한 자였기 때문이다. 잠시 두 사람은 이상한 느낌을 서로

의 가슴에 안고, 아무 말 없이 대하고 있었다. 그렇지만 이윽고 로로 쪽이 먼저 걸었다.

"부인, 아마 몹시 놀라셨을 것입니다. 결코 당신에 대해 적의를 갖고 있지 않습니다. 당신이 이 땅에 오신 용건도 잘 알고 있습니다." 라고 로로는 자신의 신상에 관한 이야기나 그 프레드릭 백작 때문에 꽤나 얻어맞은 일 등을 소상히 말하였다.

키티 양은 로로의 이야기를 듣고 비로소 전후 사정을 알고 나서 매우 기뻐했다. 그래서 로로는 정말 마음을 고쳐먹고, 키티 양의 부하가 되어 일하게 되었다.

〈전투모 뒤에 사람의 얼굴〉

프레드릭 백작 쪽에 속임수가 있으리라고는 알 길이 없이, 키티와 로로는 백작의 수상한 계략을 간파할 목적으로 어둠을 틈타 호텔을 나섰다. 백작 저택의 뒷문 앞으로 나오자

"키티 양, 여기가 백작의 저택이랍니다."

"아, 그런가요? 꽤 넓군요. 그럼 저는 분위기를 알 수 없으니 모든 걸 당신께 부탁해요."

로로는 잘 알고 있는 저택으로 숨어들었다. 키티 양은 방 이곳저곳을 휘젓듯이 탐색하였지만, 찾고 싶은 증거자료도 찾지 못했다.

그러자 수상한 벽 사이에 걸린 전투모가 소리 없이 쓱 안에서 벌어져, 조용히 이쪽을 보고 있었는데 그건 바로 프레드릭 백작이었다.

"키티 양, 키티 양."

두 번 외쳤다. 깜짝 놀라 돌아보니 키티는 이러한 상황이라 놀란 것 같았지만, 아무렇지도 않게

"당신은요?"라고 물었다.

"나는 프레드릭 백작이네. 당신이 갖고 있는 금화를 내 손에 건네주게."
라고 말하며, 키티를 붙잡았다. 아까부터 장정한테 둘러쌓인 로로는
키티를 향해

"자, 당신은 한시라도 빨리 도망가시오."

키티를 보자기에 감싸듯이 싸서는 문 앞에 세워둔 36호라고 이름
붙은 경주용 자동차에 타자마자 국경을 향해 도주하였다.

이쪽은 프레드릭 백작의 부하로 이 녀석을 도망치게 해서는 안 된다
는 듯, 자동차를 타고 키티의 자동차를 향해 모래바람을 일으키며 추
적하였다.

끝내 국경 근처 리비아 대사막에서 키티가 가지고 있던 금화 일부는
추적해온 프레드릭 백작의 부하에게 빼앗겼지만, 키티 양이나 로로는
카라반 일대의 구조를 받아 그라호헨 국의 총리대신으로 인접국 그레
이트호헨 국의 프레드릭 백작에 비견되는 사치오 백작의 저택으로 향
했다.

(1916년 7월 24일)

4
〈사치오 백작의 사랑〉

백인을 드물게 보는 이 나라에서는 미국 출신의 키티 양의 느긋한
태도를 반가워해 주었다.

그날 밤 키티는 잠시 꾸벅꾸벅 졸고 있었는데, 사치오 백작이 키티
의 뒤에서 뜨거운 키스를 시도하려고 하였다.

"아니, 당신 무슨 짓을 하시는 건가요? 장난은 그만두시죠."
라며 단호하게 거절하였다.

"장난이 아닙니다. 이 사치오는 온 몸에 흘러넘치는 사랑을 당신께

쏟고자 한 것입니다."

백작은 번뇌에 미쳐버린 강아지의 어리석음으로 폭력을 동원해 이 가냘픈 키티를 꺾어버리려 한 것이었다.

이러는 동안에 문밖에서는 떠들썩한 말발굽 소리가 들려오더니 지금은 오토로의 용맹한 마적단이 습격해 들어왔다.

부하의 면면이나 백작도 지금까지의 생기는 어디론가 사라져 움츠려들어 있었다. 마침 마적단은 결국 이 방으로 밀려들어왔다.

그러는 와중에서도 역시 마적의 수령인 오토로, 드디어 오랜 시간 다투는 어리석음을 깨달았나 하는 찰나에, 갑자기 사치오 백작과 키티 양을 끌어안고서 문밖으로 뛰어나가 밖에 묶어둔 말에 타자마자 질풍처럼 일대를 평정하고 철수해버렸다.

〈다시 국빈의 대우〉

마적에 인질로 잡힌 사치오 백작, 키티 양은 마적의 수령이 그레이트호헨 국왕이랑 미첼 국왕으로부터 오천불의 상금을 받아 무사히 왕국에 도착했다. 국왕은 제법 사교에 능했기 때문에, 키티 양의 알현을 허락했다.

"폐하, 이번에는 세심한 배려를 해주셔서 감사하다는 인사를 올립니다. 또한 지금의 알현은 제게 영광이옵니다."라고 정중하게 고개를 숙였다.

게다가 두 시간이 넘게 대화를 한 끝에, 결국 오늘부터 국빈의 대우를 받아 여러 신지식의 수입에 관한 고문과 같은 자격으로 왕궁으로 출입할 자유를 허락받았다. 분에 넘치는 혜택을 받고 다시 돌아갔다.

이렇게 매일매일 왕궁에 출입하는 동안에, 어느 날 자연스럽게 금화 이야기가 나와서 국왕과 열심히 금화의 행방을 걱정하였다. 결국 미첼 폐하는 키티를 신뢰하여 이런 것을 의뢰하였다.

"어쨌든 왕궁에 남아있는 금화를 계속 노리고 있는 것 같은 기분이 들기 때문에, 당신이 남몰래 맡아 주었으면 하는데…"

키티는 흔쾌히 수락하여 그 자리에서 국왕으로부터 그 금화의 반쪽을 맡았다. 그와 함께 이 국왕을 위해서 헌신적으로 진력하고자 결심했다.

한편 그 나라의 재상인 프레드릭 백작은 키티 그레이의 목적의 금화를 빼앗았기 때문에, 남은 것은 왕의 손에 있는 금화 한 조각을 빼앗으면 되는 것이지만, 매일매일 왕궁에 드나들면서 그것을 살피고 있었다. 오늘도 백작은 왕궁의 창고로 숨어들어가 금화 반 조각을 훔치려고 했다. 그런데 있어야 할 금화가 없었다. 깜짝 놀라 생각하니 백작은 너무나 실망한 나머지 석상처럼 굳어져 있었다. 정면 커튼부터 미소를 머금은 키티 양의 얼굴이 드러났다. 게다가 금화를 손끝에 갖고서

"프레드릭 백작, 금화라면 여기에는 없답니다. 이거 여기에…"

라며 자랑스레 보여주었다. 백작은 이거라고 생각했는지, 아무렇지 않은 듯 키티 양이 방심하는 틈을 노려 나는 새처럼 달려들었다.

〈국왕의 두터운 신임〉

그토록 갖고 싶어하던 금화가, 의외로 키티의 손끝에 있고, 게다가 그것을 눈앞에 아른거리니 과연 백작도 가만히 있을 수가 없었다. 주변에 인기척이 없었고, 특히 상대는 가냘픈 여자 한 명이었다. 잠복해서 빼앗지 못할 것도 없었다. 백작은 갑자기 키티에게 달려들어 빼앗으려고 했지만, 키티도 그렇고 가볍게 몸을 돌려서

"아니 백작, 이건 뭐 뻔뻔하기 그지없네요. 멍청한 짓 하면 알죠? 주변에 사람이 많이 있다고요. 자, 침착해지세요."

라고 대담한 대사를 남기고 왕의 처소 쪽으로 발걸음을 서둘렀다. 그 모습에 프레드릭 백작은 적지 않게 놀랐다.

"무척 대담한 여자로군. 그러나 왕 앞에서 이런 일을 조잘조잘 떠들 다니 이건 참을 수가 없군. 한번 말장난을 쳐볼까나."

그도 똑같이 왕궁 안으로 들어갔다. 백작을 자기 멋대로 조롱하여 충분히 마음속까지 꿰뚫어본 키티는 지금도 궁전 안 깊숙이 들어와서, 금화를 소재로 이런 저런 이야기를 하고 있었다.

"그런데 말입니다, 폐하. 그 프레드릭 백작은 결코 방심해서는 안 됩니다. 제 금화 반쪽을 훔쳐간 것도 바로 프레드릭 백작의 소행입니 다. 어쨌든 지금도 폐하로부터 받은 그 금화를 위험천만 빼앗으려 했 습니다. 결코 방심하시면 안 되십니다."

(1916년 7월 25일)

5

왕의 신상을 염려하는 진지한 키티의 태도에 미첼 국왕도 몇 번이나 그 후의에 감사하고 눈시울에는 뜨거운 눈물방울조차 머금고 있는 모 습이었다. 키티도 동정하는 눈물을 흘리면서, 굳게 결심했다고 전하였 다. 여기에 걱정스러운 듯이 프레드릭 백작이 들어왔다. 키티는 국왕 에게 이별을 고하고 호텔로 돌아갔다. 뒤에 남은 백작은 왕을 향해

"폐하, 저 키티라는 미국 여자는 추업부(醜業婦)라고 합니다. 이 신성 한 궁전에 그런 불결한 자가 출입하는 것은 이웃 나라 그라호헨 국에 대해서도 이상한 소문이 날까 꺼려지는 바입니다."

"백작, 그러나 그것은 쓸데없는 걱정일세." 굳건한 왕의 신뢰에는 백작조차도 더 이상 항변할 여지가 없었다.

〈무서운 음모〉

왕궁을 나온 키티는 자동차를 달려서 오랜만에 로얄 호텔에 돌아갔는데, 고향 친구와 지인들로부터 많은 편지와 엽서 등이 와 있었다. 그 중에 본사 뉴욕 가제트 사회부장 스미스가 보낸 편지에는 다음과 같이 쓰여 있었다.

"전략

중요한 임무를 띠고 그레이트호헨에 비밀리에 여행을 간지 어언 2개월, 도착했다는 소식만 급작스레 보내셨습니다. 그 이후 사건의 경과에 관해 아무런 통보조차 없어서 편집국장님도 걱정하고 계십니다. 이에 일단 도착 이후의 상황과 현재 작업 등을 상세히 통지하기 바랍니다. 만약 사건의 분규로 너무 수사하는데 어려움이 있다면, 일단 종료하고 귀국하는 건 어떨런지요. 다만 회사로서는 꼭 귀하에게 갑작스레 귀국하기를 바라지 않습니다. (하략) 운운"

이 편지를 보아도 회사 쪽에서는 자신의 신상을 매우 걱정하고 있다는 걸 알 수 있었다. 그렇다고 해도 어렵게 여기까지 사건의 중심에 발을 들인 이상, 급히 끝내고 귀국하는 것은 매우 유감스러운 일이었다. 어떻게든 저간의 사정을 자세히 편지에 써서, 지금 조금 더 그레이트호헨에 머물 필요가 있기 때문에, 키티 양은 그 답신을 쓰기 위해 폐하의 사교실로 내려가 대리석 원기둥 밑에 놓여진 서간 테이블에 기대어 답장을 쓰고 있었다.

"이곳은 큰 호텔의 사교를 위한 공간이라는 이름에 걸맞게, 여기저기서 손님을 접대하는 자, 신간 잡지를 읽으면서 담배를 피우는 자, 베르무트[2] 술잔을 끌면서 카드놀이에 탐닉하는 자, 여러 사람들의 무리가 몇 쌍이나 있습니다."

이렇게 키티 양의 펜은 움직이고 있었다. 책상 뒤편의 원탁을 둘러싸고 술집에서 자주 압상트나 진과 같은 독한 술을 홀짝이면서, 큰 소리로 무언가 이야기하고 있던 세 명의 남자가 있었다. 주의 깊은 키티 양은 이 세 명의 대화에 자연스레 귀를 쫑긋하고 듣게 되었다.

"무엇보다 그레이트호헨의 국운은 이미 프레드릭 백작의 양 어깨에 달려있는 형국이 된 것은 유쾌한 일이네."

"건곤일척 천하가 뒤집혀 백작의 시대가 되는 날에는, 우리들도 아마도 국왕의 비서역 정도는 될 수 있으려나."

"그렇군, 그럼 난 내무 장관 하지"

"자코팽, 자네가 내무 장관이면 난 재무 장관일세."

"하하하, 그거 좋군. 지미가 재무 장관이면, 국고는 전부 털려서 오직(汚職) 문제가 일어나기 십상이겠구면."

"틀림없지. 하하하. 그런 건 아무래도 좋지만, 앞으로 흑백 무도회는 요령껏 움직여주지 않으면 곤란하네."

"그런 건 걱정할 필요 없지. 미첼 2세에게 먹일 술 속에 넣을 마취약 얘기지?"

"그렇지, 그게 성사되면 백작이 곧 금화를 빼앗게 될 거라네. 이거 꽤 재밌어지는군."

이 얘기를 들은 키티 양은 그 자리에서 펜을 움직여

　　"폐하, 오늘밤 무도회야말로 정말 주의하셔야 합니다. 오늘밤 폐하가 방심하시면, 악한들에게 기회를 주게 될 것입니다. 무슨 일이

---

2) 포도주에 브랜디나 당분을 섞고 향료나 약초를 넣어 만든 리큐어.

있어도 오늘밤 술잔에 입술을 대지 말아주십시오. 자세한 내막은 나중에 찾아뵙고 말씀드릴 때까지 기다려주시기 바랍니다. 키티 그레이"

이렇게 한 통의 밀서가 키티의 급사에게 건네져서 은밀히 폐하께 전달되도록 하였다.

〈방을 엿보는 괴신사〉

키티 양은 방으로 돌아가 알현할 준비를 하고 있자 아까부터 방의 바깥에서 누군가의 인기척을 느꼈다. 이 방 바깥의 괴신사는 프레드릭 백작의 부하로 은밀히 그 금화를 빼앗으러 키티를 미행하고 있던 자였다. 키티는 백지 한 장을 꺼내어 품속에 넣어둔 금화 한 개를 꺼내어 종이에 몇 겹이나 싸서 다시 이것을 이중 봉투에 넣었다.

(1916년 7월 26일)

6

준비가 다 되자 방구석에 걸려있던 초인종 줄을 힘차게 잡아당겼다.
"부르셨습니까?" 하고 급사가 왔기에
"아, 이 편지를 맡아 두고, 오늘밤 12시에 왕궁까지 배달해주지 않겠습니까? 그리고 귀중한 편지이니 다른 사람에게 건네지 말고, 당신이 직접 가지고 와 주세요."
"분부 받잡겠습니다."
급사는 편지를 받아 들고 계단 밑으로 내려갔다. 키티 양도 조금 안심이 된 표정으로 외출하였다.

〈만사를 걸고 숨어들다〉

키티 양은 오늘밤 무도회 준비를 위해 프레드릭 백작이 일찍부터 준비하고 있을 것이며, 백작이 자리를 비울 것을 노리고 사막에서 빼앗긴 금화 반쪽을 되찾으려고 하였다. 또 하나는 반역 음모의 수괴인 프레드릭 백작의 이면을 파헤치기 위한 이 두 가지 목적을 달성하기 위해 일찍이 호텔을 나선 것이었다. 키티 양은 오후의 혼잡함을 틈타 교묘하게 백작 저택으로 숨어들었다. 가냘픈 여성의 몸으로 홀로 호랑이 굴이나 다름없는 악한의 소굴에 숨어들다니, 아무리 일 때문이라고는 하지만 극도의 모험을 감수하는 일이었다.

백작은 이미 궁중에 들어가 부재중이라고 생각하였는데, 공교롭게도 아직 저택에 머무르고 있었다. 그리고 부하 몇 명을 모아서 계속 음모에 관한 밀담을 나누고 있었다.

"이미 거사를 치르는 것도 오늘밤으로 다가왔다. 이렇게 된 것도 다 너희들 덕분이라고 생각하네. 아직 마지막 성공을 기해야 하기 때문에, 조금 더 충분히 역할을 수행해주기 바라네. 아쨌든 국왕을 속이는 것은 별거 아니지만, 다만 곤란한 것은 저 키티 그레이라는 부인이지. 그녀의 손에는 바로 국왕이 맡긴 금화가 있기 때문이네. 어떻게든 금화를 빼앗아야 한다네."

백작이 격려하는 말을 듣고 부하인 키미가 앞으로 나서며

"이미 술 준비도 충분히 해 두었고, 주방에도 손을 써 놓았습니다. 국민 봉기 쪽도 준비가 다 되어있으니, 오늘밤 12시를 기해 안팎에서 호응하여 혁명의 불씨를 켜 놓으면, 나라 전체가 곧 각하의 것이 될 것입니다."

음모를 꾸민 자들의 무리는 아주 쿵짝을 맞추어 반역할 계획을 진행시키고 있었다.

이쪽은 키티 양, 모든 위험을 감수하고 졸개들이 있는 방 창문에서

드디어 다음 방 커튼 속까지 숨어들었다. 자세히 음모의 전말을 듣고 있던 차에, 일찍이 첫 번째 잠입했을 때에 백작을 위해서 발견된 두 번째 졸개의 창이 소리도 없이 쓱 안에서 벌어져 수염 덥수룩한 괴한 이 얼굴을 내밀었다. 키티는 다음 방의 이야기를 최대한 듣고자 귀를 쫑긋하고 있었기 때문에, 이런 것에는 조금도 주의를 기울이지 않았 다. 창문은 원래대로 닫혀서 이쪽은 다음 발에 몇 명, 여전히 이야기가 진행되는 가운데 들어온 남자는 좀전에 졸개들 방의 창문으로 고개를 내밀었던 남자였다.

"백작 나리, 방심은 금물입니다. 옆방에 왠 수상한 백인 여자가 숨어 들어, 이 방의 모습을 엿보고 있었습니다."

"젊은 백인 여자가 말인가? 그건 키티 그레이가 틀림없네. 그 여자 라면 그런 일을 하고도 남지. 상대가 그렇게 나온다면, 이쪽도 거기에 맞는 준비를 해주지."

백작은 일동에게 눈짓을 하고 무언가 속삭였다.

일동은 무엇인지 고개를 끄덕이더니, 자연스레 그 자리를 떠났다. 그런 줄도 모르고 키티 그레이는 이미 일동이 외출했다고 생각하고 드디어 문을 열고 다음 방으로 발걸음을 옮기고 전혀 사람 기척이 없 다고 보았다.

(1916년 7월 27일)

7[3]

그 동안 금화를 찾아보자 하고 방 안의 탁자, 서랍, 찬장 등 눈에 띄는 모든 것에 자세히 손을 대면서 수색을 시작했다. 시간은 괜찮

---

3) 원문에는 8회로 표기되어 있으나 순서에 맞도록 정정한다.

다고 다음 방 맨 앞에서 몸을 숨겼던 백작 프레드릭은 갑자기 키티의 눈앞에 모습을 드러내었다.

엷은 노란색의 꽃 비로드 무도복을 입고, 오른 손에는 따듯이 피다 만 담배를 가지고…

"키티 양, 잘 와주었소."

엄청난 웃음을 지으며, 키티는 깜짝 놀라자 의외로 아무렇지도 않게 차분한 모습으로 미소를 띠웠다.

"어머, 보고 말았군요. 그럼 어쩔 수 없으니 또 올게요."
라며 가려고 하였다. 키티를 붙잡고

"키티 양, 기다려주세요. 잠자코 돌아가는 건 무슨 경우요. 또 이대로는 돌아갈 수 없으니 말이요."

"그럼 어떻게 하면 돌아가게 해주실 건가요?"

"그건 당신이 갖고 있는 금화를 건네주면 용서하지."
라고 백작의 목소리는 날카로웠다.

〈생과 사의 분수령〉

키티도 죽기를 각오하고 숨어들 정도의 여자였기 때문에, 이런 협박 정도로는 물러설 기색도 보이지 않았다.

"금화를 두고 가란 말씀이신가요? 참 당신도 욕심을 부리시는 군요. 저는 며칠 전 리비아 사막에서 귀하의 부하에게 빼앗은 금화를 돌려받을 셈으로 여기 왔습니다. 그런데 도리어 귀하의 입에서 금화를 내놓으라니 조금 뻔뻔하지 않나요?"

통쾌하게 야유를 당하고서 과연 백작도 조금 머뭇거렸지만, 거기는 백전노장으로서

"아무래도 좋소. 모처럼 온 귀한 손님인데 이대로 돌려보내드리는

건 바라는 바가 아니니, 당분간 여기서 머물러 주시죠."

요령껏 피하면서 상대의 심경을 파내었다.

이러는 데는 남자를 뛰어넘는 키티지만, 적지 않게 놀랐다. 어쨌든 상대는 자신의 목적을 알고 있어서 결코 이대로 놓치진 않을 것이다. 놓치지 않을 거라면 어떻게 될 거라는 결과에 생각이 미치자 갑자기 닭살이 돋았다.

이것은 어떠한 수단을 써도, 이 자리를 빨리 도망가는 수밖에 없다고 생각했기 때문에

"그런 염려는 하지 않으셨으면 좋겠네요. 그럼 또 여유있게 방문드리도록 하겠습니다. 백작님 실례하겠습니다."

억지로 태연한 척 가장하고, 키티 양은 몸을 돌려서 뚜벅뚜벅 옆방으로 도망치려고 하자, 거기서 권총을 든 남자 한 명이 가는 길을 막아섰다.

이미 절체절명의 위기였다. 무엇을 해야 좋을지 몰랐기 때문에, 그대로 그 자리에 멈춰서고 말았다.

"키티 양, 어떤가요? 어떻게 해도 머무르는 것 외에 다른 방도는 없는 것 같은데."

하며 껄껄 크게 웃으면서, 담배 연기를 둥글게 불면서 얄미운 백작의 얼굴을 옆 눈으로 째려보았다.

"이제 맘대로 하고 싶은 대로 하세요."

자포자기하는 심경이 되어 그대로 팔걸이가 있는 의자에 털썩 앉았다.

측면에 서서 이 모습을 보면서 기분 좋다는 듯이 냉소하며 있었던 백작은

"어이 키티, 당신은 당신의 운명을 자각해야만 된다네. 당신의 남다른 모험심이, 소중한 생명이 생과 사의 갈림길에 그를 세웠던 것이다. 아니 그런 무서운 얼굴 하지 말고, 어른스럽게 이 방에서 기다리고 있

게나. 나는 이제부터 궁중의 야간 모임에 가야 하기 때문에…"
라고 말하며 뒤편을 돌아보고, 다른 부하를 향해
 "자네들은 이 여자가 도망가지 못하도록 충분히 감시해주기 바라네.
문에 열쇠를 걸고 때때로 돌아보게나. 알겠지?"
 이렇게 명령하고서 저 멀리로 사라졌다. 뒤에 남은 2, 3명의 부하는
번갈아 방으로 들어와서
 "키티, 안타깝겠지만 그러나 이것도 저것도 모두 쓸데없이 돌봐주
는 것이라네. 괜찮으니 얌전히 여기 가만히 있게나."
 "백작은 아직 정실부인이 없으니 마음을 고쳐먹고, 이참에 백작 부
인이 된다면 곧 왕비가 되는 거라네."
라고 번갈아 가며 부추겼던 것이다.
 "이젠 알 바 아니라고. 어떻게든 맘대로 하면 되지. 당신들 같은 악
당들과는 말을 섞는 것도 싫으니."
 안타까움, 비통함이 일시에 북받쳐 올라온 키티는, 앞뒤 생각지 않
고 옆에 있던 자에게 마구 퍼부어댔다.
 "아 무섭네. 너무 뜻을 거스르는 짓을 하면 곧 백작 부인이 되실
분께 학대를 당할 수도 있으니 말이야."
 부하는 방을 떠나서 문을 굳게 잠그고 가 버렸다. 키티는 곧 마음이
여려서 견디기 힘들었기 때문에 탁자에 기댄 채로 눈물을 뚝뚝 흘렸다.
                                        (1916년 7월 28일)

8
〈무도회에서 폭도들의 외침〉
 가을 밤 기운은 청명하고 왕궁을 둘러싼 해자는 투명했다. 안뜰의
마찻길을 둘러싼 아카시아, 포플러 나무는 조용한 밤바람에 잎들이 부

딫히는 소리로 세레나데를 연주하고 있었다. 등불이 반짝반짝 빛나는 왕궁의 넓은 방에는, 바야흐로 국례(國例)의 추계 대무도회가 열리고 있었다. 이름하여 흑백 무도회라고 불렀다. 남자는 누구나가 연미복을 입고, 부인들은 모두 하얀 레이온의 야회복을 착용하고 춤추기 때문이었다.

온 나라의 귀빈 숙녀들이 모두 하나같이 한 자리에서 만나, 유행의 정수(精髓), 화려함의 극치를 다해서 온갖 꽃 중에서도 이름난 꽃들이 아름다움을 겨루고, 향대(香臺)에 피우는 가라(伽羅)⁴⁾이나 백단(白檀)⁵⁾의 향기와 더불어 그 향을 겨루었다. 오케스트라는 곧 포지⁶⁾, 인제⁷⁾, 홀스트⁸⁾ 서곡의 웅장한 왈츠를 합쳐서 무도회 서막을 시작하였고, 서곡이 끝나고 화려한 삼편(三鞭)의 가로쓰가 이어서 연주되었다. 흑과 백의 남녀는 팔짱을 끼고, 어깨를 서로 안고, 음악에 맞추어 쌍쌍이 열정적으로 춤을 추었다. 환락의 극치에 긴 가을밤조차도 짧다고 탄식할 정도였다.

첫 번째 무도가 끝나자, 함께 넘칠 듯 봄 바다의 파도처럼 느긋하게 이 나라의 국가가 연주되자, 정면의 돌계단 즈음에서 갑자기 경찰들의 소리가 들렸다. 잘 차려입은 여러 명의 경관은, 모두 돌계단 밑에 정렬하였다. 국왕이 납셨기 때문에, 연회에 배석한 귀빈도 한결같이 조용

4) 침향속 향나무 심(芯)으로 만든 고귀한 향의 일종.
5) 단향과에 딸린 상록교목. 목재는 연한 누른 빛이며 단단하고 좋은 향내가 남. 향료나 약품으로 쓰이며 그릇도 만듦.
6) 원문에는 'フォージ'로 표기되어 있는데, 의미는 명확하지 않음.
7) 원문에는 'インゼ'로 표기되어 있는데, 작곡가 비제의 오기인지 명확하지 않음.
8) 스웨덴 출신의 영국 작곡가 구스타브 홀스트는 여러 종류의 극장 음악을 작곡했다. 동양에 흥미를 가져 오페라 『시타』, 『사비토리』 등을 썼으며 동양적인 음계와 리듬을 즐겨 사용하였으나 점차 간소하고 순화된 작품으로 바뀌었다. 이밖에 오페라 『멍청이』, 관현악곡 『행성(行星)』을 비롯하여 다수의 성악곡, 피아노곡 등을 남겼다.

히 줄을 바로 하고 큰 거실에서 맞이하였다.

두 번째 뿔피리가 길게 울려 퍼졌다. 국왕 미첼 2세는, 많은 신하들, 총희 에로이스를 비롯하여, 시녀를 대동하고 일동의 환영에 인사를 건네면서 돌계단의 정면, 한층 더 높은 곳에 모란색 나사(羅紗)[9]에 금실로 가문(家紋)을 수놓은 화려한 옥좌에 앉았다.

제2의 무도곡 카르멘[10]의 잡곡(雜曲)에 무도는 다시 시작되었고, 환락은 시시각각 고조에 치닫고 있었다. 프레드릭 백작은 몇 시간 뒤에 일으킬 대역 음모를 가슴 속 깊이 감추어두고, 교언영색 여러 차례 미첼 국왕 수염의 먼지를 털어주고, 미첼 국왕도 번잡한 이 밤의 연회를 바라보며, 오로지 만족스런 뜻을 표하고 있었다. 그런데 이 환락의 밤의 향연도 반쯤 지나서, 갑자기 창밖에서 범상치 않은 우레와 같은 함성이 와, 와, 와 하고 들려왔다.

그러나 3시까지……국왕도 과연 고개를 갸웃거렸다. 이는 두 말할 필요도 없이 일찍이 프레드릭 백작이 토착민과 함께 돈을 주고, 오늘 밤 12시에 왕성(王城)으로 오라고 명령해 두었던 폭민(暴民)의 무리였다. 다만 약속된 시간보다 2시간이나 빨리 들어온 것에는 교활한 지혜를 가진 백작도 적지 않게 당황하였다. 마침 부산하게 뛰어 들어온 근위 장교 한 명이

"총리대신 각하, 중대사건이 돌발했습니다. 지금 폭민들이 밀려들어와 왕궁을 둘러싸고, 말도 안 되는 과세 면제의 청원을 하고 있습니다."

이 보고에는 원래 조금 담대한 미첼 왕도 갑자기 환락의 기운이 사라져서 기우에 휩싸이고 말았다.

---

9) 두껍고 쫀쫀한 모직물의 한 가지. 양털, 또는 거기에 무명, 명주, 인조 견사 등을 섞어서 짠 것으로, 양복감으로 많이 씀.

10) 원문에는 'カルヴィン'으로 되어 있는데, 작곡가 비제의 오페라 '카르멘'의 오기로 보임.

"프레드릭, 뭔가 진정시킬 방도는 없는가?"

간사한 백작이라고 알고 있었지만, 이 경우에는 의지해야할 기둥과 같은 이가 없기 때문에, 백작에게 기대었다. 백작은 일부러 가슴 아픈 척 가장하여

"그것 참 곤란하게 되었네요. 어쨌든 때가 좋지 않으니까……그러나 안심해 주세요. 꼭 제가 진정시켜 보이겠습니다."

라고 말하면서 그 자리를 떠나 폭도들이 바싹바싹 에워싼 누대(樓臺)에 나서서 그 수령 2, 3명을 불렀다.

"이봐, 아직 시간이 너무 이르지 않은가? 이런 바보 같은 짓을 하면 내 일이 엉망이 되지 않나. 아무튼 돈을 줄 테니 물러가게."

"그런 얘기를 하더라도, 그렇게는 되지 않습니다요."

"자, 우물쭈물하지 말고 물러가게."

백작은 이렇게 말하면서, 약간의 금화를 주고 궁중으로 건너왔다.

폭도의 무리는 돈을 탐하는 게 목적이었기 때문에, 돈만 쥐어주면 언제든 물러나는 것이다. 돈을 쥐어주고 조사하여 보면, 약속한 돈보다 더 적다고 하여 그것을 주장하려해도 백작은 없기 때문에, 잔뜩 불평과 원망을 하면서 한때는 물러났었다. 하지만 좀 일찍 한번 몰려가서 백작을 괴롭히려고 생각하면서 좀 먼저 철수하였다.

(1916년 7월 29일)

9

〈여우와 너구리의 속고 속이기〉

환락의 절정에서 갑자기 불길한 폭도 소동이 벌어졌기 때문에, 귀빈 숙녀는 놀란 얼굴이라기보다는 어떻게 된 건지 이쪽저쪽 구석에 무리 지어서 불안한 기색으로 은밀히 이야기를 나누고 있었다. 그러자 시종

한 명이 은쟁반 위에 한 통의 편지를 가지고 와서 미첼 국왕에게 건네 었다. 왕은 무슨 일인가 하며 편지를 손에 들고 보니 키티 양이 보낸 것이었다.

오늘밤 여기에 올 거라고 생각했던 키티의 모습이 보이지 않자 맨 먼저 이상하게 여기고 미진하게 생각하던 미첼 국왕은 서둘러 봉투를 찢으려고 하자, 자신의 서명 밑에 '사람이 없는 방에서 개봉해주세요' 라고 적혀있었다. 때가 때인 만큼 지혜롭고 기지가 뛰어난 그녀가 이런 것을 적어 보낸 것은 필시 이유가 있다고 생각한 왕은, 봉투를 그래도 품속에 깊이 넣고

"어떤 자가 들고 왔나?"라고 물었다.

"호텔 급사장이 들고 왔습니다."

시종이 대답했다.

"알겠네. 내가 확실히 전달받았다고 전하게."

"알겠습니다" 하더니 건너편으로 사라졌다.

왕은 갑자기 자리에서 일어나 잠시 쉬겠다고 말하고는 사람 눈을 피해 거실 쪽으로 갔다.

'키티 양은 대체 뭘 보낸 걸까' 생각하며 사방에 사람이 있는지 살펴보고, 몰래 편지를 꺼냈다. 그 밀서의 봉투를 찢어서 읽어보니, 어떤 이유이든 오늘밤에는 술을 입에 대지 말라고 쓰여 있었다.

'이상한 걸 써서 보냈군. 그러나 이렇게 써 보낸 이상 뭔가 이유가 있을 테지.'

라고 중얼거리면서 탁자 위의 술병을 발견하고

'문제는 이거로군.'

하고 자문자답하던 차에 백작이 돌아왔다.

"이보게 백작, 폭도의 무리는 어떻게 되었나?"

"네, 그들에게 회유를 하여 일단 철수시켰습니다. 어쨌든 무사히 철

수한 것은 잘 된 일이지요. 폐하의 건강을 축하드리기 위해 술잔을 드리고 싶습니다."

백작은 이렇게 말하고 마취제가 들어간 술을 술잔 두 개에 따르면서, 왕에게 한 잔을 권하며 술잔을 들고, 술잔을 비우는 척하면서 그대로 손수건에 버리고 말았다. 왕은 재빠르게 이를 눈치챘다.

'백작 이놈, 이 술을 흘리는 걸 보니 이것은 뭔가 음모가 있는 거로군.'

마음속으로 웃으면서 자신도 술을 손에 든 채 백작의 틈을 보고 매트 위에 흘려버렸다. 이런 줄도 모르고 백작은 속으로 일이 성사됐다고 보고, 국왕에게 권하고 그 대로 무도회장에 다시 나타났다.

왕은 키티 양의 후의에 고마움을 느끼고, 위험천만했던 자신의 운명에 깃든 행운을 기뻐하면서 무도회 구경을 하고 있었다.

그런데 주의하면서 보고 있자니, 백작의 태도가 점점 이상해져서 왕은 한 걸음 더 나아가 그의 심중을 떠보고자 그대로 잠시 시간을 보냈다.

"백작, 너무 졸려서 잠시 쉬었다 오려고 하니, 적당할 때에 깨워주게나."

라는 말을 남기고 시종 한 명에게 부축이게 하여 거실로 돌아가 안락의자에 앉은 채 코를 심하게 골면서 일부러 자는 척을 하고 있었다.

백작은 일이 성사되었다고 기뻐하며 왕의 침실에 숨어들었다. 왕은 왔구나 생각하고 몰래 실눈을 뜨고 백작의 모습을 보니 프레드릭은 술병이 눈에 들어온 듯

"더 이상 드시지 않을 거라면 이쪽으로 치우겠습니다."

라고 말하며, 내심 이런 위험한 물건을 여기에 두고 나중에 발견이 되면 문제가 된다고 보고 다시 무도회장으로 가지고 갔다.

(1916년 7월 30일)

10

〈창 밑에 수상한 사람의 그림자〉

한편 프레드릭 백작의 간계에 빠져 그 저택에 새장에 든 새처럼 유폐되었던 키티 그레이의 신상은 어떻게 되었을까? 어차피 이런 모험에 뛰어든 이상, 생환을 기약할 바는 아니고 경우에 따라서는 몸을 던지더라도 아깝지 않다고 생각이 들기도 하였다. 하지만 일이 아직 반도 진행되지 않았고, 허무하게도 여기에 잡혀서 온갖 모욕을 감수해야 한다고 생각하니, 키티는 무념무상을 느끼지 않을 수 없었다.

'아, 안타깝다. 어떻게든 여기를 빠져나가고 싶다.'

몇 번이고 거칠게 구둣발로 상판을 차서 올라서보고, 문에 가까이 가서 혼신의 힘을 다해 밀어 보았지만, 굳게 닫힌 문은 움직이려 하지 않았다.

'방법이 없군…각오해야겠네.'

중얼거리면서 이번에는 방 안 구석구석을 돌아보고, 책상이란 책상, 선반이란 선반, 서랍이란 서랍은 죄다 열어보고, 뭔가 단서가 될 만한 것이 없는지 살펴보았지만, 운이 없는 듯 보여서 자신의 목적을 달성하기에 도움이 될 만한 것은 하나도 없었다.

'참으로 애석하군. 필시 신이 저를 버린 게 틀림이 없네. 그렇다 해도 생각나는 것은 로로였지만, 이런 때에 로로가 있었다면 얼마나 좋을까, 대체 그 사람은 어디서 무얼 하고 있는 걸까'

라고 생각하면서, 문득 둘러보고 있는데 스토브 위에 탁상시계 하나가 놓여 있었다.

깜짝 놀라 제정신이 들어 가까이 가서 시계를 집어 들어 시계 뒷면을 보니, 시계는 이미 11시 25분을 가리키고 있었다.

"아, 큰일이다! 12시까지 35분밖에 남지 않았군. 한시라도 빨리 국왕에게 백작의 음모를 알리지 않는다면, 오늘밤에 그레이트호헨 왕국의 기초는 뿌리부터 뒤집히게 될 것이다."

이렇게 생각하니 한시도 여기에 이렇게 있을 수 없었다. '어떻게든 이곳을 빠져나갈 방법은 없는 것일까' 다시 방 안을 돌아보자, 갑자기 키티의 눈에 들어온 것이 있었다.

'앗, 여기 창문이 있군. 이 창에서 뛰어내려보자.'

서둘러 커튼을 좌우로 열어 베란다에 나가 보니, 구원의 길은 닫혀버린 것 같았다. 이층에서 그 아래로는 정원석이 많이 놓여 있었다. 자칫 뛰어내렸다가는 몸이 산산조각이 나거나 운이 좋아도 다리라도 부러질 수밖에 없어 보였다.

'큰일이군. 모처럼 도망갈 방법이 있다고 생각했는데, 이제 어떻게 하면 좋을는지'

창문에 기댄 채 어찌할 바를 모르고 달빛에 비춘 지상에 눈을 돌렸다. 그러자 지상에서 흘낏 계단 위를 바라보고 있는 한 남자를 보았다.

'누구일까?' 생각하고 이쪽도 쳐다보자, 계단 아래 어둠속에서

"키티 양이 아니십니까?"

하는 소리가 들렸다. 바로 그 목소리의 주인은 로로임에 틀림없었다. 키티는 전신의 피가 일시에 관통하듯이 느껴졌다.

"오호, 로로인가? 여기에 잘 와 주었네. 난 지금 잡혀있어. 빨리 구해주게."

라고 부르자 로로는

"알겠습니다. 잠시 기다려주세요."

여러모로 생각하는듯하더니 이윽고 좁은 통로를 낀 앞쪽 집 빗물받이를 밟고 쓰윽 앞 집 창틀까지 올라와서, 상의를 벗어던졌다.

(1916년 8월 1일)

11

〈기쁨의 눈물에 흐느끼는 주종(主從)〉

로로는 멋지게 받아들고, 한번 힘차게 키티 양을 흔들자 그 바람에 키티의 한쪽 손이 빗물받이에 닿았다. 그것에 기대어 키티는 절묘하게 지상으로 미끄러져 내려왔다.

"망했어."

라고 소리 지르고, 로로는 그대로 원래 상태로 몸을 돌리자마자, 자신도 똑같이 빗물받이를 타고 가볍게 지상으로 내려왔다. 키티 양은 로로의 손에 감사의 키스를 전하며

"정말 적절한 때에 와주었어. 난 어떻게 될까 싶었다고."

"어쨌든 무사하셔서 이렇게 기쁠 데가 없습니다. 그런데 또 이런 곳에 우물쭈물하고 있다가는 또 이런 일을 당할지 모르니 우선 여길 빠져나가서 나중에 얘기를 듣기로 하죠."

키티는 용감하고 충성스런 로로의 손을 잡고 위험한 이 저택을 뒤로 하고는, 한시라도 빨리 가야할 왕궁으로 길을 서둘렀다.

"그렇다고 해도 로로 자네는 어떻게 사치오 백작의 저택에서 빠져 나온 거지?"

"그때는 정말 아찔했었네요. 몸 두 군데에 탄창을 받을 정도였으니까요. 보통 때의 반도 움직이지 못했죠. 그래도 간신히 여러 마적 떼를 흐트러뜨리고, 아가씨의 흔적을 쫓아 겨우 마적 소굴에 가니 아가씨는 미첼 왕의 처소에 돌아가셨다고 하여, 힘이 빠져 있으니 대장인 오토로라는 남자가 매우 친절하게 대우해주었습니다. 그대로 권하는 대로 이틀정도 머물고 상처를 치료한 뒤에 말을 빌려 잠시 돌아가 보니, 호텔에는 계시지 않았고요. 왠지 백작의 저택에 계실 것 같은 예감이 들어서 찾아가보니 아까 그런 상황이었죠. 어쨌든 제가 온 것이 도움이 된 것 같아 다행이었네요."

라고 로로는 진심으로 키티가 무사하다는 걸 기뻐하였다.

"정말 자네가 와주지 않았다면 큰일이 날 뻔한 경우였지. 백작이 무서운 음모를 꾸몄어. 오늘밤 12시에 국왕에게 수면제가 든 술을 권하고, 양민들을 부추겨 혁명을 기도하려고 하네. 한시라도 빨리 왕궁에 가서 이 일을 아뢰고 싶다고 생각해. 하지만 붙잡힌 몸이라 어찌해야 할지 몰랐던 거지."

이렇게 설명을 하였다.

"그렇지만 혼자서 어떤 목적으로 그런 위험한 곳에 가시려는 겁니까?"

로로는 수상한 얼굴로 말하였다.

"아까 호텔 복도에서 음모의 단서를 들었기 때문에, 그래서 나섰던 거네."

라는 키티의 설명에

"그렇군요. 그래서 상황은 파악되었나요? 어쨌든 귀한 몸이시니 너무 위험한 일을 하시지 말아주세요."

로로는 주인을 생각하여 친절하게, 경거망동을 하지 않도록 경계하였던 것이다.

"고마우이. 앞으로는 자네에게 상의하지 않은 채 이런 일을 벌여서 실패하는 일은 하지 않겠네." "그렇게 해주세요. 금화는 어떻게 되었습니까?"

"사막에서 빼앗긴 것은 그대로이고 지금도 여전히 백작 손에 있네. 재밌는 것은 자네와 헤어져서 나는 사치오 백작과의 거래로, 미첼 왕의 신임을 받아 지금은 국왕의 금화 반쪽을 맡고 있지."

의외의 말에 로로도 깜짝 놀랐다.

"아니, 그건 대단한 일입니다만, 그렇게 책임이 막중해졌으니 아가씨는 점점 주의하지 않으시면 안 되겠네요."

"알겠어. 그리고 오늘밤 자네도 국왕께 알현을 허락받아 주려 하네."

이런 뜻밖의 말에 로로도 분에 넘치는 영광을 느꼈다.

(1916년 8월 2일)

12

1916년 8월 3일 결호로 인하여 내용 확인 불가능

13

〈키티를 뒤에서 찌르다〉

키티와 로로는 프레드릭 백작의 저택에 숨어들어 금화를 빼앗으려고 사치오 백작의 부하를 엄중히 포박하고, 수건으로 입마개를 하였다.

"이걸로 됐습니다."

로로는 백작의 저택을 나서 사치오 백작의 저택으로 향했다.

백작의 별장에 도착한 두 사람은 창가의 정원수가 무성한 곳에 몸을 숨기고, 상황을 살피고 있던 중에 이윽고 사치오 백작은 바깥문으로 자동차에서 내렸다.

"나리, 어서 오십시오."

급사가 마중을 나왔다. 백작은 금방 자신의 처소로 돌아간 것 같았다. 키티, 로로 두 사람도 뒤에서 몸을 숨기고 안으로 들어갔다.

그런데 바로 그때, 두 사람이 들어간 바로 뒤에서 같은 나무숲 우거진 곳에서 홀연히 모습을 드러낸 한 명의 괴한이 있었다.

그건 아파치라는 놈이었다. 그는 어제 왕궁에서 사치오 백작의 계략을 뒤에서 자세히 듣고는 키티, 로로와 같은 생각으로 일부러 백작을 여기까지 미행한 것이었다. 그런데 예기치 않게 키티, 로로 두 사람의 모습을 발견했기 때문에, 일부러 그 뒤를 따라 안으로 숨어든 것이었

다. 이러한 가공할 만한 악마의 손이 자신들의 바로 뒤를 쫓고 있다는
것은 신이 아닌 이상 알 길이 없는 사치오 백작은 이윽고 자신의 처소
에 들자 급사를 불러

"잭은 아직 돌아오지 않았는가?"라고 물었다. 잭이란 일찍이 프레드
릭 백작 곁에 심어둔 녀석으로, 급사는 얼굴을 숙이고

"아직 돌아오지 않았습니까?"라는 말을 듣고 백작은 수상쩍은 얼굴로

"그런가? 그러나 벌써 돌아오지 않을 리가 없는데."
라고 말하며 회중시계를 꺼내어 보았다.

"아니, 벌써 예정된 시간에서 40분이나 지났군. 아직 오지 않은 것
은 이상하네."
라고 중얼거리며 자주 고개를 갸웃하고 있었다. 그러다 문득 생각난
듯이 주머니에서 아름다운 가방을 꺼내어 거꾸로 흔들자 안에서 짤랑
소리가 나면서 책상 위에 떨어진 것이 있었다. 그것은 키티에게 빼앗
은 금화 반쪽이었다. 그늘에서 이것을 보던 키티와 로로 두 사람은,
서로 얼굴을 마주보고서 금방이라도 달려들 듯이 있었다. 이때 갑자기
키티 양의 뒤에서 슬쩍 다가선 것은 악한 아파치였다. 지금 이대로
우물쭈물하고 있으면 금화는 다시 키티의 손에 빼앗겨 버린다고 생각
했는지, 갑자기 품속에서 큰 칼을 빼더니 키티 양의 뒤에서 찌른 것이
었다.

〈세 명의 대 격투〉

악한(惡漢) 아파치는 번쩍거리는 큰 칼을 빼어들고서 키티의 뒤편에
서 다가갔다. 키티 양의 목숨은 풍전등화와 같았다. 날카로운 단도의
칼날이 막 내리꽂히는 찰나에, 로로는 재빠르게 이 상황을 발견하였
다. 앗 하고 깜짝 놀라서 갑자기 몸을 던져 단도를 든 아파치의 손을

잡았다.

"이봐, 무슨 짓을 하는 건가?"

말하는 것보다 빠르게 아파치의 어깨를 잡아 던졌다. 나뒹굴어진 아파치는 갑자기 벌떡 일어났지만, 그의 목적은 키티 양을 죽이는 것이 아니라, 사치오 백작이 감춘 금화가 갖고 싶어서였기 때문에, 그대로 로로에 대적하려고 하지 않고, 일어나서 사치오 백작이 있는 곳으로 도망쳤다. 이 모습을 본 사치오 백작은 깜짝 놀라 그 자리에서 갖고 있던 금화가 든 가방 채 마루에 떨어뜨렸지만, 다시 주우려고 집어 들었다. 이것을 빼앗기면 안된다고 생각한 악한 아파치도 백작에게 달려들어 꼼짝 못하게 넘어뜨리고, 자신이 먼저 주우려고 하였다. 두 사람은 하는 수 없이 볼썽사납게도 여기서 대 격투를 벌이게 되었다. 이쪽은 키티, 로로 두 사람이 금화가 밑에 떨어진 것을 보고서

"로로, 여기 금화가!"

"알겠습니다!"

갑자기 뛰어들려고 하였지만, 이때 소리를 듣고 옆방에서 우르르 뛰어나온 사람들이 있었다. 그것은 사치오의 부하들이었다.

이 대 격투의 와중에 재빨리 악한 아파치는 사치오 백작이 떨어뜨린 금화를 집어 들자마자 창문을 넘어 바깥으로 뛰어나갔다.

"로로, 뒤를 부탁해!"라는 말을 남기고 아파치의 뒤를 추적하였다. 한편 로로는 손목을 포박당하여 그대로 의자에 묶였다.

키티는 아파치를 추적했지만, 아파치의 모습은 언제 어딘가로 사라져버렸는지 이미 그림자도 볼 수 없었다. 문득 과거에 마적에게 잡혀서 포로가 되었던 때를 상기하고, 헤어져 돌아오게 되자 마적의 두목 오토로가

"당신이 위험에 처했을 때에는, 언제든 나에게 말하러 오시게. 반드시 힘이 되어 드릴 테니."

라고 한 말이 있었기에, 그대로 재빨리 마적의 집을 향해 길을 서둘렀다.

(1916년 8월 4일)

14

〈키티 다시 조난을 당하다〉

넓은 사막 가운데를 정처 없이 물어서 가니, 이윽고 일찍이 본 적이 있는 프레센돈 사구에 다다랐다. 거기서 마적의 은신처까지는 그다지 멀지 않았다. 길을 서둘러 가보니 마침 전방에 웅성웅성 사람들 소리가 들렸다. 좀 이상하다고 가까이 가보니, 거기에는 구름도 뚫을 듯한 거친 남자들이 약 17명 정도 한곳에 모여 놀이에 빠져있는 모습이었다. 조심조심 그곳으로 가려고 하자, 재빠르게 저쪽에서 키티 양의 모습을 보고서

"이봐, 못 보던 여자가 왔군. 좋아, 인질로 잡아서 수령에게 기념으로 드리자고, 그 보상으로 돈을 왕창 챙겨보세."

라고 갑자기 입이라도 맞춘 듯 서너 명의 남자가 성큼성큼 키티 양의 옆으로 다가왔다. 그러자 탁한 소리를 내지르며

"어이, 여자 혼자 이런 곳에 무슨 볼일이 있어서 온 거지?"라고 그 중 한 명이 깜짝 놀란 눈으로

"뭔가 수령에게 볼일이 있어서 온 건가? 여자 주제에 건방진 말을 내뱉는군. 수령이 너 같은 여자에게 볼일이 있을 리가 없잖아. 상관없으니 형제여, 해치워!"

"어이, 알았다고."

말하기가 무섭게 키티 주변을 둘러싼 서너 명은 그 어떤 배려나 양보도 없이 그대로 그곳에 꼼짝 못하게 만들었다. 꼼짝 못하게 된 키티 양은, 이 중에 두목인 듯한 자가 있다면 말을 해보리라 생각했지만,

모두 뭐가 뭔지 모르는 놈들뿐인 듯해서 이대로 여기서 우물쭈물하다
가는 언제까지 얘기한다고 해서 두목을 만나게 해주지 않을 거라고
생각했기 때문에, 그대로 마적 의 틈을 노리고 휙 도망을 쳤다.

"이봐! 도망가게 둘 것 같은가?"

뒤에서 조금씩 뒤쫓아 왔다. 그러나 상대는 여러 명의 남자들, 이쪽
은 여자 한 명으로 결국 따라잡혀서 키티 양은 또 다시 그 자리에서
꼼짝 못하게 되었다.

"대담한 여자군, 자꾸 움직이면 움직일수록 네 손해라고."

이렇게 말하는 차에, 저 멀리에서 말발굽 소리가 들리면서 외출에서
돌아오던 마적 수령 오토로는 그곳이 너무 시끄러웠기 때문에

"너희들 뭘 하고 있는 거냐?"

우선 크게 소리를 질렀다. 부하 한명이 그 앞으로 나와서

"실은 이 여자 혼자서 이곳으로 숨어 들어왔기에, 술시중이라도 들
게 하려고 생각하고 잡아두었습니다."

"그런가? 어떤 여자인지 보여주게."

오토로는 말 위에서 내려서 흘낏 키티 양의 모습을 보고 놀랐다.
이 여자는 이전에 사치오 백작과 함께 포로가 되었을 때에 헤어질 때
공수 동맹을 맺었던 키티 양이 아닌가.

"아니, 당신은 키티 양이 아니십니까?" 라고 부드럽게 말했다.

키티 양은 한밤중에 불빛을 본 듯한 반가운 심정으로

"아니, 당신은 오토로 씨!"

옆으로 다가가 악수를 했다. 이 광경에 놀란 것은 부하인 졸개들이
었다. 오토로는 이윽고 말말에서 내려서 부하들을 향해

"어쨌든 너희들은 키티 양에게 난폭한 짓을 했으니, 어서 용서를 구
하거라, 어리석은 놈들아!"

부하들을 꾸짖으면서, 키티 양을 향해

"잘 찾아주셨습니다. 정말 바보 같은 것들이 심한 고초를 겪게 했으니 정말 곤란하셨겠군요. 용서를 해주시죠. 자, 이리 오너라."

이렇게 위로하자, 키티 양은 하늘에 오를 듯 기쁜 심정으로

"실은 수령님, 오늘 갑자기 이곳에 온 것은 다름이 아니라 좀 부탁드리고 싶은 일이 있어서 온 것입니다."

애교가 가득한 눈매로 활짝 웃는 얼굴로 말했다.

"그렇습니까? 그렇더라도 선약을 잊지 않고 잘 와주셨습니다."

오토로는 만족스럽다는 듯이 말에서 내려, 바라크 그늘의 의자로 키티를 이끌었다.

(1916년 8월 5일)

15

〈표도(剽盜)의 두목 아파치〉

석양 무렵 바람이 부는 리비아 사막 일각의 막사 여기저기에서도, 사구 그늘에 무서운 선풍을 피하는 마구간인 바라크 등 눈에 들어오는 하나하나가 추억이 되지 않을 수 없었다. 그 중에서도 특히 키티에게 이상하게 여겨졌던 것은, 낭패를 본 사치오 백작의 이마 모양이나 태도였다. 오토로는 세수를 마치고 다시 의자 있는 곳에 나타났다.

"오래 기다리게 해드려 실례가 많았습니다. 오늘은 조금 먼 곳까지 말을 달렸었기 때문에, 완전히 먼지를 뒤집어쓰고 말았습니다."

라며 친절하게 커피 한잔을 권하였다. 키티는 평소와 다름없는 그의 친절에 기뻐하면서

"오랜만이네요. 지난번에는 여러모로 번거롭게 해드렸네요."

예전에 인질로 잡혔을 때 자신이 받은 특별한 후의에 감사했다.

"천만에 말씀입니다. 그 인사라면 되려 제가 몸 둘 바를 모릅니다.

그런데 사치오는 어떻게 되었습니까?"

"그럴 형편이 아니네요. 그 사람의 악행에 정말 놀라고 있습니다. 실은 오늘 이렇게 당신의 도움을 빌리러 온 것도, 사치오 백작 때문입니다."

"아 그럼 다시 그 사치오 백작이 질리지도 않고 당신께 성가신 일이라도 벌였다고 말씀하시는 건가요?"

"아니, 그런 건 아닙니다만, 실은 미첼 2세로부터 부탁받은 금화 반쪽을 호텔에서 궁전으로 갖고 가는 동안에, 저 사치오 백작 때문에 빼앗기고 말았기 때문에, 저는 어젯밤 로로와 둘이서 저 별장으로 되찾으러 갔습니다. 순조롭게 금화가 있기는 있었습니다만, 옆에서 아파치라는 악한이 뛰어들어 그것을 훔친 채로 달아나버렸습니다. 그래서 그것을 빼앗기면 큰일이라고 생각했기 때문에, 어젯밤에는 별빛에 의지하여 다리가 움직이는 한 쫓아갔던 것입니다. 그렇지만 결국 어둠에 모습을 감추고 말았기 때문에, 희망의 끈도 끊어지고 그 이후에는 어쩌면 좋을지 모른 채 밤길을 달려왔습니다. 그러는 동안에 날이 밝고 보니, 이 리비아의 사막이었고 문득 생각난 것이 오토로 당신이었습니다. 언젠가 헤어질 때 약속해주셨던 말도 있었고, 도중까지 낙타를 고용해서 겨우 여기까지 방문한 것도, 실은 그 아파치라는 놈에게 빼앗긴 금화를 찾아주셨으면 해서입니다."

키티가 자세히 말해주는 듣고서 오토로는 몇 번이고 고개를 끄덕이더니

"그렇군요. 이야기의 대강은 잘 알겠습니다. 그렇다면 그 아파치 녀석이 그런 시건방진 일을 했다는 거군요."

그 이야기는 아주 아파치를 모르는 건 아니라는 것으로도 들렸다.

"그럼 당신은 그 아파치를 아신다는 건가요?"

"아뇨, 알고 있는 건 아닙니다만 원래 이 리비아 사막을 퍽 훑고

다니던 녀석입니다. 이렇게 말하는 것도 주제넘은 것 같습니만, 제 세력이 늘어나면서 결국 여기에도 있을 수 없게 되어 지금은 국경 가까이 소돔 마을의 폐허에 은신처를 마련하여 몽트르 언덕을 지나는 나그네를 괴롭히는 표도 무리의 두목이 되었다고 들었습니다."

"아니, 그렇다면 그 아파치라는 녀석은 표도의 상습범입니까?"

"그런 소문입니다."

"어쩐지, 저는 로로가 없었더라면 벌써 그의 칼날에 죽었을 것입니다."

"당신의 목숨까지 노렸다는 겁니까?"

"그렇습니다. 커다란 칼을 휘두르며, 갑자기 칼에 찔려 죽을 참이었습니다."

"그랬습니까? 정말 위험한 짓을 하는 놈이군요. 그러나 늘 당신은 운이 좋으시군요. 놀랄 뿐입니다."

"그렇다면 당신은 아파치의 은신처를 알고 계십니까?"

"잘은 모릅니다만, 지금 말씀드린 국경 근처 소돔이란 작은 마을 구석에 있는 어느 고찰이란 것만 알고 있습니다."

"그렇다면 정말 뻔뻔한 부탁을 드려 죄송합니다만, 당신의 힘으로 금화 반쪽을 찾을 수 있도록 도와주실 수 있으실지요."

키티의 간절한 부탁에 오토로도 결국 고개를 끄덕이며

"알겠습니다. 내일 동트기 전에 무리를 정비하여 소돔 마을에 쳐들어가서 꼭 금화는 되찾아 드리겠습니다."

라고 수락해주었다. 키티는 매우 기뻐하며 권하는 대로 그날 밤은 오토로의 막사에서 잠들게 되었다.

(1916년 8월 6일)

16

〈포박된 한 명의 수상한 자〉

이야기는 전날로 돌아간다. 프레드릭 백작은 왕궁을 나서서 저택으로 돌아가자, 여느 때처럼 식솔들은 모두 현관에 나가 맞이하였다.

"어땠는가. 부재중에 편지가 온 것은 없는가. 방문자는 없었는가."

늘 하던 질문을 던지면서, 자신의 처소로 가려고 하자 한 시종이

"각하, 면회를 하고 싶어하는 손님이 한분 와 계십니다."

라고 고했다.

"흠, 그런가? 누구신가?"

"네, 따로 이름을 말씀하지 않으셨지만, 백작에게 면회를 하면 금방 안다고 하시고, 그대로 2층으로 올라가셨습니다."

"바보 같은 놈, 이름도 모르는 자를 사람이 없는데 함부로 이층으로 보내다니, 이렇게 요령 없는 녀석을 봤나. 2층에는 여러 귀중품이랑 국무에 관한 기밀 서류 등이 잔뜩 들어있는 궤짝도 있지 않은가. 그것이 만약 군사탐정 같은 놈이어서 그런 기밀을 훔쳐갔다면, 너희들은 뭐라고 할 건가?"

여느 때와 달리 백작의 기분이 몹시 사나운 것을 보고 가솔들의 면면은 움츠려들었다.

"그건 참 드릴 말씀이 없습니다."

"바보들, 사죄하는 정도로 끝날 문제라고 생각하는 건가. 이것뿐이 아니지. 너희들이 언제나 어리둥절해 하고 있으니 말이야. 전에 키티 양이 도망갔을 때도 아무것도 한 게 없지 않은가."

뭐가 초조해서인지 사방팔방 주변을 뒤지고, 구두 발자국 소리 거칠게 2층 손님 처소로 가 보았다. 그러자 손님의 모자나 단장은 있었지만, 정작 손님의 모습은 보이지 않았다.

"금화를 빼앗으러 온 거군."

이런 생각이 들어서 급히 서둘러 자신의 방문을 좌우로 열어보자

"앗!"

백작은 전기가 통한 듯이, 그리고 대리석 석상처럼 그 자리에 우두 커니 서고 말았다.

그도 그럴 것이, 안에는 사치오 백작의 부하가 로로와 키티 때문에 묶어둔 입마개까지 채워져서 아무 말도 못하고 테이블 위에 데굴데굴 하고 있었기 때문이었다.

"이것 봐, 너는 대체 어떤 놈이냐. 무슨 목적으로 이곳에 무단으로 들어온 것이냐?"

일으켜 세워서 줄을 풀고 힐문하였다.

"정말 죄송합니다. 뭐든지 있는 그대로 말씀드릴 테니 봐주시기 바랍니다. 실은 사치오 백작에게 의뢰를 받고, 각하가 비밀 금화 반쪽을 훔치러 왔었지만, 이 방에 들어오자 남녀 두 명이 나와서, 나를 이 자리에 넘어뜨리고, 이대로 손발을 묶고서 도주했음에 틀림없습니다."

두려워하며 말하였다.

'사치오에게 부탁받았다고 했지. 그렇군. 그렇다면 내 추측대로, 저 놈도 이 금화를 구실로 연극을 하려고 한 것이군. 좋아, 이놈을 풀어준 다면 어디로 가는지 한번 쫓아가보자.'

마음속으로 수긍한 백작은, 이윽고 그 남자를 향해

"실로 자네는 발칙한 자로군. 원래는 감옥에라도 보내버려야 하지 만, 다행히 여기는 조금도 피해가 없으니 오늘은 이대로 용서해주겠 네. 발밑이 밝을 때에 빨리 가버리게나."

라고 석방해주었기 때문에, 한때 어떻게 되나 몸도 마음도 따라가지 못했던 수상한 자도 몹시 기뻐하며, 그대로 기어가다시피 백작의 앞에 서 물러나 이윽고 문밖에 나서자마자 기다려둔 자동차를 재빨리 달려 서 그레이트호헨 쪽으로 질주하였다. 프레드릭 백작도 똑같이 자동차

를 달려서 이 남자를 미행했다.

(1916년 8월 7일)

17

〈어라, 나를 묶었던 놈이〉

용서하려야 용서할 수 없었던 사치오 백작의 탐정이 딱히 어떤 형벌을 받지 않고 그대로 방면된 것은 프레드릭 백작에게 깊은 음모가 있었기 때문이었다.

방면된 수상한 자는 혼자서 자동차를 조종하면서 넓은 국도를 오로지 계속 달려서 사치오 백작의 별채를 향하였다. 프레드릭 백작도 물론 그 뒤를 자동차로 보일 듯 말 듯 미행하여 똑같이 질풍처럼 차를 달렸다.

2시간 남짓 질주한 뒤에 자동차는 사치오 백작의 별채 문 앞에 도착한 모양이었다. 프레드릭 백작은 저 멀리 이 모습을 보고, 여기서 차로 돌려서 계속 문안에 들어가 정원수 한쪽을 돌아서 후원에서 사치오 백작의 처소를 살펴보았다. 그런 줄도 모르고 사치오의 부하는 기어가는 모습으로 철수하고서 이제 사치오 백작에게 보고드리는 참이었다.

"어찌 된 것인가? 잘 되었는가?"

"하지만 대실패로 돌아가고 말았습니다. 모처럼 숨어들었는데 갑자기 키티와 로로라는 놈이 나타나 끼어들어서, 프레드릭 백작에게 발견되어 큰일이 나고 말았습니다."

이 보고를 듣고서 사치오도 의외라는 표정으로

"이상하군. 그 로로라는 자는 여기에 있는데."

라는 말을 들은 부하는 수상히 여기며,

"에, 로로가 여기에 와 있다고요?"

옆에 가까이 와서 보니 이것은 뜻밖에 아까 프레드릭 백작의 저택에서 키티와 함께 자신을 묶었던 로로가 틀림없었다. 의외이기도 하고 이상하기도 했다.

"아니 이런, 이번에는 자네가 묶여있는 건가?"

라고 외치자 로로도 쓴웃음을 지으며

"만사 세상사는 돌고 도는 거니 어쩔 수 없지. 어떻게든 해보게."

괴한도 반쯤 체념한 모습이었다.

"그렇지. 적을 쓰러뜨리지 않고 둘 리가 있는가. 녀석 아까의 보답이다. 어떻게 하는지 두고 보거라."

로로의 옆얼굴을 아주 세게 쳤다. 로로는 이를 악물고 분했지만, 손을 뒤로 하여 단단히 묶여있었기 때문에, 어찌 해 볼 도리가 없었다.

"제길, 날 쳤군."

"쳤으니 어쩔 건가. 분하면 어떻게든 해 보라고."

부하가 기를 쓰고 조롱하자 패기 없는 사치오 백작까지 분위기에 맞춰

"로로 자네 덕분에 나도 몹쓸 지경이 되었지. 그러나 이제 자네도 운이 다했군. 오늘밤이야말로 자네 목숨을 끊어줄 테니 염불이라도 하고 있는 게 좋을걸."

라고 조롱을 퍼부었다.

"뭐라고, 이 몹쓸 백작 놈 같으니."

로로는 분해하며 몸을 움직일 때마다, 하늘이 도운건지 손의 밧줄이 조금씩 헐거워진 듯했다.

"됐다!"

로로는 내심 기뻐했지만, 그런 기색을 표정에 드러내지 않고 로로는 조용히 매듭에 손끝을 대보니 스르르 손이 풀렸다.

매우 기뻐하며 모르는 척 처음부터 매듭을 풀어 가는 동안에 밧줄은

점점 풀어졌다. 결국 마지막 매듭 하나를 멋지게 다 풀었지만, 그것은 그대로 손끝에 단단히 쥔 채로 사치오 백작이하를 확실히 노려보면서

"이놈들, 그런 엉터리 짓을 하다니 어떻게 되나 두고 보자고."

"좋아, 꼭 두고 보라고. 자, 이놈!"

빨리 줄을 휙 풀어 던지더니, 맹수처럼 달려들었다. 이것은 의외로 놀란 사치오 백작을 발견하고는 그는 우선 덤벼들어 묵직하게 바닥에 내 던졌다. 여전히 도망치려는 부하는 처음부터 구슬처럼 마구 던져서, 창문을 부수고 그대로 후원으로 튀어갔다. 한편 아파치의 흔적을 쫓기 위해 사치오의 자동차를 빼앗아, 그 자리에서 도주하였다. 줄곧 상황을 방밖에서 바라보고 있던 프레드릭 백작도, 로로의 흔적을 쫓아서 움직이기 시작한 자동차 뒤에서 발견하고 휙 올라타고서 훌륭하게 몸을 감추었다.

이러한 일을 조금도 알지 못하는 로로는, 아파치의 은거지가 소돔 마을의 옛 사원이라고 전해 들어 알고 있었기 때문에, 질풍처럼 빠르게 차에 전속력을 가해 모래바람을 뒤집어쓰며 소돔으로 향했다.

(1916년 8월 8일)

18

〈세 형제의 표박〉

한편 키티와 로로를 멋지게 따돌리고 화재현장의 도둑처럼 사치오 백작이 떨어뜨린 금화 반쪽을 빼앗아 구원의 공명을 떨친 악한 아파치의 행방은 어떻게 되었던 것일까?

금화 반쪽을 근사하게 빼내어 창문을 빠져나왔던 아파치는, 힘닿는 데까지 발이 움직일 때까지 전속력으로 국도를 10정 정도 달려가는 도중에, 뒤에서 머리칼도 휘날리며 자신을 추적하는 키티의 모습을 보

앉기 때문에, 그러면 안 되지 하며 갑자기 옆길로 새서 구스타프 말모랑 산중으로 숨어들었다. 이 산중의 사잇길을 이리저리 빠져나와서, 그의 유일한? 몽트르 고개의 산 중턱에 들어선 것은, 제법 동쪽 하늘이 하얗게 변하는 새벽녘이었다.

게다가 이 무렵 구스타프, 말모랑 산중에서 이 몽트르 고개에 걸쳐서, 아파치와 줄다리기를 하고 있었다. 코널리, 울맨, 사피아라는 산적 3형제가 이 고개로 새벽 무렵 출몰해서는, 아침 일찍 나그네를 습격하여 약탈을 일삼고 있었다. 오늘 아침 산적 3형제가 산고개를 등지고 천길 계곡에 쳐진 고갯길 목책에 앉아서, 망을 보고 있던 찰나에 급히 오던 한 명의 남자를 보았다. 원래 그 사람이 명성이 자자한 악한 아파치임을 알 길이 없었기 때문에, 우선 울맨은 소리쳤다.

"이봐, 형제들. 건너편에서 한 명이 왔네."

라는 소리에 다른 형제들도 어슴푸레한 빛에 건너편을 바라보니 정말 한 명의 사람 그림자가 보였다.

"엄청나게 두리번거리며 오고 있군."

"그렇군. 형님은 눈이 높다니깐. 맛난 먹잇감을 찍었군."

"한눈에 보고 그런 걸 알다니. 이젠 도둑질도 가업이 되겠는걸."

"다 아는 거잖아."

세 명의 악한은 서로 모의를 하면서, 옆의 큰 나무에 숨어서 아파치가 오는 것을 이제나 저제나 기다리고 있었다. 이런 줄도 모르고 아파치는 구불구불한 고갯길을 어슬렁 다가오자, 갑자기 세 명의 도적이 나타났다.

표도를 훔치는 표도인가 말장난 같지만, 아파치도 너무 뜻밖이라 놀라서 이상하게 여기고 멈춰섰다. 세 명의 도적은 눈앞에 권총 총구를 나란히 들이대고

"손을 들어!"

라고 외쳤다.

(1916년 8월 9일)

19

아파치는 약해빠져서 이런 일로 주눅 드는 좀도둑이 아니었지만, 어쨌든 어젯밤 갖고 간 그의 큰 칼은 로로 때문에 부러지고, 지금은 무기 하나 변변하게 갖추지 못한 몸이라 저항할 방법이 없기 때문에, 그들이 말해는 대로 온순하게 양손을 들었다.

품속에 손을 넣으려는 찰나에 갑자기 코널리가 갖고 있던 권총을 쓱 빼앗아 한발 코널리를 쏘아서 쓰러뜨렸다. 주객전도의 이 상황에 놀라 머뭇거리는 두 사람의 틈을 보고, 비호처럼 몸을 돌리자마자 그는 재빨리 이 자리를 도망쳤다.

"이봐, 형님의 원수다. 쫓아가자!"

두 형제는 도망치는 아파치를 쫓아갔지만, 아파치는 저 멀리 도망쳐서 어느 큰 나무 줄기를 방패삼아 맞설 준비를 하였다.

아파치는 이미 피에 정신이 이상해져서, 그는 큰 나무에 몸을 의지해 기어오르는 적을 죽이는 걸 노리고 기다리던 때에 추격해 온 울맨.

"저것들 웃긴 일을 벌이고 있군."

권총 한 발을 쏘아서 탄환이 하늘을 슝 가르며 날아갔다.

"사람을 죽이는 건 이렇게 쏘는 거지."

한 발을 쏘아 울맨의 가슴에 명중시켰다.

"앗! 당했다……"

소리 지르며 권총 연기 속에 쓰러진 울맨의 죽음에 약간 정신을 빼앗긴 사피아가 쏜 탄환을 좌로 우로 피하며, 5발을 쏘는 족족 다 맞춘 아파치는 때를 보아

"자, 너희들은 저승길 친구를 권해주마."

라고 말하며 다시 저격하여 금화를 빼앗은 뒤에 세 명을 살해하는 큰 죄까지 저질렀다. 조금도 동요하는 기색 없이

"아하하, 세 명이 세 명 모두 머리를 나란히 했군. 어리석은 바보들 같으니."

라는 말을 남기고, 날이 밝은 몽트르 언덕의 바람을 맞으며 오존이 풍부한 신선한 공기를 마시면서, 길가 계곡에 맑은 물을 떠서 목을 축이고 말을 씻을 때에, 소돔의 마을 어귀 성 마달라 옛날 사원의 지하에 있는 그의 소굴로 돌아갔다.

보기에도 황량하고 처참하기 그지없는 옛날 사원인 그곳에는, 예전 그레이트호헨 국이 황금시대를 구가하던 때에, 대대로 왕의 공식 사원으로 아름다운 건축 구조, 천하의 정수를 모아 만들 것이었지만, 국경에 가까운 곳에서 자주 이 나라가 외적과 싸우게 되자, 몇 번이나 재난을 당하고, 한 때 일대에 아름다움을 뽐내던 이 사원도 점차 남루해지게 되었다. 몇 번이나 무고한 양민이 그레이트호헨 독립전쟁 때 이 사찰 안에서 참살되고 나서, 인질들이 며칠이고 이 지하에 살면서 기괴한 변사가 많았다. 지금은 어느 한 사람 발을 들이는 사람이 없었고, 황폐해질 대로 황폐해진 이곳에 아파치가 들어와서 은신처로 쓰고 있었다. 지금도 돌아온 아파치는 사원의 문안에 사람이 없는 것을 확인하자, 그 구불구불한 통로를 통해 중정 비슷한 근처에 원형의 큰 구멍이 뚫린 반 지하에 들어갔다. 여기에는 주변이 깨진 돌로 만든 우물이 있고, 하수 토관을 묻어둔 것같은 것이 있었다. 그는 아무 말 없이 내부를 들여다보더니 사방을 돌아보고, 그대로 조금씩 밑으로 내려가, 여기에는 연꽃 돌로 된 문이 닫혀있었다.

아파치는 돌문을 밀자 소리 없이 문이 열리고, 안쪽 지하실은 넓이 20조나 되려나, 안에는 가구 장신구가 제법 놓여져 문 아래에는 누가

갖추었는지 오래되지 않은 피아노조차 놓여 있었다. 지금이라도 중앙의 탁자를 둘러싸고 주사위 눈을 다투던 2,3명의 부하는 승부에 정신이 팔려서 두목이 돌아온 것도 몰랐다. 아파치는 깨진 종소리 같은 목소리로 소리를 질렀다.

(1916년 8월 10일)

20

"어이, 너희들은 뭐냐? 사람 그림자가 안 보이면 바로 도박이나 하고 있고. 그런 어리석은 생각으론 도저히 훌륭한 일은 할 수 없지 말이다."

이 소리에 놀란 세 명의 부하들. 다들 거미들처럼 무리지어 사죄했다.

"정말 손이 가는 녀석들이군. 날 좀 보라고. 어젯밤에는 한 잠도 못 자고 큰일 하고 왔다고."

"아니, 어떤 일을 하고 오셨습니까?"

3명의 부하는 눈을 동그랗게 뜨며 아파치가 꺼내는 말에 귀를 쫑긋 세웠다.

〈이런 금화가 무엇이냐?〉

아파치는 수하 3명 앞에서 득의양양하게 이야기를 시작했다.

"너희들은 이걸 보고 너무 놀라지 말라고."

라고 말하면서 품속을 뒤지더니 꺼내든 것은 금화 한 쪽이었다. 그것은 미첼 국왕이 가지고 있던 것을 키티가 맡고, 그것을 사치오 백작이 훔친 것을 어젯밤 격투할 때 빼앗아 온 제2의 금화였다. 그래서 지금 독자에게 알기 쉽게 키티가 미국에서 발견한 금화를 제1의 금화라고 부르고, 미첼 2세가 갖고 있던 금화를 제2의 금화라고 부르기로 하자……

서설이 길어서 무얼 꺼내는지 눈을 반짝거렸던 3명의 부하에게 비친 것은, 어떤 귀중품인가 했지만 현재엔 쓰이지도 않는 금화인데다, 그것도 완전치 않은 가운데 이가 빠진 반쪽이었던 것이다.

"뭐야? 이런 금화가 뭔데…" 하는 표정을 지으며,

"그냥 봐서는 놀랄 정도의 물건으로 생각되지는 않습니다만, 대체 이건 어떤 주문이 걸리나요?"

라며 괴상한 소리를 내며 한 남자가 물었다.

"바보 같은 녀석! 주문 따위 말하는 녀석이 어딨냐? 그러니 너희들은 어리석다고 하는 거지."

아파치는 불만스런 얼굴을 하고

"그럼 이 금화는 대단한 사연이 있는 거란 말씀이신가요?"

"그렇지. 너희는 모르겠지만 이 깨진 금화 반쪽을 많은 사람이 밤에 잠도 못자고 막대한 돈을 써서 찾고 있다고."

"에이, 이런 별거 아닌 걸로 찾다니 대체 어떤 사람들이 그러는 겁니까?"

"그게 또 대단하다니까. 우선 첫째 이 나라 국왕 미첼 2세 두 번째 총리대신 프레드릭 백작 게다가 이웃나라 국왕 필립공과 총리대신 사치오 백작, 미국에서 이 금화를 찾아서 멀리 건너온 키티라는 여자 기자와 그 부하인 로로 이 6명이 우선 소용돌이에 빨려 들어가서 서로 찾아 헤매고 있지."

"그건 대단하군요."

"그렇게라도 이제 반쪽 금화는 누가 갖고 있나요?"

"그게 아직 확실히 잘 모르지."

"그렇지만 대체 이 금화가 어디에 쓰이는 건지요. 그게 이상하군요."

"나도 어젯밤에 막 뛰어든 참이라 아직 뭐가 뭔지 잘 모르지만, 뭐든 그레이트호헨에서는 귀중한 보물임에 틀림없는 것같아. 그걸 이웃 나라 왕이 노리고 자기 걸로 하려고 하니까. 아무래도 좋으니 각각 주인만 알면 그쪽에 가져가서 찾고 있는 금화가 있으니 사 달라고 하면 오만이나 십만의 돈은 쉽게 들어온다는 거지. 내 안목과 솜씨는 대단하지 않나?"

"그런데 미리 축하하는 술잔을 들자고. 빨리 한 잔 할까나."

"좋네요. 이런 축하라면 매일도 좋군요, 형제들."

도적들은 계속 북적거리던 곳에 그 연화석 문이 쓱 열리고 꽃상자를 든 한 젊은 여자가 달려왔다. 이것은 아파치의 첩인 미루나라는 여자였다. 매일 꽃을 팔러 변장을 하고 마을에 나서 마을의 상황을 살피는 간첩으로 그의 일을 돕고 있었던 것이다.

미루나가 너무 허둥지둥 들어왔기 때문에, 아파치도 무릎에 상처가 난 몸으로 깜짝 놀라며

"아니, 미루나가 아닌. 얼굴색이 바뀌는군."

"아니 수령님, 돌아오셨습니까? 지금 이쪽으로 오니 이상한 녀석이 말을 타고, 여기저기 돌아다니기 때문에 경우에 따라서는 냄새라도 맡은 건 아닌지 생각하고 서둘러 돌아왔어요."

라고 보고했기 때문에, 아파치는 직접 부하에게 문밖의 모습을 보고 오라고 명하였다.

(1916년 8월 11일)

21

〈지하실의 치정 싸움〉

수하의 도적들이 바깥 상황을 보러 간 다음에 아파치와 첩 미루나는 마주 앉았다. 윤락녀인 미루나는 눈가에 애교를 띠며

"이봐요, 수령님. 어젯밤에는 드디어 돌아오지 않았나요?"

지긋이 추파를 던지면서 원망 섞인 듯 말을 하였다.

"그래, 일이 번거로워서 말이지. 밤새 분주하게 뛰어 다녔다고."

"왠지 알 것 같네요. 비아라 마을에 연애꺼리라도 생긴 건가요?"

"이봐, 그런 이상한 생각하면 곤란하다고. 그런 연애 같은 거면 괜찮지만, 좀 큰 일에 얽힌 셈이어서."

아파치는 이어서 금화에 관한 이야기를 자세히 미루나에게 말하고 들려준 다음에

"그런 연유이니 이 일만 잘 정리되면 이런 살벌한 일에서 발을 빼서 비아라 마을에 집이라도 지어서 재밌게 살아보지 않겠나?"

"그렇군요. 빨리 그렇게 되면 좋겠지만, 수령에게는 어엿한 본처가 있기 때문에, 저 따위는 어차피 언제까지나 그늘의 꽃이죠."

"아니 아니, 듣기 싫은 소리는 하지 않는 게 어떤가? 그런 마누라 따위 그러면 두들겨 패버리지 뭐. 미루나 그때 너는 저절로 두목의 아내가 되는 거지."

"그게 사실이라면 얼마나 좋을까요."

"그걸 생각으로 한잔 받아볼까? 암튼 어젯밤에는 한숨도 못 잔 탓인지 뱃속부터 얼어붙는 것 같다고."

"그럴 거예요. 그럼 술 준비를 할까나."

미루나는 일어나서 술안주를 준비에 낯 뜨거운 장면을 연출하던 차에 별실에서 들어온 것은, 아파치의 부인 안나였다.

평소 질투심 많은 그녀는 사이좋게 술을 나눠 마시는 미루나와 아파치의 모습을 보고 질투의 불꽃이 불타올라 갑작스레 날선 험상궂은 얼굴로 아파치로부터 미루나를 떼어놓았다.

"이것 봐, 미루나. 까불지 말란 말이야. 사람이 가만히 있으니 기어올라서 뭐하는 거야? 이 꼴은 아무리 무늬만 부인이라도 나를 제쳐두

고 말도 안 되는 짓거리를 하는 건 아니잖아."

"뭐라고? 안나 너 아무리 본처라고 유세떨지 않는 게 좋을걸. 앞이 뻔한 주제에 잘난 척 하는 거 아니지!"

"시끄러워, 이 창녀야! 이봐요, 당신도 그래. 대체 지금 자리에서 수령님이니 형님이니 떠받들어주는 게 누구 덕이라고 생각하는 거야? 아주 요즘 기세 좋아졌다고 사람을 바보 취급하는 거야? 이 여자도 카르펫트 거리 가게에 있던 요물 주제에 남 앞에 내놓을 면상은 아니지 않나?"

"뭐든 안나 한번만 더 지껄여봐. 아무리 본처든 뭐든 그 입을 놀리면 가만히 있을 미루나가 아니라고!"

위세 당당하게 서로 욕을 퍼붓고 있으니, 어쩔 수 없이 아파치도 입을 다물고 있었다. 그렇지만 갑자기 큰 소리로 일갈하였다.

"어이, 너희들 너무 시끄럽잖아! 자꾸 까불면 둘 다 쥐어 패 버릴 거라고!"

이렇게 위협을 당하고서 질투에 불타올랐던 두 사람도 진정하지 않을 수 없었다. 안나는 자포자기 반 피아노 옆에 가더니 유행가를 뚱땅뚱땅 두드리기 시작했다. 마치 초조함에 지친 마음을 이것으로 잊어버리려는 것 같았다. 미루나도 구석 침대에 누워서 깊이 잠든 모습이었다. 아파치는 쓸쓸하게 혼자 술잔을 기울이고 있는데, 부하 몇몇이 슬금슬금 돌아왔다. 딱히 일도 없었기 때문에, 네 명은 술잔을 부어라 마셔라 이야기에 푹 빠져 있었다. 그 중 한 명이 커다란 수병(水兵) 파이프를 물고서, 담배를 물고서 뻐끔뻐끔 연기를 내뿜으며 보초를 서고 있었다. 실내에는 술 냄새에 담배냄새, 그리고 안나가 울려대는 피아노 소음으로 언뜻 보기만 해도 머리가 묵직해지는 것 같았다.

(1916년 8월 12일)

22

〈우물 안에서 연기가〉

한편 리비아 황무지에 단신 마적의 대장 오토로를 방문하고, 의협심에 호소하여 악한 아파치 때문에 빼앗긴 제2의 금화를 되찾으려 한 여자 협객 키티 그레이의 소식은 어떠한가? 기나긴 가을밤에 사막의 막사에 다시금 반짝반짝 달빛이 모래를 비추는 마구간에는, 말 울음소리가 선잠 들어 꿈꾸는 키티의 잠을 깨우는 듯했다.

"손님, 슬슬 출발 준비를 해 주세요."

키티는 막사 밖에서 오토로 부하가 부르는 소리에 깜짝 눈을 떴다. 재빨리 채비를 마치고 뒤편 연못에 얼굴을 씻고, 대장의 막사에 갔을 때에는 이미 따뜻한 스프랑 막 구운 식빵에 소박한 구운 고기 등이 놓여있었다. 키티는 주머니에서 작은 성경책을 꺼내어 성서 몇 구절을 낭독하고서, 이 웅대한 사막의 아침 풍경 속에 진심으로 하늘의 은총에 감사하고, 미래에 드리운 중대한 사명에 특별한 축복이 있기를 기원한 후에 식탁에 앉았다.

식사가 끝나면 서둘러 출발할 준비를 마치고, 사람들 눈이 많은 소돔 마을로 들어가기에 사람 눈에 띄지 않는 게 좋을 거라는 대장의 충고에 따라 정예 부하들 4명을 앞뒤로 두고, 중앙에 대장을, 키티를 가운데 두고 말머리를 나란히 세워서 넓은 사막을 서쪽으로 서쪽으로 곧장 나아갔다. 때는 마침 몽트르 고개에서 아파치가 세 명의 악한을 상대로 참극을 벌이고 있던 때였다.

가도 가도 끝이 없는 사막을 발 빠른 말들에 채찍을 가해 전진하기를 약 두어 시간, 이윽고 몽트르 고개를 향해 돌아가던 국도와 사막의 갈림길에 도달했다.

여기까지 오면 이제 소돔 마을은, 드디어 20리 멀리 건너의 구릉 탑과 나란히 있는 벽돌 건물들로 보더라도 곧 가리킬 수 있을 정도가 되었다.

"이제 거의 왔습니다. 이제 조금만 더 달리면 됩니다."

말을 달려 나가길 약 한 시간 즈음 일행은 소돔 마을의 어귀에 다다랐다. 대장이 주의를 주어 일행은 예비대로서 여기에 두고 오토로와 키티 단 2명만 관광을 가장하여 마을에 깊이 잠입하였다. 인파에 섞여서 성 막달라 사원에 몰래 들어가 문 안쪽으로 사람들이 눈치 채지 못할 곳에 가서 말에서 내렸다. 한편 아파치의 은거지는 어디인지 사원 구석구석을 샅샅이 찾아다녔다.

"대장님, 꽤 넓은 사원이 아닌가요?"

"네, 예전에는 이래봬도 퍽 훌륭했습니다만, 몇 차례의 전쟁으로 흔적조차 모르게 변했습니다."

"그래도 정연한 게 그레이트호헨의 국보인거죠?"

"네, 아무튼 아쉽게 된 건 사실이에요."

키티는 관광은 뒷전이고 금화의 행방이 신경이 쓰였다.

"저도 이상하다고 생각하긴 했네요. 어쨌든 이상한 것 투성이인 사원이니 어딘가 뒷길이 있을지도 모르겠어요."

라고 말하면서도 모든 곳을 다 찾아봤지만, 그 동그란 구멍의 사다리도 내려와 보고, 우물 근처도 몇 번이나 돌아도 설마 거기에 사람들이 있다고는 눈치 채지 못했다.

"이곳에 사다리가 있을 정도이니 아직 나가는 길이 있을지도 모르겠어요."

역시 끈기 있는 두 사람이 매달려 대장은 사다리에, 키티는 우물 옆에 기대어 생각에 잠겨 있는데, 이상하게도 피아노를 치는 소리가 흘러나왔다. 그뿐만이 아니라 사방에 아무도 없는데도 키티 양은 향기로운 고급 이집트 담배 연기를 맡았다.

"어, 이상하네."

날카롭게 주의를 기울이자 유행가를 피아노 선율과 담배 연기가 이 옛날 우물 안에서 새어나온다는 걸 알게 되었다.

"대장님, 알아냈습니다! 이 우물 밑입니다."

소리를 지른 키티 양의 말에 오토로도 비로소 깨닫고 여기에 두 사람은 결심하고 수상한 우물 안으로 뛰어 들어갔다.

(1916년 8월 13일)

23

〈정의(情義) 투합은 대체 무엇인가?〉

모든 위험과 모험의 극치를 달린 여협과 도적이 이 기이한 우물 안에 내려와 보니, 그곳에는 확실히 발을 디딜 수 있는 돌계단이 새겨져 있었다. 두 사람은 대담하게도 한 계단 한 계단 내려가서, 마지막 한 계단을 다 내려섰다. 위쪽에서 내리쬐는 불빛에 비추어 보자, 그곳에는 커다란 돌로 된 문 같은 것이 있었고, 피아노 소리는 정확히 그 안에서 들려왔다.

"여기에 문이 있어요!"

키티가 낮은 소리로 대장에게 속삭이자 교대해서 앞쪽에 서 있던 오토로는

"내가 열고 안으로 들어갈 테니, 충분히 주의해주세요."

이렇게 서로 격려한 이후에 한편 대장은 갑자기 문을 열어젖히고, 실내로 뛰어 들어갔다.

"아파치! 이제 너의 운은 끝났다. 이 지하실 주위는 200여명의 병사가 에워싸고 있다."

엄청 큰 소리를 질러서 우선 상대의 간담을 서늘하게 하였다.

200여 명의 병사에게 포위되었다라고 듣고서 아파치는 적지 않게

놀랐다. 하지만 도망치려야 도망칠 수 없다고

"그런 말로 놀랄 아파치가 아니지, 이 녀석아!"

오토로에게 용맹하게 맞섰다.

영웅 오토로는 미리 준비해 두었기 때문에, 그들이 사력을 다해 방어 태세에 나서도 조금도 주눅이 들지 않고 번갈아 덤벼드는 아파치나 그 부하를 붙었다 떨어졌다 대 격투를 벌였다.

이렇게 되자 여자라도 정말 악한의 일당인 만큼 지금까지의 질투는 간곳없이 그 자리에 있던 미루나나 안나도, 뒤따라 들어온 키티를 제압하려고 하여 여기서는 여자들끼리의 활극이 시작되었다. 키티도 물론 사력을 다해 두 명의 여자가 저항하는 동안 재빠르게 눈에 뜨인 것은 테이블 구석에 놓인 제2의 금화였다.

"이것만 갖게 된다면……"

끈질기게 달라붙는 루미나와 안나를 힘껏 대장 쪽으로 밀어내자 두 여자는 반동으로 벌러덩 쓰러지고 말았다.

그 동안에 나는 새처럼 날쌔게 몸을 바꾸었다. 키티가 테이블 쪽으로 다가간다고 보이는 찰나에 재빨리 제2의 금화를 빼앗았다. 아파치와 오토로는 지금 한창 격투를 벌이고 있었고, 두 여자는 아파서 한동안은 일어나려야 일어날 수 없는 상태였다. 이에 하늘이 도운 거라 여기고 키티는 그대로 금화를 품속에 넣은 채 재빠르게 그 자리를 빠져나와 다시 우물 밖으로 나와서 안도의 한숨을 쉬었다.

"잘 됐네, 이것 때문에 얼마나 걱정했는지 몰라. 그래도 일대다로 싸우는 오토로의 신상이 걱정돼서 빨리 일동이 있는 곳에 알리러 간다고."

막 빠져나오려던 순간, 건너편에서 한 명의 그림자가 보였다. 그것은 실로 이전에 사치오 백작의 별채에서 헤어졌던 로로였다. 로로는 지금도 자동차를 달려서 겨우 옛날 사원까지 달려와서 여기저기를 찾고 있던 참이었다.

"어머, 로로가 아닌가?"

매우 기뻐하며 키티는 소리쳤다. 상대도 자신을 알아보았다.

"키티 양이 아니십니까? 금화는 어떻게 되었습니까?"

"금화는 되찾았지만, 아군인 오토로가 이 지하실에서 악한과 맞서 싸우고 있으니 빨리 나가서 응원해주게."

서두르는 대로 로로는 알았다는 듯이 우물에 뛰어 들었다.

"자, 오토로 씨, 로로가 구해주러 왔습니다."

외치던 키티 양도 이 소리에 싸우던 대장도 천 명의 힘을 얻은 듯 용기백배하여 회복되었다. 쓰러뜨리고 잡아 넘어뜨려서 로로와 함께 사자와 같은 기세로 분투했기 때문에, 천하의 아파치도 지금은 안되겠다고 교묘한 장치를 지닌 미로로 도망치려 하였다.

우물 밖에서 기다리고 있던 키티 양은 걱정스레 안쪽을 들여다보면서

"키티 양, 꽤 힘이 들겠는데요."

라고 말하면서 어깨를 두드리는 자가 있었다. 키티는 뛰어오를 듯이 깜짝 놀라서 뒤돌아보았다. 그건 보기에도 음흉한 프레드릭 백작이었다.

"아니, 귀하는 프레드릭 백작이 아니십니까? 어인 일로 여기에 오셨습니까?"

당황하여 물어보는 키티를 비웃듯이 보면서,

"당신이 지금 빼앗아 온 제2의 금화를 받으려고 일부러 왔죠."

라며 침착한 얼굴로 말했다.

"어떻게 그걸?"

"그걸 모르면 쓰나요? 그래도 나한테 뺏기는 게 싫다면, 여기에서 의기투합 아닌 정의(情義) 투합하여 오늘부터 내 편이 되 주겠어요?"

엄청 웃음을 흘리면서 키티 쪽으로 다가왔다. 이 기분 나쁜 백작의 주문에 대해 키티는 과연 어떤 대답을 할 것인가?

(1916년 8월 14일)

24

〈폭력적인 내 방패로〉

무엇이든 방심하는 법이 없는 키티도 이 소돔 사원 안에서 프레드릭 백작의 모습을 보리라고는 생각지 못했다. 그리고 백작의 신출귀몰한 행동에 놀라지 않을 수 없었다.

"당신은 어떻게 여기에 오신 건가요?"

눈을 동그랗게 뜨고 놀란 키티를 비웃듯이 보면서, 백작은 묘하게 침착한 모습으로

"새가 날갯짓 하듯이, 구름이 날아가듯이, 산으로 바다로 어디든 자유롭게 나타나는 것이 제 방법이죠."

라고 웃으며 대답했다.

"참 놀라운 분이시군요."

"놀랄 건 없지만, 키티 양, 적당히 타협하는 게 어떻겠습니까? 언제까지나 금화를 빼앗는다고 해도 별거 아니지 않나요? 그것보단 소에서 말로 갈아타고 제 편이 되어줘도 좋을 텐데요."

라며 추근거렸다.

너무도 뻔뻔하기 그지없는 백작의 태도에 분개하면서

"거절하겠습니다. 전 당신과 타협할 필요가 없으니까요. 전 제 양심이 허락하는 범위에서 정당하게 활동하면 그걸로 족합니다."

"대담하고 강경하군요. 그러나 그렇다면 손해가 될 텐데요. 첫째 전 많은 아군이 있고, 당신의 계략을 전부 다 파괴해버릴, 무서운 무기를 준비한 것도 알고 있지 않습니까?"

백작은 더욱 온화한 태도로 협박을 계속했다.

"많은 아군과 엄선된 무기가 얼마나 당신의 배후에 준비되었더라도, 절 두렵게 만들지는 못합니다. 외람되지만 제 편에는 당신이 갖고 있지 않은 정의의 피나 신의 가호가 있기 때문입니다. 제가 흉악한 아파

치나 간사한 지혜에 능한 당신과 싸우기 위해서 이 두 가지 무기만 있다면 그것으로 충분하니까요."

키티가 말한 바는 한 점 흠잡을 데 없는 당당한 것이었다.

"그것 참 재밌군요. 당신은 그걸로 나와 싸울 수 있다고 믿고 있다니."

"물론입니다. 저는 여자라도 남자인 당신에게 진다고 생각지 않습니다."

"좋습니다. 그렇다면 저는 폭력의 방패를 휘둘러 당신에게 적대 행위를 해야겠군요."

"그것은 당신의 자유입니다. 저는 지금 자신이 아닌 다른 것을 돌아볼 여유를 갖지 못하니까요."

"좋아요. 폭력적인 내 방패가 당신을 향해 첫 번째 요구를 하죠."

백작은 갑자기 태도를 바꾸었다. 키티는 한 치의 틈도 없이 자세를 잡았다.

"그 요구는 무엇인가요?"

"당신이 이 지하 비밀장소에서 빼앗아 온 제2의 금화를 내 손에 건네줄 수 있는가 당신에게 요구하는 거요."

이렇게 말하면서 백작은 오른손을 내밀었다. 키티는 한 발짝 뒤로 물러서면서

"제 양심은 제2의 금화를 백작에게 건넬 필요는 없다고 명령하고 있으니, 전 단호히 거절하겠습니다."

키티는 거듭 그 요구를 물리쳤다.

"좋소. 이 이상은 폭력으로."

라고 외치며 백작은 갑자기 키티 양의 팔을 잡고 완력으로라도 그 금화를 빼앗으려고 덤벼들었다. 그리고 거친 격투 중에 키티는 백작의 틈을 노리고 그 자리를 도망쳤다. 하지만 운 나쁘게도 아파치가 제2의 비밀 방으로 두 사람 모두와 함께 들어와 버렸다. 거기에는 날카로운

아파치의 눈이 번뜩이고 있었다.

(1916년 8월 15일)

25

〈기지의 세 치 혀〉

방구석에서 터덜터덜 나온 아파치는 똑같이 이곳에서 로로와 오토
로의 날카로운 창끝을 피해서 숨어있던 참에 백작과 키티가 뛰어들어
왔기 때문에, 아파치의 소리가 나자마자 두 사람을 잡고 말았다. 키티
는 다시 나타난 적의 습격에 입을 다물고 말았지만, 이윽고 오토로와
로로 두 사람이 구하러 와 줄 거라고 예상하고 있었기 때문에, 그다지
동요하는 기색이 없었다.

아파치는 다가와서

"어이 계집, 넌 잘도 금화를 훔쳐냈군. 자, 돌려달라고."
라며 위협했다.

"무슨 얘길 하는 거요? 난 금화 따윈 알지도 못하는데. 그러나 금화
라면 어찌됐든 확실히 이 사람이 갖고 있을 거예요."

아파치는 계략에 빠지는 줄도 모르고, 이번에는 백작 쪽을 보면서

"그럼 네가 갖고 있는 거로군. 그렇다면 용서해줄 테니 빨리 금화를
내 놓게."

험상궂은 얼굴로 이렇게 다그쳤다.

"바보 같은 소리 집어 치워! 어디 그런 걸 갖고 있다고."
하며 아파치를 노려보았다.

"아니 그런 얼굴로 이 정도 일로 놀랄 아파치 님이 아니거든."

이렇게 말하며 프레드릭의 신체검사를 시작했다. 백작은 아파치의
무례를 나무라려고 생각했지만, 자칫 저항하다가 부상이라도 당하면

곤란하고, 신체검사를 당했다고 해서 문제의 금화는 키티에게 있으니 사태가 명료해지면 되려 키티가 어려워질 뿐이라고 생각하여 딱히 저항하지도 않고 자유롭게 몸수색을 하게 하였다.

그러나 아무리 찾아도 금화가 나올 것 같지 않았기 때문에, 아파치는 조금 초조해졌을 뿐만 아니라, 지하실에서 격투하던 로로가 이제 모여드는 부하를 남김없이 다 쥐어 패서 키티의 이름을 계속 부르며 이쪽으로 오고 있었기 때문에, 우물쭈물 할 수가 없었다.

그는 다시 백작 쪽에서 떨어져 키티 쪽으로 다가가 급한 모습으로

"이봐, 거짓말을 하는 거 아니지. 이 녀석이 갖고 있지 않잖아. 그런 거짓말을 하다니 네가 갖고 있는 거지?"

다시 다가왔다. 키티는 로로가 여기까지 올 시간만이라도 벌 수 있으면 되기 때문에, 일생의 지혜를 짜내어 급하게 웃기 시작했다. 아파치는 화를 내면서

"뭐가 우습다는 건가? 무엇 때문에 웃는 거냐고?"

"아니 이상하잖아요? 당신이 용케 속고 있으니 말이에요. 저 녀석 신발 밑에 금화를 숨기고 있다고요."

"뭐라고? 신발 밑에?"

"그래요, 또 다시 숨기기 전에 찾아보세요."

다시 속아서 아파치는 프레드릭 옆으로 가까이 갔을 때, 마침 로로가 뛰어 들어왔다.

"자, 키티 양, 한시라도 빨리 저와 도망치세요."

이렇게 외쳤기 때문에 키티는 알았다고 그대로 로로의 뒤를 따라서 재빨리 그 자리를 떠났다.

"키티 양, 금화 무사한가요?"

"여기 잘 갖고 있어요. 그리고 오토로는요?"

"이제 괜찮다며 뒷일은 맡을 테니 어서 가라고 하네요."

라며 문밖에 대기시킨 가장 빠른 말에 채찍을 가해 서둘러 이 사원을 빠져나갔다. 도중에 마적의 예비대에 대장을 구하라고 명하고 일부러 국도를 피해 몽트르 언덕을 넘어 도주하였다.

(1916년 8월 16일)

26
〈깊은 가을 국경의 사원〉

키티 등이 빠져나와서 성 막달라 옛 사원에 남겨진 프레드릭은 깜짝 놀랐다. 아파치는 구두 안에 있다고 들었기 때문에, 이번에는 백작의 구두를 벗겨 안쪽 구석까지 뒤집어 찾아보았지만, 보이지 않았다.

"이봐, 구두 안에 없지 않은가?"

"없고말고. 넌 또 그 여자에게 속은 거라고. 네 방에 숨어들어 혼잡한 틈을 타서 금화를 꺼낸 것은 바로 저 키티를 두고 누가 있겠나? 난 사실을 말하자면 그걸 빼앗으려고 생각하고 여기서 망을 치고 기다리던 차에 너에게 잡힌 거 아냐?"

듣고 보니 다 거짓말 같지는 않았다.

한편 저 여자에게 속았다고 아파치는 발을 구르며 억울해했지만, 그래도 소 잃고 외양간 고치기여서 어쩔 도리가 없었다.

"이젠 풀숲을 가르며 찾는 수밖에 없겠군. 이 바보들아?"

하며 부하 여러 명을 불러 모아

"너희들 이제부터 저 키티와 로로라는 녀석을 어디까지든 쫓아서 잡아 오는 거다. 놓치면 알지?"

라고 명령을 내렸다. 부하들은 바로 준비를 하고 문 앞으로 나서자 마침 로로가 운전하고 왔던 GH30267 자동차가 있었다. 마침 일동은 그것에 시끌벅적 올라타고서 키티와 로로를 추적하기 시작했다.

또한 아파치는 프레드릭 백작을 향해

"너는 안됐지만 키티 여자를 다시 이곳으로 잡아올 때까지 인질로 해 둘 테니 이쪽으로 오라고."

백작을 구석의 지하실로 끌고 가 가둬놓았다. 한편 마적 대장은 지하실에서 아파치 부하들을 죄다 날려버리고, 키티가 도주하도록 견제하고 있었는데, 잠시 뒤에 구하러 도착하여 보고를 듣고 키티와 로로가 무사히 도주하였고, 말 두 마리를 빌려서 간 일 등을 보고 받았기 때문에, 안심하고 겨우 지하실을 나와 무리를 모아서 유유히 리비아 쪽으로 철수하였다. 한편 발빠른 말에 채찍을 가해 위험지대를 잘 빠져나가서, 몽트르 기슭까지 간 키티와 로로는 어느 찻집에 들어가 잠시 쉬면서 서로 무사함을 기뻐하고 30분쯤 이야기를 나눴다. 날이 밝았을 때에 비아라 호텔까지 가자고 다시 말을 달려 말발굽 소리 내며 가을밤 산길을 지나 언덕길에 접어들었다.

언덕의 가을은 이미 깊어졌다. 맑게 갠 가을 하늘에 국경의 산들이 그 녹색에 짙은 회색으로 테를 두르고 있었다. 마침 단풍 빛깔은 어디에나 전부 물들어 있었다. 때때로 변덕쟁이처럼 불어오는 바람은 봉우리 넘어 계곡을 넘어, 말 위의 키티와 로로의 소매에 불어왔다. 구불구불 절벽을 따라서 길은 끊어질 듯 메리상드 강 물줄기를 따라가는 물소리는 먼 기적 소리 같은 음을 말위 사람들 귀에 속삭였다. 이 정취와 깊은 가을밤 길의 분위기에 저절로 피로도 잊고 잠시 말을 멈추고 사방 경치를 질리지 않고 바라보고 있었다. 키티가 막 올라온 길 쪽으로 눈을 돌리자 곧

"앗! 큰일이다."

하며 소리를 질렀다. 로로는 깜짝 놀라

"무슨 일이신가요, 키티 양?" 하며 수상함을 느끼며 당황스레 되물었지만, 키티는 방금 온 길을 가리키며

"저 멀리서 빠르게 달려오는 자동차는 아까 아파치의 아군이 이 금화를 뺏기 위해 추적해온 것임에 틀림없다고."

라고 말하고 주의해서 보니 정말 그런 것 같았다.

"좋아, 이젠 하늘에 운을 맡기고 가능한 도망가시죠. 그리고 만약 추적당했을 때에는 평소처럼 한바탕 난리치고 추적자 녀석들은 계곡에 빠트립시다."

씩씩한 로로의 말에 안도한 키티는 그럼 다시 말 고개를 세워서 옆구리에 박차를 가했다. 말은 오토로가 애용하는 빠른 말이었다. 한번 드높게 울더니 갑자기 천마가 하늘을 날듯이 모래바람을 일으키며 우뚝 솟은 산봉우리도 아무렇지도 않은 듯 60리 산길을 단번에 달려 나갔다.

자동차를 타고 전속력으로 추적하는 일당도 전력을 다해 5분, 10분, 20분 시시각각 추격해왔다. 네 발 짐승이라도 동물의 힘은 신문명의 이기(利器)에 이론적으로든 현실적으로든 정복할 수가 없었다. 이대로는 20분도 채 되지 않아 키티와 로로는 추격당하고 말 것이었다. 그도 그럴 것이 지금 키티와 로로는 질주하는데 여념이 없어 길을 잘못 들어서서 결국 낭떠러지 절벽으로 가고 말았다. 아래는 계류가 소용돌이쳐 흐르고 있었고, 이대로 계속 가면 천길 계곡으로 떨어지고 마는 것이었다.

진퇴양난에 빠진 키티와 로로는 잠시 어찌 할 바를 몰랐지만, 더이상 한 시도 유예할 수 없었다. 로로는 갑자기 키티 양에게 소지품 상의를 다 맡기고 무언가 속삭였고, 키티 양은 고개를 끄덕이며 옆에 있던 수풀 속에 말을 숨기고 길에서 보이지 않게 숨어서 로로가 어떻게 하는지 가슴을 졸이며 지켜보고 있었다.

(1916년 8월 17일)

27

〈키티가 납치되다〉

키티는 이제 절체절명의 위기였다. 다만 문제의 금화만이 테이블에 찬란한 빛을 내며 누구든 어찌할 수 없는 모습을 본다면 누구든 탄성을 지르지 않을 수 있을까?

이 괴이한 사실은 서로 이야기 나눈 대로 금방 전개되었다. 이 네 발의 피스톨의 주인도, 계단을 내려오는 구두 발자국 소리의 주인이 누구인지 몇 초 사이에 명명백백히 드러났다. 오른쪽 창틀에서는 미첼 국왕이 총애하는 에로이스[11], 왼쪽 창틀에서는 사치오 백작의 부하 존 할베르, 계단 위에서는 막 왕궁에서 나온 프레드릭 백작, 그리고 키티의 뒤에서 좌우 커튼에 피스톨을 응시하던 것은 키티를 보호하는 로로 이 네 명이 용감한 키티를 중심으로 거의 동시에 이곳에 나타났다.

"아니 어느새 프레드릭 백작이 여기에?"

키티는 놀라서 말을 잃었다.

"키티 양, 여러모로 걱정해줘서 고마워요. 덕분에 무사히 구조되었을 뿐만 아니라 여기에도 빨리 올 수 있었으니, 당신에게 금화를 안 뺐기고 끝났네요. 남의 빈 집은 함부로 노리는 게 아니죠. 아무튼 이거 하나는 확실히 제 것이니 돌려받아야겠네요."

말하면서 손을 뻗어 빼앗으려고 하자

"백작, 그렇게 되진 않을 겁니다."

괴력을 가진 로로가 뛰어들어 백작의 팔을 꽉 잡았다.

"그렇다면 내가……"

손을 내민 에로이스도 로로에게 달려들었다.

"자, 어서 키티 양……"

---

11) 원문에는 '에로인'으로 표기되어 있으나, '에로이스'의 오기로 추측된다.

격려하는 로로의 말에

"그럼 뒷일은 부탁해요!"

재빨리 금화 하나를 주웠다. 백작과 애첩 에로이스가 그것을 방해하려고 하자

"뭐 하는 겁니까?"

키티는 필사적이 되어서 다시 제2의 금화를 빼앗으려는 순간에 옆에서 가만히 바라보던 존 할베르가

"아 귀찮아라. 이게 가장 지름길이네요."

라고 중얼거렸다. 재빨리 로로와 백작이 치고 들어올 틈을 노리자

"자 키티 양, 저와 함께 나가……"

말하면서 깜짝 놀라는 키티를 옆구리에 끼고 후다닥 말을 타고 도망쳤다. 키티 양은 가능한 힘을 내어 도망치려고 했지만, 괴력의 존 할베르에게 잡혀서 옴짝달싹 못하고 아무 소리도 내지 못하였다.

갑자기 문 앞까지 끌려나왔는데, 그곳에는 그를 기다리는 자동차 한 대가 이미 엔진 소리를 시끄럽게 내면서 금방이라도 달릴 듯이 준비되어 있었다.

"자동차 준비는 되었나?"

존이 말을 걸었다.

"빨리 타 주세요."

어둠 속에서 운전수의 목소리가 들렸다.

알았다고 존은 키티를 자동차 안에 휙 태우자 자동차는 바로 움직여서 이렇게 어둠을 뚫고 질풍처럼 비아라 마을 뒤편을 추적의 눈을 피해 교묘하게 질주하였다.

로로는 실내에 있었다. 거한 존 할베르가 키티를 옆구리에 끼고 어디론가 데려가는 것을 보고 깜짝 놀랐다.

"한 번 더 금화를 백작에게 빼앗기는 정도는 아무것도 아니다."

이렇게 생각했기 때문에 귀찮게 달려드는 백작을 뿌리치고 재빨리 문밖으로 뛰어나가 어둠을 가르고 바라보니 키티 양을 태웠을 것으로 보이는 자동차가 방금 마을 한 귀퉁이를 돌아 가나가는 참이었다.

"어떻게 하면 좋을까?"

생각하던 차에 마침 백작의 자동차가 놓여 있었다. 운전수도 조수도 없는 모습에

"이거야말로 천우신조다. 옳거니, 어디까지든 쫓아가 보자."

로로는 서둘러 그 자동차를 추적하기 위해 전속력으로 달려갔다.

(1916년 8월 18일)

28

〈에로이스 아가씨〉

실내에 남아있던 프레드릭 백작은 로로가 던지고 간 금화가 걱정이 되었다. 그래서 아픔을 무릅쓰고 바로 일어났다. 그때는 마침 로로에게 내리꽂혀서 몹시 아팠기 때문에 일어날 수 없을 때였다. 에로이스가 허리를 어루만지고, 일어나자마자 금화 있는 쪽으로 손을 뻗으려던 찰나였다.

백작은 보자마자 깜짝 놀라서 갑자기 큰 소리로

"에로이스 아가씨!" 하고 소리쳤다. 이 외마디 소리를 듣고 아가씨도 손을 뻗기 부끄러워져서 급히 정색을 하고

"이런 백작, 그 폭한은 어느 놈입니까?"

교묘하게 시치미를 떼었다.

그건 왜 그랬는지 입을 다물고 말하려고도 하지 않았다.

그러나 이런 상황에서 한시라도 길게 에로이스를 두는 것은 자신을 방어하기 위해 정말 이롭지 않았다. 뭔가 대책을 세워서 돌려보내려고

생각했기 때문에

"에로이스 아가씨께서는 어떻게 이곳에 나오셨습니까? 아무 수행원도 없이……"

이렇게 물어보자

"각하가 생각지 않은 재난을 당하셨다고 들어서 실은 위로할 겸 왔던 것입니다."

라고 잘 꾸며대지는 않았지만, 그래도 백작에게 의심하는 질문을 잇지 못하게 하였다. 한편 이렇게 듣고 보니 백작도 정말 가만히 있을 수는 없었기 때문에

"아니 그렇게 걱정하시다니 황송하기 그지없습니다. 덕분에 위험한 상황도 무사히 빠져나와서 귀가할 수 있었기 때문에 뭐라 감사의 뜻을 전해야할지……"

떨떠름하게 에로이스 아가씨에게 감사의 인사를 전하고 보니 이미 테이블 위에 떨어져 있던 금화를 주울 수 없어서 하는 수 없다고 체념하고

"아무튼 그건 잘되었습니다. 각하의 무사한 모습을 보니 퍽 안심이 되었습니다. 이후로도 주의하시기 바랍니다."

묘하게 부끄러워하며 인사를 하고 아쉬운 듯 돌아가는 보습을 본 백작은 꺼림칙한 듯이 혀를 차면서

"뭐야, 수상한 놈들만 오는구면. 키티와 로로는 그렇다 치고, 에로이스라니 또 하필 이상한 녀석이 나타나는군. 아니 수상한 놈이 하나 더 있었지만, 키티가 데려온 놈 같지 않은 아주 다른 놈이었지. 대체 그놈은 뭐하는 녀석인지."

아무리 생각해도 뾰족하지 않았지만 이윽고 생각이 나서

"그렇지. 귀중한 금화를 떨어뜨리고 오다니 큰일이네."

하며 떨어진 것을 주워서 손에 들고 보니 자신이 키티로부터 빼앗은

제1의 금화가 아니라 키티가 아파치 집에서 빼앗아 온 제2의 금화였다.

"아니 이건, 미첼 국왕이 갖고 있던 반쪽이 아닌 것 같군. 아니 가만 보자. 생각한 것은 다름 아닌 오늘 지금 풍경은 적어도 에로이스 아가씨가 다 보고 간 셈이지. 그렇다면 이 금화를 그 대로 자신이 품에 지닌다면 이것을 횡령한 것은 에로이스 아가씨의 입에서 반드시 국왕의 귀로 들어갔음에 틀림없다. 귀에 들어간다면 자연히 이 음모가 자연스레 드러나게 될 것이다."

(1916년 8월 19일)

29
〈가짜 금화의 주문〉

금화는 떼어내고 싶지 않고, 음모도 들키고 싶지 않았기 때문에, 간사한 지혜에 능한 백작도 이 궁리에는 적지 않게 주눅이 들었다.

"어떻게든 묘안이 낼 수 없을까……"

팔짱을 끼고 이리저리 생각해보더니 무릎을 탁 치고

"그렇다, 이게 젤 좋겠어."

이렇게 외치고 백작은 빙긋이 웃었다.

백작은 대체 어떤 생각을 해 낸 것일지. 그것은 가짜 금화의 반쪽을 만들어서 국왕을 속이는 쉽지 않은 계략이었다.

몇 시간 뒤에 여러 곳에 심부름을 보내어 겨우 온 것은 궁중에 출입하는 귀금속을 제조하는 어용상인인 녹스라는 기술자였다.

녹스는 늘 궁중에서 나는 새도 떨어뜨린다는 세력인 프레드릭 백작의 명령이라 하니 우선 당장 백작 저택으로 달려온 것이었다.

백작은 바로 거실로 가서

"녹스, 난 평소에 자네 때문에 제법 애를 쓰고 있네만."

묘하게 말을 꺼내었다. 녹스는 이상하다고 생각했지만, 뇌물을 바라는 건가 하는 생각으로

"전 이미 각하께 상당한 은혜를 베풀어주셔서 저도 늘 뭔가 각하께 받들어 해드리려고 마음먹고 있었습니다."

아까부터 자신이 요구하는 것에 보답하는 마음을 읽어낸 백작은 크게 고개를 끄덕였다.

"그런가? 잘 얘기해 주었네. 실은 내가 어떻게든 자네의 힘을 빌려야 할 일이 생겼네만. 좀 애써주겠는가?"

녹스는 본심이 나왔구나 생각하고서

"괜찮습니다. 제게 가능한 일이라면 뭐든 분부에 따르겠습니다."

대담하게 받아들인 백작은 기뻐하며

"음, 용케 수락해주었네. 실은 급히 만들 것이 있네만."

라고 말하며 제2의 금화 반쪽을 보여주고

"잠깐 동안 시간을 주어도 좋지만, 주둥이를 이것처럼 만든 모형을 내일 낮까지 받고 싶은데. 돈은 얼마가 들든지 상관이 없다네."

의외의 주문에 녹스도 긴장이 풀렸지만, 이 정도 일은 직공의 손길을 가하기만 하면 어려움 없이 만들 일이기 때문에, 즉석에서 수락하고 돌아왔다.

다음날 약속 시간보다 좀 일찍 녹스는 훌륭하게 만든 모조품을 가지고 왔다.

백작은 이리저리 살펴보더니 자못 감탄하면서

"과연. 이것 참 잘 만들었네. 훌륭해!"

매우 기뻐하며 약간의 수고비를 주고 물건을 받고서, 실내 향로 안에 은닉하고 가짜 금화를 갖고 궁중으로 외출했다.

그리고 그 출입이 자유로운 권리를 이용하여 몰래 창고 안에 들어가 예전의 금화 가방 안에 가짜 금화를 넣어 두었다. 그리고 국왕을 안심

시켜 자신의 일을 진행할 계획이었다는 것은, 제2의 금화를 국왕이 직접 건넸다는 것을 모르고 키티가 단독으로 훔쳐낸 것이라고 생각했기 때문이었다. 그리고 아무 일도 없었다는 듯이 국왕 앞에 나아가 국보인 금화를 보여 달라고 요청하였다. 국왕은 속으로 백작의 말을 이상하다고 여기면서도, 백작의 마음을 떠보기로 생각했기 때문에

"실은 누군가가 그걸 훔쳐내어서, 은밀히 수색하고 있던 차였네."

빈 가방을 보여주기가 싫어서 이렇게 말했지만, 백작은

"아니 그런 일이 있을 리가 없습니다. 국왕께서 뭔가 착각을 하셨음에 틀림없습니다."

라고 말했다.

"그렇지만 분명히 잃어버렸다네."

이렇게 말하고서 백작을 이끌고 그 상자를 보여주려고 하자, 있을 리가 없던 금화가 찬연히 빛을 내며 있었다. 국왕도 이를 보고서 깜짝 놀라 말을 잇지 못했다.

(1916년 8월 20일)

30

〈차에서 목을 조르다〉

이야기는 뒤로 돌아가서 존 할베르[12] 때문에 유괴된 키티 그레이는, 그 대로 자동차에 실려 화살처럼 어딘가로 끌려가고 있었다. 키티는 한 쪽 팔을 괴력의 존에게 잡혀 있었기 때문에, 도저히 도망칠 틈이 없었다.

"자, 저를 대체 어디로 데려가는 겁니까?"

---

12) 원문에는 '존 벨'이라고 표기되어 있음.

"어디로 데려가든 당신이 알 바가 아니지."

"말도 안 되는 얘기를 하는 군요. 너무 실례되는 일이 하면 가만있지 않겠어요."

"가만있지 않으면 맘대로 해 보라고."

"이제 전 어찌하면 될까요. 기사 분, 부탁드리는데 차를 세워주세요."

반쯤 일어나서 광기를 부리듯 떠드는 키티를 존은 힘으로 제압하면서

"아, 시끄러워! 조용히 하지 않으면 이거라고."

피스톨을 겨누며 움직이면 쏜다는 분위기를 만들었다.

키티 양은 생각했다. 잡혀가는 것도 한심한 일이지만, 그렇다고 이대로 살해당한다면 더 어리석은 일인 것이다. 살아 있기만 한다면 아직 어떻게든 해 볼 방법을 강구해서라도 도망칠 수는 있다. 이렇게 생각했기 때문에, 그대로 조용히 있었다.

어쨌든 키티가 조용해졌기 때문에, 존은 때는 이때다 하며

"이봐, 키티 양. 당신이 갖고 있는 금화를 건네주지 않겠나? 솔직히 건네주면 이대로 풀어줄 텐데."

라며 슬슬 협상에 들어갔다. 키티 양의 의문은 비로소 풀렸다. 이 금화를 프레드릭 백작 이외에 빼앗으려고 음모를 꾸밀 사람은 달리 없었다. 빨리 이런 생각이 들었기 때문에

"그렇군요. 이걸로 상황은 알겠습니다. 당신은 사치오 백작에게 부탁을 받았군요."

라고 말하자 존은 당황해서 부인하며

"말도 안 되는! 난 사치오 같은 사람 모르는데. 뭐든 상관없으니 그 금화만 건네주면 그걸로 되는 거야."

변명하려고 했지만, 키티는 인정하지 않았다.

"아니 안 됩니다. 그런 게 틀림없군요. 그러나 당신, 아무리 시끄럽게 굴어도 소용없지. 금화는 이미 올 때에 표시를 해서 어떤 장소에

두고 왔으니 아무리 당신이 그래도 내가 갖고 있지는 않답니다."

똑 부러지게 말하며 속여 보려고 했지만, 상대도 좀처럼 이런 수법에 속을 기색을 보이지 않았다.

"더 이상 속을 내가 아니지. 건네줄 생각이 없다면 이제 받지도 않을 거야. 그 대신 당신의 목숨이 어찌될지 알 수 없어."
라고 말하면서 갑자기 키티 양의 목을 힘껏 죄어왔다.

모든 위험, 가난, 박해 내지 모험에도 조금도 주눅 들지 않았던 키티도 폭력에 저항하기에는 남자에 비해서 터무니없이 약했다.

"아 괴로워!"
라고 소리치는 사이에도 시시각각 힘은 더 가해져 힘은 점점 의식을 잃게 만들어, 수십 초 사이에 가엽게도 키티는 질주하는 자동차 위에서 인사불성이 되어 기절하였다.

한편 금화는 어떻게 되었을지. 그리고 존 할베르는 키티를 어디로 끌로 갔는지.

키티 양이 위험에 처한 채 자동차를 달려서 키티 뒤를 추적하던 로로의 자동차는 하룻밤 질주를 이어가고 다음날 아침에는 이웃 나라 그라호헨으로 들어갔다. 그리고 사람 편에 물어봤던 바를 종합해 보니 키티 양은 분명 이 나라에 잡힌 신세가 되어 왕궁에 딸린 감옥에 투옥된 것으로 생각되었기 때문에, 자동차를 도중의 작은 여관에 맡기고 이 왕궁에 잠입하여 사치오를 수색하기 위해 2, 3일을 보냈다.

(1916년 8월 21일)

31
1916년 8월 22일 결호로 인하여 내용 확인 불가능

32

〈로로도 감옥으로〉

키티의 흔적을 쫓아 어떻게든 위기의 늪에서 구하려고 고심하던 쾌한(快漢) 로로는, 이틀 낮밤을 그라호헨 왕궁 주변을 돌아보았지만, 어떤 단서도 찾지 못했다.

"설마 그 정도 배포를 지닌 키티 양이니 살해당하는 일은 없었을 테지만, 그래도 사치오 백작 입장에서 보면 원한이 쌓이고 쌓인 여자이기 때문에, 난폭한 짓을 저지르지 않을지 알 수 없지. 그것이 제일 걱정이지만, 여기에 와서 벌써 이틀이 되어도 어떤 단서도 없는 것은 좀 걱정스럽군."

로로는 마을 여기저기를 찾아서 왕궁에서 멀지 않은 찰스부르크 마을이라 하는 독일인이 많은 마을로 어느 술집에 들어가 테이블에 기대어 오찬을 먹고 있던 차였다. 왕궁에 근무하는 근위병 두 명이 들어와서 로로의 옆 테이블에서 위스키 잔을 기울이며 잡담을 하고 있었다.

"제라 하사, 당신이 담당하는 제2번 감옥에 무척 예쁜 백인 여성이 투옥되었다던데."

"그래, 꽤 미인이지. 목하 영내에서 소문이 자자하다네."

"아 그렇다면 난리겠는걸. 대체 무엇 때문에 들어온 거야?"

"글쎄……난 잘 모르지만, 뭔가 중대한 국사범(國事犯)이라고 하는 것 같아. 사치오 백작이 특별히 감시하라는 명령이 내려와서. 암튼 키티라는 여자야."

"아니, 미국인인가?"

"그렇지. 이웃 그레이트호헨에서 온 군사 탐정으로 요새의 비밀을 알아보러 왔다고 하는군. 자세한 건 모르지만 말야."

"음, 그런데 대단한 걸. 미국인이 그런 놀라운 일을 벌이다니 말이네."

"그런데 말이 좀 안되지 않은가? 여자가 그런 위험한 일을 벌이지 않더라도 여자가 할 수 있는 일이 있었을 텐데."

"그렇지만 그렇게 단순히 말할 수 없지. 여자 몸으로 군사 탐정을 할 정도의 사람이라면 분명 큰 의도가 있었음에 틀림없을 테니."

"근데 너는 여자 편을 드는 거야? 까딱하면 공범이 될지도 모른다고. 하하하!"

술기운이 돌게 되자 두 병사는 주위를 거리끼지 않고 큰 소리로 이런 이야기를 계속하였다. 옆에서 귀를 쫑긋 세우던 로로는, 속으로 뛸 듯이 기뻐하였다. 그리고 여전히 이야기를 흘려듣지 않기 위해 두 사람이 사라질 때까지 이곳에 머물며 여러 정보를 들었다. 이 이야기를 종합해보면, 키티 양은 2, 3일 전날 밤에 사치오 백작 일당의 손아귀에 잡혀서 왕궁 옆 2번 감옥에 수감되었고, 엄중한 감시 하에 놓여있다는 것은 명확하진 않지만 알 수 있었다.

이번엔 다른 경우와 다르니, 이번만큼은 자신을 희생하더라도 키티 양을 구해야한다고 굳은 결심을 하였다. 로로는 결국 그날 밤 밝기를 기다려 대담하게도 단신으로 왕궁으로 잠입하였다.

돌로 된 감옥의 위치도 낮에 마을에서 들었기 때문에, 가는 길도 알고 있었다. 끝내 그는 돌감옥 옆으로 다가갔다. 때는 이미 오전 2시를 넘겨 주위는 조용하였고, 밤에 경비를 서는 병사의 구두 발자국 소리도 들리지 않게 되었다. 낮 동안 충분히 수소문해 둔 길을 따라 금방이라도 돌 감옥 아래로 뛰어들어 이곳 창인지 저 문인지 어둠을 핑계 삼아 이리저리 찾고 있자니 갑자기 보초병 일대에게 발각되고 말았다.

"거기 서라! 누구냐?"

어둠속에서 누군가 소리를 질렀다. 큰일이군, 로로는 외치며 도망 치려 했지만, 때는 이미 늦어 그는 갑자기 보초병들에게 둘러싸여 힘

껏 싸워보았지만 힘에 부쳐 결국 키티의 운명을 쫓아 그도 투옥되고
말았다.

(1916년 8월 23일)

33
〈벽을 넘은 밀담〉

보통의 수단으로는 도저히 탈옥은 불가능하다고 깨달은 키티 양은
극단의 비관과 자포자기 상태에 빠졌다. 그리하여 매일 밤마다 간수가
넣어주는 빵도 수프도 결코 입에 대려 하지 않았다. 길바닥에 버리거
나 노파 간수가 드나들 때마다 그 뒷모습에 던져서 간수를 화나게 해
보거나 혹은 빵의 부드러운 부분은 스프로 뭉개어 간단한 즉석 주사위
를 만들어 갖고 놀거나 하면서, 매우 평범하고 단조로운 기나긴 감옥
의 하루에 파동을 만들고자 하였다. 오늘밤도 일찍이 깔개를 덮고 잠
자리에 들려고 했지만, 그날따라 원래 싫어하는 쥐가 자주 난리를 치
며 돌아다녔기 때문에, 제대로 잠을 잘 수도 없어서 방 안을 걸어 다니
며 플로리다 지방에 유행하는 양떼의 노래를 부르고 있었다.

그 동안에 방밖에서 뭔가 큰 소리로 욕을 하거나 외치는 소리가 들
려왔기 때문에, 귀를 기울이며 상황을 엿보고 있었다. 잠시 뒤에 그
소동도 잠잠해지고, 사방은 다시 정적에 휩싸였다.

쥐는 다시 한바탕 법석을 떨었고, 키티는 쥐가 싫어서 잘 수도 없었
다. 어쩔 수 없이 다시 플로리다의 목양가를 부르며 있는데, 문득 정신
을 차리고 보니 옆 경계의 석벽을 똑똑 두드리는 소리가 들렸다. 이건
뭐지 하면서, 귀를 기울이자 확실히 옆방에서 이 방을 향해 답을 구하
고 있는 신호 같았다.

"누가 나를 부르고 있는 건가요?"

라고 물어보았다. 그러자 건너편에서 낮은 소리로

"키티 양, 키티 양!"

하며 계속해서 자신의 이름을 부르는 자가 있었다. 그러나 목소리가 낮아서 잘 들을 수 없었다.

"제 이름을 부르는 당신은 대체 누구신가요?"

라고 되묻자, 물음에 답하기를

"로로입니다. 로로라고요."

라고 대답하는 것은 한시도 잊지 못한 로로임에 틀림없었다.

"아니 분명히 로로군! 자네 내가 여기에 있는 걸 용케 알았네."

"네, 알았으니 구해드리려고 오늘밤 잠입했던 것입니다만, 유감스럽게도 결국 붙잡히고 말았습니다."

"그럼 자네도 감옥에 수감되었다는 건가?"

"그렇습니다. 다수에게는 힘을 못 써서 유감스럽게도 붙잡혔습니다. 그러나 키티 양 안심해주세요. 꼭 어떻게든 도망갈 테니까요."

"가능하다면 그렇게 해주었으면 하네."

약간 궁시렁거리듯 말하는 키티의 말에 로로는 격려하듯이

"안심하세요. 인원은 많지만, 장난감 병사 같은 애들뿐이니까요. 조금 시간이 지나면 넘어뜨려서라도 탈출해 줄 테니까요. 키티 양, 금화는 무사한가요?"

라고 말하고 깜짝 알아차렸다.

"아, 그래. 금화는 아주 잊고 있었네."

라고 말하면서 주머니를 찾았지만, 금화는 흔적도 없이 사라졌다.

"아, 큰일이로군. 그럼 금화는 내가 기절한 사이에 사치오 백작 일당에게 빼앗기고 말았네." 라고 외치는 소리에 로로도 유감스러운 듯이

"그거야 안타깝게 되었네요. 모처럼 두 개 다 손에 넣었었는데⋯⋯ 그러나 하는 수 없지요. 부상을 입지 않았으니 다행이라 여기고 체념

해야겠네요. 목숨이 붙어 있으면 어떻게든 다시 되찾아 올 테니까요."
라고 격려하는 참에 순찰병이 다가왔기 때문에, 이야기는 이것으로 끝
을 내었다. 그러나 로로도 키티도 이렇게 되면 서로 단단히 마음을
먹고, 제법 걱정이 줄어들었다.

(1916년 8월 24일)

34
〈수상한 주전론(主戰論)〉

그라호헨의 국왕 와이클립은 사치오 백작의 분투로 결국 사치오의
손으로 제1의 금화를 빼앗을 수 있었기 때문에, 매우 만족해하였다.
오늘도 사치오 백작을 가까이 불러서

"백작이 이번에 한 수고는 정말 내가 만족하는 바라네. 이 공적에
대해서는 대가도 지불하고 충분히 논공행상을 할 생각이지. 하지만 아
직 목적은 충분히 이룬 거라고는 할 수 없지. 왜냐하면 다른 금화 하나
가 발견되지 않는 사이에 우리나라의 계획도 다시 진행을 보기 어렵기
때문이라네. 그러니 다른 하나를 수색하면서 백작이 가진 모든 지혜와
모략과 책략을 남김없이 말해주었으면 하네."
라고 더욱 중요한 주문을 했다. 사치오 백작은 공손하게 인사를 했다.

"하찮은 일에 대해 이렇게까지 칭찬의 말씀을 해 주시니 황송하기
그지없습니다. 이 이상은 목하 구금중인 키티와 로로에게 금화의 행방
을 자백하게 한 뒤에, 소재를 알고 그 다음에 한시라도 빨리 유예할
일이 아니니, 이웃 나라에 선전 포고를 하고 무력으로 빼앗는 일을
벌이면 어떻겠습니까?"

몇 번의 실패로 인해 이웃 나라에 깊은 원한을 품고 있는 사치오
백작은 자주 주전론을 꺼내들었다.

"음, 전투 행위를 개시하고, 무력에 호소해서 싸우는 건가. 그것도 흥미롭겠군. 내 기병대가 특기인 밤에 급습하는 건가?"

원래 폭군으로 칭송되는 필립 왕도 주전론을 고수하였다.

"그러나 열국(列國)의 체면도 있으니 일단 온화한 수단도 가능한 진행해 보기로 하면 어떨까요?"

사치오 백작은 말로는 주전론을 주장하지만, 내심 전쟁을 두려워하는 자인만큼 우선 평화론의 끈도 놓지 않았다.

"일단 온화한 수단이라는 것은 어떤 방법을 말하는 건가?"라는 국왕의 질문에 대해, 사치오 백작은 다음과 같이 대답하였다.

"제가 말씀드리는 평화 수단이란 것은, 다름이 아니라 지금 구금중인 키티나 로로는 다행히 미첼 국왕의 신임이 두텁기 때문에 그들 두 사람도 어차피 이익을 위해 일하는 겁니다. 국익 문제를 먹잇감으로 하여 두 사람을 본국의 아군으로 끌어들여 이익을 추구하게 하면 어떻겠습니까?" 일단은 그럴듯한 논의를 이끌어내었다.

"과연. 그것도 좋겠소. 그러나 사치오, 그렇게 잘 된다면 실로 큰일이겠지만, 괜찮을는지."

너무 술술 풀릴 듯한 이야기에 국왕도 반신반의하며 이렇게 물었지만, 사치오는 이해했다는 듯이

"그것은 9할 정도는 괜찮을 것입니다. 원래 키티는 미국인이고 그레이트호헨에 대한 근본적인 애국심이 있는 것은 아니니, 뭔가 물질적 조건으로 저렇게 움직이고 있는 것입니다. 그러니 미첼 2세가 그녀에게 약속한 이상의 물질적 조건을 제공하여 요령껏 낚는다면, 욕망을 잘 흥정해보도록 노력하겠습니다."라고 떠들어대었다.

"그렇군. 키티는 태도가 완화된다고 하더라도, 그레이트호헨의 피를 받은 로로라는 자는 그걸로 승낙할 것 같은가?"

"그거야 주인인 키티가 승낙한 이상, 로로도 수락하지 않을 수 없을

겁니다. 만약 잘 못 되었을 때에는 망명자로서 본국으로 도망쳐 오면, 보호든 뭐든 제공해 줄 겁니다.”

“과연. 그도 그렇겠군.”

“그럼 키티의 태도를 부드럽게 만들 작업을 해볼까요?” 라고 사치오 백작은 키티를 부드럽게 만들기보다는 키티와 가까이 접하고 말할 수 있게 된 것을 기뻐하며 국왕의 앞에서 물러나 키티가 투옥된 제2번 감옥으로 찾아갔다.

(1916년 8월 25일)

35

〈난폭한 사랑의 요구〉

키티 양은 차가운 감옥의 고통도 로로라는 둘도 없이 믿고 의지하는 자가 옆방에 왔기 때문에, 요즘에는 매우 마음이 든든해져서 간수가 가져오는 빵이나 수프도 함부로 버리는 일 없이 그저 한 마음으로 도주하기 위한 기회가 오기만을 노리고 있었다.

로로도 같은 마음으로 역시 도주의 기회를 호시탐탐 엿보고 있었는데, 결코 유순하지 않았다. 간수 시카엘로 옹 등은 몇 번이나 로로의 철권을 맞았는지 알 수 없을 정도였다. 오늘도 로로의 신호로 두 사람은 자주 이야기를 하고 있었다.

“이봐, 로로. 아직 기회가 오지 않은 거지?” 키티 양은 여자인 만큼 마음이 불안해져서 기댈 곳이 없는 듯 중얼거렸다.

“유감이네요. 그렇지만 제게는 우리가 이 감옥에서 썩어버릴 거라고는 도저히 생각되질 않네요. 반드시 기회가 온다는 확신이 들어요.” 절망 속에서 한 줄기 빛과 같은 것을 말하면서 로로는 키티를 격려했다.

“그럴까? 아무래도 난 그렇게 생각할 수 없는 기분이 들곤 해.”

키티는 신호를 보냈다.

"그러나 시간이 지나는 것은 참 빠르네요. 여기 잡혀서 영어(囹圄)의 몸이 된지도 벌써 오늘로 일주일이 되니 말이에요."

"그런가? 난 왠지 일 년도 더 된 것 같은 기분이 들어."

"그레이트호헨의 왕궁에서는 분명히 국왕께서 걱정하고 계실 텐데요."

"그럴 테지. 이런 사정을 안다면, 반드시 어떤 방법을 쓰더라도 우리를 구해 주실 거임에 틀림없지."

이렇게 말하면서 탄식하는 작금의 키티와 로로는 문제의 금화를 떠나서 어떻게 하면 빠져나갈 수 있을까, 도주할 수 있을까 이 두 가지 외에는 문제되지 않았다.

키티는 한숨을 쉬면서 자리 위에 누워있었는데, 끽 하는 소리가 나고 문을 열어 안으로 들어오는 자가 있었다.

깜짝 놀라 일어나보니 이 감옥에서 날뛰는 생쥐떼보다도 더 싫은 사치오 백작이 세 명의 병사를 데리고 불쾌한 아첨하는 기색을 띠면서 들어왔다.

"키티 양, 오랜만이군요. 기분은 어떤지. 이번엔 아주 뜻밖의 재난이었네요."

라며 환심을 사려는 듯 아첨하는 말이 얄미워서 키티는 진저리를 쳤다.

"사치오 백작, 당신은 비겁하군요. 좀 더 정정당당히 싸우면 좋지 않은가요? 당신도 남자라면 우선 나와 로로의 유폐를 풀어 주세요. 첫째 당신은 로로 때문에 구원받은 의리가 있잖아요."

키티는 늠름하게 갈파(喝破)했다.

"유폐를 풀라고 하신다면 풀어드리죠. 그러나 그러기 위해서는 뭔가 교환조건이 없다면 곤란합니다."

하며 시치미를 뗐다.

"교환 조건이라니 요구는 어떤 것입니까? 경우에 따라서는 못 들어

드릴 것은 없는데요."

"그렇습니까? 그럼 말씀드리죠. 당신에 대해서는 넘치는 사랑을 바치고 있는 저의 요구는 당신의 정조입니다. 자, 제게……사치오에게 키스를 허락해주세요."

"이런 무례한 것을 말씀하시다니. 키티 그레이는 그런 부정한 여자가 아닙니다. 단호히 거절하겠습니다."

"뭐라고 하셨습니까, 키티 양? 그렇게 딱딱하게 굴지 말세요. 정조도 중요하겠지만, 지금 당신의 처지에서는 정조보다 목숨이 달린 문제가 더 중요하지 않나요? 자유를 바란다면, 제 뜻에 따라주세요." 백작은 다가와서 키티 양을 안고 폭력으로 사랑을 요구했다.

"무슨 난폭한 짓을 하는 겁니까?" 키티는 도망치듯 달아나고, 백작은 그녀를 쫓아갔다. 이렇게 능욕을 당할 위기일발의 찰나에 키티는 갑자기 뇌빈혈과 같은 증상을 일으키며 혼절하고 말았다.

(1916년 8월 26일)

36

〈키티와 로로 드디어 탈출〉

키티 양이 갑자기 졸도를 한 것은 사치오 백작의 마수를 벗어나기 위해서였기 때문에, 이 교묘한 계략에 멋지게 속아서 허둥지둥하는 가운데 필립 왕이 급하게 짜증을 유발하여 사치오 백작은 곧바로 왕에게 불려갔다. 또한 속으로 일을 부드럽게 하고 싶었던 왕은 키티를 감옥에서 꺼내어 국빈으로 키티를 대우하고, 이전에 크게 활약을 하여 빼앗은 금화의 반쪽도 키티에게 돌려주어 모든 방면에서 환심을 샀다. 이 이면을 알게 된 키티는 매우 활달히 행동하며 나날을 보내고 있었지만, 로로를 걱정하며 지내고 있었다.

다음으로 그레이트호헨에서는 키티의 신상을 염려하고 있자, 프레 드릭 백작의 주상(奏上)으로 사치오 백작에게 붙잡힌 신세가 된 것을 알게 된 미첼 2세는 매우 놀라고 그녀를 되찾기 위해 프레드릭 백작을 총대장으로 하여 이웃 나라에 대해 슬슬 전투를 개시해야 하는 상황이 되었다. 하지만 그라호헨의 군사 탐정이 몰래 엿들어서 필립 국왕에게 보고하였다. 그래서 어전 회의가 개시되어 갑자기 방전(防戰) 준비를 실시하고 크게 싸우려고 회의에서 의결했다는 걸 모두 엿들은 키티는, 그레이트호헨과 통하기 위해서 드디어 도주할 결심을 굳혔다. 한편 로로는 키티의 신상을 매우 염려하여 어느 날 도주를 기획하여 감쪽같이 감옥을 빠져나가 모습을 감추고 있었다.

드디어 그레이트호헨의 대 비행선 무적호가 시위적 정찰을 하면서 그라호헨 왕궁은 전쟁 계획에 매우 분주한 보초병 등은 큰 소동을 벌이는 가운데 키티는 대담하게도 자동차로 도망쳐 나왔다. 기병대에 이를 쫓게 하여 국경의 포대에 명하여 15포를 준비하여 자동차 가까이 폭발시켰지만, 결국 모든 난관을 빠져나와 그레이트호헨 국경까지 도망쳐서 한숨을 돌리고 키티는 자기 가슴을 쓸어내렸다. 뒤를 돌아보자 자기 이외에 아무도 타고 있지 않다고 생각했던 자동차 좌석의 하얀 모포가 쓱 움직이기 시작했다. 겨우 왔다고 생각할 겨를도 없이, 소라와 같은 주먹을 불끈 쥔 두 팔이 눈앞에 쓱 나타났다.

"앗!" 하고 키티 양은 무심결에 소리를 지른 바로 그때에, 그 자리에 선 남자는 "어머, 자네는 로로가 아닌가?" 두 사람은 서로 무사함에 눈물을 흘리며 기뻐하였다. 한편 자유를 만끽하게 된 바에야 더 이상 미룰 일이 아니었다. 일단 숙소로 돌아가 다시 프레드릭 백작 집에 숨어들어 일찍이 빼앗긴 금화 반쪽을 훔쳐내기로 의논하여 두 사람은 로얄 호텔로 서둘렀다.

키티와 로로가 호텔로 돌아가기 약 20분 전에 프레드릭 백작은 남은 반쪽을 훔치기 위해서 키티가 비운 방으로 찾아와 여러 가지를 찾아보았지만, 작은 메달이 겹쳐져 있던 중에 키티의 사진이 있는 것을 품속에 넣고 표연히 방밖으로 나왔다. 이런 줄 조금도 알지 못하는 키티와 로로는 복장을 갈아입고 방밖으로 나오자 그 실내의 창틀에서는 프레드릭 백작의 부하와 사치오 백작의 앞잡이 잭이 숨어들어 서로 금화 반쪽을 훔치려고 하여 대 격투를 벌이고 끝내 잭은 가슴에 철권을 맞아 쓰러지고, 프레드릭 백작의 부하는 순식간에 도망쳐 나왔다. 밤은 침묵 속에 깊어만 갔다. 차가운 별 그림자 빛나는 하늘에 높이 솟은 커다란 누각은, 악마와 같이 무언가 신비에 대해 이야기하고 있었다. 그것이 프레드릭 백작의 저택이었다. 지금도 이 높은 누각의 5층쯤에 검은 그림자가 두 개가 나타났다. 그건 바로 틀림없이 키티와 로로의 수상한 모습이었다. 프레드릭 백작의 방 안에 금화 반쪽을 발견하기 위해서였던 것이다.

(1916년 8월 27일)

37
〈노력했으나 실패함〉

키티는 프레드릭 백작이 몰래 감추고 있던 금화 반쪽을 얻기 위해서 로로와 힘을 합치고, 로로는 망을 보기 위해 바깥문 가까이에 대기해 두었다. 대담하게도 그 혼자 몸으로 너무도 가볍게 미리 잘 알고 있는 백작 저택을, 교묘하게 비상 열쇠를 이용하여 결국 사람이 없는 프레드릭 백작의 거실로 들어갔다. 그런데 키티보다도 먼저 금발 미인과 괴한 한 명이 숨어들어 있어서 몸을 숨기고 있었다. 키티는 실내를 빠짐없이 찾아다녔지만, 결국 아무것도 발견하지 못했기 때문에 낙담하여 다음 방으로 몸을 돌렸다. 그러자 괴한은 아무것도 얻지 못하고 사라졌다. 이쪽은 키티의 비상 열쇠를 이용해서 다음 방도 샅샅이 탐사했지만, 금화의 반쪽은 발견할 수 없었다. 문득 문 쪽으로 서 있는 모자걸이에 눈이 가서 보니, 그 위에는 실크 모자가 얹혀 있었다. 아무렇지 않게 그 모자를 집어 들고 있자, 발밑이 비틀거려서 무심결에 그 몸은 옆 옆쪽 문에 기대었다.

그 순간에 이건 어쩐 일인가. 지금까지 모자걸이의 머리 위쪽으로 조금 옆에 틈이 생겼다. 어쩌면 이 안으로 들어가나 생각이 들어 이리저리 고심하였다. 그녀의 손이 닿자 그 안에는 둥근 금속제의 물건이 있었다. 이를 꺼내보고 깜짝 놀랐다.

"아 이거다!"

키티의 기쁨은 절정에 달하여 로로에게도 빨리 알려야지 하고 방을 나오려고 하였다.

"키티 양!"

낮지만 힘이 실린 목소리로 자기 이름을 부르는 자가 있었다. 키티는 무심결에 휙 돌아본 순간에, 입구 창가가 좌우로 열리고 이건 어쩐 일인가 권총을 쥔 하얀 손이 나타났다.

"키티 양, 기다려 주세요."

이 소리에 분명히 여자인 키티는 한번 크게 놀랐지만, 권총 주인이 부드러운 여자인 것을 알고, 저절로 마음도 굳건해져서 침착한 웃음을 흘리면서

"저에게 볼 일이 있다고요? 어떤 볼일인지 빨리 말해주세요."

라고 입 아래쪽에서 수상한 미인은 조용히 가까이 와서

"그럼 당신은 보고 있었습니까? 그럼 건네 드리겠습니다."

라며 상대가 방심하는 것을 보고 가까이에 뛰어들어 권총을 뽑으려 하였다. 이렇게 두 사람이 위 아래로 격투를 하고, 두 사람의 목덜미를 꽉 잡았다. 그것은 프레드릭 백작이었다.

"백작입니까? 당신의 금화를 지금 이 여자가 빼앗으려고 합니다."
라고 키티가 순간의 지혜가 훌륭히 발동하여, 전광석화처럼 도주하는
상대 여자를 백작이 추격하였다. 이 틈에 키티 양은 몹시 빨리 달려
도망가려고 계단을 내려가고, 세 단 정도만 남았을 때에 앞쪽에 튼튼
한 철로 된 격자가 쓱 올라와서 가는 길을 막았다.

"이거, 큰일이군."

돌아보면서 다시 계단으로 내려가려고 하자 뒷편도 철격자로 닫혀
서 키티는 오도 가도 못하고 서 있었다. 격자 바깥으로는 프레드릭
백작이 회심의 미소를 지으면서 조용히 잎담배를 피우고 있었다. 그리
고 얄밉게 독설을 퍼부으면서 키티를 비웃었다. 이때 프레드릭 백작은
생각해 낸 듯이 키티의 사진을 꺼내어 뜨거운 키스를 했다. 이를 본
그녀는 자신을 백작이 사랑하고 있다는 것을 알고, 그렇다면 앞으로의
일도 매우 쉽게 될 거라고 혼자 고개를 끄덕였다. 마침 급사가 와서
로얄 호텔의 키티 양의 방에서 살인이 있었기 때문에, 경찰이 키티를
찾으러 왔다고 말해주었다. 그래서 비밀방의 모습을 알려서는 안 된다
고 생각하고, 철 격자를 소리 없이 내리자 키티는 이 틈에 탈피하듯이
달려나가 로얄 호텔에 돌아가 금화 반쪽을 바라보며 웃고 있었다. 그
러자 아파치 일당 수십 명의 괴한에게 습격을 받고 꼼짝 할 수 없는
협박에 다시 빼앗은 금화 반쪽은 건네주지 않을 수 없게 되었다.

아파치가 물러간 뒤에 키티는 쓰러지듯이 안락의자에 몸을 던졌다.

(1916년 8월 28일)

38

〈추격의 대 장관(壯觀)〉

악한 아파치가 물러가고 나서 간발의 차이로 로로가 돌아왔다. 키티

는 갑자기 힘을 얻었다.

"이봐, 로로. 자네는 어떻게 된 거야? 내가 얼마나 걱정했는지 모르겠어."

이렇게 말하자 로로는 어젯밤 키티 방에서 사람이 죽어서 그 가해자가 로로라고 경찰이 잘못 알고, 마침 키티와 프레드릭 백작 저택을 습격하여 문 앞에서 기다리고 있었는데, 갑자기 경관에게 둘러싸여서 큰 싸움을 벌인 뒤에 그때까지 도망을 다닌 이야기를 하였다. 그리고 나서 금화의 전말에 대해 물었다. 키티는 포기한 듯이

"그것이 자네 겨우 빼앗은 것은 빼앗았지만, 드디어 악한 아파치가 가로채고 말았다"

라고 말했다. 이를 들은 로로는 정신이 이상해질 듯이 초조해하며, 키티와 로로는 곧 아파치를 추격하기로 결심하고, 로얄 호텔을 뛰어나갔다. 한편 소중한 금화를 손에 넣은 아파치 일행 열 예 닐곱 명은 발 닿는 대로 도망치면서도, 키티와 로로가 못지않게 조금만 더 달리고 달려가던 바로 그때, 가는 방향으로 자동차 한 대가 나타났다. 그러자 아파치 무리에 다가가자 덮개를 걷고 안에서 나온 것은 사치오 백작이었다. 한편 로로와 키티는 나무그늘에 몸을 숨기고 상황이 어떤지 살펴보았다.

사치오 백작은 막대한 돈을 건네자 아파치로부터 금화를 받고 악한 등은 몹시 기뻐하는 얼굴로 철수하였다. 한편 그 아파치와 사치오 백작 사이에 이런 계략을 맺었었는지 키티와 로로는 놀랐지만, 사치오 백작에게서 그 금화를 빼앗는 것은 좀 더 수월해졌다고 안심하였다.

사치오 백작은 곧바로 원래 왔던 쪽으로 돌아갔다.

"추격하자, 놓치면 안 돼!"

소리 지르며 키티와 로로는 그늘에서 뛰어나왔지만, 아무리 발 빠른 키티와 로로도 자동차를 도보로 추격할 수는 없었다. 마침 천우신조인

듯 앞쪽에서 이쪽을 향해 질풍처럼 달려오는 자동차가 있었다.

"이것 참 다행이네. 도덕적이진 않지만 이 경우 달리 방법이 없지. 그 자동차를 잠시 빌려타고 사치오 백작을 추격하세."

마침 굉음과 함께 모래바람을 일으키며 온 자동차. 로로는 이에 올라타고, 운전수를 끌어내리고 운전대를 잡자 휙 차머리를 돌렸다. 키티도 이어서 올라탔다.

"그래, 추격하자!"

전속력으로 질주하였다. 그러자 이 모래가루와 매캐한 연기 속에서 갑자기 나타난 남자 한 명이 자동차 두 대를 배웅하더니, 이윽고 뭔가 굳은 결심을 하였다. 그건 바로 프레드릭 백작이었다. 이 사치오 백작과 키티의 주종 자동차를 보았다. 프레드릭 백작은 과연 그 금화가 저들 누군가의 손에 있는지 알지 못하는 것임에 틀림없어서, 되찾아야지 그 자리에서 굳은 결심을 하고 추격을 시작했다. 그런데 마침 앞쪽에서 소대 기병 한 명이 있었다. 갑자기 기병의 말을 권세로 빼앗아서 한번 채찍을 가하여 달려 나갔다. 프레드릭 백작은 그 무렵 그레이트 호헨에서 유명한 승마의 달인으로 칭송받는 사람이었다. 아, 이 무슨 장관(壯觀)인 것일까? 자동차 두 대와 말 한 척이 계속 입을 맞춘 듯이 대 경쟁이 시작되었다. 사치오 백작의 자동차는 이윽고 수풀 속 구불구불 좁은 길을 약 10리 정도 달려 나가자, 이번에는 험준한 산 중턱에 다다랐다. 일본으로 말하자면, 하코네 너머일까 고보토케고시(小佛越)에 비견될 것이다. 한쪽은 천 길 낭떠러지의 계곡이었다. 프레드릭 백작은 이제 앞쪽 자동차가 깊은 계곡을 크게 돌고 있는 동안에, 큰 모험에도 천 길 길이의 계곡을 뛰어넘었다. 한편 사치오 백작은 잠시 뒤에 한 명의 부하에게 금화를 집어주었다. 자동차보다 다른 곳으로 도망치려고 하였다. 이렇게 알게 된 키티와 로로는 그 부하를 추격하자, 그 부하는 때마침 지나가는 기차에 올라탔기 때문에, 로로는 자동차를 끽 세우고, 금방 타이어를 빼서 궤도에 오르자 딱 딱 맞았다. 이것이 최신식 철도 자동차라고 로로는 득의양양하게 외쳤다. 과연 자동차는 열차를 추격할 수 있을 것인가?

(1916년 8월 29일)

39
〈드디어 선전포고〉

그저 괴력뿐만 아니라 기지에 능한 쾌걸 로로의 고안으로 최신식 철도 자동차가 만들어져서 급행열차의 뒤를 쫓았다.

1정(町), 반 정, 20간(間), 5간으로 거리는 점점 좁혀졌다. 드디어 가장 짧은 거리에 근접하자 우선 키티가 열차에 들어갔고, 이어서 로로가 무사히 뛰어 들어갔다. 키티와 로로는 열차를 타고 한 객차로 들어갔다. 금화를 빼앗아 질주한 사치오 백작의 부하 존 할베르가 창밖의 풍경을 모르는 얼굴로 바라보고 있었다. 이를 본 로로는

"네 녀석도 이제 끝났다. 금화를 내놔!"

있는 힘껏 목을 쥐어짜자, 갑자기 기절해 버렸다. 두 사람은 손쉽게 금화를 다시 빼앗아 열차의 뒷차량까지 돌아가서 뒤편을 보자 프레드릭 백작이 달리는 말에 채찍을 가하여 이 열차를 쫓고 있는데 이윽고 아슬아슬한 작업으로 이 열차에 끼어들었다. 그 목적은 두말 할 나위 없이 키티의 품속에 있던 금화를 되찾기 위해서였다. 지금은 좁은 오픈카 위에는 로로와 프레드릭 백작의 장렬한 전투가 일어났다. 이렇게 쾌협 호웅은 이곳을 앞장 선 길로 여기고 있자니, 열차는 거리낌 없이 산, 들, 강을 넘어서 지금은 그라호헨의 수도에 정거장 교내로 기차는 들어왔다. 키티는 문득 앞쪽으로 눈을 돌리자, 구내에는 이미 키티와 로로의 추격을 알게 된 사치오 백작의 전화로 다수의 군대가 출장해서

금방이라도 도착하면 두 사람 모두 붙잡혀서 다시 감옥의 고통을 맛보게 하겠다고 총을 겨누고 칼을 갈면서 기다리고 있었다. 재빨리 깨달은 키티는 둘 사이로 들어가 이렇게 저렇게 급한 용무를 알리고 서로 타협하여 기차에서 떨어졌다. 그러자 되도록 눈에 띄지 않게 풀이 무성한 자리나 나무숲을 임시방패로 전속력으로 달려나갔다.

열차가 정차하자 로로와 키티를 체포하기 위해 병사들이 차내로 들어가 보니, 있어야 할 두 사람의 모습은 간데없고, 오히려 기절해 있는 존 할베르를 찾았다.

"존 할베르 씨가 기절해 있습니다. 소대장 전하"

한 병사가 말했다. "뭐라고, 할베르 씨가? 그럼 그건 안 되지. 바로 처치를 하게."

바로 처치를 하자 소생한 할베르 씨는 경악하여 로로에게 금화를 빼앗겼다고 알리고, 곧 쫓아갈 것을 부탁했다. 소대장인 제마르 기병 소위는 바로 호령을 내려, 지금 달아나는 로로와 키티, 프레드릭 백작 세 사람을 곧 쫓아갔다. 달리는 세 명과 쫓는 승마 부대, 이천, 천, 오백 미터⋯⋯사람과 말의 달리는 힘의 차이는 시시각각 분명해져서, 빨리도 1정 정도로 쫓아왔다. 콩을 볶듯이 소총을 난사하는 위험이 점점 다가오는 세 명은, 승마 부대를 괴롭히기 위한 생각에서 되도록 샛길을 따라서 좁고 험한 길로 걸었다. 키티의 고통은 너무나 큰 것이었다. 잠시 걸어가자 세 명의 몸을 감추기에 젤 좋은 커다란 바위를 발견했다.

"키티 양, 백작님, 이 바위가 우리 세 명의 방어지점입니다."
라고 로로는 외치면서, 바위를 방패삼아 총알 한 방으로 쓰러뜨리려고 자세를 취하고, 다가오는 병사들을 사격하여 싸움을 벌이고 있었다. 이렇게 싸우는 동안에 탄환도 떨어져 가서 하는 수 없이 백작은

"키티 양, 어쨌든 당신은 금화를 갖고 도망치세요. 그리고 이제부터 10리 정도 가면 카메론 요새에 병사가 있으니 곧 구하러 오도록 그

이상은 미첼 국왕에게 직접 요청해주세요."

이렇게 부탁했기 때문에 키티는 백작의 소개장을 받아서 그 자리를 떠났다.

로로와 백작은 큰 싸움을 벌이고 있었는데, 적은 다시 두 소대의 응원부대를 얻어 점점 공격을 거세게 해왔다. 이 상황을 지켜본 두 사람은 일단 이곳을 벗어나기로 결심하였다. 적의 사격이 조금 드물어졌을 틈에 퇴각을 시작했다. 적이 추격하는 동안에 조금 토양이 높은 자연 흉상과 같은 언덕에 몸을 숨기고 방어에 나섰다.

몽트르의 산 중턱에 상황에 키티로부터 상황 보고를 받은 카메론 요새 병사들은 케랑 사령관의 지휘 하에 구원하러 향했다. 한편 키티는 수도를 향해 미첼 2세에게 보고하고, 드디어 임시 각료회의가 소집되어 선전 포고를 하게 되었다. 미첼 국왕은 총사령관으로서 출발하려는 찰나에 키티는 신경이 극도로 흥분되어 졸도하고 말았다.

(1916년 8월 30일)

40
〈키티라는 불가사의한 여자〉

미첼 2세의 출진에 임해 돌연 혼절한 키티는, 시녀들의 간병으로 별실 침대 위에 정중히 옮겨졌다. 극진한 간병 덕분에 새근새근 잠이 든 모습을 보고, 시녀는 그동안 휴식을 좀 취하기 위해 방을 나섰다. 그러자 지금까지 자고 있던 키티 양이 벌떡 일어나 침대에서 내려오려고 하였다. 이 소리를 듣고 한번 나서려던 시녀는 무슨 일이 있는지 되돌아가보았지만, 키티가 다시 침대로 올라가 쿨쿨 자고 있는 모습을 보더니 다시 방을 나섰다.

키티는 이런 행동을 일부러 하는 것은, 그녀가 일찍이 이 궁전 안에 그 금화 이상으로 무언가 로맨틱한 비밀이 숨어있기 때문인 듯하여, 그것을 충분히 찾아보고 싶다고 생각했다.

오늘이야말로 그레이트호헨의 비밀을 밑바닥부터 파헤치려고 몇 시간 기회를 엿보았지만, 아직 모험의 실마리를 찾지 못했다. 밤도 9시를 지나 "이제 걱정 없이 물러나 주세요."

시녀는 무리해서 물러나서 주위 상황을 살피면서, 넓은 궁전의 안쪽에 들어와 이런 좁은 방에 있어서 지하실과 같은 문이 있었다. 키티는 점점 지하로 통하는 돌계단을 내려서자, 하나 부서진 듯한 이렇게 만들어진 듯한 창문과 같은 구멍이 있었다. 곧 키티는 이 안을 한참 들여다보았다. 이상하게도 어둠 속에 하얀 뼈가 나타나서 움직이기 시작했기 때문에 키티는 놀라서 "아니……" 소리를 지르면서 이번에는 정말 기절하였다.

한편 몬토르 산속 어느 한 귀퉁이에서 많은 적군을 상대로 튼튼하게 싸우고 있던 로로와 프레드릭 백작은 적의 밀집 부대가 총검 돌격으로 바뀌어 점점 육박해오기 때문에, 이젠 위험에 노출되기 바로 직전에 카메론 원병에 의해 구원을 받았다. 또한 그레이트호헨 군은 국경 밖에 적의 첫 번째 방어 진지(陣地)까지도 돌파했지만, '궁지에 몰린 적을 쫓지 말라'라는 손자(孫子)의 병법이 여기에도 응용되어 철수하기로 하였다.

무선 통신에 의해 아군의 패전보가 이어지고 이웃 나라 선전포고를 알았던 프레드릭 왕은 크게 노여워하고, 놀라서 바로 각료를 소집하여 군회의를 의결하였다. 끝까지 싸워서 그레이트호헨 수도에 육박하고 성 밑의 맹세를 하도록 하는 것이었다.

필립 왕은 우익군, 사치오 백작은 좌익군의 총수로서 오늘밤 출발하게 되었고, 중앙군은 곧 카메론 요새를 향해 역습의 제1전을 시도하였다. 그레이트호헨 세력도 미리 대비해두어서, 호와 지리를 잘 이용하여 응전하였다.

쾌걸 로로도 보병대에 합류하여 전투를 벌이다가 유탄에 맞아 적의 포로가 되어, 로로는 곧 왕 앞에 끌려나왔다. 그러나 그는 전혀 놀란 기색도 없이

"이 로로도 이제 투구를 벗었는가?"라고 말하는 사치오 백작을 향해, 또한 왕에 대해서도 호기롭게 떠들었다. 이 대담함에는 필립 왕도 감탄을 하며, 즉각 돌 감옥에 쳐 넣으라고 명령하였다. 로로는 다시 추억이 서린 돌감옥으로 구금되는 신세가 되었다.

국경의 추격대에게 절대적인 전승을 거둔 미첼 2세는 수십 명의 포로를 수용하여 이개 연대정도의 수비대에게 영지의 경비를 서게 하고, 우선 왕궁으로 개선하였다.

"미첼 제2세 만세!!"

"그레이트호헨 국 만세!!"

환호성은 나라 안팎에서 울려 퍼졌다. 미첼 왕도 프레드릭 백작과 다른 이들과 축배를 들었지만, 프레드릭 백작은 로로가 갇힌 몸이 되었다고 말하고, 매우 유감스러워하였다. 미첼 국왕도 로로가 갇힌 것에 대해 매우 애통해하며 동시에 문득 키티 양을 떠올렸다.

"로로도 그렇지만 키티 양은 어떻게 되었나?" 묻는 왕의 말에 시녀가

"지금 편안하게 주무시고 계십니다."

라고 대답하였다. 이에 국왕도 안심하고 술잔을 기울였다.

프레드릭 백작은 키티를 만날 필요가 있다고 자리를 떠나 키티 양의 방으로 갔지만 모습을 볼 수 없었다. 한편 키티도 불가사의한 여자로 그 지하실로 가 보니 기절해 있었다. 키티는 백작에게 비밀 이야기를 듣고자 했지만 백작은 말하지 않았다.

(1916년 8월 31일)

(이후 결호로 인하여 내용 확인 불가능)

[이승신 역]

하숙집의 하룻밤(下宿屋の一夜)

1회 〈고작 오십 전을 받고 탐험을 생각하다니 오히려 대담하다〉

지사장(支社長)으로부터 '자네, 오늘밤 하숙집에서 하룻밤 자고 오게나. 그리고 재밌는 일이 있으면 글로 써주게'라고 그저 그렇게만 들었을 뿐, 전혀 상황도 모르는 대구에 잠시 머뭇했지만, '그래, 좋아요', '해 보게'라고 지사를 뛰쳐나온 것이 오후 9시…

대구란 곳에서 아직 온지 삼십일 남짓 되지만, 어디가 어딘지 무엇이 있는지조차 모르고 지금의 상황에 조금 기진맥진했지만, 나돌아 다니다 뜻하지 않은 행운을 만날지도 모르기에 아무튼 유미초(弓町)에서 도조마치(東城町)로 나섰다.

아침부터 비가 올 듯하더니 서서히 비가 내려서 드문드문 실같은 비가 떨어졌다. 미리 준비한 우비를 가져왔지만, 하숙집에 가는 정도여서 제대로 된 것은 아니었다. 하지만 이것은 예전에 내가 간다(神田)에서 통학하던 시절부터 기념품이었다. 어깨 앞쪽이 찢어져 5치 정도 비어 있기 때문에, 약간의 비도 그때그때 목덜미로 흘러 내렸다. 밀짚모자를 깊숙이 비딱하게 눌러썼다. 이것으로 비를 조금 피할 수 있었지만, 그래도 아까 비가 흘러 들어와서 기분이 매우 나빴다. 도조마치의 모퉁이에 서서 대체 어느 쪽으로 가면 하숙집이 있는 걸까 생각했다. 스스로도 불안한 기분이 들었다. 게다가 오늘밤엔 비용으로 놀라지 마시라, 단돈 오십 전을 지사장이 던져주듯이 받은 게 다여서 달리 가지고 있지 않았다. 그렇지만 부모님께 받은 두 냥의 돈만 늘 지니고 있었고, 애지중지하여 이것을 쓰면 마치 목숨이 끊어진다는 말도 안 되는 생각을 하고 있던 차에, 눈앞에 하숙집이 하늘에서 뚝 떨어지는 것은 아니니 도조마치 본통(本通) 거리로 가게 되었다. 겨우 한 정(丁) 정도 갔다고 생각했는데, 오른편에 군데군데 전등이 있었고, 가스등에는 석유 불이 켜져 있었다. 단단해 보이는 고등 하숙 지쿠시칸(筑紫館)…하숙에 '고등'이란 자를 붙이게 된 것은 내가 간다에 있던 시절 아직 고등학교에 들어가기 전의 일이다. 중학 시절 친구가 '너는 중학교니까 중학 하숙에 가라'라는 얘기를 들었던 것을 기억하고 있었다. 그렇지만 그 친구는 자기는 고등학교니까 고등 하숙에 있는 것이라는 이유를 대었던 적이 있었다. 뭐든 그렇게 나오게 된 것은 아닐까. 그래서 점점 전국 일대에 하숙이라고 하면 고등 하숙, 하숙의 하등(下等)은 소위 숙박료, 이런 도식이 된 것이다. 다만 그런 언질(言質)을 주는 법은 거의 없다. (신참)

(1915년 8월 21일)

2회 〈술이나 생선이나 고기 냄새는 위험하기 그지없도다〉

간판에 거짓 없이 겉으로 봐서는 완전히 고등이었다. 우리들이 갈 만한 곳이 아니라고 체념했지만, 품속에 금 두 냥과 은 오십 전이 있었다. 이래서 세상에 가난만큼 괴로운 것은 없다는 말을 자주 한다고 혼자 납득하였다. 비 내리는 도조마치에서 터덜터덜 모토마치(元町) 길로 나갔다. 빗줄기의 탓이기도 했지만 그때 느꼈던 외로움이란 이루 말할 수 없었다. 이것이 대구의 긴자(銀座) 거리인가 하고 의심하며 보았는데, 손님이 들어있는 가게는 거의 없었다. 그저 이시이(石井) 장신구 가게에 센요시(千芳)의 게이샤 같은 길쭉한 두 명이 물건을 사고 있었을 뿐이었다. 중요한 직무는 놔두고 나는 이런 곳에서 있어야하나 하고 비탄에 빠져 무의식적으로 걷고 있는데, 코끝을 강하게 찌르는 술 냄새가 나는 것이 느껴졌다. 그러고 보니 후쿠무스메(富久娘)[1] 다쿠

---

1) 효고 현(兵庫縣) 후쿠무스메(富久娘) 주조(酒造)가 제조, 판매하는 청주 상표.

마(田熊) 지점의 모퉁이까지 왔다.

새삼스럽게 정신을 차려보니 눈앞에 싸구려 여인숙이 있었다. 하숙집이라고 새로 칠한 듯 세로로 세 척 길이 정도로 흘려 쓴 간판이 걸려있었다. 그 나름대로 대개 금 두 냥과 은 오십 전으로 급제할 거라고 혼자서 정하였다. 먼저 간판의 마을이나 어딘지를 발돋움하여 바라보자, 다이△마치△○야(大△町△○屋)라는 마을의 이름은 어찌됐거나 읽히는 건 둘째 치고 어느 쪽을 향해 가면 좋을지 전혀 감을 못 잡았다. 잘 못 가면 어쩔 수 없겠지만, 옛날 전투에서는 기러기가 날아갔기 때문에, 복병이 있다는 걸 알았다는 이야기도 있다. 나는 먼저 그 간판을 물새에 비유하여 복병을 그 길에서 찾기로 했다. 새로운 시장 앞에 오자, 생선 냄새가 코를 찔렀다. 그 앞쪽의 센요시라는 곳에서도 다른 고기 냄새가 훅 들어왔다. 위험천만 이 일대의 술이나 생선이나 고기 냄새는 우리 같은 주당들에게는 더욱 위험하다. 도망치는 거 밖에 없는 병법으로 옆도 보지 않고 이곳을 빠져나오자, 조선 가옥뿐인 마을로 나왔다. 때가 때니 만큼 왼쪽 골목에서 오십 쯤 되는 일본인 남성이 내가 온 방면으로 지나가려고 하기에 우선 다이△마치 소재를 묻고 여기서 약 1정을 나아가 오른쪽으로 꺾으면 된다, 다이△마치의 뒷골목 그리고 똑바로 약 2정 정도 나가라, 박정하기 쉬운 식민지에 살고 있는 것치고는 매우 친절하게 가르쳐 주었다. (신참)

(1915년 8월 22일)

3회 〈나니와부시(浪花節) 대선생, 역술인 보쿠단(卜斷) 선생〉

내가 들어간 방은 다다미가 3개 정도의 온돌 한 칸. 토방 위의 얄팍한 돗자리 두 장만 깔려있을 뿐이었다. 이불은 나중에 가지고 오겠다더니 여주인은 그대로 자기 방으로 가버렸다. 나는 주룩주룩 비 내리

는 온돌방 창문에서 고개를 쑥 내밀어 중정을 둘러보았다. 맞은편 온
돌에서는 누군가 쉰 목소리로 소리를 지르며 나니와부시(浪花節)²⁾를
부르고 있었다. 이럭저럭 10시 반 쯤으로 여겨질 무렵이었다. 서른 대
여섯쯤의 남자가 바깥에서 온돌로 들어왔다. 지금까지 나니와부시를
부르고 있었던 녀석의 무리였으리라. 오늘은 정말 재미를 못 봤네, 마
쓰코(松公), 단돈 80전뿐이야, 하면서 접는 부채를 펼친 듯 찢어진 우
산을 오므리면서 올라갔다.

좀 전의 남자는 아무래도 잘못 온 것 같다는 얼굴이었다. '하는 수
없군, 형씨. 기운 차리게 한잔 사는 거 어때?'라고 말하자, '형씨'라고
불린 그 녀석은 '뭐야, 제대로 된 도도이쓰(都々逸)³⁾도 읊조리지 못하면
서' 하며 노려보았다. 싸움 거는 듯한 인사는 평소 그들이 하는 것으로,
결국에 서로 아하하, 같이 웃으며 만사 해결된다. 여기서 '형씨'라고
추켜 준 남자는 대체 어떤 인간인가, 비도 오는데 수고스럽지만 슬슬
정원으로 내려갔다. 형씨도 내가 창가에 의기소침해 있는 것을 보고,
"오늘은 신규 손님인가?"이라고 붙임성있는 말투로 마쓰코도 손에 들
고 있었다. 부서진 샤미센을 거기에 두고 '젊은이, 이 형씨는 '다쓰조
(辰藏)'라네. 나니와부시의 대선생이라네, 라고 말했다. 나는 웃음이 터
져나오는 걸 참으면서 황송해했다. 나는 "2, 3일 전 처음으로 여기에
물정을 살피러 나온 '보쿠단'이란 역술인 나부랭이입니다. 잘 부탁드
립니다."라고 저자세로 대하자, 대선생은 득의양양한 얼굴로 "그렇습
니까? 한 잔 사겠소. 한 그루의 나무그늘, 물줄기 하나도 작은 인연인
데. 이쪽으로 올라와 천천히 이야기 나눕시다."라며 나니와부시도 그
자리에서 불렀다. 나는 점점 웃겨서 창자가 꼬일듯한데, 그러자 대선

---

2) 샤미센 반주에 따라 서사적인 이야기를 노래와 말로 전달하는 일본의 전통 음악.
3) 속요(俗謠)의 하나로 주로 남녀간의 애정에 관한 노래.

생은 '이보게, 평소 쓰던 걸 좀 사오게'라며 약간의 돈을 건네고, 눈짓을 하자 마쓰코는 어련히 잘 알아서 4홉들이 술병을 한손에 들고 찢어진 우산을 또 다른 한손에 든 채 밖으로 뛰어나갔다. 나중에 대선생이 점점 술기운에 기분이 좋아져서 "세상 살면서 서로 돕고 사는 게 제일이지. 젊은이도 보아하니 경제적 여유는 없어 보이는데, 만약 그날의 식비가 모자라는 일이 있거든 걱정 말고 얘기하게. 하루 이틀 정도의 숙박료라면 언제든 보태주겠다고 성심성의껏 말했다. 나도 이번 탐방으로 비로소 그들 일부 하급 사회의 의협심과 친절함의 미덕을 발견했다."

(1915년 8월 25일)

4회 〈제정신에 한 짓이라고는 생각지 않는다. 새까맣게 더러워진 전병(煎餅) 이불〉

두 사람이 이유 없이 기염을 토하고 있어서, 옆에서 듣고 있는 것만으로도 바보 같아졌기 때문에, 나는 내일 아침에 보자고 그 자리를 뜨려고 하였다. 하지만, 나니와부시 대선생이 "모처럼이니 한 잔 더 드시게"라며 다섯 잔은 족히 들어갈 것같은 술잔을 내밀었다. 그리고 옆에 있던 마른 오징어 한 조각을 손으로 찢어 주었기 때문에, 거절할 수 없어 이럭저럭 그것을 받기에 이르렀다. 그러자 대선생 점점 기분이 좋아서 "젊은이, 이 내가 더 아름다운 걸 읊어줄까?"라고 구석에 있던 감귤 상자를 꺼내어 말하기 시작했다. '아카가키 겐조(赤垣源藏) 도쿠리의 이별'[4] 마쓰코는 고장난 샤미센을 그저 딩딩 울리게 할 뿐이었다. 아무것도 아닌, 이십년도 더 지난 가도히키(門引き)를 하는 것과

---

4) 아카사카 겐조(赤垣源藏)는 가부키 주신구라(忠臣藏)나 고단 등 연극에 자주 등장하는 이름으로, 도쿠리의 이별(德利の別れ)은 고단의 유명한 장면이다.

조금도 다를 바가 없었다. 이것이 나니와부시의 대선생이라서 더 참을 수 없었다. 내가 얼마나…라고 말하는 듯이, 신묘하게 듣는 척을 하자 대선생은 더 득의양양하여 좁은 3조 정도의 삼면이 막힌 찌는 듯이 더운 이 온돌에서 땀을 뻘뻘 흘리고 있었다. 거의 참을 수 없을 정도로 웃겼다. 세상에는 바보 같은 놈이 있구나 신묘하게 듣고 있었더니 약 15분 만에 그만두었다. 그리고 나서 계속해서 자기가 원래 나니와부시의 연습을 시작한 것은 6세 경으로 13세 무렵에는 지금의 나라마루(奈良丸)[5]에 입문했다고 말도 안 되는 것을 지껄이기 시작했다. 내가 지금 2년이나 지나 거의 기억이 안 나지만, 내가 하나하나 감탄하여 대선성의 선생 나라마루의 나이는……라고 묻자 대선생은 시치미를 떼고 올해 확실히 72세로 생각한다며 얼토당토않은 말을 하였다. 하도 바보 같아서 오늘밤은 이제 깊었으니 다음날 밤에 천천히 듣겠다고 웃으며 입으로 칭찬해가며 자신의 방으로 갔다. 하지만 아무리 생각해도 제정신의 인간이라고는 생각되지 않았다. 광기가 아니면 바보가 틀림없다고 생각하면서, 어쨌든 자기로 하여 겨우 자려고 하자 잠이 깨었다. 요도 없고 방석도 없이 새까맣게 더럽혀지고 무늬도 잘 보이지 않는 전병 이불이 달랑 하나. 시골뜨기로 영락한 내가 새삼 배부른 소리를 할 처지는 아니어서 가만히 입을 다물었지만, 아무리 변장하고 사회의 이면을 파헤치는 임무를 띤 탐방자라도 이 정도까지는 예상치 못했다.

(1915년 8월 26일)

[이승신 역]

---

5) 요시다 나라마루(吉田奈良丸)는 메이지부터 다이쇼에 이르는 로쿄쿠(浪曲)의 황금 시대를 구축한 로쿄쿠 장인.

수련과 시가(睡蓮と詩歌)

고게쓰세이(湖月生)

(1)

옛날 천지창조의 신이 지상에 나무와 풀을 번성하게 하여 여러 용무를 보시는 가운데, 일곱 빛깔 색소가 우주의 영묘한 기능에 의해 무더기로 자라는 나무와 풀의 개성을 통해 각자에게 다른 특장(特長)을 찬연히 피우게 하였다. 하지만 그것이 사계절 때마다 적절히 사람의 눈을 즐겁게 하도록 배합되었다. 춘삼월에 요염한 장미나 목단이 흐드러지게 피고, 인체에 강렬한 광선이나 무더운 공기에 쌓이게 되자, 청량미를 띤 담백한 꽃이 자연히 여기저기 수놓게 된다. 6월에서 7월에 걸쳐 클로버나 디기탈리스, 블루 푸코시아, 나팔꽃이나 메꽃과 여러 가지가 경쟁하듯 피어나지만 어느 것도 우란절 즈음엔 먼지도 흔들지 못한다. 요즈음의 더위에 금방 청량미를 느끼게 하는 것은, 물에 뜨는 백련이 온 동네에 향기를 전하는 담홍색 수련밖에 없다. 청초한 자태에 고결한 향기, 그것이 자연과 속세를 이탈하여 알 수 없는 청량미와 숭고한 기분을 일으킨다. 인도의 성자(聖者)가 불화(佛華)로서 애호하였고, 중국의 고사(高士)는 인덕이 지극한 분으로 비유하여 연화대에 오르는 것을 인간 가장 최상의 귀결로 쳤다. 그곳에 법화(法華)도 피었을 것이고, 성자의 길도 열렸을 것이다. 뜨거운 태양이 타오를 무렵, 홍백색 물에 떠다니는 우아한 자태, 그것을 읊어 시가(詩歌)에 이르는 것도 소하(銷夏)의 한 흥일 것이다. 백련, 홍련, 어느 것도 여름 식물의 정수(精髓)이지만, 너무 색조가 강렬하여 정의(情意)가 너무도 처절하다. 또한 이 무렵 꽃으로서 즐겨 보고 싶은 것은 여린 나풀거리는 참한 수련이 제일이다. 듣기에도 친절하고 귀엽고 청초하고 맑은 꽃이 여름의 아침에 잔물결조차 일지 않는 조용함을 깨고, 꽃봉오리를 가르고 피어나서 늪에 속 머물러 사방을 둘러보는, 하얀 앵무새와 같은 정취로 물에 동경하는 자태 떨면서 떨어지는 녹색 이파리를 수면에 띄우고 꽃이 조금 수평으로 뻗어 나와 아침 해를 맞이하니 어찌 시인의 정조(情操)를 일으키지 않을 수 없을 것인가. 그러나 토지 관계상 이 꽃은 일본, 조선, 중국에는 적고, 이집트, 아라비아, 페르시아 등에 많다. 일본, 중국에서는 오히려 연꽃에 압도당하여 그 시녀와 같은 압박을 받고 있지만, 뭐니 뭐니 해도 시가의 정취는 역시 꿈같은 수련이어야 한다. 그 꽃의 색채조차 담백하고 담홍에 연보라까지 한시 시제(詩題)의 하나이다. 이하 조금 예전부터 연꽃 및 수련에 관한 전설과 시가를 기록해보자. (계속)

(1916년 8월 15일)

(2)

우선 수련을 시화(詩化)하기 전에 어째서 고대 동양의 문명과 밀접한 관계가 있는지 조사해보면, 삼천 년 전에 이미 동양 문명의 중심이었던 인도, 이집트 등은 구미에서 제비꽃이나 장미 같은 지위를 점하고 있었다. 그렇지만 그것은 수련뿐만이 아니라, 모든 연근 속(屬)에 있어서 그러했지만, 불교 및 바라문교에서 성불 후의 반려로서 연화가 유일한 것이었다. 그리운 시의 제재 혹은 사랑 노래의 제재로서 좀 더 고상한 깊은 의미에서 의존의 상징이었던 석존의 일체경(一切經)[1] 중에서도 백련존자에게 비유한 일도 기록되어 있고, 또한 인도에서 삼위일체의 두 신으로서 옛날 베다[2] 태양신 나라야나[3] 또한 창조신인

---

1) 불교경전의 총서. 일체경(一切經) ·삼장경(三藏經) 또는 장경(藏經) 등으로 약칭한다.
2) 인도 바라문교 사상의 근본 성전이며 가장 오래된 경전. 기원전 2000년부터 기원전

범천(梵天)[4] 제석(帝釋)[5]의 옥좌가 되어 수단(須段)의 연화가 되었고, 이집트에서는 눗토(天神)을 어머니로 두고 셋푸(龜神)를 아버지로 둔 태양신의 머리와 목을 장식하고, 신의 아들 하르포크라테스[6]를 연꽃잎 위에 태우고, 혹은 슬프고 기쁜 의식에는 꽃다발로 만들거나 혹은 상징문자가 되어 미술화하여 여러 가지 모형이 되거나 하여 사원 조각이나 불구(佛具)에 드러나거나 하였다. 티벳(西藏), 중국을 거쳐 일본에 들어와 나라(奈良), 헤이안(平安) 왕조에 이르러 그 형식이 일반적인 미술품까지 가공되게 되었다. 서양에도 유사한 영향과 여파가 있었던 것은 잘츠부르크 장식 의장이 백련, 수련에서 진화한 것이라고 인정받고 있는 것을 보아도 알 수 있다. 불서 중의 마누 법전[7]에 천지창조설이 씌어 있다. 시초에 이 우주는 암흑이었던 것을 영험 자유자재의 신이 자신의 몸을 나누어 사물을 만들고, 처음에 물을 만들고 그 안에 하나의 씨를 뿌렸다. 그런데 갑자기 광채가 찬연한 때에 동시에 신 자신도 범천(梵天)이 되어 이 안에서 태어나고, 또한 이를 이분하여 하늘과 땅으로 하였다. 이 두 가지 사이에 창궁(蒼穹)을 만들었다고 한다. 게다가 이 같은 신화가 있는 세계가 물에서 생겨났다고 하는 창조설이 고대 신화의 골자이다. 그렇지만 수중의 대표적인 꽃인 연꽃이 신의 꽃으로 사용된 것은 오히려 당연한 것으로 창조력을 내포하고 있다고 말해진

1100년에 이루어졌으며, 인도의 종교·철학·문학의 근원을 이루는 것으로 리그베다, 야주르베다, 사마베다, 아타르바베다의 네 가지가 있다

3) 인도 힌두교 비슈뉴 신의 다른 이름으로, 불교에 수용되면서 천상이 역사(力士)이자, 불법의 수호신이 됨.

4) 인도 고대 신화에 나오는 브라마를 신격화한 우주의 창조신.

5) 불교에서 도리천의 왕을 의미하는 수호신. 범어로는 샤크로데반드라.

6) 이집트 호루스의 화신인 하르-파-케레드의 그리스식 이름.

7) 고대 인도의 힌두 법전. 기원전 2세기 무렵 마누에 의해서 성립. 12장 2685조로 이루어졌으며, 각 계급의 권리·의무·생활 조건을 시가체(詩歌體)로 규정하고 있음. 마누는 인도 신화 '베다'에서 최초의 인간으로 되어 있음.

것을 표현한 것이다. 끝없는 창조력이 태양의 광명이라고 하는 것에서 태양과 함께 물에서 태어나 또한 함께 물에 침잠하는 수련 꽃은 태양의 상징이 아닐는지.

(1916년 8월 16일)

(3)

힘 있고 광명 있는 것에 오독(汚瀆) 없이 죄장(罪障)[8]없이 영롱한 달에 사는 옥토(玉兎)가 깃들어 물에서 태어나 물을 떠나 진흙에 물들지 않고, 더러움에 길들지 않고 깔끔하게 진흙토를 초월한다는 점에서, 연꽃과 수련은 성자의 모습을 하고 그 순결을 표현하는데 적절하지 아니한가.

연화수생수장출수상(蓮花水生水長出水上)라고 했듯이 범속을 초탈하는 것이 연꽃의 본질인 듯하다. 남자색(藍紫色)의 연꽃은 이집트에 많고, 홍련은 인도에 많고, 삼위일체의 제3신인 시바[9]의 피에 물들어 나왔다고 전해지고 있다. 고래(古來)의 신화는 하나같이 숭고한 것이었으며, 모두 천편일률적이었다. 이것을 다음 생에 천명에 따라 마음을 편안하게 하고, 인생관으로 가지고 간 것은 인도가 근원이다. 그렇지만 이 경향이 일본에도 들어와서 자연 속에서 정상(情相), 세상(世相)과 합치되어 일대 시관(詩觀)을 형성하고 있다. 또는 해탈 득도의 초속(超俗)이 되고, 멋스럽고 우아하고 순결하게 된다. 또한 잡다한 일상의 생활 모습을 시로 승화하고 우아하고 정취 있는 말하고 또한 빼어난 풍모의

---

8) 불교 용어로, 왕생이나 성불의 방해가 되는 나쁜 행위.
9) 힌두교의 세 주신(主神) 가운데 하나. 파괴와 생식의 신으로, 네 개의 팔, 네 개의 얼굴, 그리고 과거, 현재, 미래를 투시하는 세 개의 눈이 있으며, 이마에 반달을 붙이고 목에 뱀과 송장의 뼈를 감은 모습을 하고 있다.

천사와 같이 늠름하게 인간계의 속된 것 같지 아니하다. 자태가 우아하고 향기로우며 속세의 때를 넘어 거둬들이면 과감히 인생의 시화(詩化)가 된다. "한번 나무아미타불이라는 인간의 연꽃 위에 오르지 않을 없다."

　극락의 연꽃 위에 놓여진 이슬 내 몸의 구슬이라 생각하지 않을
수 있을까
　요염하면서 사라질 몸이라 생각되리니 연꽃 위의 이슬인 우리
몸이여

라고 하듯이 적멸위락(寂滅爲樂)[10]의 사생관에 일련탁생(一蓮托生)의 덧없음을 설파하고 또한 안조파탈해철학(眼照破脫解哲學)을 설파하면서

　마음 여전히 닦으려네 연꽃 잎 위의 이슬 어쩌다 도리를 만날지니
　맑은 마음의 물 맑게 하지 않으면 어찌하여 깨달음의 연꽃을 만
날 것인가

라고 속계를 초월한 요체를 비유하고 있다.

(1916년 8월 17일)

[이승신 역]

---

10) 생과 멸이 모두 없어져야 곧 생명의 모든 형상을 초월하여야 비로소 佛果(불과)를
　얻을 수 있다는 말. 사람은 죽은 뒤에 진실한 나을 얻는다는 뜻.

【다화(茶話)[1]】

죽어도 어쩔 수 없음(仕方ない死に居れ)

나이는 스물여덟, 교외에서 유명한 난봉꾼인 도메(留) 씨는 노는 무리의 특성상 익살스런 기질이 심하다. 꼭 삼년 전 과거에 그가 스물다섯 봄이었다. 때는 좋은 시절, 혈기 왕성하여 계속 놀러 다니던 그는 그 무렵 미도리마치(綠町)의 모 유곽에서 유흥에 빠진지 어언 여러 달 이어서 세상이 노랗게 보일 정도로 다니고 있었다. 아내가 거의 혈안이 되어서 집으로 오게 하고 싶다고 여기 저기 돌아다니며 수색한 결과 드디어 찾아낸 곳은 그곳. 그렇지만 보통 수단으로는 가지 않아 지혜를 짜낸 끝에

"아버지 위독하심. 얼른 돌아오라."

라고 전보를 쳤지만 도메 씨는 그 정도 수단은 너무도 잘 아는 나머지, 바로 전보를 다시 쳐서 말하기를

"죽어도 어쩔 수 없음. 이제 갈 테니."

대체 집사람은 이를 보고 어떤 감상에 빠질는지…

(1917년 10월 25일)

늙은 너구리의 실패(古狸の失敗)

때는 지금으로부터 40년 정도 옛날, 어느 마을의 큰 소나무에 매일 밤 오뉴도(大入道)[2]가 내려온다는 소문이 있었기 때문에, 밤이 되면 어

---

1) 차를 마시면서 가볍게 나누는 이야기라는 뜻.

느 누구 하나 그 소나무 밑을 지나가지 않을 정도였다. 그런데 그 오뉴
도의 본체는 아주 예전부터 산 위에 살던 못된 짓을 잘 하는 늙은 너구
리였다. 어느 날 밤에 평소처럼 그 소나무에 나가 보았다. 그러자 건너
편에서 사람이 왔다. 너구리는 갑자기 오뉴도로 둔갑하여 슥 내려가서
눈을 번뜩였다. 지나던 사람은 아무렇지도 않게 다가왔다. 너구리는
마음이 성급해져서 일갈했다. 그래도 이 사람은 아무렇지 않아 해서
너구리는 더욱 거슬려서 "나는 일번지에 사는 오뉴도다"라고 소리쳤
지만, 상대 사람은 쓴웃음을 지으며, "장난치지 마"라고 대답하며 지
나쳤다. 하지만, 그 사람이 멀리서 온 비구니라고 알고는 너구리도 입
을 다물었다.

(1917년 10월 26일)

재치 넘치는 웃긴 할아버지(頓智の好い諧謔爺さん)

젊어서부터 해학 하나로 버텨온 한 할아버지가 있었다. 이 할아버지
는 매우 웃긴 이야기를 잘 하지만, 한마디도 남의 험담을 섞지 않는
점에 이 할아버지의 장점이었다. 때는 오뉴월 모내기 시절이었지만,
마치 젊은이 두세 명이 논을 갈고 있던 참에 이 할아버지가 지나게
되었다. 보고 있자니 갑자가 논을 갈고 있던 말이 날뛰기 시작했기
때문에, 할아버지의 일류의 해학이 갑자기 튀어나와 말하기를
"그건 자네들이 아직 말 쓰는 법을 모르는군. 내게 빌려주지 않겠

---

2) 일본 각지에 나타나는, 크기 변신이 자유로운 요괴의 총칭. 일반적으로 스님의 모습
을 하고 있는데, 눈과 다리가 하나씩인 요괴가 많다. 밤중에 혼자 걷고 있는 사람을
발견하면 나타난다.

나?"하고 말하기에, 젊은이들은 노인이라면 위험하다고 생각하여

　"이 말은 혈기 왕성해서 위험한데요."

라고 말했지만, 완고한? 할아버지는 듣지 않고 알았다는 얼굴로,

　"아무리 혈기 왕성해도 집은 뛰지 않고, 땅은 빠져나가지 않는다. 내게 빌려 줘 보렴."

하고 스스로 말을 부려,

　"말이란 것은 쓰기 나름, 이렇게 써보게."

라고 말하고는 의기양양하던 차에, 말은 놀랐는지 한마디 높게 소리지르고는 쏜살같이 달려 나갔기 때문에, 할아버지 너무 쉽게 말을 잃어버리고 말았다. 하지만 기지 넘치는 할아버지는 달려 나가는 말은 쳐다보지도 않고, "저런 벌이라도 쏘였나보지"라고 말하며 밭에 있는 개구리를 찾아 나섰다든가. 완고함을 가미한 해학담으로 한때 젊은이들의 입에 오르내리며 스무 편정도 만들어졌다고 한다.

(1917년 10월 27일)

[이승신 역]

【독자 문예】

도선 후 1년이 되는 날에(渡鮮後滿一ケ年の其の日に)

부산 시즈코(靜子)

아침 7시 기상. 하늘은 뿌옇고 적막한 하루였다. 환자도 적고, 오늘
은 조선에 건너온 지 만 일 년이 되는 날이다! 그리운 날이여! 추억
많은 날이여! 용두산(龍頭山)에 참배하려고 생각했지만, 몸이 이상이
있어 이루지 못했다. 12시경 하녀가 점심시간이라고 알려줘서 부엌으
로 갔다. 여느 때와 달리 오늘은 보타모치[1]같은 맛난 음식이 있었다.
내가 이날을 기리는 마음으로 기뻤다. 안쪽 방에는 자신의 지인에 대
한 문안이라고 직접 건넨 물건이 있어 나까지 기쁜 마음이 들었다.

밤이 되어 입원환자 ○○ 씨가 퇴원하게 되어 나는 도쿠코(德子), 시
즈코(靜子)와 활동을 함께 하여 상생관(相生館)[2]에 들어갔다. 시국(時局)
대전극(大戰劇) 국난(國難)[3], 구극(旧劇), 다이코 에이가 모노가타리(太閤
榮華物語)를 보았다. 처음 '국난'은 재미있어서 몰입해서 보았지만, 구
극은 내게는 너무 재미없어서 도중에 나 혼자 먼저 돌아왔다.

돌아오는 길에 같은 건물 앞에 귀여운 강아지가 나를 아는 사람처럼
품에 안겼다. 귀여운 강아지여, 이름은 모르지만 피에스라고 불렀다.
에스라고 부르지 않아도 에스나 포치로 알지 못하고 꼬리를 흔들며

---

1) 찹쌀과 멥쌀을 섞은 것을 찌고 밥알이 남을 정도로 가볍게 으깨서 뭉친 것에 팥소를
묻힌 음식.

2) 1916년 부산광역시 중구 동광동에서 개관한 극장. 부산 남포동 일대는 일본의 전관
거류지였다. 일본인들의 거주가 급증하고, 영화 상영관 신설이 법령으로 공포되자 본
격적으로 많은 영화관이 이 일대에 들어서게 되었다. 이러한 과정에서 상생관(相生館)
은 기존의 극장인 변천좌를 인수하여 이를 개축하여 개관하였다.

3) 현재 확인되는 것으로는 1920년에 제작된 동명의 닛카쓰(日活) 영화만 확인되지만,
1920년 이전에도 영화관에서 상영된 영화가 존재했음을 이 기사를 통해 알 수 있다.

좋아한다.

이 강아지가 북쪽 새의 소식이 된다면 얼마나 좋을까…

에스라고 부르나 하고 머리를 쓰다듬으면 달려들어 내 얼굴을 핥는다. 아, 귀여운 강아지지만 얼굴을 핥으면 모처럼 한 화장이 벗겨질지도 모르는 일이다. 강아지는 우리 집 문 앞까지 따라왔다. 돌아가라고 해도 돌아가지 않고, 미안하다고 생각했지만 문을 닫고 모습을 지켜보았다. 5분 정도 서 있다가 돌아갔다. 귀여운 강아지여, 시간을 보니 벌써 12시 10분이었다. 내 연인의 모습은 이제 보이지 않는군 슬퍼하고, 보이지 않는다고 생각하는 어리석음이여. 내 연인은 수백 리 떨어진 나가사키(長崎) 땅에 있나니.

(1918년 8월 9일)

[이승신 역]

골계 토끼의 복수(滑稽 兎の仇討)

바이린샤 난오(梅林舍南鶯) 강연

가토 요시타로(加藤由太郞) 속기

에에, 토끼해가 밝았으니 이에 관련지어 「골계 토끼의 복수」라는 이
야기를 한 자리 펼치고자 합니다. 이렇게 말씀드리면 뭔가 저 전래동화
딱딱산[1] 이야기인가 싶겠지만 결코 그런 내용이 아닙니다.

이전에 토끼를 기르는 것이 널리 유행하여 덕분에 상당한 이득을
얻은 사람도 있었으나 역으로 크게 손해를 본 분도 계십니다. '처음에
는 처녀처럼, 마무리는 달아나는 토끼처럼'[2]이라는 말도 있고, 털빛도
가지각색이지만 전신이 흰 털로 덮인 녀석이 가장 많으며 포근포근하
고 정말이지 앙증맞은 동물입니다.

토끼에 관하여 잠시 말씀드리고 싶은데, 시타야(下谷)의 사카모토(阪
本)에 우사기테이(兎亭)[3]라는 요세(寄席)[4]가 있습니다. 이곳은 제가 아
직 풋풋하던 시절 처음 신우치(眞打)[5]로 공연했던 참으로 기념할 만한

---

1) 일본의 전래동화로 원제는 「かちかち山」. 노인이 토끼의 지혜를 빌려 너구리에게
   잔혹하게 살해된 노파의 원수를 갚는 이야기. 너구리가 짊어진 장작에 토끼가 부싯돌
   을 부딪쳐 불을 붙이려 할 때, 그 소리를 수상하게 여긴 너구리에게 토끼가 '이곳은
   딱딱산(かちかち山)이라 딱딱새(かちかち鳥)가 울고 있다'고 대답한 것에 유래한다.
2) '시작은 처녀와 같고, 마무리는 달아나는 토끼와 같다(始めは處女の如く 後は脱兎の
   如し)'. 『손자병법』〈구지(九地)〉편의 '始如處女 敵人開戶 後如脱兎 敵不及拒'에 유래
   한 말. '처음에는 처녀와 같이 움직이다가 적이 빈틈을 보이면 달아나는 토끼처럼 민첩
   하게 대처하여 적이 미처 대항하지 않도록 하라'는 의미이다.
3) '우사기(兎)'는 토끼를 뜻하는 일본어.
4) 라쿠고(落語), 고단(講談), 만자이(漫才) 등의 대중 예능을 흥행하는 연예장(演芸場).
5) 라쿠고나 고단을 전문으로 하는 라쿠고카(落語家)나 고샤쿠시(講釋師)의 신분 중
   하나로 최고의 기량을 지녔음이 인정되는 계급이다. 마지막에 출연하여 흥행을 마무

장소인데, 이 우사기테이의 주인은 약자를 도와 강자를 물리친다[6]는 지극히 협객 기질이 넘치는 사람으로 어찌 된 사정인지 지금은 나니와부시(浪花節)를 흥행하고 있습니다만 예전에는 고샤쿠(講釋)[7]를 제외한 기타 예능은 공연하지 않았습니다. 하여간(兎も角)[8] 토끼(兎)에게 뿔(角)이 돋아날 때까지, 라는 말이 있고, 어찌 되었건 토끼에게 뿔이 돋아나기까지 행복이 계속되기를 바란다는 말씀입니다.

그 토끼 모녀가 적을 물리치는 익살스런 이야기입니다. 어미 토끼는 때마침 밝은 달 아래 열심히 떡을 찧고 있었는데,

어미 "이것도 보름날 달님께 바치는 공물, 어라 어라 벌써 날이 밝기까지 시간이 없구나. 그건 그렇고 우리 딸 오우사(おうさ)[9]는 오늘 아침 비지를 사러 가서 아직 돌아오지 않는데 무슨 일일까. 걱정이야."

비지(雪花)란 눈(雪)에 꽃(花)이라 쓰며 두부 찌꺼기를 말하는데, 눈은 여러 가지 꽃과 비슷하게 보이므로 '雪花'라 쓰고, 색이 흰 비지를 가리키게 된 것이라 합니다.

어미 "지금 눈이 내려 달님이 가린 사이에 차 찌꺼기에라도 불을 지피고……"

라고, 인간이라면 찻물을 끓이겠다고 말하겠지만 토끼라서 차 찌꺼

리할 수 있는 자격이 부여된다.

6) '약자를 도와 강자를 물리친다(弱きを助け強きを挫く)'. 임협(任俠)의 기풍을 나타내는 상투적 표현.

7) 에도 시대(江戸時代) 관객을 모아 군담(軍談)을 들려주던 예능으로 메이지(明治) 이후 고단의 전신.

8) '하여간', '어쨌든', '여하튼'을 의미하는 'とにかく', 'ともかく'는 그 의미와 무관하게 한자로 '兎に角', '兎も角'라 표기한다. 일설에는 토끼에 뿔이 돋고 거북에 털이 돋을 리 없듯이 실재할 리 없는 일을 비유하는 불교어 '兎角亀毛'에서 유래했다고 한다.

9) 주로 여성의 이름에 붙여 친근감, 존경의 의미를 표현하는 'お'를 '우사기'의 '우사'에 덧붙여 인명처럼 나타낸 것.

기[10]입니다. 이러는 사이에 딸인 오우사가 시골 처녀의 모습으로 비지가 들어 있는 그릇을 들고 돌아왔습니다.

우사 "어머니, 지금 돌아왔습니다."

어미 "아이고 딸내미 수고했구나. 네가 잠시라도 마을에 심부름을 가면 혹시 마을 사냥꾼에게 잡히지나 않을까 해서 그것만 생각하고 있었단다."

우사 "어머니, 마을 아이들의 눈에 띄었지만 다행히 오르막길이라 뛰고 뛰고 뛰어 돌아왔어요."

어미 "그거 참 무엇보다 안심이야………자, 차 찌꺼기에 불을 지펴 두었으니 이 비지를 섞어 먹자. 팔불출인지도 모르겠지만 십이지 중에서 네가 가장 곱구나. 쥐라는 녀석도 있지만 보다시피 장난이 심하고 개중에는 시궁쥐라는 불쾌한 놈도 있지. 소는 침이나 질질 흘리고 호랑이는 천 리의 덤불도 뛰어넘는다[11]는 난폭한 녀석이야. 십이지 중에서 네가 가장 얼굴도 희고 예쁘구나. 그것도 이 세상을 떠난 아버지랑 하얀 눈처럼 꼭 닮았어."

인간이라면 붕어빵처럼 닮았다고 하겠지만 토끼들 사이에서는 눈처럼 닮았다고 합니다.

어미 "생각만 해도 눈물이 흐르는구나. 네 아버지는 모치즈키(望月)님[12]의 가로(家老)[13]인 우사기노 쇼지 나가미미(兎の庄司長耳)[14]라는 분

---

10) 차를 우리고 난 찻잎을 토끼의 먹이로 주기도 한다.
11) '호랑이는 천 리의 덤불에 산다(虎は千里の藪に栖む)'. 탁월한 기량을 지닌 자는 광활한 세계를 행동 범위로 삼는다는 의미의 속담.
12) '모치즈키(望月)'는 만월. 보름달을 의미하나 본문에서는 마치 인간의 성씨인 양 사용하고 있다.

으로 월궁(月宮)의 무사였지만, 딱딱산 일로 원한을 품은 다누키노 지로(狸の次郎)[15]의 흉계로 쓰치□□(土□)에서 덧없이 최후를 맞이하셨지. 내 눈이 붉은 동안은(인간이라면 눈이 검은 동안은)[16] 너희들에게 고생을 시키지 않으리라 맹세한 것도 전부 수포로 돌아가서 이런 간난신고를 겪게 되었으니 필시 속새 그늘에서 원통하게 생각하고 계시겠지. 자, 자, 딸아 울지 말고 어서 비지를 먹자. 적어도 □□의 원통함을 풀고 싶구나. 이 귀를 쫑긋 세워 들으려 해도 알 수 없는 적의 행방을 달님은 고사하고 해님도 모르시려나. 아아, 뜻대로 되지 않는 쥐, 소, 호랑이해도 지나니 근심스런 토끼해[17]로다."

하고 모녀가 엎드려 훌쩍훌쩍 울며 슬퍼하고 있는데, 짐작컨대 히캬쿠(飛脚)[18]로 보이는 사람 하나가 엿차 엿차 하고 급히 달려와

　　히캬쿠 "저기, 잠시 말씀 좀 묻겠습니다."

　　딸 "예, 무슨 일이신지요."

　　히캬쿠 "이 부근에 귀가 긴 아가씨가 사는 곳은 없는지요."

---

13) 에도 시대 번주(藩主)를 보조하여 가문의 무사를 통솔하며 번정(藩政)을 행하는 중신.

14) 쇼지(庄司)란 장원(莊園) 영주를 대신하여 연공을 징수하고 치안 유지를 담당하던 직분이다. 과거 귀족이나 무사를 '미나모토노 호간 요시쓰네(源判官義経)'와 같이 성(源)＋관직(判官)＋이름(義経)으로 칭하던 것에 유래하여 '토끼'를 뜻하는 '우사기'를 인간의 성씨처럼, '긴 귀'를 의미하는 '나가미미(長耳)'를 이름처럼 붙여 마치 인명인 듯 사용하고 있다.

15) '다누키(狸)'는 너구리를 뜻하는 일본어. 역시 통칭인 '지로(次郎)'를 붙여 인명처럼 사용하고 있다.

16) '눈이 검은 동안(眼の黒いうち)'은 '살아 있는 동안'을 나타내는 일본어 관용구로 우리말의 '눈에 흙이 들어가기 전에는' 정도의 표현에 해당한다. 본문은 토끼의 눈이 붉은 것에 착안한 해학적 표현.

17) '근심스런 세상'을 의미하는 '憂き世'나 '뜬세상'을 의미하는 '浮き世'의 한자 '憂' 혹은 '浮'를 일본어 발음이 동일하고 토끼를 의미하는 '卯'로 바꾸어 표현한 것.

18) 편지, 금전, 물품 등의 송달을 업으로 하던 사람. 근대 우편 제도의 성립 이후 폐지되었다.

딸 "그렇다면 저희 집이 아닐는지요."

히카쿠 "아아, 이 댁이었군요. 그거 참 다행이다. 이쪽에 드리는 서신이 있습니다. 답신은 따로 필요 없다고 하니 그럼 이만………"

히카쿠는 서신이 들어 있는 상자를 전달하고 돌아갔습니다.

우사 "어머니, 무슨 일일까요."

어미 "글쎄, 내용만 씌어 있으니 잘 모르겠구나. 보낸 사람의 이름도 없는 듯하고, 어쩐지 마음이 놓이지 않으니 어서 꺼내어 읽어 보려무나."

우사 "예."

하고 딸 오우사는 봉투를 뜯는 시간도 아까울 만큼 서둘러 서신을 펼쳐 들더니,

우사 "어디 보자………

　한 말씀 올리나이다. 실은 이전부터 그 소식을 알고자 하셨던 다누키노 지로가 최근 모린지(茂林寺)[19]에 몸을 숨기고 있습니다. 요사이 산문 앞에 다타미(疊) 8장 넓이의 널따란 거처를 마련하고 북[20]을 가르치고 있는 바, 하루라도 시급히 숙원을 달성하시도록 전하여 올리옵니다.

　모월 모일 꽃 피우는 할아버지(花咲爺)[21]로부터

　우사기노 쇼지 나가미미 님 사모님께

---

19) 군마 현(群馬縣) 다테바야시 시(館林市)에 위치한 조동종(曹洞宗) 사원. 차 솥으로 둔갑한 너구리가 등장하는 전래동화 「분부쿠차가마(分福茶釜)」의 무대로 유명하다.

20) 일본 설화에는 너구리가 달밤에 배를 북처럼 두드리는 장면이 종종 등장한다.

21) 일본 전래동화 「꽃 피우는 할아버지(花咲爺)」의 주인공. 정직한 노인이 자신이 키우는 개의 도움으로 보물을 손에 넣거나 마른 나무에 꽃을 피워 영주에게 상을 받는 등의 복을 받고, 그것을 시기한 욕심 많은 노인은 화를 당한다는 내용.

·········어머니, 이런 내용이에요.”

어미 “아아 딸아 기뻐해라. 그러면 우리 숙적 다누키노 지로는 산문 앞에서 거처하고 있다는 게로구나. 그러면 지금 당장 파도 위를 날아가서[22] 숙원을 이루자꾸나 딸아.”

하고 모녀 토끼가 미리 준비해 두었던 노를 꼬나 쥐고 용감하게 원수의 목을 치러 나서는데, 토끼 일족들이 뒤를 이어 모여들어 “오우사님, 어디 가시나요?”라고 물었습니다.

우사 “네, 무엇을 숨기겠습니까. 실은 적의 소재를 알게 되어 이러저러하게 되었습니다.”

○ “그야 당연히 베어야 할 일이야. 우리들도 한 소쿠리의 차 찌꺼기를 나누어 먹던 사이이니 미력하게나마 도와드리도록 하리다.”

하고 그 자리에 토끼 일족이 다수 모여 대회의를 열어 너구리 습격 작전을 세웠습니다. 복수에 가세하기 위하여 각자가 자신 있는 무기를 손에 들고 토끼 모녀와 함께 기운 넘치게 깡충깡충 뛰어가서 산문 앞에 도착했습니다. 성공적으로 다누키노 지로를 물리치고 원한을 풀었는가 싶었더니 이것이 무려 토끼해의 첫 꿈이었답니다. 돌아가신 선선대 우사기테이 주인의 우스운 이야기 하나, 토끼해를 맞이한 기념으로 바이린샤 난오가 재담 한 자락 펼쳐 드렸습니다. 지루하셨겠지만 자리해 주셔서 감사합니다·········· (끝)

(1915년 1월 1일)

[이윤지 역]

---

22) 일본에서는 예로부터 달과 토끼, 매화와 휘파람새, 단풍과 사슴, 대나무와 호랑이, 구름과 용 등 두 가지 사물을 조합한 문양이 널리 사용되어 왔다. 파도와 토끼의 조합도 길하게 여겨진 문양 중 하나이며, 요쿄쿠(謠曲) 〈지쿠부시마(竹生島)〉에도 “물 위에 달이 떠오르면 토끼도 파도를 뛰어 건너는가(月海上に浮かんでは 兎も波を奔るか)”라는 구절이 있다.

우노하나오도시(卯の花縅)

시바타 분소(柴田文窓) 강연

토끼해를 기념하여 이 자리에서는 「우노하나오도시(卯の花縅)[1]」라는 제목의 이야기를 들려드리고자 합니다. 아시다시피 게이초(慶長)[2] 5년(1600년) 경신(庚申) 9월 5일 세키가하라(關ヶ原)에서 벌어진 큰 전투[3]는 도쿠가와(德川)[4] 공이 에도 막부(江戸幕府) 3백 년의 기반을 마련하게 된 중요한 사건이고, 지금도 무언가 커다란 승부의 갈림길을 세키가하라에 비유합니다. 물론 고비를 넘겼으니 다행이지만 우리들이 말하는 세키가하라는 지난해 섣달그믐 칭다오(靑島)[5]가 아니더라도 일단 함락되는 경우가 많습니다.

---

1) 오도시(縅)란 일본 갑옷에서 미늘을 가죽이나 실로 엮는 것, 혹은 그 가죽이나 실을 가리킨다. 일반적으로 그 색조에 따라 구분하며 백색으로 엮은 갑주를 흰 꽃인 우노하나(卯の花; 빈도리꽃)에 빗댄 명칭. '卯'는 토끼를 가리키는 간지이기도 하다.

2) 고요제이 천황(後陽成天皇), 고미즈노오 천황(後水尾天皇) 치세의 연호. 1596년 10월 27일부터 1615년 7월 13일까지에 해당.

3) 세키가하라 전투(關ヶ原の戰い). 게이초(慶長) 5년(1600년), 도요토미 히데요시(豊臣秀吉)의 총신 이시다 미쓰나리(石田三成)가 이끄는 서군과 도쿠가와 이에야스(德川家康)가 이끄는 동군 사이에서 천하의 패권을 두고 벌어진 전투. 고바야카와 히데아키(小早川秀秋)의 배신을 발단으로 형세가 기울어 동군이 대승을 거두고 미쓰나리 등은 처형, 히데요시의 유아 히데요리(秀賴)는 60만 석의 다이묘(大名)로 전락했다.

4) 도쿠가와 이에야스(德川家康, 1543~1616): 에도 막부(江戸幕府)의 초대 쇼군(將軍). 마쓰다이라 히로타다(松平廣忠)의 장남. 오다 노부나가(織田信長)와 결탁하여 스루가(駿河)를, 도요토미 히데요시와 화의를 맺고 간토(關東)를 지배했다. 히데요시 사후 이시다 미쓰나리를 세키가하라 전투에서 물리치고 게이초 8년(1603년) 세이이다이쇼군(征夷大將軍)이 되어 에도 막부를 개창했다.

5) 일본은 1914년 제1차 세계대전이 발발하고 독일이 중국 경영에 소홀한 틈을 타 칭다오(靑島)를 점령하고 산둥 반도(山東半島) 일대의 지배권을 확보했다.

　　아무튼 그런 식으로 납작하게 패하는 것은 큰일이지만 이 세키가하
라 전투란 사실 사전에 준비된 싸움이 아니어서, 도쿠가와 이에야스(德
川家康) 공은 주나곤(中納言) 우에스기 가게카쓰(上杉景勝)[6] 공에게 모반
의 기미가 있었기에 이를 정벌하고자 마음먹고 출진하셨습니다. 그 진
군 도중 급한 보고가 들어왔는데, 이시다 지부쇼유 미쓰나리(石田治部
少輔三成)[7]가 고(故) 다이코(太閤)[8] 전하의 유지에 따라 간사이(關西)의
뭇 다이묘(大名)들을 이끌고 도쿠가와 공을 공격하려 한다는 것이었습
니다. 설명할 필요도 없이 우에스기 정벌군의 배후에서 이시다 세력이
뛰쳐나와 도쿠가와 공을 협공한다는 계략이었으나, 일이 그리 쉽게 뜻
대로 이루어질 리도 없습니다. 이미 이전에 군사(軍師)라 불리는 오타
니 교부쇼유 요시타카(大谷刑部少輔吉隆)[9]가 미쓰나리의 이야기를 듣

---

6) 우에스기 가게카쓰(上杉景勝, 1556~1623): 아즈치모모야마 시대(安土桃山時代)의
　　무장. 우에스기 겐신(上杉謙信)의 양자. 도요토미 히데요시를 추종하며 아이즈와카마
　　쓰(會津若松) 120만 석을 영유했다. 세키가하라 전투에서 이에야스가 이끄는 동군에
　　서군이 패배한 후 데와(出羽) 요네자와(米澤) 30만 석으로 이봉(移封)되었다.

7) 이시다 미쓰나리(石田三成, 1560~1600): 아즈치모모야마 시대의 무장. 오미(近江)
　　출신으로 아명은 사키치(佐吉). 히데요시로부터 능력을 인정받아 다섯 부교(奉行)의 한
　　사람이 되어 내정 면에서 활약했다. 오미 사와야마(佐和山) 성주가 되어 19만 4천 석을
　　영유했으나 히데요시 사후 세키가하라 전투에서 이에야스에게 패하여 처형되었다.

8) 셋쇼(攝政), 다이조다이진(太政大臣)에 대한 경칭. 이후 간파쿠(關白: 천황을 보좌하
　　여 정무를 관장하는 중직) 사임 후에도 내람(內覽: 천황에게 상주하는 문서와 천황이
　　재가한 문서 일체를 먼저 볼 수 있는 권리)의 선지(宣旨)를 받은 사람, 혹은 간파쿠
　　직위를 자식에게 물려준 사람에 대한 존칭이 되었다. 특히 도요토미 히데요시에 대한
　　통칭으로 유명하다.

9) 오타니 요시쓰구(大谷吉継, 1559~1600): 아즈치모모야마 시대의 무장. 도요토미
　　히데요시의 가신으로 에치젠(越前) 쓰루가(敦賀) 성주. '요시타카(吉隆)'라는 이름으
　　로 불렸다고도 하나 현존하는 자료에 '吉隆'로 서명한 문서는 확인되지 않는다. 통칭은
　　노리노스케(紀之介), 관직은 교부쇼유(刑部少輔)로 오타니 교부라는 호칭으로 널리
　　알려졌다. 세키가하라 전투에서는 나병으로 시력을 잃은 상태에서도 가마에 올라 아
　　군을 지휘하는 등 분전했으나, 고바야카와 히데아키 등의 이반으로 서군의 패색이 짙
　　어지자 자결했다.

고, "귀공, 이상하지 않소. 이에야스를 그런 식으로 노린다면 어째서
후시미(伏見)에 있을 때 전투를 벌이지 않았던가. 눈을 뻔히 뜨고 이에
야스를 에도로 돌려보낸 다음에야 공격하는 것은 소위 호랑이를 우리
에서 내보낸 것과 같으니, 이 지경이 되어서야 성사되기가 어려울 뿐
아니라 이 전투는 십중팔구 패할 것이오"라고 하며 탄식했다고 합니다.

이후의 이야기입니다만 도쿠가와 이에야스 공이 야슈(野州)¹⁰⁾ 오야
마(小山)에서 이 사건을 듣게 되시자 다이코에게 은의를 입은 다이묘들
을 불러 어차피 일이 이리 되었으니 이시다 휘하에 들어가고 싶다면
지금부터라도 눈치 볼 것 없이 떠나라고 말씀하셨는데, 모두가 "천만
의 말씀, 이렇게 된 마당에야 어디까지든 도와드리리다"라고 답변한
후 바로 오사카(大阪)를 목표로 공격해 올라왔다고 합니다.

이달 13일 고슈(江州)¹¹⁾ 미나쿠치(水口)에 도착했습니다. 그런데 마
침 혼다 헤이하치로 다다카쓰(本多平八郎忠勝)¹²⁾의 가신 가운데 다치바
나 한조 시게유키(橘半藏重之)라 하는 당년 스물이 된 젊은이가 있었고
그 부친은 한노조(半之丞)¹³⁾라 했는데, 이전에는 미노(美濃)¹³⁾ 사이토(齋
藤) 가의 가신이었으나 (가문이 멸망한 후) 부자가 함께 정처 없이 떠돌
게 되었습니다. 그러나 한노조가 이미 예순 고개를 넘어섰고 어차피
자신은 출세하기 틀렸으니 적어도 한조만은 예전대로 무사로서 다치
바나의 이름을 떨치게 하고 싶다 생각하던 차에, 오래 전부터 알고

10) 시모쓰케노쿠니(下野國)의 이칭. 현재의 도치기 현(栃木縣)에 해당한다.
11) 오미노쿠니(近江國)의 이칭. 현재의 시가 현(滋賀縣)에 해당한다.
12) 혼다 다다카쓰(本多忠勝, 1548~1610): 센고쿠 시대(戰國時代)로부터 에도 초기에
    걸쳐 활약한 무장. 이세(伊勢) 구와나(桑名) 성주. 미카와(三河) 출신으로 통칭은 헤
    이하치로(平八郎). 도쿠가와 이에야스를 따르며 탁월한 무용으로 이름을 떨쳤다. 도
    쿠가와 사천왕 중 한 명.
13) 현재의 기후 현(岐阜縣) 남부에 해당한다.

지낸 나카니시 신로쿠로(中西新六郎)라는 자가 혼다 가에서 우마마와
리(馬廻)[14] 역을 담당하고 있다는 것을 알게 되었습니다. 이에 이 사람
에게 청하여 한조도 혼다 가 가신으로 들어가 고쇼(小姓)[15] 무리에 속
하게 되었는데, 확실히 부친의 가르침에 힘입은 바 있어 문무양도에
탁월하고 주군인 헤이하치로도 참으로 뛰어난 자라 인정하고 있었습
니다. 이 자가 한밤중이 되자 주군 앞에 나서서,

한조 "말씀드리건대, 주군께 청이 있사옵니다."
다다카쓰 "음, 한조인가, 무슨 일이냐 청이라니."
한조 "부디 이번 전투에는 제가 선봉에 서도록 허락해 주실 것을 부
탁드리고자."
다다카쓰 "아아, 무슨 일인가 했더니 선봉에 가세하고 싶다는 게로구나."
한조 "예."
다다카쓰 "그 청은 허락해 주고 싶지만 잠시 미루는 것이 좋겠다."

하고 답하니 한조가 자못 원망스러운 얼굴로

한조 "이는 정말이지 생각지도 못한 처사가 아니옵니까, 무슨 연유
로 저를."
다다카쓰 "아니, 그것은 내 뜻이 아니다. 사실 사관하고 1년 남짓 되
었으나 그대는 신참이며 이전에는 미노 사이토 가의 가신, 부친과 함
께 이리저리 떠돌아다니다가 나카니시의 천거로 인연이 닿아 이 가문
의 가신이 되었다. 허나 여기서 한 가지 곤란한 문제라면, 그대의 지기

---

14) 대장의 말 주위에서 호위나 전령 및 결전 병력으로 활약하는 기마 무사.
15) 귀인 곁에서 잡무를 처리하며 시중을 들던 소년. 시동.

중 이나가키 기에몬 노리미쓰(稻垣儀右衛門則滿)라는 자가 있겠지."

한조 "말씀하시는 바 그대로입니다."

다다카쓰 "이 자는 그대보다도 그대 부친의 붕우라 해야겠지."

한조 "그렇사옵니다."

다다카쓰 "듣자 하니 이나가키는 최근 사와야마(佐和山)에 있는 오토리이 간주로(大鳥居勘十郞)의 신하가 되어 일익을 담당하는 신분이라고 하던데."

하고 말을 꺼내다가 그대로 입을 다물어 버리자

한조 "그 이나가키가 부친과 교분이 있고 적 편에 가담한 자이니 전장에 데려가실 수 없다는 말씀이신지요."

다다카쓰 "아니, 이 다다카쓰는 그런 사려분별 없는 말은 하지 않는다. 어제의 아군은 오늘의 적이라는 것은 본디 센고쿠(戰國)의 관습, 고로 부모 자식이나 동족 내지 조카나 숙부 등이 서와 동으로 갈려 격전을 벌이는 것은 드물지 않은 일, 그러나 그대들에 한해서는 말로 다할 수 없는 은애의 인연이 존재하고 있지 않나."

하는 말을 듣고 한조는 소스라치게 놀랐으니, 이나가키 기에몬도 한조의 부친 한노조 시게노리(重詮)도 원래 같은 미노 사람으로 이미 스무 해하고도 몇 년 이래의 친우, 그러므로 예전부터 두 사람은 주군을 선택한다면 어떻게든 같은 분을 모시고 싶다고 마음먹고 있었습니다.

뿐만 아니라 이 이나가키 기에몬에게 이름을 오카요(お嘉代)[16]라고

---

16) '가요(嘉代)'라는 이름에 '오(お)'를 붙여 여성에 대한 친근감, 존경의 의미를 표현하고 있다.

하는 딸이 하나 있어 마침 당년 열아홉이 되는 미인이었는데, 지금으로부터 7년 전 그녀와 한조는 약혼한 사이로 쌍방 모두 외동아들에 외동딸. 그러나 기에몬 쪽에서는 오카요가 혼인한 후 자식이 생긴다면 그 아이로 이나가키 가문의 후사를 잇게 해 주었으면 한다는 생각이 있었습니다. 실로 막연한 바람입니다만 부모와 부모가 친한 사이라면 과거에나 지금에나 곧잘 이런 약속을 나누는 법이라, 그렇다고 이후 이 약속이 실제로 성사되는가 하면 쌍방이 혼인할 시기에 뭔가 운 나쁘게도 뜻밖의 사건이 터져 어느 한쪽이 독신으로 일생을 보내든가 여인으로서는 생각지도 못한 곤경을 겪게 되는 경우가 지금도 없지 않습니다. 그러니 혼약자란 존재는 극히 바람직한 상황이라면 좋은 것이지만 공교로운 상황이 닥치면 최악이라, 당사자들이 실로 가여운 입장이 되는 것입니다.

불필요한 잡설을 넣어 송구합니다만, 마침 지금의 한조와 오카요의 입장이 슬슬 이러한 상황으로 기울어지려 하고 있었습니다. 혼다 헤이하치로 다다카쓰의 말로 미루어 짐작컨대, 자네가 이후 아내로 들이게 될 여인의 부친, 즉 장인에 해당하는 이나가키 기에몬은 이미 적 편의 가신이니, 만에 하나라도 전장에서 이나가키와 맞닥뜨릴 경우 정에 치우쳐 검을 들이대지 못할 것은 자연의 섭리, 어차피 공을 세울 수 없을 텐데 뒤로 물러나 잡병이라도 상대하면 편하지 않겠는가 하는 속내가 들여다보이는 지적이라, 혈기왕성한 다치바나 한조는 불끈하여 '사람을 바보 취급하는 데에도 정도가 있지. 말이 나왔으니 말이지만 아내로 삼겠다는 약속은 있었어도 아직은 실제로 자신의 집안에 들인 것도 아니요, 이후에도 장차 어찌 될는지 알 수 없음에도 사람을 얕보고 적당히 구슬리듯 타이르려 하니 참을 수 없다'고 여겨

한조 "참으로 송구하옵니다. 언제부터 알게 되신 일인지 모르겠사오

나, 이나가키 가의 여식 가요라는 자를 처로 들이겠다고 약속했습니다
만 간토(關東)와 간사이가 이렇게 분리되는 지경에 이르렀으니 이미
친구도 적, 고로 이 몸이 불초할지라도 그와 같은 자는 안중에 없습니
다. 하지만 이시다의 가신 중 친지가 있다고 우려하시는 데다 전장
어느 곳에서든 마주칠 가능성이 없다 단언할 수 없음이라, 이렇게 된
이상 주군의 의혹을 풀어 드리고자 하오니 아무쪼록 오늘 하루만 말미
를 주시기 바라나이다. 늦어도 내일 아침에는 돌아오겠습니다."

하고 말하는 모습이 눈알에 온통 핏발이 선 데다 입술을 앙다물고 있
는 것을 보고 다다카쓰가 이제 용무는 없노라고 대답했습니다. 이거
혹시 그 가요라는 처자의 목이라도 베어 올 심산은 아닌가 하는 생각
이 들었으나 그것까지도 그만두라고는 할 수 없었으므로

　　다다카쓰 "그야 그대의 판단에 맡기지. 하지만 얕은 생각으로는 공을
이룰 수 없다고 하네. 무슨 일이든 원만히 부탁하네."
　　한조 "옛, 감사합니다."

　　그 자리에서 곧장 출발하여 방문한 곳이 이나가키 기에몬의 거처로
기에몬은 당시 이미 56세, 생각하는 바가 있어 이시다 측에 가담하여
노후의 무용담으로 내세울 만한 공명을 세우고자 하던 차에 최근 갑자
기 병에 걸리고 말았습니다. 어차피 전장에 나가는 것도 기대할 수 없게
되었으므로 이미 만사를 단념하고 외동딸을 위안 삼아 하루하루를 보내
던 중에 갑자기 한조가 찾아왔으므로 오카요가 바로 맞이하러 나가서

　　가요 "아아 누구신가 했더니 한조 님, 무슨 일로 오셨는지요. 오래도
록 뵙지 못했습니다만 늘 건강하셨는지요."

한조 "오카요 님, 당신도 변함없으시니 더할 나위 없이 기쁩니다. 그런데 아버님 기에몬 님께서도 무탈하신지."

하고 말하자 오카요는 갑자기 눈물을 머금고

가요 "그렇다면 얼마나 다행이겠습니까. 아버지도 이번 전투에는 출정하실 예정이셨는데 불행히도 얼마 전부터 병환을 앓게 되어 뜻을 이루지 못하게 되었습니다. 만일의 경우 하루빨리 당신께 의탁하여 선약대로 인연을 맺고 나아가서는 이나가키 가문의 명예도 세울 수 있도록 하라고 말씀하셨습니다만, 때마침 감사하게도 찾아와 주셨습니다."

하는 말을 듣고 한조가 크게 난처하여 차마 입도 열지 못하고 침묵을 지키고 있었더니 오카요는 그의 모습을 유심히 바라보며

가요 "한조 님, 무언가 여의치 않은 일이라도 있는지요."

이 질문에 한조도 별 수 없이

한조 "실은 다름이 아니오라, 오늘 찾아온 것은 그대와의 연을 끊기 위함인데."

가요 "아니, 그 말씀은 또 무슨 까닭이온지. 본디 당신과 제 사이는 양가에서 7년 전부터 혼약하여 허락한 것인데, 이제 와서 관계를 끊으시겠다 말씀하시니 제게 염증이 나신 것이겠지요."

한조 "아니 아니, 결코 그대가 싫다거나 하는 그런 이유가 아니오. 실은 그대와의 혼약 때문에 주군으로부터 생각지도 못한 의심을 받아, 바로 내일 모레로 닥친 출진이 허락되지 않는 상황이오."

하고 대답하자 총명한 여인이었기에 한조의 얼굴을 지그시 응시하며

가요 "저와의 혼약 때문에 전장에 동행하는 것이 용납되지 않는다는 것은 필시 아버지가 이시다 측에 적을 두고 있기 때문이겠지요. 그런 이유에서라면 한조 님, 현세의 연은 엷을지라도 내세에는 반드시 부부가 되어 주시기를."

하고 말하기가 무섭게 늘 품에 지니고 다니던 단도를 빼어 그대로 목을 찌르려 하니 한조가 황급히 그 손을 붙들고

한조 "이게 무슨 짓이오, 제정신이오? 오카요 님, 이 한조는 죄 없는 그대에게 자진하라고는 하지 않았소."
가요 "아니, 아니옵니다. 설령 그리 말씀하시지 않을지라도 부군으로 정해진 당신께서 출세하시는 데 방해가 된다면 어차피 살아 있을 수 없사옵니다."

하며 서로 물러서지 않는 와중에 옆방에서 으음, 하는 기에몬의 신음 소리가 들려왔습니다.

기에몬 "이거 이거, 그에 대한 해명은 이 몸이 하지."

그 소리에 놀란 오카요와 한조가 방과 방 사이의 장지문을 열자, 이게 어찌 된 일입니까. 기에몬은 곁에 갑주를 넣어 둔 궤를 두고 배를 가른 것이었습니다. 두 사람은 더더욱 놀라 그의 양옆으로 달려가서

가요 "아버님께서는 무슨 연유로 자결을."

한조 "기에몬 님, 섣부른 판단이십니다."

기에몬 "아니다, 두 사람 모두 놀랄 필요 없느니. 이리 되리라고 전부터 예상했던 바이나 어쩔 수 없는 사정으로 사와야마의 오토리이 간주로를 섬기다가 이시다 군이 되었으니 그대로 다치바나 가와는 적이된 사이, 그러나 도쿠가와 공은 탁월한 대장인데다가 일기당천의 면면이 곁에 포진하고 있으니 십중팔구 아군의 패배가 확실하오. 사와야마가 무너지면 결국 내 자신은 살아남지 않을 각오이니, 딸을 한조 님 곁으로 보내면서 사정을 해명할 겸 할복하리라 생각하던 차에 때마침한조 님이 방문하신 게요. 이는 딸과의 혼담을 없었던 일로 하기 위한것이라 짐작했으나, 병 때문에 출진할 수도 없고 이리 되나 저리 되나살아 있는 보람이 없는 신세이니 다치바나 님에 대한 의리와 혼다 님에 대한 해명, 그리고 또 하나 딸의 앞날을 위하여 이렇게 할복하여목숨을 끊으려 하오. 내가 이렇게까지 했다고 하면 필시 혼다 님께서도 의심하지 않을 게요. 마침 집안에 대대로 내려오는 우노하나오도시갑옷 한 벌이 있으니 혼인 선물 삼아 드리리다. 이것을 걸치고 어서출진하여 화려한 전공을 세우시게나. 그리고 간곡히 부탁하건대 부부의 인연이 오래도록 이어지고 딸이 안복을 누리도록 돌보아 주시오."

라는 말을 남기고 결국 그 자리에서 숨을 거두었습니다. 오카요와 한조가 함께 눈물을 흘리고 있는데 찾아온 것이 나카니시 신타로(中西新太郎)[17]였으니,

---

17) 내용적으로 동일 인물을 나타내는 듯하나, 앞에서는 나카니시 신로쿠로(中西新六郎)로 표기되어 있다.

신타로 "아까 주군께서 그렇게 말씀하시기는 했으나 뜻이 바뀌신 고로 이 몸에게 상황을 살피고 오라는 명을 내리시어 이렇게 찾아뵈었소이다. 한데 이 눈으로 지켜본바 장하고 의기 넘치는 이나가키 님의 최후, 정말이지 감복할 만하오. 이렇게 된 이상 주군께서도 의심할 여지가 없으니 어서 서둘러 출진 준비를 하시오. 오카요 님의 심중은 짐작하고도 남으나 쓸쓸하더라도 속히 한조 님께서 개선할 것이니 기다려 주시오."

라고 말한 후 두 사람은 혼다의 진으로 물러났습니다. 이윽고 15일의 전투에서 한조는 적의 진중으로 짓쳐들어 그 모습도 용맹하게 눈부신 활약을 펼쳐 적의 수급을 다섯이나 취했으므로 혼다 다다카쓰는 대단히 큰 상을 내렸고 얼마 지나지 않아 오카요와 부부가 되었습니다. 오사카 여름, 겨울 전투(大阪夏冬の御陣)[18]에도 참여했으나 혼다 다다카쓰, 다다토모(本多忠友)[19]가 세상을 떠난 후에는 에도로 나와 삼천 석의 하타모토(旗本)[20]로 출세하게 되었다는 신년 지상의 단편 고단(講談), 이것으로 실례하고자 합니다. (완결)

(1915년 1월 1일)
[이윤지 역]

---

18) 에도 막부와 도요토미 가문 사이에서 벌어진 전투. 게이초 19년(1614년)에 오사카 겨울 전투(大坂冬の陣), 이듬해인 20년에 오사카 여름 전투(大坂夏の陣)가 발발했다. 여름 전투의 패배로 히데요시의 유아 히데요리와 그 생모 요도기미(淀君)는 자결하고 도요토미 가문은 멸망했다.

19) 혼다 다다토모(本多忠朝, 1582~1615): 아즈치모모야마 시대로부터 에도 초기에 걸쳐 활약한 무장. 혼다 다다카쓰의 차남. 오사카 겨울 전투에서 술을 마시고 적의 맹공에 패퇴한 까닭에 이에야스의 질책을 받고 이듬해의 여름 전투에서 오명을 만회하고자 덴노지(天王寺), 오카야마(岡山)에서 선봉으로 모리 가쓰나가(毛利勝永) 군에 정면으로 공격해 들어가 분전하던 중 전사했다. 본문의 '友'는 '朝'의 오기.

20) 에도 막부에서 쇼군(將軍)의 직속 가신으로 1만 석 이하의 녹봉을 받고 쇼군을 알현할 수 있는 자격을 지닌 무사.

조선일보
朝鮮日報

봄–잡음(春–雜吟)

지쿠세이(竹靜)

새해 해돋이 오랑캐들의 소란 잠잠해졌네
初日の出夷狄の嵐靜まりぬ

나뭇가지에 잔설 지저분하고 매화 하얗네
枝に殘る雪は汚れて梅白し

기쇼(其昌)

기미가요의 노래에 저무는 해 소나무 장식
君が代の歌に暮れ梟松の門

야에조(八重女)

새해 해돋이 기미가요 부르는 어린이여라
初日の出君が代歌ふ小供かな

멀어져 가는 호외 파는 사람아 봄날 초저녁
遠くなる號外賣や春の宵

적진 신년(敵陣新年)

고쿠초(黑潮)

총소리 나네 오늘 새해의 첫날 야영지에서
銃聲す今日元日を野營にて

가라쿠니여 호랑이 누운 들판 새해 아침 해
から國や虎伏す野邊も初日の出

점령한 산에 공손히 절하였네 설날 해돋이
占領の山に拝みぬ初日の出

(1905년 1월 15일)

봄-잡음(春-雜吟)

덴도(天奴)

조선 사람의 옷에 더러운 때여 추운 봄날에
韓人の衣の垢や春寒し

천세만세로 다스리실 천황의 치세 봄 바다
千代八千代に治る御代や春の海

고쿠초(黑潮)

헐벗은 산에 비 내리는 한국의 봄은 춥구나
禿山に韓國の雨春寒し

(1905년 1월 28일)

봄-잡음(春-雜吟)

덴도(天奴)

고향에서 온 어머니 소식이여 봄날의 추위
故鄕の母のたよりや春寒し

히세쓰(飛雪)

천황의 치세 벚꽃 심어져 있는 한국의 산
君が代の櫻植へけり韓の山

고쿠초(黑潮)

쓰시마에서 매화를 받았도다 배편으로다
對馬より梅を貰ひぬ船便り

(1905년 1월 29일)

봄-잡음/일보의 창업을 축하하다
(春-雜吟/日報の創業を祝す)

#로쿠(#六)

익숙지 않은 남자의 살림살이 봄날의 추위
事慣れぬ男世帶や春の寒し

기쇼(其昌)

폐병에 걸린 친구 꿈꾸는 겨울 남은 추위여
肺病の友を夢みる餘寒哉

고쿠초(黑潮)

봄날 바람아 조선 사람이 사는 이웃집까지
春風や韓人町の隣まで

(1905년 2월 2일)

하이쿠(俳句)

가레하(枯葉)

봄날 밤 취해 베개로 하고 자는 북이로구나
春の夜を醉ふて枕す鼓かな

본코쓰(凡骨)

우리나라의 매화를 보고 있는 포로의 봄날
我國の梅の花見る捕虜の春

야에(八重)

무서운 바위굴 가까운 곳에 야생매화 피네
恐ろしき岩屋に近く野梅咲く

(1905년 2월 4일)

고쿠초시에게 보내다(黑潮子に送る)

가나자와 시에이(金澤紫影)

새해 들어서 처음 타고 강 넘는 매화의 마을
乘初めや江を渡りて梅の村

깃발 보이는 소나무의 사이여 봄날의 산
旗見ゆる松の木の間や春の山

시에이지에게 답하다(紫影兒に答ふ)

日報社 黑潮(일보사 고쿠초)

수염 깎고서 속세에서의 봄을 맞이하도다
髭そつて浮世の春を向へ##

가라쿠니여 꾀꼬리 우는구나 꽃은 아니 피고
からくにや鶯啼かな花咲かず

(1905년 2월 5일)

하이쿠/귀사의 번영을 기원하다(俳句/貴社の盛大を祝す)

사유(茶遊)

개화하고서 날로 향기 감도는 매화나무 꽃
咲き初めし日より芳し梅の花

먼 곳까지도 그 향기 진하구나 매화나무 꽃
遠くまでその香の高し梅の花

(1905년 2월 10일)

매화 백구(세 번째) [梅百句(其三)]

고바이손(古梅村)

붉은 매화가 더디게 피어나는 약사당이여
紅梅の遅れて咲くや藥師堂

매화 읊는 구 매화 없는 나라서 읊고 있구나
梅の句を梅無き國に吟ず哉

(1905년 2월 19일)

하이쿠/봄-잡음(俳句/春雜吟)

안몬시(安門子)

거류지의 매화(居留地の梅)

매화나무 꽃 정말이지 일본의 남자로구나

梅の花流石は日本男子なり

메이세쓰 옹에게 보내다(寄鳴雪翁)

꽃도 없구나 허나 달은 떠 있는 봄날의 정원

花もなしされども月は春の庭

고향에 있는 형의 서신 속에서(故郷の兄の書信の中に)

도난(斗南)

매화꽃 피어 전화로 분주해진 차 심부름꾼

梅咲て電話せはしお茶の使ひ

그에 대한 답신으로(其近しに)

협소하지만 기쁘구나 부산의 봄날의 경치

狹ふても嬉し釜山の春景色

(1905년 3월 15일)

하이쿠(俳句)

덴도(天奴)

한국 산에서 속세 이야기 하는 비 오는 봄날

韓山に浮世を語る春の雨

고쿠텐(哭天)

바람 훈훈한 용두산이여 아직 남은 봄추위

風薫々龍頭山や春寒し

(1905년 3월 21일)

봄 잡음(사자나미회)(春-雜吟(漣會))

후에비토(笛人)

비 내리는 봄 떨어진 별채에서 바둑을 두네

春雨やはなれ座敷碁を圍む

고오(孤鷗)

들에 사는 개 배가 불러 있구나 봄 내리는 비

野良犬の服ふくれけり春の雨

교코(狂公)

잔잔한 물결 옷을 빨고 있구나 봄날의 바람

さゞなみや衣洗ふや春の風

덴도(天奴)

바윗가에서 두 사람 얘기하는 봄날의 바다

岩頭に二人語るや春の海

(1905년 3월 25일)

봄-잡음(사자나미회)(春-雜吟(漣會))

고오(孤鷗)

으스름 달밤 망토와 코트 입은 두 사람 무리
朧夜やマントコウトの二人連

나룻배 사공의 우렁찬 뱃노래 꽃놀이 귀경길
渡し守船うたいさむ花もどり

고쿠텐(哭天)

눈에 보이는 것은 꽃이로구나 요시노의 산[1]
目に触るる所は花よ吉野山

천 개의 가지 만 개 꽃송이 나를 반기네 꽃 산
千枝萬朶我を迎ふか花の山

고오(孤鷗)

으스름달아 거문고 소리 나는 마을 변두리
朧夜や琴の音漏るゝ町はつれ

(1905년 4월 2일)

새로 돋아난 풀잎(일일회 영초) 草若葉(一々會詠草)

모쿠안(默安)

새로 난 풀잎 파랗게 일렁이는 넓은 들이여
くさ若葉青波たゞよふ廣野かな

---

1) 일본 나라 현(奈良縣)에 위치하며 벚꽃의 명소로 알려져 있다.

소데키(袖樹)

새로 난 풀잎 말굽에서 날리네 강변의 모래
くさ若葉馬蹄に散らす沙河の邊

란코(爛紅)

화창하구나 풀잎도 싱그러운 들판의 표면
長閑さやくさばも若き野の表面

(1905년 4월 2일)

[김보현 역]

출정 군인의 아회(出征軍人の雅懷)

출정 근위기병 야하시 요시타네 씨가 바로 이 항구의 가메다 하치주하치 씨 앞으로 보내는 서신 속에 아래와 같은 아회가 있어 동씨에게 보내온 것을 여기에 채록한다.

出征近衞騎兵矢橋良胤氏より當港の龜田八十八氏へ宛たる書信の中に左の如き雅懷ありとて仝氏の寄せられたるを茲に採錄す。

야하시 요시타네(矢橋良胤)

칙제(勅題)

이미 점령한 적군의 요새에서 아득히 우러러보는 설날 해 어린아이 그림자

攻めとりしあだのとりての山にして、はるかにあふぐ初日子のかげ

근영(近詠)

전초의 전투 소식 끝내 끊기어 신발 소리만 삼엄한 가운데에 밤은 깊어져 가네

前哨のいくさのたより絶ゑはてゝ靴の音寒く夜は更けにけり

천황 폐하의 방패이자 우리는 대장부여라 적의 활과 탄환에 어찌 쓰러지겠나

大君のみ楯ぞわれはますら男ぞ仇の矢玉に何かたふれん

(1905년 1월 21일)

시즈노야 가집(1) (靜の舍歌集(一))

아카자와 요조(赤澤譽三)

이른 봄 안개(早春霞)

먼 산은 아직 눈이 내리는 작년 그대로지만 안개는 피어올라 봄 다 가오는구나

遠山はまだ雪ふる年のま〻なれど霞はたちて春は來鳧

철도(鐵道)

호랑이 숨어 있는 깊은 산에도 철길 열리어 가는 천황 폐하가 다스리는 세상아

虎の伏す山の奧にもくろがねの道開けゆく君が御代哉

(1905년 2월 7일)

신체 와카(新體和歌)

쓰타노야슈진(蔦酒家主人)

첫눈(初雪)

황혼 해 질 녘 나뭇가지의 끝에 꽃 피어있네 오늘 아침 드물게 눈이 쌓이고 쌓여

たそかれの梢の花となりにけるさめづらしき雪の積りて

첫눈 기다리는 사람(初雪待人)

겨울의 첫눈 쌓여 내리고 있어 길을 밟고서 헤쳐 오는 친구는 더욱 더 오지 않네

初雪の積りにけりな殊更に道ふみわけて友は來らず

해변의 눈(海邊雪)

오늘 아침은 앞바다 많은 섬들 그림자 사라지고 파도 떠다니는 눈만 을 보고 있네

今朝よりは沖の島々影うせて浪にただよふ雪のみぞ見る

(1905년 3월 3일)

도도이쓰(都々逸)

구니하치(國八)

하늘이 개는 것은 즐겁고 기쁘지만 가을의 달이 신경 쓰이는구나

晴れて來るのは嬉しいけれど秋の月はの氣にかかる

에이스이(映水)

중국은 연회 좌석이요 일본은 손님이어라 러시아는 게이샤 서로 연 주만 하네

支那は座敷よ日本は御客露西亞は藝者で彈く計り

(1905년 3월 4일)

도도이쓰(都々逸)
매화 구집(1) (梅句集(一))

헤이로쿠(萍六)

결혼한 기념으로 심었었던 매화가 피어 기쁜 마음에 손님 부르네

添えた記念に植へたる梅の咲て嬉しい客招く

처마의 매화조차 마음을 이해하고 돌려보내기 싫어 소매 당기네
軒の梅まで心を知つて返しともない袖を引く

곰곰이 고민하며 바라보는 정원의 매화는 향이 없네 당신의 부재
思案つくづく眺むる庭の梅は薫らぬ主の留守

잠깐 동안 방심한 사이 당신 어디에 있나 져버린 매화 돌아왔는데
一寸の油斷に主何處へやら散てしまうた梅戻り

결국 의지를 해본 용한 점괘 종이여 피었었던 염문은 매화꽃 구경
驗て實になるよい辻占よ咲た浮名は梅見から

(1905년 3월 5일)

시즈노야 가집(2) (靜の舍歌集(二))

아카사와(あかさは)

한국 계몽(韓國啓蒙)

천황 폐하의 은혜로운 나라를 이어받아서 고려의 봄날에도 꽃이 필
것이니라
　大君の惠みの國を受けて＃そ高麗の春にも花の咲くらめ

빗속의 꽃(雨中花)

몹시 흥분해 날뛰는 망아지를 우리 정원에 묶어 잡아두고서 봄비
내리고 있네
　うかれ出でん心の駒を我庭につなぎて春雨のふる

길가의 꽃(行路花)

나 등에 태운 망아지도 꽃에서 나는 향기에 정신 혼미해 익히 아는 길도 헤매네

乗る駒も花の香りにまどふらん馴れし道さへ行きがてにする

(1905년 3월 15일)

[김보현 역]

소설 전승(小說 戰勝)

고쿠초(黑潮)

(1)

"엄마, 나 사벌[1] 사주세요."

올해로 다섯 살인 데쓰오(哲男)는 엄마 등에 업혀 손에 든 휴지를 땅에 질질 끌면서 등 뒤에서 엄마 얼굴을 들여다보며 물었다.

"사벌은 아버지가 돌아오시면 사준다고 했잖아요."

"왜냐면 아무리 기다려도 아버지가 돌아오시지 않잖아요. 저 기다리다 지쳤어요."

"이제 조금 있으면 전쟁도 끝날 테니 곧 돌아오실 거예요. 돌아오시면 데쓰오에게 사벌도, 모자도, 신발도 사주실 거예요."

"싫어요. 엄마, 나 신짱에게 들었어. 아버지는 이제 안 돌아오실 거라고."

"신짱이 뭘 알겠니."

"왜냐면 아버지가 이미 위패가 되신 거, 나 알고 있어요. 엄마는 전에 했던 음선[2]도 이제 안 하잖아요."

---

1) 사벌(sabel)은 식민지기 군인이나 경관이 허리에 차던 서양식 칼이다.

2) 음선(陰膳)은 일본에서 객지에 나간 사람의 무사함을 빌기 위해서 집에 있는 사람이 조석으로 차려 놓는 밥상을 의미한다.

　　도키에다(時枝) 대기관사[3]의 아내 도미코(富子)는 남편이 여순구(旅順口) 제3회 폐색대[4]에 참가한 후, 생사불명이라는 소식을 듣고 전사했다고 마음을 다잡았지만 그렇다고 해서 공공연하게 전사 통지를 받은 것도 아니었다. 두 아이들에게는 이 사실을 되도록 알리지 않으려고 했었기에 오늘날까지 매번 '돌아오시면 그렇게 하자' 하고 아이들의 마음은 달래주고 자기는 혼자 절망에 빠져서 그저 아이들 상대로 '돌아오시면'을 되풀이하며 위로했다. 하지만 가을이 지나 겨울이 깊어가고 다시 새해가 오자, 신년 제사에 맞춰 도코노마[5]에는 남편 사진을 장식해 놓고 작은 위패마저 모시게 되었다.

　　작년 가을부터 집안에서만 시간을 보내고 아이들도 되도록 자기가 데리고 놀아 동네 장난꾸러기들하고는 어울리지 않게 했지만, 심상소학교[6]를 다녀야 하는 큰 딸 도키코(時子)에게는 사실대로 말해주었다. 하지만 태어날 때부터 남들보다 기운이 넘치는 데쓰오에게는 아버지의 전사를 가능한 늦게 알려 그의 동심을 헤치지 않으려고 애써왔던 것이다. 너무 집에만 가둬두면 건강에도 좋지 않고 게다가 오늘은 마쓰노우치[7]인데 구름 한 점 없이 화창한 날이어서 센가기바야시초(千駄木林町)에 있는 집을 나와 기치조지(吉祥寺) 근방의 청과물 시장을 지나 고마고메(駒込)심상초등학교 앞까지 걸어왔다.

---

　3) 대기관사는 대위에 상당하는 계급이다.
　4) 폐색대(閉塞隊)는 적의 항구를 폐색하거나, 적 함대의 공격으로부터 아군의 항구를 수비하기 위해 파견되는 행동 부대이다.
　5) 도코노마(床の間)는 일본식 방의 상좌(上座)에 바닥을 한층 높게 만든 곳을 가리키며 벽에는 족자를 걸고, 바닥에는 꽃이나 장식물을 꾸며 놓는다.
　6) 심상소학교(尋常小學校)는 일본이 1886년에 제정한 소학교령에 따라 설치한 초등학교의 일종이다.
　7) 마쓰노우치(松の內)는 설에 대문 앞에 소나무 장식을 세워 두는 기간을 가리키며 설날부터 7일 혹은 15일까지이다.

　도미코의 마음 다짐도 어느샌가 데쓰오의 어린 눈치로 간파당해서 이제 남편의 전사는 더 이상 숨길 수 없게 되었다. 방금 전에 데쓰오가 사벌을 사달라고 떼쓸 때 도미코 가슴속 아픈 부분을 찔러 벌써 눈가가 촉촉해지고 발걸음이 위험해진 걸 남들이 볼까봐 데쓰오를 엎고 있던 한쪽 손을 풀고 손수건으로 훔쳤다.

　"그런 말 하는 거 아니에요. 그런 위패 같은 건 아무것도 아니에요. 어머, 저쪽에서 누나가 오고 있네. 자아, 이제 내리세요."

　"싫어. 걷는 거 싫어. 난 어부바가 제일 좋아. ……누나……."

　"어머 등에 업혀서 그렇게 움직이면 안 돼요. 짓궂게 장난치면 아버지가 돌아오셔도 선물 안 사주실 거예요."

　"아버지는 안 돌아오니까, 아버지한테 받을 수 없으니까 역시 엄마가 사주세요. 사벌하고 군함을."

　"애는 아무 것도 모르네. 군함이라니, 군함 같은 건 살 수가 없어요."

　"가게에서 팔고 있어요. 양탄자로 만든 걸 대학교 앞 장난감 가게에서."

　"그 군함이었구나. 호호호."

　걱정으로 어두웠던 엄마 얼굴에 살짝 웃음이 피었지만 다시 원래 어두운 표정으로 돌아갔다. "사줄게요. 우리 도련님이 얌전히만 군다면……저기 누나가. 도키코, 오늘은 많이 늦었네. 자아, 같이 집에 돌아갑시다."

(1905년 1월 15일)

(2)

　오늘은 도키에다 대기관사의 형이자 교바시(京橋) 부근의 모 회사에 다니는 요시이 구즈조(吉井葛三)라는 자가 도키에다네 집안일이나 그 외 이것저것을 상담하러 방문했다. 도키코는 편안한 사이여서 집안 거

실로 모셨다. 때마침 한 명은 학교에, 한 명은 하녀랑 같이 시장에 갔다. 아이가 집에 없기 때문에 눈물을 흘리면서 얘기를 나누고 있었다.

도미코 "아직도 전사라는 판정이 난 건 아니지만 남편의 성격을 생각해 보면 적의 포로가 되었을 거 같지는 않고 그래도 말씀을 듣자니 아직 어떤 식으로든 살아 있을지도 모르겠네요."

구즈조 "그게 말일세, 옛날 전쟁이라면 모를까, 오늘날은 문명의 전쟁이기 때문에 적도 포로의 대우를 모르지는 않을 테요. 게다가 적은 우리나라에 와있는 포로와 교환하지 않으면 안 되니까, 사관 이상의 자는 특별대우를 해줄 것이라고 생각되네. 그런데 도미코 씨, 여순은 이미 함락되었기 때문에 마지막 성의 수령만 끝나면 우리나라 포로의 성명도 바로 알 수 있을 거예요. 아니, 알 수 있는 것이 아니라 돌아올 수 있다고요. 나는 아무래도 다미오(民雄)가 살아있는 것만 같아서 자네가 그의 위패를 모시겠다고 했을 때도 내가 그렇게 반대를 했던 거요. 기다려 보세요. 내일 아침까지 분명히 전보로 소식이 올 거예요."

도미코 "그렇다면 얼마나 좋겠어요. 아이들도 이제는 점점 영리해져서 지난번에도 데쓰오가 아버지는 이제 돌아오지 않을 거라고 말하는 거예요. 제가 그렇게 비밀로 했는데도 어디선가 듣고 온 거 같아요. 어차피 도키코는 학교에서 들었겠죠. 간호사가 되고 싶다고 하네요. 글쎄, 저보고도 같이 가자고 하는 거예요. 데쓰오는 자기는 전쟁에 나갈 테니까 검과 말을 사달라고 떼쓰면서 울더라고요. 저는 하루라도 울지 않는 날이 없어요."

도미코가 다시 소매를 눈가에 갖다 대자 그녀가 울음을 그치기만을 기다리던 아주버님, 구즈조가 어떻게 위로해야 좋을지 몰라 뭔가 다른 이야기를 해야겠다고 생각하고 있을 때.

때마침 하녀와 함께 돌아온 데쓰오가 평상시 자신을 예뻐해 주는 큰아버지가 오신 것을 알고 방으로 뛰어 들어왔다.

데쓰오 "큰아버지, 나는 전쟁에 나갈 거예요. 하지만 말을 안 사주셔서 싫어요. 엄마가 말을 사주시면 좋겠는데. 지금도 문 앞을 말이 지나갔어요. 큰아버지 저에게 그 말을 사주시지 않을래요?"

이야깃거리를 고민하던 구즈조는 다행히 말 상대가 생겼다고 데쓰오를 안아서 자기 무릎에 앉혔다.

구즈조 "뭐, 말을 갖고 싶다고. 말을 갖고 싶다면 아오야마(青山)에 가보거라. 연병대 안에 말이 몇 마리나 떨어져 있어. 큰아버지가 주워올까?"

데쓰오 "그건 군인 아저씨들 거니까 주워오면 혼나요. 나는 지금 집 앞 거리를 지나간 말이 갖고 싶다고요. 엄마 그 말 사 주세요."

데쓰오는 갑자기 큰아버지 무릎에서 일어나 현관 쪽으로 뛰어가서 문 앞을 내다봤지만 그가 조금 전에 본 말이 이미 멀리 가버리고 보이지 않자 다시 원래 자리로 돌아와서.

데쓰오 "엄마가 빨리 안 사줘서 벌써 어디론가 가버렸어."
라고 말하며 울상이 되어 엄마 무릎에 달려들었다.

언제나 이처럼 슬픔이 가득한 가정. 세상 사람들은 봄이 왔다고, 여순 함락의 보도가 나왔다고 축하하느라 들떠있는데, 아아 불쌍하도다! 이 집에서는 가장의 소식, 그 생사의 확보가 없는 이상, 아니 그 생존 소식이 전해지지 않는 이상 봄바람이 불어올 리가 없다.

(1905년 1월 20일)

(3)

둘러보니 낮도 아니고 밤도 아니다. 빛나는 일륜(日輪)[8]도 없고 반짝이는 북두칠성도 보이지 않는다. 단지 어스레한 하늘의 구름이나 안개 같은 곳을 한줄기 수상한 빛이 나팔모양으로 비추고 있는 것이 보일 뿐. 저것은 그림에서 본 탐해등의 빛이다. 도미코가 지금 이름 모를 산꼭대기에 서서 산 저편의 하늘을 바라고 있자니 파도가 밀어닥치는 바닷가에 딸 도키코가 발랄한 간호사 복장을 하고 엄마가 있는 쪽은 쳐다보지도 않고 씩씩하게 걸어가는 것이 보인다.

"어머, 도키야, 위험해. 바다에 빠지면 큰 일 나요."
라고 외쳤지만 역시 돌아보지 않고 성큼성큼 파도 위를 걸어간다.

그러자 자기도 어느샌가 간호사 복장을 하고 뭔가 수상한 힘에 떠밀리듯이 도키코의 뒤를 따라 파도 위를 걷고 있다.

"저 이번에 간호사가 되어서 아버지가 계시는 여순에 갈 거예요."
라고 도키코가 속삭인다.

이때 도미코의 가슴에는 남편 도키에다 대기관사가 적의 포로가 되어서 여순구내에 머물고 있다는 생각이 뚜렷하게 떠올랐기 때문에 '나도 데리고 가줘' 하고 도키코의 손을 잡고 파도 위를 걷는 것이 전혀 이상하게 느껴지지 않아 성큼성큼 앞으로 나아갔다.

'어머' 하고 돌아보니 어디선지 모르지만 대포 울리는 소리가 들렸다. 그리고 수많은 병사들이 돌격하는 모습을 오로지 느낌만으로 알 수 있었다.

이때 도미코는 역시 도키코의 손을 잡은 채로 어느 벌거숭이 산위에 서있다.

연극에서 본 적이 있는 털이 빨간 러시아 병사 열 명 정도가 우르르

---

8) 태양을 뜻한다.

한쪽에서 나오니까 남편 다미오가 도쿄를 떠났을 때 입고 있던 군복 차림으로 거실에 장식해 놓은 대대로 물려받은 장신의 창을 갖고 나오자 러시아 병사들은 총검으로 다미오를 찌르려고 한다.

그러자 다른 한 편에서 데쓰오가 갈색 털의 건장한 말을 타고 양철 검을 휘두르며 나타나 러시아 병사를 한 명씩 무찌른다. 한 명의 러시아 병사가 데쓰오를 향해서 총을 쏘려고 한다. 아버지 다미오는 이를 모른 채 다른 놈과 싸우고 있다.

"어머 위험해. 뎃짱, 위험해. 여보세요, 누가 데쓰오를 죽이려고 해요." 라고 외친 자기 목소리에 깨어나 보니 방 안의 등불은 이미 꺼져있고 새벽녘이 가까웠지만 꽃 하나 없는 마당을 지나가는 밤바람에 빗장 흔들리는 소리만 들렸다.

아아, 꿈이었구나. 너무 남편 생각만 하다 잠들어서 결국 꿈까지 꿔버렸다. 데쓰오와 도키코는 엄마 양 옆에서 기분 좋게 잠들고 아버지가 돌아오는 꿈이라도 꾸고 있는지 뭔가를 찾고 있는 것처럼 귀여운 양손을 이불 밖으로 내밀고 움직이고 있다.

'아아, 꿈이기는 했지만 살아계신다는 소식을 전하려는 꿈이 아니었을까. 아니면 내가 너무 그 생각만 하고 있어서 꿈까지 꾼 걸까. 쓰기지의 아주버님께서 그런 말씀을 하셔서 혹시나 하는 마음에 꾼 꿈은 아닐까. 아니면 아주버님이 그렇게까지 말씀하셨으니 어떡해든 살아계신 건 아닐까. 내일 아침이 되면 알 수 있다고 하셨는데 빨리 날이 밝았으면 좋겠다. 그리고 전보가 와서 살아계신다는 소식을 전해주면 좋으련만.'

날은 밝아지려 했지만 아직은 밝지 않았고, 서리마저도 휘날리는 새벽바람이 틈새로 들어와 몸에 스민다.

(1905년 1월 21일)

(4)

날이 밝아오는 것을 기다렸다 도미코는 잠자리에서 일어나 무슨 생각이 들었는지 지금까지 도코노마에 모셔놨던 남편의 위패를 치우고 사진만 남겨 놓았다. 갑자기 하녀를 불러 깨우더니 이것저것 일을 시키고 끝내 동네 쪽으로 장을 보고 오게 했다. 사오라고 한 물건 중에는 올해는 신년 제사를 하지 않기로 해서 준비하지 못한 떡도 있었다.

얼마 안 있어 어리고 순진한 데쓰오가 눈을 뜨고 아침부터 기운차게 군가를 부르며 돌아다녔기 때문에 엄마는 도키코를 깨워서 머리를 묶어주었다.

도키코 "오늘은 아버지의 음선을 차릴 테니까 엄마가 떡국 해줄게."

딸 "나 어젯밤에 아버지가 돌아오시는 꿈을 꿨어요. 그런데 어머니는 간호사가 되셔서 어디론가 가버리고 안 계셨어요. 그리고 뎃짱도 군대에 가버렸다는 거예요. 집에는 기요하고 나밖에 없는데, 아버지가 도소주[9]를 마시고 계셔서 내가 올해는 신년 제사를 지내지 않기로 해서 떡국은 없다고 하니까 아버지가 웃으시면서 '아빠가 돌아오면 떡이든 뭐든 얼마든지 찧어 줄께'라고 하셨어요. 그때 어머니가 깨우신 거예요."

도키코 "어머, 도키코도 그런 꿈을 꿨구나. 나도 아버지가 돌아오시는 꿈을 꿨기 때문에 분명히 돌아오실 거야. 오늘 아침은 정말 그런 느낌이 들어서 아침에 떡국을 준비해서 전에 했던 음선을 할 거야."

도키에다 집에서는 처음으로 새해다운 아침을 맞이하였다. 집 주인 사진 앞에는 음선마저 차려졌다. 데쓰오는 예의 양철로 된 사벨을 손에 들고 팽이를 돌리고 도키코는 하고이타(羽子板)[10]를 손에 들고 동네 학우들과 재미난 노래를 부르면서 놀고 있었다.

---

9) 도소주(お屠蘇)는 일본에서 1월 1일부터 3일 간에 걸쳐 마시는 술로 가족이 모여 앉아 무병장수를 기원하는 의미에서 이 술을 돌아가며 마신다.
10) 일본의 제기 비슷한 놀이 기구로서 하고(羽子)를 쳐 올리고 받고 하는 나무채.

오전 열시. 어젯밤의 태풍은 하늘 저편에서 잠잠해졌고 고마고메 근처, 센가기바야시초에 있는 도키에다가의 주거에는 아침 햇빛이 쓸쓸하지만 기분 좋게 내리쬐고 있었다. 때마침 '전보' 하고 우렁찬 소리와 함께 던져진 것은 기다리고 기다리던 전보……손에 받아 보니 두 통이었다. 하나는 교바시에 있는 아주버님이 보내신 것.

'여순의 우리 포로 중에 대기관사 한 명 있음 다미오 맞음'

다른 하나는 물론 해군성에서 보낸 것.

'도키에다 씨 생존 오늘 아침 출발 돌아가다'

그 다음 이야기는 더 이상 쓸 필요가 없다. 전쟁에서는 이기고, 죽었다고 생각한 사람이 살아서 돌아온다고 한다. 도키에다 씨네 올 새해는 경사롭기 그지없다.

(1905년 1월 22일)

[유재진 역]

번역소설[1] 프랑스 기병의 꽃(飜譯小說 佛蘭西騎兵の花)

영국 코난 도일 작(英國 コーナンドイル作)

일본 바이손 인지 역(日本 梅村隱士譯)

◎우울성의 탐험(憂鬱城の探險)

(1)

나폴레옹군의 기병장교 세라다 가즈오(世良田一雄)라고 하면 나폴레옹[2]에게 가장 총애 받은 자로 프랑스군은 물론이고 당시 나폴레옹과 전쟁을 치른 다른 나라 군대에서도 그 이름을 모르는 이가 없을 정도로 유명하였다.

세라다가 아직 기병중위 때의 일이다. 그 당시 청년사관은 아직 수많은 장병들과 말들을 감독할 필요가 없었다. 장상관(長上官)[3]처럼 전쟁에 참여할 필요가 없었고 머리가 하얗게 셀만큼 걱정과 고생이 많은 것도 아니고 몸의 장신구라고 하면 어깨 위의 견장 하나가 전부인 중위나 대위의 신분이고 보니 실로 마음이 편했다. 이들이 하는 일이라고는 말이 거품 물 정도로 달리거나 긴 칼을 안장에 부딪치게 하거나 술잔을 들고 하늘을 올려다보거나 미인을 놀리는 일 외에 어떡하면 즐겁고 유쾌한 생활을 보낼지를 궁리할 정도였다.

바로 이런 시기에 다양한 모험담의 재료들이 만들어졌고 세라다 중위가 우울성이라는 신기한 장소에 곤도(近藤)[4]라는 소위와 둘이서 찾

---

1) 제12회부터는 '번역소설'에서 '소설'로 바뀐다.
2) 나폴레옹 보나파르트(Napoléon Bonaparte, 1769~1821).
3) 일본어 원문에는 '상장관'으로 잘못 표기되었으나 장상관으로 정정하였다.
4) 2회부터 이름이 '다쓰노(龍野)'로 바뀐다.

아간 것도 역시 그 시절의 청년사관으로서는 드문 일이 아니었지만 그때 맞닥뜨린 활극이 매우 참담한 대모험이었기에 세라다의 이력을 소개하는 것부터 시작하려 한다.

때는 나폴레옹 대군이 러시아 국경을 공격했을 때, 젠다(善田) 소위 가 이끄는 사백 기의 경기병은 프로이센령에서 폴란드 동부로 진군하 라는 명을 받았다. 세라다 중위는 그 부대의 부관이었다. 이때 프랑스 대군은 러시아령의 추위 때문에 고생했고 아일라우(Eylau)의 대격전[5] 도 있었기에 경기병인 제10여단(旅團)은 거의 모두가 보병이 되어야만 했다. 이러한 상황에서 젠다 소위와 세라다 부관은 그들이 인솔하는 신예 부대가 매우 환영받을 것이라 믿었으나 아무래도 그 진군은 뜻대 로 진행되지 않았다. 그 이유는 눈이 많이 쌓인 데다 진로가 험악하고 말의 사료가 부족해서 보병의 진군보다도 속도가 나지 않았던 것이다. 가끔 소설에서는 기병이 너무 난폭한 행진을 하는 바람에 한 바퀴 삥 돌아 제자리로 돌아왔다는 이야기가 있고, 과거에 열두 번이나 실전에 임한 적이 있는 세라다 중위가 그가 지금 인솔하고 있는 대대는 적 앞에 다가갈 때나 평상시의 보조나 전혀 변하지 않았다는 것이 큰 자 랑거리였는데도 실상은 달랐다.

하지만 세라다 중위는 워낙 말을 좋아하는 사관인지라 지금 나이도 털빛도 성질도 다른 사백 마리 말을 자기 지휘 하에 인솔하는 것이 실로 유쾌하지 않을 수 없었다.

이런, 이야기가 꽤 삼천포로 빠져버렸네. 자 그럼, 이제부터 다시 본론으 로 들어가겠습니다. 세라다 중위 일행은 마리엔베르더(Marienwerder)를 넘어 비스툴라(Vistula)를 지나 리젠베르크(Riesenberg)에 도착하여 그

---

5) 1807년에 프로이센의 아일라우에서 프랑스군과 러시아 · 프로이센 연합군이 벌인 전투. 나폴레옹 전쟁 중에 펼쳐진 것으로, 러시아 · 프로이센 연합군이 퇴각하였으나 프랑스군 역시 막대한 피해를 입었다.

곳의 우체국을 겸한 여관에서 사영(舍營)을 하고 있을 때, 젠다 소장이 편지 한 장을 펄럭이며 세라다의 방으로 갑자기 들어왔다.

소위 "세라다, 자네는 지금부터 본관과 헤어져야만 하네."

젠다 소장의 얼굴에는 매우 실망한 빛이 역력했다. 세라다는 이 늙은 소장과 헤어지는 게 전혀 아쉽지 않았기 때문에 겉치레 같은 인사말을 듣는 게 아무렇지도 않았다. 단지 묵묵히 경례를 하자 소장이 말을 이었다.

"라살 장군[6]의 명령이네. 자네는 지금 바로 로셀(Rosel) 마을로 가서 연대 본부에 보고를 해야만 하네."

세라다는 지금 상황에서 하사받은 이 역할만큼 기쁜 소식도 없었다. 자기가 장상관으로부터 특별히 지명받아서 이와 같은 큰 임무를 맡게 되었다고 생각하니 더욱 더 기분이 좋았다. 이렇게 갑작스럽게 자신을 연대 본부로 복귀시키려고 하는 것은 라살 장군이 세라다라고 하는 중위가 없으면 자기 연대는 충분히 활동할 수 없을 것이라고 믿었기 때문이 분명하다. 이렇게 생각하니 세라다는 마음속으로 매우 뿌듯했다.

(1905년 1월 20일)

(2)

갑작스러운 명령은 세라다 중위에게는 매우 기쁜 소식이 분명했지만 실은 다소 시기가 안 좋았다. 그 이유는 오늘 밤 사영하고 있는 여관집 딸이……상아처럼 피부가 하얗고 머리는 새까만데……중위랑 가까운 사이가 되어서 이야기를 조금 더 나누고 싶다고 생각하던 참이

---

6) 앙투안 루이 샤를 라살(Antoine Louis Charles de Lasalle, 1775~1809).

었다. 하지만 이미 칼은 칼집에서 뽑혔다. 피를 볼 때까지 가만히 쥐고만 있을 수는 없는 노릇이기에 세라다 중위는 그가 탈 가타호(方帆)라는 준마에 걸터앉아 혼자 쓸쓸히 여행을 떠났다.

이날 아침 세라다 중위의 무사다운 모습은 이 지방 인민들이 처음 보는 화려하면서도 용맹한 자태로서, 중위의 준마 가타호가 새까만 앞다리를 굽히며 한 발씩 내디딜 때마다 아직 마르지 않은 아침 이슬이 아침 햇살에 반짝이는 모습은 너무 훌륭해서 뭐라 형용할 말을 찾을 수 없었다.

세라다는 당시 스물다섯의 혈기왕성할 때라 프랑스 기병 중에서도 으뜸가는 정예기병이자 유명한 검법가였다. 그가 입은 제10여단 제복은 물이 흐를 것만 같은 파란색 윗도리에 빨간 줄이 들어간 바지인데 이들이 지나가면 마을 사람들이 모두 뛰기 시작한다고들 한다. 부인들은 그들을 향해서 남자들은 반대 방향으로 도망간다고 하니, 그날 아침 리젠베르크 마을에서도 집집의 창문마다 아름다운 눈들이 그를 엿보면서 조금만 더 천천히 지나가길 바라는 것 같았다. 하지만 기병이 진출을 하는데, 손에 침을 뱉고 고삐를 흔들며 길을 달리는 거 외에 달리 무엇을 할 수 있겠는가. 세라다가 마을에서 멀어지자 차갑게 빛나는 태양 외에는 구름 한 조각 없었고, 땅을 둘러보면 눈에 덮인 끝없는 황야뿐이었다. 군데군데 인가가 보이기는 했으나 삼 개월 전에 나폴레옹 대군이 이곳을 통과하였기에 시골 마을이 어떤 꼴을 당했을지는 상상할 수 있을 것이다. 이 지방 인민들은 프랑스 부대를 가장 환영했지만, 오로지 나폴레옹 친위병만 짐차를 갖고 있을 뿐, 백만의 군대는 모두 각자 알아서 진군하면서 인가에서 식량을 조달해야만 했던 것이다. 지금 세라다가 가축 한 마리 보이지 않고 인가에서 밥 짓는 연기 하나 피어오르지 않는 것을 보고도 특별히 이상하다고 생각하지 않은 이유도 그래서이다.

　그날 점심 무렵 세라다는 잘펠트(Saalfeldt)라는 마을에 도착하였다. 거기서부터 나폴레옹 황제가 일곱 사단의 보병들과 함께 겨울을 나고 있는 오스테로데(Osterode) 마을로 향하는 큰길은 도중부터 마차나 짐차로 혼잡해지기 시작했다. 그 사이를 비집고 빠져나가는 것이 매우 어려울 것 같아 연대 본부까지 시간이 많이 걸리는 건 아닐지 세라다는 걱정되기 시작했다. 게다가 이 지방은 눈이 많이 쌓여있어서 말 다리가 반이나 푹푹 빠져 들어가 이를 조심하면서 살금살금 앞으로 나아가야 했기 때문에 더욱더 답답한 상황이었다. 다행이도 겨우 지름길이 나 있는 곳까지 왔기 때문에 세라다는 한숨을 내쉬었다.

　그 길은 전나무 숲 가운데를 가로질러 북쪽으로 돌아서 나 있었다.

　길을 조금 가다보니 작은 마을이 나왔고 기병 제3여단의 한 분대가 사영을 하고 있었다. 이 여단은 훗날 세라다가 연단장이 되어 지휘를 하게 될 여단이다. 그 마을 어느 집 앞에 키가 크고 창백한 얼굴을 한 사관 한 명이 있었다. 사관이라기보다는 오히려 학교를 막 졸업한 승려라고 하는 게 더 어울릴만한 풍채로 도저히 도깨비하고도 견줄만한 거친 사내들을 질타하는 사관으로는 보이지 않았다. 그 사관이 막 말에 올라타려 했다.

　세라다가 자기 앞에 와서 말 고삐를 잡아당긴 걸 보고 사관은 인사하였다.

　"안녕하세요. 날씨가 좋네요."

　세라다도 또한 대답하였다.

　"안녕하세요. 나는 제10여단 기병 중위 세라다 가즈오라고 합니다."

　그러자 사관의 얼굴빛이 세라다 중위의 이름을 아는 것처럼 보였다. 그도 그럴 것이 세라다가 여섯 명의 용사를 상대로 결투해서 이겼다는 이야기를 모르는 자가 없었기 때문에.

　"저는 제12여단의 다쓰노(龍野) 소위입니다."

사관이 이름을 대었다.

세라다 "군대에는 최근에 들어왔습니까?"

다쓰노 "일주일 전입니다."

(1905년 1월 21일)

(3)

세라다는 지금 만난 소년 사관인 다쓰노 소위의 창백한 얼굴과 그 태도를 보건데 그가 부하들을 지휘해도 분명 부하들은 말 위에서 농땡이를 필 궁리만 하고 있을 것이 뻔했다.

그러고 나서 잠시 그곳에서 말을 쉬게 하는 사이에, 이 소위가 아직 사관학교에서 노병을 지휘하는 연습을 했을 학생 때의 모습 그대로인 것을 간파하였다. 이는 세라다 자신에게도 그런 기억이 있어서, 이때에는 자기 나이만큼 수많은 전쟁을 치러온 노병에게 호령을 쳐야 했기에 자기도 모르게 '부디 앞으로 나아가 주세요.' 혹은 '조금 달려 보면 어떨까요.'라고 하지 않으면 뭔가 어색했다.

그래서 이 다쓰노 소위의 부하들이 농땡이를 치고 있는 것을 보고 다쓰노가 안쓰럽게 여겨져서 이들을 한 번 노려보자 부하 병사들은 모두 안장 위에서 몸을 굳히고 말았다.

그러고 나서 세라다는 다쓰노 소위를 향해서 물었다.

"자네는 이제부터 북쪽으로 가는가?"

그 대답은 기대했던 대로였다.

"저는 아렌스도르프(Arensdorf) 마을 부근까지 순찰하라는 명령을 받았습니다."

세라다 "그럼 나도 함께 가겠네. 길은 약간 멀어지더라도 막혀있는 지름길보다는 빨리 달릴 수 있으니까."

다쓰노 소위의 설명에 의하면 이쪽 방향은 프랑스병이 있는 진영으로부터 멀어지고 코사크(Cossacks) 병이나 강도들이 출몰하는 위험한 곳이지만 우리 병사로 길이 막혀있는 뒤쪽과는 달리 매우 한산한 지방이었다. 물론 그곳을 돌아서 가면 앞쪽에는 다시 우리 쪽 병사들이 많이 둘러싸고 있지만 말이다.

이렇게 해서 세라다와 다쓰노는 척후병(斥候兵)들의 선두에서 말을 달렸고 뒤에는 여섯 명의 기병이 요란한 말굽 소리를 내며 따라왔다.

이 다쓰노 소위라는 소년 사관이 점점 세라다와 가까워지면서 여러 이야기를 나누며 달리는 사이에 그 성질이 매우 온순하고 천진난만하다는 사실을 알게 되었다. 세라다의 눈에는 마치 학교에 있을 때처럼 알렉산드리아(Alexandria)나 폼페이(Pompeii)의 유적은 잘 알지만 군마의 사료를 배합하는 방법도 말굽 돌보는 방법도 모르는 것까지 보였다.

그래도 어쨌든 다쓰노 소위는 많은 야전 경험으로 닳지 않은 온순하고 천진난만한 소년이었다. 다쓰노는 계속해서 여동생 마루코(丸子)나 쓰나고(綱江)에 계시는 어머니 이야기를 해서 세라다를 기쁘게 했다. 그러는 와중에 일행은 하예나우(Hayenau) 마을에 도착하였고 다쓰노는 바로 우체국에 말을 세우고 국장에게 이렇게 물어보았다.

"이 근방에 소토베(外部) 남작이라는 사람이 사는지 알고 있습니까?"

우체국장이 고개를 젓자 바로 다시 일행은 말을 달렸지만 이때까지만 해도 세라다는 전혀 신경 쓰이지 않았다. 하지만 또 다시 다음 마을에 가서도 다쓰노가 똑같은 질문을 던지고 다시 실망한 모습을 하였기에, 이 소토베 남작이라는 자가 누구인지 물어보지 않을 수 없었다.

이 질문에 다쓰노 소위의 앳된 얼굴에서 갑자기 예리한 빛이 발했다.

"제가 그 자에게 매우 중대한 용건이 있습니다."

라고 대답했지만 세라다는 무슨 뜻인지 알 수 없었다. 하지만 그의 거동으로 봐서는 깊게 물어보길 원치 않는 것 같아 세라다는 더 이상

추궁하지 않았다. 그러고 나서도 다쓰노는 농부든 누구든 사람만 보면 소토베 남작이라는 자에 관해서 같은 질문을 되풀이 하였지만, 세라다는 이 일에는 그 이상 참견하지 않았다.

이렇게 행진하고 있는 사이에도 세라다는 기병사관으로서의 본분을 다해 지방의 약도를 그리는 것에서 강물이 흐르는 방향과 도하 가능한 곳 등을 기록하였지만, 일행은 점차 아군의 본진에서 멀어졌고 눈이 금방이라도 내릴 것 같은 구름 낀 남쪽 하늘에서 아련하게 연기 한 줄기가 올라오는 것을 보고 아군의 전초선이라는 것을 알 수 있을 뿐, 북쪽 방향 일대는 모두 러시아군의 겨울 진영이었기 때문에 앞으로 나아갈수록 위험을 느끼게 되었다.

저 끝에 보이는 지평선에서 검의 빛이 두 번 정도 번쩍이는 것을 세라다는 예리한 눈으로 포착하였고 이를 다쓰노에게 일러주었다. 하지만 꽤 거리가 있어서 어디서부터 빛났는지는 확실히 모르겠지만 그것이 고사크 병의 창끝에서 난 것만은 의심의 여지가 없었다.

일행은 어느 작은 산 위에 올랐지만 날은 이미 저물어가고 있었다. 여기서부터 바라보면 오른쪽으로는 작은 마을이 하나 보이고 왼쪽으로는 소나무 숲 사이로 높이 솟아오른 새까만 성이 보였다. 때마침 양털 가죽을 뒤집어 쓴 농부가 땅을 내려다보며 터벅터벅 이쪽으로 걸어오자 다쓰노는 "저기는 무슨 마을이냐?"라고 물었다.

농부 "저기는 아렌스도르프 마을입니다."

농부는 무뚝뚝하게 독일어로 대답했다.

다쓰노는 그럼 오늘밤은 저기서 사영을 하게 되겠군, 하고 혼잣말처럼 말하고는 마지막 질문을 이 농부에게 했다.

"자네는 소토베 남작이라는 자가 어디 있는지 아는가?"

농부 "그 자는 저 우울성의 주인입니다."

농부는 이렇게 대답하고선 소나무 숲 사이로 튀어나온 높은 탑을 가리켰다.

다쓰노는 이 말을 듣고 마치 사냥꾼이 사냥감을 발견하고 기뻐할 때처럼 소리를 질렀다. 미쳐버린 건 아닌지 걱정 될 만큼 눈은 이상하게 번득이고 얼굴에서는 핏기가 사라지면서 이를 박박 갈기 시작하자 농부는 황급히 두세 발 뒤로 물러섰다.

다쓰노는 곁에 사람이 있다는 것을 잊어버릴 정도로 말의 목 앞으로 자신의 머리를 내밀고 우울성이라는 그 크고 시커먼 건물을 노려보고 있었다.

(1905년 1월 22일)

(4)

세라다는 농부를 향해서 물었다.

세라다 "왜 자네들은 저기를 우울성이라는 묘한 이름으로 부르는가?"

농부 "그야, 이 나라 말로 그렇게 부를 뿐입니다만, 그건 그렇고 저기서는 뭔가 무서운 일이 일어날 것만 같습니다. 그야 그렇겠죠. 십사년이나 전부터 이 폴란드에서 제일가는 악당이 살고 있으니까요."

세라다 "그 주인이 폴란드인인가?"

농부 "우리나라에서 저런 악당이 태어날 리가 있겠습니까!"

세라다 "그럼 프랑스인인가?"

농부 "그렇다고들 합니다. 프랑스에서 왔다고 합니다."

세라다 "머리색이 붉은가?"

농부 "여우처럼 붉습니다."

"그래. 바로 그놈이야."

다쓰노가 옆에서 소리쳤다. 몹시 흥분했는지 몸을 떨고 있었다.

다쓰노 "드디어 신이 내 손을 이끌어주셨도다. 누가 이 세상에 정의 공도(定義公道)가 없다고 하였는가. 자아, 세라다 중위 갑시다. 저는 병사들을 사영시킨 다음에 제 개인적인 용무를 봐야 합니다."

다쓰노는 선두에서 말을 달리며 아렌스도르프 마을로 들어갔다. 이곳은 오늘밤 일행이 사영할 곳일 뿐, 세라다하고는 아무런 관계가 없었다. 게다가 다쓰노의 저 거동이 무엇을 의미하는지도 알 수 없었다. 라셀 장군이 주둔하는 곳은 아직 멀리 떨어져 있기 때문에 세라다는 다쓰노 소위와 헤어지고 갈 수 있는 데까지 길을 서둘렀다가 어느 마을이라도 좋으니 길가의 빈집에서 애마인 가타호와 자신이 비를 피할 수만 있다면 괜찮다고 생각하면서 술 한 잔의 기운을 얻고 나서 다시 말에 올라탔다. 그러자 당황한 다쓰노 소위는 입구에서부터 그의 뒤를 쫓아와 세라다의 무릎에 손을 얹으며 마치 애원하듯이 말했다.

"세라다 중위님, 제발 소관(小官)을 버리지 말아주십시오. 부탁드립니다."

세라다 "그야, 자네가 무슨 걱정이 있어서 나에게 뭔가를 부탁한다면 나도 자네를 도와줄 수는 있지만 말일세."

다쓰노 "당신에게 사과드릴 일이 있습니다. 부디 부탁드릴 일이 있습니다. 지금 소관이 처해진 상황을 봤을 때 오늘 밤 소관을 도와주실 수 있는 분은 당신밖에 없는 것 같습니다."

세라다 "자네는 내가 연대 본부로 가고 있는 도중이라는 것을 잊은 건 아니겠지?"

다쓰노 "어차피 중위님은 오늘 밤에 도착하지 못하십니다. 내일에나 떠나실 수 있습니다. 내일은 라셀 장군의 진영에 도착하실 겁니다. 그러니 오늘 밤은 소관과 함께 가주세요. 저를 위해서 친절한 은혜를 베풀어주세요. 그리고 제 일신과 저의 가족에 관한 일대사에 가세해주세요. 솔직히 말씀드리자면 제 몸이 위험에 빠지게 될 것이라는 사실을 고백하겠습니다."

이렇게 간곡히 부탁하는 것을 봐서는 다쓰노에게는 매우 중요한 일인 것 같았다. 세라다는 일단 가타호의 등에서 내려와 가타호를 마구간으로 돌려보내라고 마부에게 지시했다.

세라다 "그럼 안으로 들어가서 그 이야기를 해보세. 그러고 나서 자네가 나에게 부탁하고자 하는 일을 자세히 들어보겠네."

다쓰노는 세라다를 그 집 응접실로 안내하고 다른 사람들이 못 들어오게 문을 잠가버렸다. 그때 다쓰노의 태도가 이제까지의 앳된 모습과는 사뭇 달라 보여서 세라다는 다시 한 번 그를 도와주기로 마음을 굳혔다. 키 큰 다쓰노의 모습이 램프 빛으로 비추어지자 처음으로 열정적인 그의 얼굴색이 은빛 도는 회색 군복과 잘 대비되었다.

다쓰노 소위는 세라다도 분명히 자기 정도의 나이 때 이처럼 동정받을 만한 경험을 해 봤을 것이라고 마음속으로 생각했다.

다쓰노 "저는 몇 마디 말로 이 이야기를 해드릴 수 있습니다. 제가 지금까지 중위님 마음속에 있는 의문에 대답을 드리지 못한 이유는 실은 이 이야기를 하는 것이 제게는 너무나 고통스럽기 때문입니다. 하지만 저는 중위님의 도움을 받아야 하기에 자세히 말씀드리고 부탁을 드리고자 합니다. ……당신도 아실 겁니다. 저의 아버지는 다쓰노 모리에(龍野守衛)라는 유명한 은행가였습니다. 그 9월의 대참사[7] 때 돌아가신 분 중 한 분이셨습니다. 이미 아시겠지만 그 당시 봉기를 일으킨 자들이 감옥을 점령하였습니다. 그들은 옥중에 있던 공화당원들을 모두 끄집어내서 자기들 쪽에서 추천한 세 명의 재판관을 앞세워 마음대로 재판을 벌이고 마을로 끌고 가서는 매우 잔인하게 사형하였습니다. 저의 아버지는 빈민을 도와주신 적이 있어서 많은 이들이 아버지

---

7) 1792년 9월 초. 파리 시의 감옥에서 반혁명 혐의로 수감된 만오천 명 내외의 죄수들이 학살당한 사건.

를 위해서 구명을 탄원했습니다만…… 당시 아버지는 감옥 안에서 열
병에 걸리셨고 거의 죽다시피 해서 모포에 싸여 끌려나오셨습니다. 재
판관 두 명은 아버지를 용서한다는 의견이었습니다. 그런데, 셋 중에
서 가장 세력이 컸던 젊은 자코뱅파[8] 당원은 그 큰 몸집만큼이나 마음
도 짐승처럼 뻔뻔한 놈이었는데, 그놈이 직접 아버지를 끌고 와서 커
다란 구두로 몇 번이곤 몇 번이곤 걸어차고서는 밖으로 내던진 겁니
다. 그 다음은 차마 제 입으로 말씀드릴 수 없을 정도로 잔인한 방법으
로 팔다리를 갈가리 찢어서 저희 아버지를 참살하였습니다. 이것은 그
들이 말하는, 법 같지 않는 법률로 따져 봐도 실로 살인죄에 해당합니
다. 재판관 둘은 아버지를 구명하겠다는 의견이었는데 자기 마음대로
극악무도하게 처형을 가했다는 건, 사실 그가 직접 아버지를 죽인 거
나 마찬가지입니다.

(1905년 1월 24일)

(5)

다쓰노는 아버지가 참살당한 이야기를 이어갔다.

"그 후로 사회 질서가 회복되었고 저의 형은 그 작자에 대해서 조사
하기 시작했습니다. 저는 그때 아직 어린아이였지만 일가의 중차대한
일이였기에 저도 논의의 자리에 참석하기는 했습니다. 그 악덕 재판관
의 이름은 구라이(久良井)라고 하는데, 원래 육군출신의 유명한 격투가
였다고 합니다. 그 당시 그가 저지른 난폭한 행동 중 하나로 외국 귀족
인 소토베 남작이라는 자를 자코뱅 앞으로 끌고 와서 그의 신체와 재
산이 모두 구라이의 것이라는 서약을 강요한 일이 있습니다. 그리고

---

8) 프랑스 혁명의 과격 공화주의자.

구라이는 남작 부인과 결혼하고서는 그의 직위를 빼앗고 로베스피에르[9]가 실각한 프랑스를 도망쳐 나온 것입니다. 물론 그 여자를 데리고 말입니다. 그 후의 소식은 전혀 모릅니다.

물론 중위님은 그 녀석의 직위와 이름을 알고 있기 때문에 찾아내는 건 어렵지 않을 것이라고 생각하시겠지만, 그 혁명시대 때 저희 집안은 모든 재산을 빼앗기고 저희 일가는 완전히 거지가 되었습니다. 그래서 외국까지 손을 뻗어서 그 녀석을 찾아내는 건 목숨을 걸지 않고서는 할 수 없었습니다. 그리고 오늘날 제국의 시대가 된 이래, 이 수색이 더 어려워진 것은 만사가 질서를 되찾아가자 동시에 옛일은 모두 어둠 속으로 덮어져 버린 것입니다. 하지만 이러한 상황에도 전혀 개의치 않고 저희 일가는 계속 그를 찾았습니다. 저의 형은 군대에 들어가서 남유럽을 통과하면서 가는 곳마다 소토베 남작을 찾아보았지만 작년 10월 이탈리아[10]의 예나(Jena)에서 누군가에게 살해당했습니다. 아직 그 동기나 상세한 상황은 오늘날까지 명확하게 밝혀진 바가 없습니다. 그리고 제 차례가 되었습니다. 그런데 군대에 들어가서 2주일도 채 지나지 않아 정찰 임무를 수행하던 중에 그 녀석의 위치를 알아냈다는 것은 대단한 행운입니다. 게다가 프랑스 군대에서 용기와 의협심으로 유명한 당신을 만났다는 것은 하늘의 은혜가 아니고 무엇이겠습니까!"

세라다는 이야기를 열심히 듣고 있었지만 소년 사관 다쓰노가 자기에게 무엇을 바라고 있는지 아직은 납득이 가지 않았다.

세라다 "그래서 내가 자네를 어떻게 도와야 한다는 말인가?"

9) 막시밀리앙 프랑수아 마리 이지도르 드 로베스피에르(Maximilien François Marie Isidore de Robespierre, 1758~1794): 자코뱅파의 중심적 인물로 프랑스 혁명을 주도한 정치인.
10) 원문에는 이탈리아로 표기되어 있으나 예나는 독일 남부의 도시이다.

다쓰노 "저랑 함께 가주세요."

세라다 "우울성으로 말인가."

다쓰노 "네 맞습니다."

세라다 "언제?"

다쓰노 "지금 바로요."

세라다 "하지만 자네는 가서 무얼 하겠다는 건가?"

다쓰노 "무얼 할지는 가서 지켜봐주세요. 하지만 제가 무엇을 하든지 간에 중위님께 동행을 부탁드리는 건 마찬가지입니다."

앞서 말한 것처럼 세라다는 굳이 말하자면 탐험을 좋아하는 성격이다. 게다가 그와는 별도로 소년 사관의 심정에 깊이 동정하고 있어서 그의 부탁을 거절하지 않았다. 비록 인간으로서는 원수를 용서하는 것이 도리이지만 이 경우에는 저쪽에서 먼저 용서를 빌어야 하는 것이 인지상정이라는 것이다. 이리하여 세라다는 다쓰노를 도와주기로 한 것이다.

세라다 "나는 내일 아침, 라셀 장군에게 가 봐야 하지만, 오늘밤만은 자네를 돕겠네."

(1905년 1월 25일)

(6)

세라다와 다쓰노 두 사관은 인솔하던 기병을 숙사에 머물게 하고 몰래 여관을 빠져나왔다. 거기서부터 우울성이라는 곳까지는 겨우 십사 오 정(町)¹¹⁾밖에 떨어져 있지 않아서 굳이 말을 탈 필요 없이 걸어서 갔다. 물론 둘은 그 긴 장검을 끌고 갔지만 세라다는 특별히 권총 한 자루를 바지 주머니에 집어넣었다. 오늘 밤 같은 용무에는 이런 도구

---

11) 길이의 단위로 1정은 약 109m.

가 꼭 필요하다고 생각되었기 때문이다.

　성까지 가는 길은 어둡고 울창한 참나무 숲 속으로 꼬불꼬불 가로질러 나있었기 때문에 그 아래를 지나가는 둘의 머리 위로는 하늘이 군데군데 보이고 거기서부터 희미하게 별빛이 내비칠 뿐이었다. 하지만 잠시 후 이 암흑에서 벗어나오자 눈앞에 바로 성이 우뚝 서있었다.

　성은 거대했고 매우 이상하게 생긴 탑이 사방으로 뾰족뾰족 솟아 있었고 꽤 오래되어 보였다. 그리고 둘이 가까이 다가가고 있는 쪽에 네모난 창고가 있었다. 그 새까만 건물로부터는 단지 등불 하나만이 창문을 통해 비칠 뿐 아무런 소리도 들려오지 않았다. 그 건물은 광대하면서도 조용하다는 점에서 우울성이라는 묘한 이름과 매우 잘 어울렸다. 다쓰노는 세라다가 이런 생각을 하고 있을 때에도 열심히 앞을 향해 걸어가고 있었기 때문에 세라다는 현관으로 이어지는 걷기 힘든 울퉁불퉁한 돌밭으로 된 오솔길을 서둘러 뒤따라갔다. 문에는 초인종도 없었고 달리 사람을 부를만한 것이 아무것도 없었다. 그저 철판으로 된 단단한 문만이 굳게 닫혀 있어서 자신들이 들고 있던 대검 뒷부분으로 두드릴 수밖에 없었다. 그러자 매처럼 생긴 깡마른 얼굴에 귓가까지 턱수염이 난 남자가 불쑥 문을 열어주었다. 그는 한 손에는 램프를 들고 다른 한 손에는 크고 검은 개의 목을 묶은 쇠사슬을 쥐고 있었다.

　문지기는 처음에는 아주 거만한 태도였지만 둘의 군복을 보고는 얌전해지더니 죄송하다는 듯한 말투로 변했다.

　"소토베 남작님은 이런 늦은 밤에는 손님 면회를 받지 않으십니다."

　문지기는 매우 유차한 프랑스어로 말했다.

　다쓰노 "우리는 남작을 만나러 팔백 리그(league)¹²⁾나 되는 길을 걸어

---

12) 리그는 거리의 단위로 1리그가 약 4.8km. 800리그는 약 3,840km를 가리킴.

서왔기 때문에 만날 때까지 여길 떠나지 않을 각오라고 남작에게 전해
주시게."

세라다는 다쓰노의 열정적인 말과 단호한 태도를 보며 자기는 흉내
내기도 힘들 거라고 마음속으로 생각했다.

문지기는 두 사람을 곁눈질하며 곤란하다는 듯이 턱수염을 쓰다듬
었다.

"실은 남작님께서 지금 술을 드시고 계셔서 내일 아침에 다시 오시
는 게 두 분을 위해서 더 좋으실 거라고 생각됩니다만."

문지기가 이때 문을 살짝 더 여는 바람에 세라다는 순간 실내를 볼
수 있었는데 램프 빛으로 세 명의 험악하게 생긴 건장한 남자들이 보
였고 그 중 한 명은 문지기처럼 큰 개를 한 마리 데리고 있었다. 다쓰
노도 분명 이 광경을 본 게 틀림없지만 그의 결심에는 어떠한 영향도
미치지 못한 거 같았다.

"무슨 말인지 알겠소."
라며 다쓰노는 문지기를 밀치고 문안으로 들어갔다.

"용건이 있는 건 자네가 아니라 주인일세."

다쓰노의 기세에 눌려 복도에 서 있던 놈들이 길을 내주자 다쓰노는
서슴없이 안으로 걸어 들어가면서 그 중 한 명에게 마치 자기 부하를
대하듯 어깨를 두드리면서 말했다.

"남작 있는 곳으로 안내하게."

그 남자는 그 지방 말로 뭐라 속삭였는데 막 뒤에서 문을 닫은 문지
기 외에는 아무도 프랑스어를 할 줄 모르는 것 같았다.

문지기 "그럼 마음대로 하세요."

그는 기분 나쁜 미소를 띠우면서 이렇게 말했다. 그러고는 혼잣말처럼,

"만나보게 되면 내 충고를 듣지 않을 걸 후회할 걸."

(1905년 1월 26일)

(7)

문지기가 남작이 있는 거실로 안내해 주자 둘은 돌로 만든 넓은 복도를 따라갔다. 복도 여기저기에는 야수의 가죽이 놓여 있었고 벽에는 그 머리가 장식되어 있었다. 앞쪽의 막다른 곳에서 문지기가 방문을 열었기에 둘은 그 뒤를 따라 들어갔다.

그곳은 작은 방이었고 지금까지 걸어온 곳처럼 난잡하게 어지럽혀져 있었다. 벽에는 색이 바란 벽지가 발라져 있고 찢어진 벽지에서 돌로 된 벽이 보였다. 둘의 정면에는 그 방과 옆방을 잇고 있는 천막이 내려져 있다. 그리고 둘과 그 천막 사이에는 네모난 탁자가 놓여있어 더러운 접시와 먹다 남은 음식이 그 위에 널브러져 있고 술병 몇 병이 탁자 옆에 엎어져 있었다. 탁자 정면에는 주황색 머리를 부슬부슬 늘어뜨려 사자 같은 목덜미를 지닌 큰 남자가 둘을 향해서 앉아있었다. 수염도 윤기가 흐르는 주황색이었다.

세라다는 이제껏 인상 나쁜 사람을 꽤 봐왔지만, 이 남자만큼이나 야비하게 생긴 사람은 처음이었다. 가늘고 영악하게 생긴 눈과 하얀 주름이 자글자글한 두 볼, 그리고 두꺼운 입술이 커다란 얼굴보다 앞으로 튀어나와 아래로 쳐져 있는 인상이기 때문이다.

"당신들은 젊은이치고는 대담한 사람들이구먼."

그는 조롱하듯이 말을 걸고는,

"요즘 파리는 어떤 모습인가? 그래, 당신들은 폴란드를 독립시킬 생각으로 진군하고 있군. 다른 사람들을 독립시키려고 자신들은 그 노예가 되겠다는 거로군. 삼각 모자를 쓰고 회색 윗도리를 입은 작은 귀족주의 남자의 노예 말일세. 이제 파리에는 시민이라는 것이 없고 귀족과 귀족 부인만 있다고 들었는데, 당치도 않은 소리. 쓰레기 바구니에 사람 모가지를 더 쳐넣지 않으면 안 될 걸세."

다쓰노는 말없이 그 큰 남자 가까이로 다가가,

"구라이 덴조."

라고 외쳤다. 남작은 깜짝 놀라 화들짝 몸을 폈다. 그는 순간 술에서 깬 듯했다.

"구라이 덴조."

다쓰노가 다시 불렀기 때문에 그는 두 손으로 의자의 팔걸이를 꽉 잡고 일어서려 했다.

"어이, 젊은이. 자네는 그 이름을 두 번이나 불러서 어쩔 셈인가."

다쓰노 "구라이 덴조. 나는 오랫동안 네놈을 찾아다녔다."

남작 "내가 예전에 그런 이름으로 불렸다고 치더라도, 자네는 그때 아직 어린아이였을 텐데, 자네와 무슨 상관이 있다고 그러나."

다쓰노 "나는 다쓰노다."

남작 "그의 아들은 아니겠지······."

다쓰노 "네놈이 죽인 자의 아들이다."

남작은 애써 웃어 보이려고 한 것 같지만 그의 두 눈에는 공포의 기색이 역력했다.

남작 "옛날 일은 다 지나간 일일세. 어차피 귀족과 인민 사이에서 서로 목숨을 빼앗으려고 벌인 일이지 않는가. 자네 아버지는 지롱드 당[13]이셨어. 나는 산악파[14]였고. 우리 편도 많이 죽었다네. 그건 마치 전쟁 시의 운 같은 것이라네. 지난 일은 잊어버리고 서로 화해하고 행복한 생활을 하지 않겠나."

남작은 이렇게 말하면서 붉게 힘줄이 선 손을 내밀면서 악수를 청하려 했다.

---

13) 지롱드 당(Girondins)는 프랑스 혁명 때의 입법의회와 국민공회를 주장한 온건한 개혁을 요구한 당파이다.
14) 산악파(Montagnards)는 국민공회(國民公會)의 과격한 혁명을 주장한 좌파(左派)이다.

"집어치우게."

다쓰노는 참을 수 없다는 듯이 소리치고,

"네놈이 그 의자에 앉아 있을 때 이 검으로 찔러 죽여도 마땅하지만 그건 내 검에 대한 수치이고 그래도 네놈은 프랑스인인데다가 군대도 갔다 왔다고 하니, 일어서거라. 일어서서 진정한 승부를 가르자."

남작 "알았어, 알았네. 그걸 원한다면……."

다쓰노는 더 이상 참을 수가 없었는지 양손을 벌리고 남작의 주황색 턱수염을 확 움켜쥐었다. 이때 세라다의 눈에 남작의 번들거리는 두 눈과 피로 물든 입술이 보였다.

남작 "이제 자네 목숨은 내 손에 달렸네."

다쓰노 "흠, 이게 더 낫군."

남작 "검을 가져오겠네. 오래 기다리게 하지는 않을 걸세."

소토베 남작인 구라이 덴조는 이렇게 말하고 옆방으로 뛰어갔다.

(1905년 1월 27일)

(7)[15]

세라다들의 정면에 천막이 있고 거기를 통해서 옆방으로 갈 수 있다는 얘기는 앞서 말한 대로이다. 남작이 검을 가지러 옆방으로 뛰어가고 얼마 지나지 않아 천막 뒤에서 젊은 미인 한 명이 나왔다.

그녀의 거동이 너무 조용하고 빨라서 둘 앞에 나타날 때까지 그 둘은 그녀가 어디서 나왔는지 모를 정도였고 천막이 움직인 걸 보고 그녀가 거기서 나온 걸 미루어 짐작했다.

"저는 전부 봤습니다."

---

15) 원문에는 7회라 표기되어 있으나 8회에 해당한다.

미인이 외쳤다.

"잘 오셨습니다."

그녀는 이렇게 말하고 갑자기 다쓰노의 손등에 연거푸 키스를 하고는 놓지 않았다.

다쓰노 "무슨 짓입니까? 제 손에 키스를 하시고."

미인 "왜냐고 물으시는 건가요? 저 악랄한 거짓말쟁이의 입을 비틀어주신 손이잖아요. 그리고 제 어머니의 원수를 갚아주실 손이니까요. 저는 남작의 친딸이 아닙니다. 남작이 처참하게 죽인 처가 바로 제 어머니입니다. 저는 원망합니다. 두렵습니다. 아아, 발자국 소리가 들리네요."

순식간에 미인의 모습은 원래 왔던 곳으로 재빨리 그리고 소리도 없이 사라졌다. 단 일초도 지나지 않아, 남작은 손에 검을 빼 들고 문지기를 대동해서 방에 들어왔다. 남작은 이전보다 친절한 말투로,

"이건 내 부하이고 결투의 시종을 들게 하려고 데리고 온 걸세. 하지만 이 방은 너무 지저분하고 좁으니까 좀 더 넓은 방으로 자네들을 안내하려고 하는데, 어떤가. 다른 방으로 와 줄 수는 없겠는가."

커다란 식탁이 한가운데에 놓여 있으니, 이 방이 좁다는 건 다쓰노도 동감이었다. 그래서 둘은 안내받는 대로 어두컴컴한 복도로 나와서 보니 복도 맞은편 끝에 문이 열려 있고 거기서부터 빛이 새어 나오고 있었다.

문지기는 그 입구까지 안내한 다음,

"여기가 딱 적당한 장소입니다."

라고 말했다. 보아하니 꽤 넓은 빈방인데 벽면에 술통이 여러 개 쌓여 있을 뿐, 구석 선반 위에서 램프가 환하게 비치고 있었다. 바닥은 매우 평평하고 튼튼했기 때문에 검객이라면 불만스럽지 않을 방이었다. 다쓰노는 검을 뽑고 방 안으로 뛰어 들어갔다. 남작은 세라다에게 목례

를 하면서 따라 들어가라는 시늉을 보였기에 세라다는 아무 생각 없이 다쓰노의 뒤를 따라 들어갔다. 그의 발이 문지방을 건너자마자 등 뒤에서 두꺼운 문이 닫히면서 열쇠가 잠기는 소리가 들렸다. 둘은 계략에 빠진 것이다.

둘은 너무나도 놀라워서 믿을 수 없다는 듯이 잠시 망연자실해 있었다. 이처럼 비열한 행동을 이제껏 겪어 본 적이 없었고, 그런 경력을 가진 남자의 말을 곧이곧대로 믿은 자신들의 어리석음에 생각이 미치자, 그제야 그에 대한 증오와 자신들의 어리석음으로 갑자기 화가 치밀어 올라 어찌할 바를 모르게 된 것이다.

둘은 문에 다가가 양손으로 밀고 두드리고 발로 찼다. 그 소리는 아마도 성 전체 구석구석까지 울려 퍼졌을 것이다. 둘은 남작에게 오만가지 저주를 퍼부었다. 아무리 냉혹한 자라도 듣고 있을 수 없을 정도의 욕설을 있는 대로 내질렀다. 하지만 문은 튼튼했고 중고식(中古式)으로 지어진 성이라 자물쇠가 박혀 있어서 그 정도로 부서지진 않았다. 그래서 둘의 욕설에 대답하는 이는 없었고 단지 위층에서 요란한 발자국 소리만 들려올 뿐이었다. 그러자, 원래 들어온 문으로 도로 나갈 방법이 없다는 걸 깨달은 세라다는 우선 마음을 진정시키고 자신들을 가둔 방에 있는 창문 상태를 살피기 시작했다.

(1905년 1월 28일)

(9)

둘을 가둔 방에는 높은 곳에 창문이 하나 있는데 그 창문에는 유리가 없어서 머리를 내밀 수 있을까 말까 할 정도의 사각형 모양의 구멍이라고 표현하는 게 더 정확했다. 다쓰노는 술통을 딛고 올라서서 밖을 훔쳐보았다.

세라다 "밖의 모습은 어떤가? 자네."

다쓰노 "참나무 숲하고 그 사이로 눈이 쌓인 길이 보일 뿐입니다."

대답하면서 더 자세히 살펴보던 다쓰노는 "아아" 하고 놀라며 소리를 질렀다. 세라다는 무슨 일인가 싶어, 술통 위로 뛰어올라 다쓰노의 머리 옆에서 밖을 내다보니 눈앞에는 눈으로 뒤덮인 긴 길이 보이고 그 위를 한 남자가 미친 사람처럼 채찍을 후려치며 말을 달리는 것이 보였다. 둘은 합심한 듯이 그 그림자가 작아지고 작아져서 마침내 숲속 저편으로 사라질 때까지 쳐다보고 있었다.

다쓰노 "방금 본 것은 뭔가요?"

세라다 "우리 편이 아닌 놈일 걸세. 아마도 어딘가 산적이라도 불러내서 우리들의 모가지를 따려고 그러는 거겠지. 그놈들이 오기 전에 이 쥐덫에서 빠져나가지 않으면 큰일이네."

하늘이 둘을 위해서 베풀어준 것은 기름이 충분해서 아침까지는 거뜬히 방 안을 밝힐 수 있는 램프뿐이었다. 만약 깜깜했다면 매우 불리했을 것이다.

둘은 램프 빛으로 방구석에 쌓여있는 물건이나 술통 뒤를 살펴보았다. 그 중에는 천장에 닿을 정도로 높게 쌓여있는 곳도 있었다. 이 방은 원래 이 성의 식량 창고여서 치즈나 야채류, 마른 과일, 술 등이 잔뜩 놓여 있었다.

세라다는 낮에 충분한 식사를 하지 못했기에 과일을 먹고 크라렛(Claret) 포도주를 한 잔 걸쳤다. 하지만 다쓰노는 그렇게 느긋할 수가 없었다. 그의 분노는 절정에 다다랐기 때문에 뭔가를 먹을 수 있는 상태가 아니었다. 오로지,

"절대로 그놈을 용서할 수 없어."

라고 혼잣말을 하면서 발을 세게 굴리며 여기저기 걸어 다닐 뿐이다.

"도망가 봤자, 내가 못 잡을 줄 아냐. 제기랄."

　다쓰노의 이 거동은 당연하다. 하지만 다쓰노가 자기 일가만을 신경 쓰고 세라다에게 폐를 끼치고 있다는 사실을 미처 깨닫지 못하고 있다고, 세라다는 커다란 치즈 조각을 베어 물면서 마음속으로 생각했다.

　어쨌든 다쓰노의 아버지는 십사 년 전에 돌아가셨다. 그 후, 당시의 사건에 대해서 정부는 아무런 조치를 취하지 않았고 사람들 또한 모두 잊어버린 일이다. 한편, 세라다 중위라고 하면 프랑스 군대에서도 가장 용감한 장교로서 세간에 그를 모르는 이가 없을 정도인데, 이 작은 사건 때문에 그의 빛나는 이력이 오늘밤을 마지막으로 끝나게 될 위기 상황에 처해진 것이다. 이 일가의 복수극에 가담했기 때문에 결국 이런 바보 같은 실수를 저질러서 목숨을 잃는 것이 프랑스군에게 무슨 도움이 되겠는가, 황제를 위한 무슨 충의가 된 단말인가, 세라다는 이번 일만 없었다면 장래에 무관으로서 충분히 높은 자리까지 승진할 수 있었을 것이다.

　세라다는 자신의 어리석음을 후회하는 마음을 금치 못했다. 그의 앞에는 그가 그토록 바라던 큰 전쟁이 기다리고 있는데 이 시시한 탐험에 나섰기 때문에 그는 전쟁에 참가할 수조차 없게 되었다. 이십오만 명[16]의 러시아병과 화려한 전쟁을 치루는 것이 싫어서 마치 일부러 이런 일가의 개인적인 일에 가세한 것 같지 않는가.

　세라다는 쉴 새 없이 욕설을 퍼붓고 있는 다쓰노 소위를 향해서,

　"자네, 그런 건 아무래도 괜찮지 않은가. 그보다 자네의 몸이 자유롭게만 된다면 자네가 원하는 대로 할 수 있잖은가. 지금 문제는 저놈이 우릴 어떻게 하려고 할 작정인가가 관건일세."

　다쓰노 "저놈들은 원하는 대로 나쁜 짓을 할 거고, 저는 오로지 제 아버지에 대한 의무를 다할 뿐입니다."

---

16) 원문은 25번이라고 되어 있으나 이는 25만 명의 오기로 판단된다.

세라다 "그건 말이 너무 심하네. 만약 자네가 자네 아버지에게 의무가 있다면, 나 또한 마찬가지로 우리 어머니에게 여기를 무사히 빠져 나갈 의무가 있다네."

다쓰노는 비로소 제정신이 돌아온 듯하였다.

"저는 너무 제 자신만을 생각하고 있었습니다. 정말 죄송합니다. 세라다 중위님, 우리는 이제 어떻게 하면 좋을까요?"

(1905년 1월 29일)

(10)

세라다 "이렇게 치즈만 있는 곳에 갇혀있으면 건강에도 안 좋네. 그리고 그놈들이 어떡해든 우리를 해치우려고 하는 것은 명백하네. 녀석들은 우리가 여기 온 사실을 아무에게도 알리지 않았길 바라겠지. 틀림없이, 이런 곳에 갇혀 있으면 우리가 여기 있는지 아무도 모를 걸세. 자네 부하들은 자네가 여기 온 사실을 알고 있는가?"

다쓰노 "저는 아무 말도 하지 않고 왔습니다."

세라다 "우리가 여기서 굶어죽지 않을 거라는 건 알고 있을 테니, 녀석들이 우릴 죽일 생각이면 반드시 이 방으로 들어오지 않으면 안 될 걸세. 그래서 이 술통을 쌓아서 흉벽(胸壁)을 만들고 방어를 한다면, 이 성에 있는 남자들 다섯 명이 덤벼도 우리를 이길 수 없다는 걸 그들도 알고 있을 거야. 그래서 가세할 사람들을 부르러 사람을 보낸 게 틀림없네."

다쓰노 "그 자가 돌아오기 전까지 우리는 여기를 빠져나가지 않으면 안 되겠네요."

세라다 "물론이지. 어떡해서든 여기를 빠져나가야만 하네."

다쓰노 "이 문에 불을 붙여서 태워버리면 어떨까요?"

세라다 "그건 아주 쉬운 일이지. 저기에 기름이 들어있는 통이 몇 개나 있으니까 말이야. 하지만 내 생각에는 이 방에서 인간 튀김 두 개가 나올 거란 예감이 드네."

다쓰노는 실망스럽다는 듯 소리를 내면서,

"그것 말고는 좋은 방법이 없을까요?"

그리고 무심코 방 안을 둘러보다가,

"어, 저건 뭐지?"

하고 소리 질렀다. 작은 창문 근처에서 희미하게 소리가 들렸고, 하늘에 별 하나가 보였다가 이내 사라졌다. 작고 흰 손이 램프 불빛에 비쳐지면서 손가락 사이에서 뭔가가 반짝이고 있었다. 그리고는,

"어서, 서두르세요."

라는 여자 목소리가 밖에서 들렸다. 둘은 급히 술통 위로 뛰어 올라갔지만 여자의 목소리만이 들려올 뿐이었다.

"코사크 병을 부르러 간 거예요. 당신들은 살아날 수 없을 거예요……. 어머, 저는……. 저는 이제 죽을지도 몰라요."

사람이 달려오는 모습과 거칠게 욕설을 퍼붓는 소리가 들리더니 심하게 사람을 때리는 소리……. 그리고는 다시 창가에서 별이 빛나기 시작했다. 둘은 아무것도 할 수 없었고 오로지 온몸의 피가 얼어붙을 것 같은 느낌으로 술통 위에 서 있을 뿐이었다. 잠시 후 희미하게 비명소리가 들리고 외마디 괴성이 울려 퍼지더니 다시 잠잠해졌다. 그리고는 어디에선가 커다란 문을 닫는 소리가 조용한 밤에 울려 퍼졌다.

세라다 "악당들이 미인을 잡아간 거야. 녀석들은 죽일 생각이야. 그녀를."

다쓰노는 미친 듯이 소리를 지르더니 술통에서 뛰어내려와 팔에서 피가 날 정도로 문을 두드렸다. 그때 세라다는 바닥에 열쇠 하나가 떨어져 있는 걸 봤다.

세라다 "어라, 열쇠가 떨어져 있네. 이건 방금 전 여자가 끌려가지 직전에 던진 게 분명해."

다쓰노는 환희의 소리를 내지르면서 세라다의 손에서 열쇠를 받아 들고 입구의 열쇠구멍에 집어 넣어봤다. 그러나 이게 웬일인가, 열쇠가 구멍에 쑥 들어가 버렸다. 구멍에 비해 열쇠가 너무 작은 것이다.

다쓰노는 양손으로 얼굴을 감싸며 짐 속에 푹 쓰러져 너무나도 실망한 나머지 소리를 내며 울었다. 세라다도 여자를 도울 수 없다는 상황에 울고 싶은 심정이었다.

하지만, 세라다는 결코 절망하지 않겠다고 마음속으로 생각했다. 이 열쇠는 여자가 특별히 갖다 준 것이니, 분명 어딘가 쓸모가 있을 것이다. 그리고 여자가 이 방 입구의 열쇠를 가지고 올 수 있을 리가 없다. 그 열쇠는 놈들이 갖고 있을게 분명하니까. 이 열쇠의 용도는 다른 곳에 있는 게 분명하다. 그렇지 않고서야 목숨을 걸고 갖고 왔을 리가 있겠는가. 이 수수께끼를 풀지 못하면 우리들은 어지간히도 바보라고 하지 않을 수 없다.

세라다는 벽에 쌓여있는 상자나 짚, 술통 등을 마구잡이로 밀어내기 시작했다. 다쓰노도 가세하여 세라다를 돕기 시작했다. 이 작업은 둘에게 매우 힘든 일이었지만 둘은 귀신에 홀린 것처럼 짚을 끄집어 내리고 치즈를 내던지고 술통을 굴리며 마구잡이로 방 한 가운데에 짐들을 던져 놓았다. 마지막으로 남은 러시아주가 들어 있는 커다란 술통만이 아무리 힘을 줘도 꿈쩍도 하지 않았다. 둘이 힘을 합해서 이 술통을 밀어내보니 벽에 나무로 된 낮게 달린 문이 있었다. 열쇠가 그 열쇠구멍에 딱 맞았기 때문에 세라다는 한 손에 램프를 들고 그 문을 열고 안으로 들어가 봤다. 다쓰노도 그 뒤를 따라 들어갔다.

(1905년 2월 1일)

(11)

거기는 성의 탄약고였다. 견고한 돌로 된 벽이 있고 그 구석에 탄약 상자가 쌓여 있고 상자 하나는 열린 채 방 한가운데에 놓여있었다. 그 열린 상자 입구서부터 시커먼 바닥 위까지 탄약이 산란해 있었다. 그 건너편에는 작은 나무로 된 문이 있었지만 그 문은 열쇠로 잠겨 있었다.

다쓰노 "앞의 방과 크게 다를 게 없네요. 열쇠가 없으면."

세라다 "열쇠는 얼마든지 있네."

다쓰노 "어디에요?"

세라다는 대답 대신 탄약 상자를 가리켰다.

다쓰노 "이 문을 폭발시킬 건가요?"

세라다 "그러네."

다쓰노 "그러면 탄약 상자가 모두 폭발해버리잖아요."

이는 다쓰노가 말한 대로이다. 하지만 세라다가 생각하고 있는 것은 조금 더 정밀했다.

다쓰노 "이걸로 식량고의 문을 폭발하는 걸세."

세라다는 원래 있던 방으로 뛰어가서 초가 들어 있는 양철로 된 작은 상자를 갖고 왔다. 그것은 기병들이 쓰는 모자 정도의 크기로 네다섯 개의 탄약을 집어넣을 수 있었다. 다쓰노가 여기에 탄약을 담고 있을 때 세라다는 양초의 초를 깎아서 제거하고 속에 있는 심만을 꺼냈다. 이 작업의 신속함은 공병(工兵)을 놀라게 할 정도라고 둘은 생각했다.

그리고 세라다는 치즈 덩어리 세 개를 쌓고는 그 위에 이 폭발도구를 얹고 열쇠 앞에 밀착시켜 놨다. 그리고 초심에 불을 붙이고 나서 둘은 물건들 뒤로 숨었다. 물론 탄약고의 문은 닫은 채로.

장난이 아니었다. 탄약 수십 상자를 저장해 놓은 창고 옆에서 이런 위험한 일을 하려고 하는 것이니 물론 문틈에서 연기가 새어나온다면 둘의 새까맣게 탄 몸은 성의 탑보다도 더 높이 냅다 던져지겠지만.

초가 반 인치 정도 타들어 가는 게 너무 느리고 세라다의 귀에는 코사크 병이 달려오는 말굽소리가 들릴 것만 같아 이제는 우리를 죽이러 오겠지 하는 생각을 하며 촛불이 꺼져버린 것은 아닌가 하고 살피려는 순간, 폭탄 파열음이 나더니 문이 분말처럼 부서져 버렸다. 이와 동시에 둘이 숨어 있던 치즈와 과일의 산더미가 그 위력으로 날아가서 사과라든지 야채 잎이라든지 과자 등이 둘의 몸에 비처럼 쏟아져 내렸다.

둘은 지나갈 수 없을 정도로 짙은 연기 속을 헤집고 나가 발밑에 떨어진 정체 모를 물건들 때문에 휘청이고 물건을 건너뛰며 나가 보니 검은 문이 있던 곳에서 밝은 복도가 보였다.

탄약이 확실한 효과를 보여준 것이다.

그 결과는 단지 문을 파열시킨 것에 그치지 않고 의외의 결과를 가져다주었다.

탄약은 둘의 감옥을 파괴했을 뿐 아니라 감수까지도 죽여 버린 것이다.

둘이 밝은 복도로 나와 보니 우선 커다란 도끼를 손에 쥔 남자가 이마에 큰 상처를 입고 쓰러져 있고 두 다리가 타버린 거대한 개가 바닥 위에서 미친 듯이 뒹굴고 있는 것이 보였다. 그 개가 일어선 것을 보니 두 다리 모두 중간에서부터 없고 찢어진 포처럼 내려앉아 있었다. 그와 동시에 세라다는 사람들의 비명 소리가 들리는가 싶더니 또 다른 거대한 개 한 마리가 다쓰노의 목덜미를 물고 벽 쪽으로 밀어재치고 있는 것이 보였다.

다쓰노는 왼손으로 개를 밀치면서 검을 뽑아 두세 번이나 개의 배를 찔렀지만 세라다가 권총으로 개의 뇌를 쏴지 않았다면 그 강철과 같은 이빨은 결코 다쓰노의 목을 놓지 않았을 것이다.

(1905년 2월 2일)

(12)

둘은 더 이상 조금도 주저하지 않았다. 저쪽 방에서 새어나오는 여자의 내지르는 소리로 판단컨대 아무리 빨리 구해주러 뛰어갔다 하더라도 이미 죽었을 거라고 생각되었다. 복도 건너편에는 남자 두 명이 더 있었지만 세라다와 다쓰노 두 사관이 칼을 뽑아들고 뛰어드는 모습에 겁을 먹고 어디론가 도망쳐 버렸다.

다쓰노는 방금 전에 큰 개한테 물려서 목에서부터 피가 줄줄 흐르고 있었다. 하지만 그가 세라다보다 앞서서 갔기 때문에 처음 이 성의 주인인 악당 남작과 면회를 한 방에 들어가서는 다쓰노의 어깨 너머로 간신히 실내 상황을 파악할 수 있었다.

남작은 화가 난 사자처럼 그 수염을 휘날리며 방 한가운데에 서있었다. 남작은 전에도 말했듯이 꽤 덩치가 큰 남자로서 어깨 폭이 매우 넓었다. 지금 그가 화를 참을 수 없다는 낯빛으로 칼을 쥐고 있는 자세는 그의 악덕은 미워 마땅하지만 그 태도는 검객으로서, 전사로서 결코 부끄럽지 않다고 세라다는 생각했다.

미인은 남자 뒤에 있는 의자에서 작아져 있었다. 그녀의 양손을 묶은 줄과 식탁 위에 있는 커다란 채찍을 보니 둘의 탈출이 마침 잔혹한 처분을 구해주기에 충분했다는 사실을 알 수 있었다.

남작은 늑대처럼 소리를 내지르고 다쓰노를 치려고 달려들었다. 칼을 휘두를 때마다 뭔가 몹시 증오스러운 말로 저주하면서.

그 방에는 전에도 말했듯이 칼을 충분히 휘두를 만한 공간이 없었다. 게다가 다쓰노가 앞에 서서 싸우고 있었기 때문에 그의 몸과 식탁과 벽 사이에 세라다가 끼어들 틈이 없어 어떻게든 다쓰노를 도와 줄래야 도와줄 수가 없었다.

다쓰노는 청년답지 않게 검을 잘 쓸 줄 알아서 다쓰노처럼 맹렬하고 격렬하게 싸워서는 이 좁은 곳에서는 그 쎈 힘이 자칫 잘못하면 남작한테 이점을 줄 수 있기 때문에 다쓰노는 점차 얼굴이 노래졌다. 게다가 상대는 실로 교활한 검객이었다.

찌르는 게 실로 광선처럼 빨라 두 번 정도 다쓰노의 어깨 끝을 찔러서 다쓰노는 비틀거리면서 뒤로 자빠졌다. 그러자 그놈이 칼을 고쳐 잡고 다쓰노의 숨통을 끊으려고 하자 세라다 중위가 그 사이로 뛰어 들어갔다.

"기다리시오. 당신은 세라다 가즈오와도 격투를 해야만 하오."

남작은 두세 발 뒤로 물러서더니 모양지로 도배를 한 벽에 몸을 기대고 한숨을 들이쉬고 세라다를 쳐다 본 채 뭐라 대답해야 좋을지 모르는 모양이었다.

"숨을 고르시오. 나는 기다릴 테니."

세라다는 침착하게 말했다.

"당신은 나와 싸울 이유가 없지 않는가."

남작은 괴로운 듯 이렇게 말했다.

세라다 "그렇지 않소. 나를 식량고에 가둬둔 것은 누구죠? 그건 그렇다 치고 당신과 싸울 이유가 하나도 없다고 치더라도 저 부인의 손목에 묶인 끈만으로도 내 명분은 충분하오."

남작 "그럼 마음대로 하오."

라고 소리 지르고는 미친 사람처럼 날뛰면서 세라다를 향해서 달려들었다. 그 한 순간에 세라다의 눈에 들어온 것은 불처럼 번쩍거리는 그의 눈빛과 붉게 빛나는 칼끝이 오른쪽으로, 왼쪽으로, 목으로, 가슴으로 쉼 틈 없이 공격해오는 모습이었다.

세라다는 싸우면서 마음속으로 생각했다. 이렇게 실력 있는 검객이 혁명시대 파리 시내에 있었는가, 라고.

세라다 같은 전사가 평생 동안 만난 적수 중에 이 정도로 정교한 솜씨를 지닌 검객은 여섯 명 정도밖에 없었으니 남작이라는 자도 당대에 손꼽힐만한 검객이었음에 틀림없다. 하지만 남작은 분명히 세라다가 자기보다 한 수 위라는 것을 알아차린 것 같았다. 남작은 자신의 운명을 세라다의 눈빛으로 깨달은 것 같았고 세라다도 상대방의 얼굴색으로 그 심중을 간파하는 것이 어렵지 않았다.

남작은 마지막까지 잘 싸웠다. 마지막 일격을 받고 숨을 거둘 때까지 입에서 저주하는 욕을 멈추지 않았고 죽고 난 후에도 입가에서 수염끝자락까지 피가 뿜어져 나왔다. 하지만 어쨌든 악당 남작은 의협, 세라다 가즈오의 손에 의해서 쓰러졌다. 그렇다면 먼저 쓰러진 다쓰노 소위의 생사는 어떻게 되었는가, 홀로 남겨진 이 성의 딸인 미인은 어떻게 되었을까?

(1905년 2월 4일)

(13)

세라다는 평생 동안 수십 번에 달하는 대격전을 겪었기 때문에 그 격전들의 이름조차 기억하지 못하는 경우가 더 많을 정도였는데 기억에 남는 가장 소름끼치는 광경은 주황색 수염 한가운데 새빨간 피 웅덩이가 있는 데서 자신의 검 끝자락을 뽑아냈을 때이다.

그 순간 세라다의 눈에는 보이지 않았지만, 남자의 거구가 바닥에 쓰러지는 순간 뒤쪽 구석에 있던 미인이 두 손을 올리고 손뼉을 치면서 춤추듯 기뻐하는 모습이 보였다.

세라다는 여자가 피를 보고 이렇게 기뻐하는 모습을 기분 좋게 생각하지는 않았다. 하지만 그 순간의 세라다는 이 미인이 여자로서의 고운 마음씨마저 잊어버리고 이처럼 기뻐할 정도로 그 악당 남작에게 그녀가 몹시 심한 짓을 당했다는 사실을 잊고 있었다.

세라다는 여자를 제어하고 조용히 하라고 소리쳤다. 바로 그때였다. 세라다의 코를 찌르는 냄새가 어디선가 나자 그와 동시에 갑자기 노란 불길이 방 안으로 들어오고 세라다와 미인 둘의 그림자가 뚜렷하게 벽에 드리워졌다.

"다쓰노 군, 다쓰노 군."

세라다는 쓰러져 있는 다쓰노의 어깨를 흔들면서 이름을 불렀다.

"불이 났네. 성에 불이 났어."

다쓰노는 지금까지의 피로와 부상으로 기절해있었던 것이다.

세라다는 복도로 뛰어나가서 이 불이 어디서부터 오는지를 확인하러 갔다. 조금 전 자기들이 갇혀 있었던 방의 문을 폭발시킨 잔재가 문의 나무판대기에 옮아 붙어서 그 방 안에 있던 물건들에 불이 번진 것이다. 보니 식량고에 있던 상자나 물건들이 모두 훨훨 불에 타올랐다. 이 상황을 바라본 세라다의 가슴은 얼음처럼 차가워졌다. 바로 그 옆방에는 탄약 상자가 몇 개나 쌓여 있었다. 개중에는 뚜껑이 열린 채 탄약이 흘러 나와 있는 것도 있었으니까.

화염이 탄약고로 옮겨 붙는 것은 한 순간일 것이다. 불이 그 시커먼 탄약 덩어리에 옮아 붙게 되면 이 성안에 있는 인간은 아무도 살아남을 수 없을 것이다.

그로부터 그가 뭘 했는지 세라다는 전혀 기억하지 못한다. 어쨌든 다쓰노가 쓰러져 있는 곳으로 돌아가서 그의 한쪽 어깨를 잡아끌면서 복도로 끌고 나온 것이랑 미인이 다쓰노의 다른 한쪽 어깨를 부축하면서 따라 나온 것까지는 기억하고 있다.

그렇게 세라다는 문 밖으로 뛰쳐나온 후 눈이 쌓여있는 길을 뛰어서 숲 어귀까지 와서는 뒤를 돌아본 순간, 커다란 불기둥이 겨울 하늘에 높이 솟아오르는 것을 보았다.

이어서 두 번째 폭발음이 첫 번째보다 더 심하게 울려 퍼졌다. 세라다는 느릅나무와 하늘의 별들이 빙글빙글 도는 것 같더니 이내 다쓰노의 몸에 겹쳐지게 쓰러져버렸다.

그리고 몇 주일이 지나고 나서 세라다는 처음으로 정신이 들었는데 아렌스도르프 우체국 여인숙의 일실에 누워있었다.

다쓰노는 이미 근무에 복귀했고 다쓰노가 침대 옆에 와서 당시 상황을 이야기해주었다.

그의 이야기에 의하면 성이 폭발했을 때 목판이 날아와서 세라다의 머리를 가격해 기절시켰다는 것, 그 미인이 아렌스도르프 마을까지 뛰어가서 다쓰노의 부하들을 깨워 자초지종을 알려줘 그 검은 수염의 문지기가 부르러 간 코사크 병이 우울성에 도착하기 전에 둘을 아렌스도르프까지 옮긴 것이다. 그 용감한 미인은 두 번이나 둘의 생명을 구해주었는데 다쓰노는 이 미인에 대해서는 세라다에게 일체 얘기하지 않았다.

그 후 와그람(Wagram)의 전쟁이 끝나고 2년이 지나 세라다는 파리에서 다쓰노를 만났는데 아내라고 소개받았을 때는 별로 놀라지도 않았다. 이것도 참 이상한 인연이어서 다쓰노는 소토베 남작이라는 이름으로 불리게 되었고 그 시꺼멓게 다 쓰러져가는 우울성을 자기 것으로 소유하게 되었다.

(이 이야기는 여기서 끝나고 다음 회부터는 다른 모험담으로 옮기겠다.)

(1905년 2월 5일)

(14)

◎포로의 도박(捕虜の賭博)

때는 1810년 7월 초. 세라다 대령(이때 세라다는 이미 대령으로 승진했다.)은 스페인의 아라모(Alamo)라는 촌락에 있는 여인숙에 체재했다. 세라다 대령은 창에 찔려 입은 부상을 치료하기 위해서 한 달가량 이곳에 남았다. 상처는 이미 아물었지만 아직 발로 땅을 짚고 걸을 수가 없었다. 이때 같이 있었던 기무라(木村) 대위와 신도(進堂) 중사는 둘 다 경상이라 얼마 안 있어 전선에 가세하게 되었고 혼자 남게 된 세라다는 손가락을 씹고 머리털을 쥐어짜며 억울해했다. 부하들인 콩플랑(Conflans)의 경기병들이 그 지휘관을 잃었다는 생각을 할 때마다 그는 항상 이렇게 속상해했다.

세라다는 그때 이미 연대를 지휘했는데 전 군대에서 가장 나이 어린 대령이었다. 그렇기에 그는 부하들에게 마치 자기 가족을 대하듯 애정을 쏟았다.

세라다가 처음으로 침대에서 일어나 여인숙 입구까지 다리를 끌며 나와 섰을 때 스페인의 여름 햇살이 눈부시면서도 기분 좋게 느껴졌다. 그 전날 밤 세라다는 자기 연대로부터 최근 소식을 전해 들었다. 그것은 여기서부터 사십 마일 정도 떨어져 있는 파스토르스(Pastores)라는 곳에서 영국 군대와 대진(對陣)하고 있기 때문에 언제 충돌이 일어날지 모른다는 것이다. 세라다가 거기까지 갈 수 있는 방법은 없지만, 다리에 입은 상처도 많이 나았기 때문에 여러 가지 상황을 숙소 주인과 어젯밤부터 묵기 시작한 스페인인 한 노승한테 상담해봤다. 그들이 말하기를 이 근방 시골에서는 말 한 마리 찾을 수 없다는 것이다.

숙소 주인은 세라다 혼자서 파스토르스까지 가는 것을 말렸다. 그 이유는 도중에 산길을 지나가야만 하는데 그 산 언덕에 스페인 산적인 '구치로(苦知路)'라는 아주 무섭고 지독한 놈이 숨어 있다. 만약 그놈에게 잡히면 아주 험한 꼴을 당하게 되는데 그놈은 갖은 고문을 가한 다음 천천히 죽인다고 하니 도저히 호위병 없이 그 산턱을 넘는 것은 위험하다고 했다. 하지만 그 점에 관해서 노승은 반대 의견을 갖고 있었는데 산적이 프랑스 경기병에게 절대로 손을 대지 않을 테니 안전하다고 설명해 세라다를 안심시키기에 충분했다. 하지만, 문제는 말이다. 말을 어떻게 구하느냐가 세라다에게는 가장 큰 문제였다. 세라다가 입구 기둥에 기대어 이 문제를 고민하면서 거리를 바라보고 있을 때 갑자기 말굽소리가 들리고 수염을 기른 몸집 큰 남자가 씩씩하게 검은 말에 채찍을 치면서 달려오는 것이 보였다. 그 복장은 초록색 웃옷을 입은 군복차림이었다.

그가 가까이 오는 것을 보고,

세라다 "야아, 안녕하세요."

라고 말 걸었기 때문에 그 남자도 이에 인사를 했다.

세라다 "나는 경기대의 세라다 대령이올시다. 한 달간 여기서 요양을 하고 있었네만, 파스토르스의 내 연대로 돌아가지 않으면 안 될 상황이라네."

"저는 우송부의 바바(馬場)라고 합니다. 저도 지금부터 파스토르스에 갑니다. 만약 당신과 동행할 수 있다면 아주 잘됐군요. 여기 산길이 꽤 위험하다고 들었습니다."

세라다 "하지만 난 말을 잃어서 아주 난처한 상황이라네. 만약 자네의 승마를 내게 팔아준다면 내가 파스토르스에 도착해서 부하를 여기로 보내서 자네 호위를 시킬 수 있다네만."

바바 우송관은 이 제의를 받아들지 않았기에, 숙소 주인이 구치로의 잔혹한 수법을 얘기한 것도, 세라다가 자신의 프랑스 군으로서의 국가에 대한 의무를 논한 것도 전혀 귀에 들어오지 않는 듯 숙소 주인에게 술 한 잔을 명했다. 세라다는 아무렇지도 않은 듯 말에서 내려와서 자기랑 같이 한 잔 하자고 했지만 그의 의중에 다른 의도가 있다는 것을 눈치 챈 듯 바바는 고개를 흔들고 말 위에서 술잔을 기울였기 때문에 세라다는 더 이상 참을 수 없다는 듯이 그 자의 다리를 붙잡고 끌어내리려고 한 발짝 앞으로 다가가자 바바는 채찍을 치며 말을 달리게 하고 말굽에 흩날리는 모래 연기 속으로 그 모습을 감추고 말았다.

(1905년 2월 7일)

(15)

이럴 경우는 사람을 미치게 하고도 충분하였다. 같은 부대 사람이 혼자 그처럼 유쾌하게 말을 타고 그 우송대의 맥주와 브랜디 술통을 운송하고 있는 곳을 쫓아가고 있는데 자신의 오백이 넘는 미려한 경기 병들은 그 지휘관을 잃고 헤매고 있다고 생각하자 세라다는 실로 불쾌하기 짝이 없었다.

세라다가 이런 생각을 하면서 방금 전에 지나간 놈의 뒷모습을 바라보고 있으니 뒤에서 가볍게 그의 어깨를 치는 자가 있었다. 다름 아닌 전에 말한 스페인의 노승이었다.

노승 "아주 곤란한 상황이신 거 같은데, 저에게 좋은 생각이 있습니다. 저도 남쪽으로 가야 해서요."

세라다는 뒤돌아보고 자기 손도 똑같이 노승의 어깨에 놓았는데 아직 다 낫지 않은 다리로 땅을 짚어버려서 비실비실 거리며 노승까지도 자빠트려버릴 뻔 했다.

세라다 "저를 파스토르스까지 데려다주시지 않겠습니까. 보답은 충분히 하지요."

"그야 제가 같이 모셔다드리지요."

유창한 프랑스어로 노승이 대답했다.

노승 "제가 뭘 바라고 이러는 건 아닙니다. 저는 곤란한 사람을 도와주는 것이 제 천직이기 때문에 어디에 가서도 사람들에게 사랑을 받지요."

세라다는 노승과 함께 이 마을 어느 농가의 외양간에 갔는데 거기에 망가진 합승마차 한 대와 당나귀 세 마리가 묶여있었다. 물론 이런 작은 당나귀를 타고는 갈 수 없지만 세 마리가 이 마차를 끌 수는 있었다. 그 두껍고 못생긴 발을 보는 게 나폴레옹의 스물두 마리의 수렵용 승마를 퐁텐블로(Fontainebleau) 궁전에서 봤을 때보다도 기쁘다고 세라다는 생각했다.

　그리고 십 분 뒤에 그 주인은 당나귀를 마차에 연결시켰다. 하지만 마음이 내켜서 하고 있는 것은 아니다. 게다가 산적 구치로를 매우 두려워하고 있는 게 역력했다.

　세라다가 적지 않은 돈을 줄 것을 약속하고 노승이 내세(來世)의 두려움을 설교해서 겨우 이 겁쟁이 마부더러 고삐를 잡게 했다. 마부는 당나귀에게 채찍을 한 번 가하고 곧바로 빠른 속도로 달리기 시작했다. 이는 산길의 위험한 곳을 해가 저물기 전에 넘기 위해서이다. 이 때문에 세라다가 머물었던 집 앞을 지날 때에는 그 집의 아름다운 딸에게 작별 인사를 할 시간도 없었지만 언제까지나 세라다의 가슴 속에 남아 있을 정도는 아니더라도 어쨌든 그때 둘 다 눈물을 흐리며 이별을 아쉬워했다. 세라다는 그 아가씨를 아름다운 여자라고 기억할 수 있지만 언제까지나 그 이름을 기억하고 있는 건 아니다. 세라다는 다양한 인종의 나라에서 전쟁을 치르고 여자랑 교제를 해온 사람이기에 그녀는 이랬고 저 여자는 저랬고 하고 칭찬을 할 뿐이지 거기에 깊은 뜻이 있는 건 아니었다.

　세라다의 이러한 모습을 지켜보고 있던 노승은 다소 불쾌한 표정을 지었지만 얼마 지나지 않아 마을에서 멀어지니까 길동무로서는 더할 나위 없을 정도로 유쾌한 노인이라는 것을 알게 되었다.

　노승은 산속 사원에서의 생활이 얼마나 신성하고 즐거운지를 이야기했기에 세라다는 그에게 전쟁 경력을 이야기해주었다. 하지만 이야기가 매우 참담한 광경에 이르자 노승은 앉아있기 힘들다는 듯이 얼굴에 고통스러운 빛이 나타나기 시작해서 '아아, 내가 너무 과했구나' 하고 세라다는 후회했다. 이러한 성직자하고는 매우 평범한 이야기를 나누는 것이 신사의 예의인 것이다. 하지만 이야기에 흥이 오르면 누구랑 얘기를 하든 곧 근신의 정도를 벗어나버리지만.

　노승이 말하기를 그는 스페인 북부에서 와서 에스트레마두라(Estremadura) 마을에 있는 나이 드신 어머니를 만나러 가는 길이고 그 작은 시골집의 모습과 나이 드신 홀어머니를 만나는 기쁨을 이야기하고 있는 것을 듣고 있지나 세라다는 자기 나라에 있는 노모의 모습이 눈에 아련해져서 눈물이 나는 걸 금할 수 없었다.

노승은 선물로 가지고 가는 작은 꾸러미를 대령에게 보여주었다. 과연 가는 곳마다 사람들에게 사랑받는다는 노승의 말은 진실이었다는 것을 알 수 있었다. 노승은 대령의 군복을 신기하듯이 바라보고거나 그 군모에 달린 깃털 장식이 아주 아름답다고 칭찬하거나 검 자루를 손으로 잡아보고 그 화려함을 탄복하는 등 마치 아이와 같았다. 그리고 노승이 자루에서 검을 뽑아보았기에 대령은 수십 명이 넘어 그 수를 헤아릴 수 없을 정도로 많은 사람을 그 검으로 베었고 그 가죽 끈을 묶고 있는 장식이 러시아 황제의 부관이었던 자의 어깨뼈로 만들었다는 얘기를 해자, 노승은 두려움에 떨면서 그 무서운 검을 방석 밑에 숨겨버렸다. 보는 것도 무섭다고 하면서.

(1905년 2월 8일)

(16)

이렇게 이야기를 나누고 있는 사이에 마차는 점차 산길로 접어들었다. 여기서부터는 오른편에서 대포 소리가 울려 퍼지는 것이 들렸다. 이것은 시우다드 로드리고(Ciudad Rodrigo)를 둘러싸고 있는 신조(眞條) 대위의 군에서부터 들려오는 것이다. 그렇게 생각하자 세라다는 날아가서 그 공격에 참가하고 싶어졌다. 이 신조 대위는 원래 유대인인데 그 구부러진 코와 날카로운 검은 눈을 본 자는 그의 공격 방법이 얼마나 맹렬한지를 상상하기가 어렵지 않을 것이다. 하지만 포위선이라고 하는 것은 느슨하게 해야 하는 것이기에 세라다의 경기병 같은 □□□

□□이 가장 화려한 활동을 선보일 수 있는데 말이다.

1마일씩 앞으로 나아갈 때마다 세라다는 마음속에서 끝없는 유쾌함을 느끼고 사관학교를 갓 졸업한 기수처럼 노래 부르거나 혼잣말을 떠드는 것을 금할 수 없었다. 우리 군대의 용감함과 승마의 능숙함을 이제 다시 한 번 볼 수 있다고 생각했기에.

산길은 마차가 앞으로 나가는 것에 따라서 점차 험악해졌다. 처음에는 소를 끄는 남자가 두세 명 지나갔지만 둘러보아도 인가가 있을 거 같지는 않았다. 이것도 당연하다. 처음에는 프랑스군이, 그 다음에는 영국군이, 그리고 산적이 뒤따라서 각가지 재난이 이 지방의 촌락을 황폐하게 만들고 간 후였기에 달리 이상할 것도 없었다.

길 상태는 이루 말할 수 없이 나빴다. 그리고 빨갛게 벌거벗은 바위 끝이 양쪽에서 사람을 짓누르듯이 솟아있었기 때문에 그 사이가 점점 좁아졌고 마차 창문으로 밖을 내다보는 것조차 위험하게 느껴져서 세라다는 단지 조용히 앉아서 이것저것 자기를 사랑해준 여자라든가 자기가 이제껏 탄 말들을 생각하고 있었는데 갑자기 앞에서 뭔가 굴러떨어진 소리가 나 백일몽에서 깨어났다.

노승이 커다란 나이프를 들고 물통에 꽉 끼어 열리지 않는 마개를 억지로 열려고 하다가 그만 손이 미끄러져 물통을 떨어트렸다. 세라다가 그 물통을 집어주려고 몸을 구부린 바로 그 순간, 노승은 아무 말도 없이 세라다의 어깨 쪽으로 달려들어 들고 있던 나이프로 세라다의 눈을 찌른 것이다. 세라다는 이런 기습에는 익숙해져 있어서 딱히 놀라지는 않았지만 어쨌든 이 때문에 상처를 입은 것만은 자백하지 않을 수 없다.

이 놀라운 기습에 대한 세라다의 분노가 얼마나 대단했는지, 그 상처의 아픔이 얼마나 심했는지를 상상하려면 세라다가 그 노승에게 어떤 짓을 했는지를 보면 알 수 있다.

세라다는 갑자기 노승의 작은 몸을 두 손으로 잡아 끌어내서 마차 바닥에 내던지고 그 무거운 장화로 마구 밟았다. 노승은 그 사이에 단도를 꺼냈지만 세라다는 이것을 바로 걷어찼고 놈의 가슴 위에 무릎을 대고 짓눌렀다. 이때 노승은 처음으로 지독한 괴성을 질렀고 세라다는 눈 한쪽이 안 보이는 상태에서 검을 찾았으나 이미 노승이 능숙하게 세라다 손이 안 닿는 곳에 숨겨버린 후였다.

세라다는 잠시 후 겨우 검을 찾아내서 한 손으로 얼굴의 피를 닦고 노승이 쓰러져 있는 곳을 겨누어서 어디를 찔러줄까 하고 고민하는 사이에 마차는 무언가에 부딪쳐 커다란 소리와 함께 한쪽으로 쓰러졌고 그 순간 세라다의 손에서 검이 튕겨나가 버렸다.

세라다는 마차 안에서 쓰러졌기 때문에 일어서려고 하자 문이 밖에서부터 열리고 여러 명이 달려들어 세라다의 다리를 붙잡고 길 위로 잡아 끌어냈다.

(1905년 2월 10일)

(16)[17]

세라다는 돌투성이의 길바닥에 끌려서 내동댕이쳐졌다. 그때 웃옷이 쓸려서 머리를 덮어버렸지만 마침 다친 눈은 가리지 않아서 서른 명 정도로 보이는 산적들 무리를 노려볼 수 있었다.

눈에 생긴 상처는 눈알 바로 옆으로 비껴갔기 때문에 마차에서 끌려나오는 순간 세라다는 시력을 전혀 잃지 않은 것을 알았다. 하지만 악당의 목적은 처음부터 눈에서부터 뇌 안쪽을 쑤시는데 있었던 것 같다. 그래서 나이프 끝이 두개골 내부의 뼈를 조금 건드린 것으로

17) 원문에는 16회라 표기되어 있으나 17회에 해당한다.

생각되는데 세라다가 평생 동안 얻은 17군데 상처 중 이곳이 훗날에
도 그를 가장 귀찮게 했다고 한다.

이 쥐새끼 같은 무리들은 갑자기 세라다 대령을 길바닥으로 끌어내
려서 때리고 두드리고 발로 차고 욕을 하더니 세라다의 머리에서 피가
흐르는 것을 보고 그가 기절한 것이라고 생각한 모양이다. 그 사이에
세라다는 일일이 그놈들의 용모를 외워두고 기회가 온다면 한 명 한
명 교수형에 처할 것이라고 다짐하고 있었다.

이 도적 무리의 복장은 다소 기묘해서 갈색 옷에 빨간 허리띠를 두
르고 거기에 칼을 차고 있었다. 그리고 머리에는 노란 색 띠를 두르고
있었다.

도적떼들은 사전에 산길이 급하게 꺾이는 곳을 골라서 커다란 돌을
두 개 놓아둔 것이다. 그래서 마차가 전복된 것이다. 하지만 노승으로
변장한 이 짐승 같은 놈은 예전부터 이 복병들이 숨어있는 곳을 잘
알고 있었기에 이곳에 다다르기 전에 세라다가 저항할 수 없도록 책략
을 썼던 것이 명백하다.

도적떼들은 노승으로 변장한 동료를 마차 안에서부터 구해냈지만
세라다한테 꽤 험한 꼴을 당했기 때문에 그를 본 도적떼들은 모두 분
노하기 시작했다. 이는 그 변신한 노승의 숨이 끊어지지는 않았지만
세라다 대령이 손을 댔기 때문에 당연히 어지간한 상처가 아니었다.
동료들은 그를 일으켜 세우려고 했지만 허리서부터 아래는 모두 부러
져버려서 다리는 전혀 쓸모없게 되었다. 그의 상반신은 분노와 통증으
로 마구 떨고 있었지만.

지금까지 그렇게나 친절해 보였던 가짜 스님의 눈알은 무서운 빛을
내뿜으면서 세라다를 노려보고 있었다. 그리고 그놈은 세라다 쪽을 향
해서 침을 뱉고, 또 침을 뱉고, 여러 번 침을 뱉었다.

이렇게 도적떼들은 세라다를 일으켜 세워 질질 끌고 갔기 때문에

세라다는 이제 자신이 목숨을 잃을 때가 가까워졌다는 것을 깨달았다.

(1905년 2월 14일)

(17)[18]

세라다는 산적들에게 끌려서 한 시간가량 산길을 걸어갔다. 그 사이에 다리의 통증과 눈의 상처를 악화시키면 안 된다고 생각해서 세라다는 눈을 감은 채 어떤 곳을 걷고 있는지, 지금 지나 간 곳이 어디인지 신경 쓰지 않았다.

세라다는 지금까지 기병사관으로서는 유명했지만 산 타는 사람처럼 튼튼한 다리를 지니진 않았다. 하지만 구릿빛 도적떼들이 여덟아홉 치(寸)나 되는 칼을 쥐고 목에 갖다대며 협박했기 때문에 자신도 모르게 빨리 걷고 있었던 것이다.

이 일행은 드디어 어느 언덕에 도착했다. 거기서부터 길은 내리막길이었다. 그 소나무 숲을 지나가면 남쪽으로 넓게 펼쳐진 평야가 보였다. 세라다의 생각으로는 이 산적들은 원래 밀수입을 해왔던 단체로 평화로운 시기에는 이 비밀통로로 포르투갈과 스페인을 왕래했던 거 같았다.

그 부근에는 소가 지나갈 만한 작은 길이 얼마든지 있었다. 그리고 물이 샘솟고 있는 담벼락 밑에는 커다란 말 한 마리가 묶여 있었다.

그 앞에는 느릅나무 숲이 있고 그 한 가운데 평평한 공터가 있어 바로 앞에 쓰러진 나무들이 있는 곳에서 말을 쉬게 하고 있다고 세라다는 생각했다. 하지만 그 말을 자세히 본 세라다의 놀라움은 어떠했을까. 그 새까만 앞다리에 하얀 반점을 발견했을 때의 세라다의 놀라

---

18) 원문에는 17회라 표기되어 있으나 18회에 해당한다.

움은 정상이 아니었다. 그 말이 오늘 아침 자신이 그렇게 간절히 원했던 바로 그 말이었기 때문이다.

그렇다면 우송관 바바는 어떻게 되었는가. 이곳에서 또 다른 프랑스인이 세라다와 같은 위험에 처해 있는 것이다.

세라다의 마음속에 이런 생각이 오가고 있을 때 도적떼 중 한 명이 기묘한 함성을 지르면서 뭔가 신호를 보낸 거 같고 일행은 여기서 멈춰섰다.

그 신호에 공터 한쪽 구석 절벽 밑을 둘러싸고 있던 덤불 속에서 대답하는 자가 있었고 잠시 후 십이삼 명 정도 되는 동려들이 나타나서 쌍방이 뭔가 인사를 나누는 듯했다.

새로 나타난 무리들은 그 가짜 승려를 둘러싸고는 몹시 슬퍼했다. 그러고 나서는 세라다 쪽을 쳐다보고 칼을 치켜들면서 뭐라고 저주를 퍼붓는 것이었다.

그들의 모습이 너무 격렬해서 세라다는 자신의 마지막 순간이 가까워졌다고 깨닫는 것이 어렵지 않았고 그는 그 동안의 명예에 상응하는 훌륭한 죽음을 맞이할 것이라고 생각했다. 그러자 그 중 한 명이 명령을 내려 세라다를 덤불 속으로 잡아끌어 당겼다. 좁은 통로를 따라서 들어가자 □□□□□ 곳에 커다란 동굴이 있었다. 그 속으로 세라다를 끌고 들어갔다. 그때는 이미 해가 지고 있어서 동굴 안에는 이미 커다란 장작이 두 개 정도 타고 있었다. 그 끝에는 조잡한 탁자 하나가 놓여있고 이상한 남자 한 명이 탁자를 향해 있었다. 그 모습과 동료들이 계속해서 이 남자를 존경하는 듯한 모습에서 추측컨대, 그가 바로 그 무서운 산적의 두목 구치로라는 기분 나쁜 이름으로 불리는 자가 틀림없었다.

세라다 때문에 허리부터 아래로 불구가 된 가짜 스님은 이때 두목 앞에 있는 술통 위에 쓰러져서 그 다리는 여전히 힘없이 달랑달랑 매달려 있었지만 쥐처럼 원망을 가득 담은 눈은 끝임 없이 세라다 쪽을 향해서 예리한 빛을 발하고 있었다. 세라다는 두목과 이 스님이 나누는 대화를 엿듣고 스님이 이 무리의 소두목이라는 사실을 알았다. 저렇게 스님 행세를 하면서 부드러운 말로 여행객을 속이는 것이 그놈이 맡은 일이라는 것도.

그놈의 간계에 걸려서 많은 프랑스 사관이 그 독수에 놀아났다고 생각하니 세라다는 어떻게 해서든 자기 몸을 자유롭게 해서 이 짐승 같은 놈들을 모두 죽여 버리고 싶다고 생각했다. 물론 목숨을 걸고 할 일은 아니다. 프랑스를 위해서도 나폴레옹을 위해서도 이 세라다 대령의 목숨과 이 산적 전체의 목숨을 바꿀 수는 없으니까 말이다.

(1905년 2월 15일)

(18)[19]

허리에 힘을 줄 수 없어서 일어서지 못하는 가짜 스님은 술통을 부둥켜안은 채 스페인어로 자초지종을 이야기했다. 이야기를 듣고 있는 두목 구치로의 얼굴이 두세 명이서 부축하고 있는 세라다와 정면으로 마주보고 있어서 세라다는 그 용모를 자세히 관찰할 수 있었다.

세라다는 예전에 산적의 두목이라는 자의 풍채를 상상해 본 적이 있는데, 그 맹악함으로 사회로부터 구치로라는 듣기 좋지 않은 이명을 얻은 명예로운 이 남자는 모든 면에서 세라다의 상상과는 정반대여서 깜짝 놀랐다.

그 넓은 얼굴에 수염이 살짝만 나 있는 모습은 아무리 좋게 보아도 파리 뒷골목에 있는 잡화상점의 주인으로밖에 보이지 않는다. 그 남자

---

19) 원문에는 18회라 표기되어 있으나 19회에 해당한다.

는 그 부하들처럼 현란한 허리띠를 매거나 번쩍이는 칼을 차지도 않았다. 그뿐 아니라 검은 색의 긴 상의를 입은 모습은 산속에 살고 있는 사람의 느낌이 전혀 없었고 어느 젊잖은 집안의 주인님 같았다.

주위에 있는 물건들도 그와 마찬가지로 테이블 위에 있는 담뱃갑을 제외하고는 커다란 상업용 장부 같은 것이 한 권 있을 뿐, 그 외에는 옆에 굴러다니는 탄약상자 위에 공책이 두세 권 흩어져 있었다. 펼쳐져 있는 페이지에는 커다란 글씨로 노래 같은 것이 적혀 있었다.

이러한 모습은 구치로가 다소 몸을 뒤로 젖히고 의자에 기대서 그 소두목한테서 보고를 받고 있는 사이에 세라다의 예리한 눈에 비친 것이다. 구치로는 보고를 다 듣고 다리 힘을 못 쓰는 스님이 밖으로 나가는 것을 도와주고 와서는 두세 명 세라다를 끌고 왔던 부하들에게 뭔가 지시를 내리는 것 같았다.

구치로는 먼저 펜을 잡고 펜의 끝부분으로 자기 이마를 가볍게 치면서 입술을 뾰족하게 내밀고 동굴의 입구 천장 부분을 처다보고 있었지만 얼마 안 있어 세라다를 향해서 유창한 프랑스어로,

"당신은 코빌랴(Covilha)[20] 시의 문구를 외우고 있죠? 어떤가요?"

라고 물었기에 세라다는 자신의 스페인어 실력이 충분치 않아서 그런 시는 전혀 모른다고 대답했다.

구치로 "스페인어는 꽤 풍요로운 언어지만 음을 반복하는 데에는 영어처럼 자유롭지 않기 때문에 대부분 우리들의 시 중 잘 지어진 시는 무운시(無韻詩)로 만들어진 겁니다. 하지만 자네는 기병이기 때문에 이런 건 뭐 아무래도 상관없겠지요."

세라다는 뭐라고 대답하려고 했다. 그러나 구치로가 그 장부를 펼쳐서 만들다 만 노래를 고치더니 갑자기 펜을 던져버리고 "유쾌하다"고

---

20) 포르투갈 중부의 도시.

소리 지른 후 그 두세 구를 부하들에게 들려주자 부하들은 손뼉을 치면서 감격해 했다. 그때 구치로의 얼굴은 처음으로 사람들에게 칭찬을 들은 소녀처럼 빨개졌던 것이다.

"아무래도 내 평판은 좋은 것 같군."

이렇게 말하고는 다시 세라다를 향해서,

"우리들은 이렇게 자작 노래의 문구를 서로 비평하면서 긴 밤의 무료함을 달랩니다. 나는 그 방면으로 조금이지만 재능이 있어서 예전에 마드리드에서 소책자도 출판한 적이 있답니다. 하지만 이건 그렇게 중요한 사실이 아니니 이제 우리들의 일을 착수해야만 하는데, 자네 이름은 뭐라고 하지요?"

"세라다 가즈오."

"계급은?"

"대령."

"소속은?"

"콩플랑 경기 제3연대."

"자네는 대령치고는 너무 젊은 거 같은데."

"나의 이력에는 그만한 가치가 있소."

"그래, 그럼 더더욱 안 됐군."

구치로는 비웃었다.

세라다는 이에는 대답하지 않고 몸으로 어떠한 처우를 받더라도 두렵지 않다는 결심의 정도는 보여주었다. 그러자 구치로는 생각났다는 듯이,

"덧붙여서 말하겠는데 자네 부대 사람을 얼마 전에 여기서 맞이한 적이 있다네."

이렇게 말하면서 녀석은 커다란 장부를 뒤척이더니,

"나는 지금까지의 일을 모두 기록해 놓는다네. 여기 6월 20일자에

하나 있지. 자네 부대의 청년 중에 수도우(須藤)라고 키 크고 마른 청년
이 있었지, 머릿결이 아름다운."

세라다 "그래, 확실히 그런 청년이 있다만, 그게 뭐 어떻다는 건가."

(1905년 2월 17일)

(19)[21]

세라다와 구치로의 대화는 꽤 오랜 시간 이어졌기 때문에 동굴 밖은
벌써 어두워져서 신월의 달빛이 뚜렷하게 빛나고 있었다. 도적떼들은
공터에서 커다란 모닥불을 비우고 있었다. 이것은 춥기 때문이 아니라
저녁 식사 요리를 위한 것이다.

모닥불 위에는 커다란 그물이 나무 가지에서부터 묶여서 내려와 있
고 도적떼들은 노란 불빛 주위를 둘러싸고 있었다. 세라다는 이 광경
을 주노라는 남자가 마드리드에서 도망쳤을 때의 그림에서 봤다고 생
각했다.

병사로서 이렇게 미술에 조예가 깊은 것은 흔치 않지만 세라다는
집안이 좋기도 하고 그림에 관심이 없는 것도 아니어서 이런 위급한
상황에서도 문득 심중에 이런 생각을 떠올리곤 했다.

도적떼들은 세라다를 묶어서 나무 밑에 내던지고 그의 눈앞에서 담
뱃불을 붙이고 있었다. 세라다는 이런 상황에서 어떻게 하면 좋을지
아무 생각이 떠오르지 않았다. 일생 동안 열 번 정도 겪은 위험한 상황
을 떠올려도 이처럼 절박한 상황에 놓인 적은 없었다.

하지만 세라다는 용기다, 용기를 내야 한다고, 마음속으로 격려했
다. 자네가 스물여덟 살의 젊은 나이로 경기대의 대령이 된 것은 코티

---

21) 원문에는 19회라 표기되어 있으나 20회에 해당한다.

용[22]을 출 수 있었기 때문이 아니다. 자네는 프랑스 기병의 꽃이지 않는가, 가즈오. 자네는 이백 몇 회나 적과 싸우지 않았는가, 이런 시답잖은 일로 목숨을 잃어서야 되겠는가. 이렇게 스스로 속삭이고 위로해서 어떻게 해서든 여기서 도망쳐 나오려고 유심히 주위를 둘러보니 거기에 세라다를 흠칫 놀라게 한 것이 있었다.

전에도 얘기했듯이 공터 한가운데에는 커다랗게 불이 타오르고 있었다. 그 불빛과 달빛으로 인해서 근처에 있는 것은 뭐든지 잘 보였다.

공터 저편에 커다란 느릅나무 한 그루가 있었다. 이 나무가 특히 세라다의 주의를 끌었던 것은 그 줄기나 아래쪽 나무 가지가 모두 껍질색이 변해 있어서 가까이서나 아래에서 모닥불을 피운 것 같지만, 그 뿌리 근처에는 관목의 수풀더미가 있고 모닥불 자국은 보이지 않았다.

그래서 세라다가 그 나무의 줄기를 유심히 쳐다보니 수풀더미 윗부분에 기묘하게 말 탈 때 신는 구두 두 쪽이 벗겨진 채로 나무 기둥에 못 박혀 있는 것이다. 처음에 세라다는 구두가 걸려있다고 생각했지만 자세히 보니 커다란 못으로 구두 아랫부분을 나무에 박아 놓은 것을 알았다.

그러고 나서 세라다는 자기도 모르게 소름이 끼치는 걸 느꼈다. 그 구두는 빈 구두가 아니었다. 세라다는 몸을 조금 오른쪽으로 움직여서 아랫부분을 보고는 거기에 거꾸로 매달려 있는 사람이 누구인지를 보았다. 그래서 그 아래서 모닥불을 피운 이유도 알았다.

그 다음을 이야기하는 것은 실로 마음 아파서 아직도 이 부분을 글로 옮기는 것이 괴롭다. 하지만 독자들을 한 번 스페인 산적들 속으로 데려가 보지 않으면 그놈들이 얼마나 잔인한 성질을 갖고 있는지 알 수 없다. 도저히 이것은 보지 않고서는 믿을 수 없기 때문에.

22) 18세기 유럽 궁정에서 유행한 복잡한 사교춤.

그곳으로 오는 도중에 그 우송관 바바 군의 승마가 혼자서 쉬고 있었던 것을 보았기 때문에 세라다는 마음속으로 그 바바 군이 프랑스인으로서 부끄럽지 않은 떳떳한 최후를 맞이했을 걸 바라는 일밖에는 할 수가 없었다.

바바의 최후를 본 세라다는 불길한 기분이 들었다. 세라다는 동굴 안에서 가장 씩씩했던 청년사관 수도우를 생매장했다는 얘기를 듣고 화를 못 참고 구치로에게 욕설을 퍼부었던 것이다. 그래서 그가 어떤 복수를 할지 모른다. 하지만 이런 생각을 미리 할 여유는 없었지만.

만약 두목을 만났을 때 조금이라도 공손히 대했다면 자기에게 이익이었겠지만 이젠 글렀다. 맥주병 마개를 땄기 때문에 다 마시지 않으면 안 되는 것이다.

(1905년 2월 19일)

(□□)[23]

그처럼 천진난만했던 우송관 바바 군이 이미 저렇게 처참하게 죽었다면 그 소두목의 허리가 빠지도록 밟아재낀 세라다는 얼마나 잔인한 짓을 당하게 될지 모르는 것이다. 아니 이처럼 세라다의 운명은 처음부터 정해져 있었기 때문에 세라다는 오히려 남자다운 태도를 취했다고 말해야 할 것이다. 세라다는 남자답게 살았기 때문에 남자답게 죽었다고 듣는 편이 좋을 지도 모른다.

세라다는 쓰러진 채로 자기를 사랑해준 여자들이 얼마나 슬퍼할까, 홀로 남게 되는 어머니를 누가 돌볼 것인가, 자기의 죽음이 우리 연대와 황제에게 어떠한 손해를 입힐 것인가, 그와 동시에 자기의 불행한

---

23) 원문에는 □□회라 표기되어 있으나 21회에 해당한다.

요절을 들은 일반 사람들은 얼마나 슬퍼할 것인가를 생각하니 눈물이 흐르는 것을 금할 수 없었다.

하지만 그렇게 자빠져 있어도 뭔가 도움이 될 만한 것은 없는지 매우 민첩한 두뇌를 가지고 있는 그는 소나 말처럼 도끼가 내 몸에 내리치는 것을 마냥 기다리고만 있을 수는 없었다.

우선 세라다는 자기 다리를 묶고 있는 끈을 조금 느슨하게 만들고 나서 자기 손[24]을 묶고 있는 밧줄을 느슨하게 만들고 끝임 없이 주위를 둘러보고 뭔가 자기에게 도움이 될 만한 도구가 없을지 살펴보았다.

한마디로 말하자면 세라다는 기병이기 때문에 승마를 잃어버리면 반쪽짜리에 불과해서 제대로 일을 해낼 수 없다. 하지만 그의 나머지 반쪽이라고 할 수 있는 말은 바로 건너편에서 조용히 풀을 뜯으며 쉬고 있지 않는가.

세라다는 한 가지 생각해 낸 게 있었다. 그가 온 길은 매우 험했기 때문에 도저히 말로 달릴 수는 없지만, 다른 방향은 계곡이 평지로 이어져서 경사가 매우 완만하기 때문에 저 말의 안장을 두 다리 사이에 끼고 자기 검을 손에 쥐고 돌진한다면 이 산척의 빈대들을 뒤로 남긴 채 도망갈 수 있을 것이라고.

세라다는 여전히 이런저런 생각을 하면서 손발의 밧줄을 조금씩 느슨하게 하고 있으니 두목이 동굴 안에서 나와 □□□□□□ 훌쩍이며 괴로워하고 있는 허리 빠진 스님과 뭐라고 한두 마디 대화를 나누고는 둘 다 고개를 끄떡인 다음 세라다 쪽을 바라보았다. 그러고 나서 두목은 부하들에게 뭔가 얘기를 들려준 거 같아 이를 들은 부하들은 손을 치며 웃으면서 칭찬하는 모습이었다.

지금의 광경은 아무리 달리 해석해도 큰 일이 가까워지고 있다는

---

24) 일본어 원문에는 '다리'라고 되어 있으나 이는 내용상 '손'의 오기로 판단함.

것을 주위도 느낄 수 있었다. 하지만 세라다의 손발을 묶고 있던 밧줄은 이때 많이 느슨해져서 언제라도 밧줄을 풀려면 풀 수 있는 상태였다. 하지만 세라다의 다리에 난 상처는 그가 움직이는데 방해가 되어서 지금도 밧줄을 발목까지 밀어내려고 하면 그 고통이 너무 심해서 신음하지 않으려고 힘을 너무 주어 이빨로 수염을 끊어버릴 정도였다. 그래서 세라다는 여전히 조용히 누워 있었다. 밧줄은 반은 느슨하게 하고 반은 묶은 채로 놔두고 상황이 어떻게 되는지 지켜보고 있었다.

얼마 안 있어 세라다는 도적들이 어떤 궁리를 하고 있었는지 볼 수 있게 됐다.

도적 한 명이 공터 한 구석에 있는 느릅나무를 타고 올라가서 나뭇가지에 밧줄을 묶었다. 그리고 또 한 명은 다른 느릅나무에 올라가 같은 장치를 준비했다. 두 줄의 밧줄이 땅위로 드리워졌다. 세라다는 반은 호기심을 갖고 반은 공포심으로 그놈들이 무엇을 할 것인지를 지켜보았다.

도적들은 모두 일제히 일어서서 이 두 줄의 밧줄을 잡아 당겨서 나무의 줄기를 활처럼 구부리게 하고 그대로 나무 그루터기에 밧줄을 묶었다. 그러자 나무줄기의 양쪽 끝이 서로 접근하듯이 구부러져 있기 때문에 밧줄을 풀면 다시 원래대로 돌아가게 되어 있다. 세라다는 지금에야 이 증오하고도 남을 짐승 같은 놈들의 계획을 간파할 수 있었다.

구치로는 세라다 쪽으로 다가와서,

"대령님은 아주 힘이 세신가요?"

라며 징그러운 표정을 지으며 이렇게 말을 하기에,

세라다 "그렇다네. 자네가 다행히 이 밧줄을 풀어준다면 내가 얼마나 센지 보여줄 수 있는데 말이지."

하고 대답하자, 구치로도 침착하게

"나는 이 젊은 나무줄기하고 당신의 몸하고 어느 쪽이 더 힘이 센지를 보는 걸 즐기려고 합니다. 그 방법은 당신의 다리를 한 개씩 이 밧줄에 묶은 다음에 나무 그루터기에 묶어 놓은 것을 풀어볼 생각입니다. 만약 당신의 다리 힘이 더 세면 뭐 아무 일도 없겠지요. 하지만 당신 쪽이 약하다면 대령님, 우리는 당신이 두 명이 돼서 양쪽 나무에 매달려 있는 걸 볼 수 있을 겁니다."

(1905년 2월 20일)

(□□)²⁵⁾

구치로는 다시 예의 그 미소를 세라다에게 보냈고 그의 이야기를 듣고 있던 사십 명 정도의 부하들이 일제히 따라서 웃기 시작했다.

세라다는 그 후로도 죽을 때까지 가끔은 꿈속에서까지 이때의 □□□을 떠올리곤 했다. 그의 □□□밧줄과 검은 □□□을 한 산적들이 장치를 만들고 있는 곳에 모닥불의 불빛이 하얀 얼굴을 비추고 있는 모습을.

이때 세라다의 모습은 놀라웠다. 누구라도 이런 상황을 맞이하는 자라면 똑같은 말을 하겠지만, 그 지각신경이 무서울 정도로 과민해져서.

사람은 더 이상 살아남을 수 없다는 것뿐 아니라 끔찍한 최후를 맞이하게 될 것이라는 것을 깨달았을 때 이처럼 과민하고 투명해지는 것이다.

세라다는 이 모닥불 냄새를 맡을 수 있었다. 그 모닥불의 불빛이 만들어내는 그늘을 선명하게 볼 수 있었다. 나무 가지들이 움직이는 것을 일일이 눈으로 볼 수 있는 것처럼 냄새나 □□□□□□ 세라다가 이제껏 경험하지 못한 경지였다.

그 전에 구치로가 세라다에게 말을 걸었을 때부터 세라다의 귀에는

일종의 낮은 소리가 끊임없이 들려왔는데 그것이 점차 가까워지고 있었다.

처음에는 무슨 소리인지 전혀 몰랐다. 구치로의 말이 끝나고 그 부하들에게 뭔가 지시를 내려서 다리의 밧줄을 풀려고 했을 때, 그 소리는 더 선명하게 들리기 시작했다. 그것은 기병사관인 세라다의 귀에는 결코 흘려들을 수 없는 말굽의 울림과 고삐를 휘두르는 소리, 장검이 다리에 부딪치는 소리였다.

세라다처럼 성년이 되어 경기병에 가담한 이래 오늘날까지 말 위에서 생활을 해온 자가 기병이 행진하는 소리를 놓칠 리가 없다.

"살려주시오. 살려다오."

세라다는 이렇게 외쳤다. 그러자 산적들은 놀라서 세라다의 입을 막으려고 했지만 세라다는 더 소리 높여서 외쳤다.

"어이, 살려주시오."

이때 세라다는 상처의 통증이 심해진 거랑 여기서의 결투를 위해서 일시적으로 인사불성이 되어서 □□□□□□ 앞에 자신의 부하인 오백 기가 □□□□□□북 소리에 맞춰서 □□□□□□.

하지만, 실제로 그곳에 나타난 것은 세라다의 꿈이 그려낸 □□□ 환영의 옷은 □□□□이제라도 공터에 달려온 젊은 사관은 진홍색 웃옷을 입은 용기병으로 검고 튼튼한 승마를 급하게 멈춰 세워 약간 몸을 뒤로 젖힌 모습은 기병사관이라고 해도 손색이 없을 태도였다. 그 금색 견장□□□□□□투구가 빛이나 반짝거리고 있는데 새하얀 깃털 장식이 멋있으면서도 듬직해보였다. 세라다는 그의 적군인 영국 사관에게 구해진 것이다.

(이하, 13줄 판독 불가)

(1905년 3월 8일)

(21)²⁶⁾

세라다는 소년 시절에 한 영국인에게 영어를 배웠던 것을 이제 와서 처음으로 고마워했다.

이때 다리의 밧줄은 이미 풀려있었기 때문에 세라다는 자기 검이 놓여있는 곳으로 달려가서 그 검을 잡았다. 불쌍한 바바 군의 승마에 올라타고 나서야 프랑스 기병의 꽃이라 말할 수 있는 세라다 대령은 비로소 한 명의 훌륭한 무사가 되어 싸울 수 있게 된 것이다.

세라다는 다리의 통증 때문에 등자에 다리를 올릴 수는 없었지만, 말에 올라타는 것은 단지 한 번의 도약이면 충분했다. 이때 산적들은 피스톨을 겨눠서 세라다를 쏘려 했지만 그와 동시에 세라다는 영국 기병 뒤에 숨어버렸다.

"항복합니다."

세라다는 불완전한 영어로 외치고 영국 사관의 주의를 끌었다.

"저 나무를 보십시오. 이 악당들이 명예 있는 신사를 잡아다 이처럼 잔인한 짓을 했습니다."

이때 모닥불의 불빛이 산바람을 타고 확하고 밝게 비쳐졌기 때문에 바바 사체의 잔인한 모습을 새로 온 사람들에게 보여줄 수 있었다.

"이런, 제기랄."

영국 사관이 외치기 시작했다. 기병 네 명 모두 "제기랄"이라고 외치고 다섯 개의 검이 칼자루에서 뽑혀 일렬로 칼끝을 세웠고 머리를 모으고 있던 부하 기병 넷 중 하사관 복장을 한 자가 세라다의 어깨를 치고 웃으면서 이렇게 말했다.

"해치웁시다."

세라다는 양 다리 사이에 말을, 손에는 검을 쥐를 수 있었기 때문에

---

26) 원문에는 21회라 표기되어 있으나 23회에 해당한다.

더 이상 무서울 것이 없었다. 그는 머리 위 높이 그 검을 휘두르고 무사다운 고함을 내질렀다. 하지만 도적떼 두목인 구치로는 예의 차가운 미소를 띠우고 영국 사관 쪽으로 다가갔다.

"각하, 이 프랑스인은 저희들의 포로입니다."

"네놈들은 악당 도적들이다."

검의 칼끝을 구치로에게 들이대며 영국 사관은 외쳤다.

"우리나라는 네놈들 같은 동맹국이 있다는 게 수치스럽다. 만약 내가 웰링턴 장군[27]이었다면 네놈들을 모조리 여기 있는 나무 가지에 목매달았을 것이다."

하지만 도적 두목은 여전히 얄미울 정도로 침착한 모습이다.

"하지만 제 포로를 어찌하실 셈인데요?"

"영국군대로 데려 갈 것이다."

"잠시만 기다려주세요. 그 전에 한 가지 말씀드릴 일이 있습니다."

구치로는 영국 사관에게 가까이 다가가는 척하면서 전광처럼 잽싸게 몸을 움직여 세라다의 얼굴을 향해서 총을 쐈다.

총탄은 세라다의 군모를 관통했고 앞뒤로 구멍[28]을 뚫었다. 그는 실패한 것을 알고 다시 권총을 쥔 손을 들어 올리려고 했으나 영국 하사가 구치로의 뒤로 돌아가서 칼을 한 번 휘두르자 구치로의 목은 가죽만 남기고 그 머리는 축 늘어졌다. 핏줄기가 땅에 뿜어져 떨어지기 전에, 그의 마지막 저주가 구치로의 입에서 사라지기 전에, 그의 부하들은 일제히 일어서서 일행을 공격하였지만, 영국 기병과 세라다 대령은 칼을 한 번 휘둘러서 말굽 소리가 울리기도 전에 거기에 있는 수십

---

27) 아서 웰링턴(Arthur Wellesley Wellington, 1769~1852): 영국의 군인이자 정치가. 포르투갈 원정군 사령관이 되어 나폴레옹 군을 이베리아 반도에서 몰아내었고 워털루 싸움에서 대전하였다.

28) 원문에는 '불(火)'이라고 되어있으나 문맥상 여기는 "구멍(穴)"의 오기로 판단된다.

명을 베어버렸다. 마지막으로 공터를 뒤로하고 계곡 사이에 있는 평지 쪽으로 달려 내려갔다.

세라다 일행이 계곡 사이의 평지로 나와서 뒤를 돌아보니 더 이상 도적떼들이 쫓아오는 것 같지 않자, 그렇다면 우리는 얼마나 손해를 입었나 살펴보았다.

세라다는 원래 부상을 입었기 때문에 그 이상의 상처는 입지 않았다고 처도 몸은 매우 피곤했다. 하지만 마음속의 유쾌함은 금할 수 없었다. 가슴의 고동 때문에 군복 상의가 터질 것만 같았다. 왜냐하면 세라다 대령이라는 이름을 그 산적들에게 후세에 이르기까지 잊을 수 없게 만든 채 자신은 안전하게 도망쳐 나왔기 때문이다.

(1905년 3월 10일)

(□□)[29]

가는 길에 세라다는 영국 사관들에게 자기가 누구인지를 이야기하고 자기를 구해준 것은 참으로 명예롭고 용감한 일이라고 논하고 자신을 석방시켜줄 □□□라고 생각했으나 영국 사관은 이야기를 중간에서 끊어 버리고,

"그건 이제 됐습니다."

부하인 사관들을 향해서,

"누가 다쳤느냐?"

"우메노(梅野) 상등병의 말이 이마[30]에 피스톨 탄환을 맞았습니다."

"그럼 우메노는 나랑 같이 돌아갈 테니, 하시모토(橋本) 상사는 사노

---

29) 원문에는 □□회라 표기되어 있으나 24회에 해당한다.
30) 일본어 원문대로. 영어 원문은 '구절: 말굽 바로 윗부분 뒤쪽 돌기(fetlock)'로 되어있다.

(佐野)와 기시모토(岸本)를 인솔해서 독일 전초 기병들과 접촉할 때까지 그 사이에 정착하고 와라."

이 명령으로 인해서 기병 3기는 말의 발걸음을 고쳐 잡고 일행과 헤어졌다. 그리고 잠시 후 말굽 소리도 들리지 않게 되었다. 그러고 나서 세라다 대령과 영국 사관은 말을 부상당한 우메노 기병을 데리고 일직선으로 영국군대를 향해서 달려갔다.

둘은 바로 흉금을 털어놓고 이야기하기 시작했다. 둘은 처음 봤을 때부터 서로 호감이 있었다.

점차 이야기꽃이 피어서 이 용감한 영국 사관이 귀족출신이며 이번에 웰링턴 장군을 위해서 산간 정찰의 명을 받고 나온 것도 알게 되었다. 그 이름이 나미도(波戸) 남작인 것도. 둘은 아름다운 스페인의 달밤길을 같이 달리다 보니 어느샌가 마치 형제처럼 가까워졌다.

둘은 거의 동년배로 둘 다 경기병 사관으로 (나미도 남작은 용기병 제16연대이다) 같은 장래 희망을 갖고 있었다. 세라다가 이렇게 짧은 시간에 다른 사람에게 마음을 연 적이 나미도 남작이 처음이자 마지막이었다.

영국 사관은 본국에 있는 결혼을 약속한 여자에 대해서 이야기했고 세라다는 오페라 여배우에 대해서 이야기했다. 나미도는 가슴 주머니에서 여자의 머리카락을 꺼내서 세라다에게 보여주었다. 세라다는 여배우한테서 받은 속옷을 보여주었다.

그리고 둘은 프랑스 경기병과 영국 정찰병의 우열에 대해 열띠게 논쟁을 벌이다 하마터면 싸울 뻔했다. 만약 제3연대를 만날 일이 있으면 그게 결코 자네의 불운은 아닐 걸세, 라고 세라다가 말하자 나미도는 입을 씰룩거리면서 양쪽 손바닥을 치고는 검 자루에 손을 가져갔다.

이어서 이야기는 영국의 도박으로 화제가 옮겨 나미도는 실로 막대한 금액을 잃은 일을 고백했다. 그 도박이라는 것은 어느 쪽 닭이 더 강한지, 두 검법가 중 어느 쪽이 더 많이 상대방을 찌를 수 있는지에 관한 것이라는 얘기를 듣고 세라다는 나미도의 도박 사랑에 심히 놀랬다.

나미도는 뭔가에 내기를 하자고 말을 꺼냈는데 마침 그때 세라다가 별똥별을 하나 발견해서 나미도에게 가리켰더니 나미도는 자기가 별똥별을 더 잘 찾는다면서 하나라도 상대방보다 더 많이 발견한 사람이 25프랑 받는 내기를 하자고 제안했다. 세라다가 자기 지갑을 산적들에게 빼앗겨 다시 되찾으러 가지 않으면 안 된다고 변명할 때까지 그는 새로 발명한 도박을 하자는 주장을 그만두지 않았다.

둘은 밤새 수다를 떨었고 어느새 동쪽 하늘에서부터 붉은 해가 떠오르기 시작했을 때 갑자기 앞쪽에서 일제히 사격하는 소리가 들렸다.

이 근방의 길은 매우 험악한데도 불구하고 저 소리라면 양쪽 군대가 대충돌을 일으킨 것 같다고 세라다는 생각했는데, 나미도가 세라다의 얘기를 듣고 크게 웃으면서 말하기를 이것은 영국 진영에 가까워졌다는 증거고 자기들은 매일 이른 아침에 한 번씩 일제히 발사를 해서 탄약의 발화 상태를 확인하다고 했다.

(1905년 3월 13일)

(24)[31)]

"여기서부터 1마일만 더 가면 전초선에 들어가게 됩니다."

라고 나미도는 말했다. 이때 세라다는 주위를 둘러봤는데 둘이서 너무 이야기꽃을 피우며 달려오는 바람에 부상당한 말을 타고 오는 기병은 뒤쳐져서 그림자도 보이지 않았다.

세라다는 계속해서 주의해서 주위를 둘러보았지만 오로지 암석이

31) 원문에는 24회라 표기되어 있으나 25회에 해당한다.

군데군데 굴러다니는 들판에 자기와 나미도 두 사람밖에 없었다. 둘
다 말을 타고 있고 둘 다 충분히 무장을 하고.

세라다는 마음속으로 생각했다. 내가 앞으로 1마일이나 되는 길을
서둘러서 영국 진영으로 갈 필요가 있을지 어떨지.

자아, 이 순간 세라다의 심중을 조금 더 자세히 말하자면 자기를
구해준 은인에게 악의가 있는 것도 아니고 결코 그에게 비열한 거동을
하고자 한 것도 아니다. 하지만 사관이라고 하는 자는 그 부하에 대한
책임이 가장 커야만 한다고 그는 생각했다. 그리고 전쟁이라는 것은
일정한 약속 하에서 이루어지는 것으로 그 약속 조건이라는 것이 존재
하지 않으면 전쟁을 할 자격이 없다. 예를 들어서 만약 세라다가 항복
을 선언했다면 그는 이미 전투를 할 자격이 없는 것이고 만약에 도망
이라도 친다면 실로 불명예스러운 추태가 되는 것이다.

너무나 신용했기 때문에 그리고 일기병의 승마가 부상을 입고 있었
기 때문에 나미도는 세라다에게 자신과 동등한 권리를 가질 수 있게
한 것인데, 만약 반대로 나미도가 세라다의 포로였다면 세라다도 나미
도를 정중하고 친절하게 대했을 것이지만, 그와 동시에 그의 검을 수거
했을 것이고 적어도 한 명의 호위병 정도는 붙여놨을 것이다.

세라다는 말을 세우고 나미도에게 이 이야기를 한 다음에 만약 여기
서 그가 나미도와 헤어지게 된다면 그의 명예에 상처를 입게 되는지
물어봤다.

나미도는 잠시 생각을 한 다음, 예의 '바보 새끼야', '제기랄'이라는
말을 여러 번 반복한 다음에,

"자네, 도망칠 생각이었군."
하고 외쳤다. 세라다는 침착하게

"만약 지금 이야기에 자네가 반대 의견을 제시하지 않는다면."

"단 한 가지 이유를 대라고 하면 내가 자네에게 말할 수 있는 건,

자네가 도망칠 셈이라면 난 자네의 모가지를 치면 그만일세."

"일대 일이네. 나도 자네에게 대적을 하겠네, 나미도 군."

라고 세라다는 대답했지만, 나미도는 곧바로 검을 자루에서 빼고

"그럼 어느 쪽이 센지 봐야겠네."

라고 외치며 세라다에게 검을 휘두르며 달려들었기 때문에 세라다도 자신의 검을 뽑았지만 자신의 은인이자 존경할만한 청년 무관에게 상처를 입히지 않겠다고 결심했다.

"잘 생각해 보게. 자네는 나를 자네의 포로라고 말하지만, 나한테도 자네를 나의 포로라고 말할 근거를 갖고 있다네. 우린 여기에 단 둘이 있지 않는가. 그리고 나는 자네가 출중한 실력의 검객이라는 사실을 믿지만, 프랑스 제6경기병대의 제일인자인 내 검의 상대가 되는 건 어렵다고 단언하겠네."

나미도는 이에 대답하지 않고 세라다의 머리를 향해서 옆으로 칼을 휘둘렀다. 세라다는 이를 잘 피해서 나미도의 군모 깃털장식을 반 정도 잘라냈다. 나미도는 다시 한 번 검을 휘둘러 세라다의 가슴을 찌르려고 했다. 세라다는 이를 피하고 나미도의 군모 장식의 흰 끈을 잘라버렸다.

"자넨 지금 원숭이 흉내를 내고 있군."

나미도는 신음하였다. 이때 세라다의 말머리는 벌써 방향을 틀고 있었기 때문에,

세라다 "자네는 왜 나를 공격하려드는가. 나는 자네를 헤치려 하지 않았는데."

나미도 "그건 아무래도 좋네. 자네는 반드시 우리 영국군 진영에 가야만 하네."

세라다 "꼭 진영까지 가야만 하는가. 그건 딱 질색인데."

(1905년 3월 14일)

(25)[32]

둘이 싸워서 만약에 자신이 진다 하더라도 세라다를 영국 진영까지 데리고 가야 한다는 것이 나미도의 주장이다. 계속해서 검을 휘두르면서,

"자네를 우리 진영으로 끌고 갈 수 있는지 없는지, 4대 9로 내기를 하지."

라고 외쳤다.

나미도의 이 말은 곤란해 처한 세라다에게 좋은 지혜를 주었다. 세라다는 마음속으로 생각했다. 지금 우리들은 싸우는 거 말고 다른 좋은 방법으로 이 문제를 해결할 수 없을까, 하고. 나미도는 지금 세라다로 하여금 원치 않게 그를 해치거나 혹은 자신이 다칠 수 있는 상황에 놓였다. 세라다는 나미도의 칼끝을 치우고,

"내게 한 가지 제안이 있소. 우리들은 누가 포로인지를 정하기 위해서 주사위를 던지는 게 어떻소."

나미도는 이 말을 듣고 미소 지었다. 세라다는 나미도의 도박 사랑을 정확히 이용한 것이다.

나미도 "자네는 주사위를 갖고 있나?"

세라다 "그건 없소."

나미도 "나도 없다네. 하지만 트럼프 카드는 갖고 있네."

세라다 "트럼프라도 좋소."

나미도 "무슨 내기를 할까?"

세라다 "그건 자제가 정하시오."

나미도 "그럼 숫자 따기를 하세. 그게 제일 좋겠소."

세라다는 마음속으로 미소 지으며 이에 동의했다. 그 이유는 프랑스

---

32) 원문에는 25회라 표기되어 있으나 26회에 해당한다.

에서 숫자 따기로 그를 불안하게 만든 사람이 세 명도 안 되니까 말이다.

세라다는 말에서 내려와서 이 이야기를 나미도에게 하자, 나미도도 이야기를 듣고 미소 지으며,

"나도 런던에서 무서운 사람이 없네. 게다가 만약에 자네가 이겨서 비록 운이 도왔다 치더라도 분명히 자네 군영으로 돌아갈 만한 가치는 있네."

둘은 말 두 마리를 묶어두고 평평한 큰 바위 위에 앉았다. 나미도는 군복 안주머니에서 트럼프 카드를 꺼내서 곧바로 숫자 따기를 시작했는데 나미도가 패를 돌리는 딜러가 되었다. 세라다에게 있어서 이 도박만큼이나 중대한 내기는 없다. 나미도는 이 승부에 금화백장을 걸자고 주장했지만, 세라다 대령에게는 금전은 안중에 없었고 이 패 위에 자신의 운명이 걸려있을 뿐이었다.

세라다는 자신의 어머니, 부하인 기병대, 네 장군[33], 마세나 장군[34] 그리고 황제까지도 이 쓸쓸한 계곡 사이의 들판에 둘을 빙 둘러싸서 보고 있는 것만 같아, 어쨌든 이들 모두가 이 도박의 승부여하에 신경 쓰고 있는 것처럼 느껴졌다. 만약, 이 패가 세라다에게 불리하다면 이 사람들에게 얼마나 큰 타격일까. 하지만 세라다는 마음속으로 분명히 자신의 기량을 믿었다. 그의 검술에 대한 믿음과 함께.

첫 번째 판은 어렵지 않게 세라다가 이겼다. 그건 상대방의 패가 나빴던 것이 분명했지만.

두 번째 판은 나미도의 패가 좋아서 세라다가 아무리 교묘한 방법을 써도 효과를 보지 못하고 나미도가 이겼다.

이번이 마지막이다.

---

[33] 미셸 네(Michel Ney, 1769~1815).
[34] 앙드레 마세나(André Masséna, 1759~1817).

둘은 군모를 벗어 옆에 놓고 양반다리를 하고 진검승부에 나섰다.

(1905년 3월 25일)

(26) [35]

나미도 "자네 군대 받고 이 여자를 걸겠네."

세라다 "그 다음은 이걸세."

나미도 "역시 검과 검이지."

세라다 "이건 어떤가."

나미도 "안장하고 고삐, 그리고 역시 등자지."

세라다는 나미도의 도박 사랑을 이용해서 극단적으로 열을 올려놓았다. 그는 만약 이 판에서 진다면 자신의 기병대와 그의 용기병을 걸리라고 생각했다.

여기서부터가 도박 중의 도박이다. 이 영국 사관은 이러한 경우에 상응하는 교묘한 수를 썼지만 세라다 가즈오 쪽이 한수 위였다. 5점을 이기면 되는데 세라다는 첫 판에서 이미 3점을 땄다. 나미도는 콧수염을 비틀고 손바닥을 쳤지만 세라다가 이길 것이라는 것은 이미 그의 머리에서는 명백했다.

두 번째 패에서 세라다는 킹을 얻었다. 하지만 이때 2점을 빼앗겨서 세라다의 4점과 나미도의 2점으로 겨루게 되었다.

그리고 그 다음 패를 봤을 때 세라다는 환희의 소리를 지르는 걸 참기 힘들었다. 만약 자기가 이 패를 가지고 이길 수 없다면 평생 포로로 사는 게 당연하다고 마음속으로 생각할 정도였다.

이때 세라다가 갖고 있던 패는 클럽의 1점[36]과 병사(兵隊)[37], 다이아

---

35) 원문에는 26회라 표기되어 있으나 27회에 해당한다.

몬드의 여제[38]와 병사, 그리고 하트의 왕이었다. 하지만, 클럽이 으뜸패 였기 때문에 이제 세라다와 자유 사이에는 벽 한 장만이 남은 셈이다.

나미도도 이번 판으로 승부가 결정될 것이라고 믿었기에 군복 상의 를 벗었다. 세라다도 군복 상의를 땅위에 벗어 던졌다.

나미도가 스페이드의 10을 내놨기 때문에 세라다는 으뜸패의 1점 으로 이를 땄다. 이는 세라다를 위해서는 아주 잘 된 일이었다. 그리고 나서 상대방의 좋은 패들을 유인할 필요가 있기 때문에 세라다는 으뜸 패의 병사를 내놨는데 나미도는 여제로 이 병사를 잡고 다시 한 번 승부는 동점이 되었다. 나미도는 스페이드의 8점을 내놨다. 세라다는 다이아몬드의 여제를 버리는 수밖에 방법이 없었다. 그 다음에 적은 스페이드의 7을 내놨다. 이때 세라다는 머리카락이 거꾸로 서는 듯한 느낌이 들었다. 그 다음에 둘 다 왕을 뽑았다. 하지만 세라다의 패가 더 좋았기 때문에 세라다가 점수를 땄다. 이때 세라다는 땅위를 데굴 데굴 구를 정도로 기뻐했다. '내가 십 년 전 런던에 갔을 때 최고수였 던 세라다 가즈오다.'라고 외치고 싶은 것을 참기 힘들었다. 그 다음 승부가 네 번째 판이다. 둘의 운명을 결정지을 판이다. 나미도는 군복 의 어깨띠를 풀었고 세라다는 검대를 풀었다.

하지만 이 영국 사관은 아주 침착했다. 세라다도 냉소적인 자세를 취하려 했지만 땀이 이마서부터 눈가로 흘러내려왔다. 패 딜러는 이번 에도 나미도가 맡았고 주어진 패를 세라다가 집어 올렸다. 세라다는 자신의 손이 떨리는 것을 멈출 수 없었다. 주어진 패를 펼쳤을 때 제일 처음 세라다 눈에 들어 온 것은 무엇인가. 그것은 왕이었다. 번영하는

---

36) 트럼프의 '에이스'를 가리킨다.
37) 트럼프의 '잭'을 가리킨다.
38) 트럼프의 '퀸'을 가리킨다.

왕, 즉 으뜸패의 왕이었다. 세라다는 자신도 모르게 소리 지를 뻔했지만 적의 표정이 변한 것을 보고 그 입은 얼어붙어 버렸다.

나미도는 자신의 패를 손에 쥐고는 있지만 그 턱은 밑으로 쫙 벌어져 있고 그 눈은 공포와 경악에 찬 무서운 빛을 발하면서 세라다의 어깨너머로 뭔가를 보고 있었다. 세라다는 아무 생각 없이 뒤를 돌아봤는데 그 또한 그가 본 것을 보고 놀라지 않을 수 없었다.

(1905년 3월 26일)

(27)[39]

둘의 눈에 비친 것은 무엇인가.

세 명의 무관이 둘 옆에 서있었던 것이다. 십오 미터도 떨어지지 않은 거리에.

그 가운데에는 그다지 큰 키는 아니지만 그래도 세라다 대령 정도는 있어 보였다. 그 군복은 □□□이고 하얀 깃털 장식이 있는 작은 삼각모를 쓰고 있었다. 하지만 세라다에게 그 복장은 전혀 눈에 들어오지 않았고 오로지 그 얼굴만이 눈에 띄었다. 그 홀쭉한 뺨, 부리처럼 구부러진 코와 위엄 있는 눈 그리고 얇은 입술을 굳게 다문 입은 누가 보더라도 범상치 않은 인물이라는 것을 알 수 있었다. 그는 분명 백만 명 중에 하나 있을까말까 하는 인물이었다.

그의 이마의 주름은 하나하나가 혹처럼 올라와 있어 그 눈빛은 무서운 빛을 발하면서 나미도의 손가락을 쏘아보고 있었다. 그 때문에 나미도는 쥐고 있던 패를 한 장 한 장 지각을 잃어버린 손에서부터 떨어트리고 있었다.

---

39) 원문에는 27회라 표기되어 있으나 28회에 해당한다.

그 외에 다른 한 명은 떡갈나무를 파내서 만든 얼굴처럼 생겼고 붉은 색의 커다란 군복을 입고 있었고 나머지 한 명은 키는 작고 정밀한 용모로 덥수룩하게 구레나룻을 기르고 금색 실로 테두리를 두른 초록색 상의를 입고 있었다. 세 명 뒤에는 종졸이 승마 세 마리를 끌고 대기하고 있었다. 그리고 또 그 뒤에는 용기병 한 부대가 말의 머리를 가지런히 맞추어 당당히 열을 만들고 있었다.

"어이, 구라자와(倉澤), 저건 도대체 무슨 일인가?"

라고, 가운데 인물이 물었다. 빨간 군복의 인물이 '자아, 들으셨죠. 웰링턴 공께서 지금 이 상황이 어떻게 된 거냐고 물으셨습니다'라고 말했다.

불쌍한 나미도는 그 간의 경위를 명료하게 이야기했다. 하지만 암석과 같은 인물의 얼굴은 전혀 부드러워지지 않았다.

"구라자와 대령, 그건 그렇다 쳐도 군대의 규율은 지키지 않으면 안 됩니다. …… □□□ 자진 출두해서 국법회의의 결과를 기다리도록 하세."

세라다는 나미도가 죄인이 되어 군법회의에 참석하기 위해 머리 숙이고 말 타고 가는 모습을 보면서 끔직한 생각이 들었다. 세라다는 보다 못해 자기 몸을 영국 장군 아래로 던져서 자기, 즉 세라다 가즈오가 나미도라고 하는 사관이 얼마나 훌륭한 사관인지를 증명하고자 했다. 하지만 세라다의 어떠한 노력에도 불구하고 장군은 쇠와 돌의 마음을 녹여 만든 사람 같았다. 세라다는 눈물을 흘리며 말했지만 장군의 눈에서는 끝내 한 방울의 눈물도 보이지 않았다. 세라다는 결국 목이 메었다. 그는 더 이상 이어서 할 말이 없었다.

"자네 군대는 경기병 한 명에게 무장을 얼마나 싣게 하는가?"

이것이 기계로 만든 것 같은 영국 무관이 세라다의 열렬한 애원에 답한 말이었다. 프랑스인이었다면 세라다의 머리 위에서 눈물을 흘렸을 뻔한 그의 열변에 대한 그의 대답이었다.

"이백 파운드입니다."

라고 세라다는 할 수 없이 대답했다. 웰링턴은,

"꽤 무거운 짐이군." 이렇게 대답하고는 병사를 향해서

"이 포로를 후방부대로 보내게."

이 명령으로 인해서 용기병 일대가 세라다를 에워쌌다. 세라다는 거의 광인처럼 발광하기 시작했다. 그는 도박에서 자기가 이겼다는 것을 믿어 의심치 않았기 때문에 그렇다면 자기는 이제 자유의 몸이나 마찬가지라고 장군의 눈앞에 패를 들이밀었다.

"보세요. 저는 제 몸의 자유를 걸고 도박을 했습니다. 그리고 지금 보고 계시는 대로 저는 왕을 갖고 있습니다."

라고 외쳤지만, 이 순간만큼은 장군의 마른 얼굴에 옅은 미소가 올라와,

"아닙니다. 제가 이긴 겁니다. 보세요. 반대예요. 당신은 우리나라의 왕한테 잡혔으니까요."

라고 대답하면서 말에게 박차를 몇 번 가하더니 달려갔다. (끝)

[부기] 세라다가 영국에서 탈옥을 시도한 후 스페인 산적을 정벌하고 나폴레옹 말기에 용장한 활약을 펼치는 이야기는 원고를 달리해서 번역하겠습니다. (역자 씀)

(1905년 3월 27일)

[유재진 역]

조선 패사 임경업전(朝鮮稗史林慶業の傳)

□□세이(□□生) 역

이하의 내용은 메이지(明治) 10년(1877년) 일본 참모본부에서 출판한 언문(諺文) 임경업전을 번역한 것으로, 이는 순수한 소설은 아니지만 조선에는 이와 비할 만한 패사(稗史)가 얼마 없다. 이를 우리나라에서 간행했다고 하나 본국 사람 중 언문을 해석할 수 있는 이가 실로 소수이니 오늘에 이르러서는 이러한 출판물이 존재한다는 사실조차도 모르는 이가 태반이다. 이제 이를 번역 게재하여 미미하게나마 조선 문학을 엿볼 수 있는 계기로 삼고자 한다.

(1)

동양의 '발칸' 반도로서 주목의 대상이 되고 있으며 우리나라 서쪽에 이웃한 우방인 한국은 지금 우리의 두터운 인정과 의리 아래 체면을 지키며 그 기반을 굳혀 나가고 있다. 그러나 이 반도국에 대하여 우리가 보인 호의는 저 흉포한 야만국 러시아의 사술(詐術)도 한몫 거들어 제재를 받기에 이르렀다.

이 동아시아의 반도국은 과거로부터 정에 약하고 썩어빠진 국민들만을 양산해 왔으나 더불어 유능한 인재를 배출한 역사도 있다. 이들의 발자취를 더듬고 이들에 대하여 질문하면 반도 국민들도 이와 같은 영웅은 예나 지금이나 드물다고 한다. 이에 내가 예로부터 이 반도국의 영웅 중의 영웅인 임경업의 전기를 번역하니 먼저 한 조각 인정으로 한을 품고 영면에 든 지하의 영혼을 위무하고자 한다. 뿐만 아니라 정에 약하고 부패한 국민 가운데 이러한 사람도 존재했음을 사회 인사들께 소개하려 한다.

　때는 명 숭정제(崇禎帝)¹⁾ 치세, 충청도 충주 원천이라는 곳에 살고 있는 사람으로 성은 임, 이름을 경업이라고 하는 이가 있었다. 경업은 유소년 시절부터 학문과 무도에 뜻을 두고 열심히 수련하니 부모도 그를 크게 아꼈는데, 경업의 나이 열 살 때 그만 부친이 이 세상을 떠나고 말았다. 부자간의 사랑은 통곡의 정이 되어 예법에 따라 장례를 마치고 3년 동안 망부의 상을 치른 후, 모친과 어린 동생 네 명을 데리고 농사일에 전념하니 가산이 풍족해졌다.

　모친에 대하여 한층 효성을 다하고 무슨 일에나 예절로 임하니 친족에게는 더더욱 각별했다. 아이 늙은이를 불문하고 누구나 경업의 바른 행실을 칭송했다고 한다. 이처럼 경업은 항상 그 말하는 바나 사람들 사이에 있을 때 충효를 근본으로 생각하고 인의를 돌아보며 학문과 인력의 모범으로 공맹(孔孟)과 안회(顔回)를 매일 법률인 양 따르니, 군주를 보좌할 때에는 강구연월(康衢烟月)²⁾의 태평을 목표로 나라를 경영해야 할 것이며, 혹여 난세가 닥친다면 손자와 오자의 육도삼략을 익혀 무기를 쥐고 전장에서 공로를 세워 이름을 죽백(竹帛)에 남기고 면면을 능연각(凌煙閣)³⁾에 드러내어 천하의 대장부라는 평판을 얻으리라고 웅지를 불태우고 있는 자였다.

(1905년 1월 21일)

---

1) 숭정제(崇禎帝, 1611~1644): 중국 명의 16대 황제이자 마지막 황제. 재위 1627~1644. 이자성(李自成)이 이끄는 반란군이 도성을 점령하자 경산(景山)에서 목을 매어 자살하였다. 원문의 표기 '崇貞帝'는 오기이므로 수정.

2) 번화한 큰 길거리에서 연기에 달빛이 은은하게 비치는 모습을 나타내는 말로, 태평한 세상의 평화로운 풍경을 이르는 말.

3) 당 태종 이세민(李世民)이 공신 24인의 초상을 걸어 두었던 누각. 나라에 공로를 세운 신하에 대한 표창의 의미로도 쓰인다.

(2)

그 사이에 광음은 화살처럼 흘러 무오년(戊午年)이 되었다. 이때 경업은 18세 나이의 봄을 맞이했는데, 국가는 태평하고 별과(別科)가 열린다는 사실을 듣자 즉시 행장을 꾸려 경성으로 올라가 과거가 열리는 날을 기다렸다.

과거 당일이 되자 이전부터 준비하고 기다린 바인지라 들었던 대로 과장(科場)으로 들어갔다. 다행스럽게도 한량없는 천은을 입어 장원으로 등제(登第)하니 즉일로 관직을 내리기를 전옥주부(典獄主簿)⁴⁾를 제수하고 청홍개(靑紅蓋)⁵⁾와 어마(御馬)를 하사하셨다. 이에 경업이 두터운 성은을 받자와 과장을 나서 궐문 앞에 이르러 보니 이 어찌된 일인가, 가지각색으로 꾸민 풍류 화동과 장부가 좌우로 나열하여 장안 만민의 구경거리로 떠들썩했다.

사흘 동안의 말미를 얻어 고향에 돌아와 선영을 돌보고 정든 집의 문 앞에 도착하자 경업의 모친은 자식의 빛나는 출세를 기뻐함과 더불어 세상을 떠난 부군의 일을 떠올리며 환희와 비탄으로 흐느끼고 또 흐느끼니 한동안 말도 잇지 못했다. 모자의 정이란 실로 이러한 것이리라.

이리하여 경업은 바로 경성으로 부임하게 되었고 전옥주부 벼슬을 지내기를 3년, 병조판서 이시백(李時白)⁶⁾의 추천을 받아 백마강 만호(萬戶)⁷⁾로 임명되었다. 경업은 사은숙배(謝恩肅拜)하고 길을 서둘러 임

4) 조선시대 죄수를 관장하던 전옥서(典獄署)의 으뜸 벼슬로 품계는 종6품. 세조(世祖) 12년(1466년)에 두었다.
5) 임금이나 중국 사신의 행렬에 쓰던 의장(儀仗)으로 수레 위에 받쳐 햇빛을 막는 일산.
6) 이시백(李時白, 1581~1660): 조선 중기의 문신. 인조반정에 부친과 함께 참여하여 정사공신(靖社功臣) 2등에 책록된 이후 인조, 효종 치세에 걸쳐 판서, 좌참찬, 영의정 등을 역임하였다. 이괄의 난, 정묘호란, 병자호란 등 내란과 외침 시 두루 공을 세웠으며, 병자호란 후의 수습, 대동법 실시 등 사회 안정에 공헌했다.

지에 도착한 후 군민의 부역을 면제하고 농업을 장려하며 틈만 나면
활쏘기와 검술, 기마와 포술을 지도하니 도내 백성들의 감사가 끝이
없었고 부지런한 근무 태도는 백마강 만호 제일의 선정이라는 칭송이
자자했다. 군정(軍政) 또한 경사(京師)와 어깨를 나란히 할 정도라 조정
에까지 그 명성이 알려지기에 이르렀다.

당시의 우의정 원두표(元斗杓)[8]가 탑전에서 상의하기를
"신이 듣사와 천마산성(天磨山城)[9]은 최고의 요해처라 한시도 방비
를 늦출 수 없사온데 근래 군무가 해이해져 성벽이 상당히 퇴락했다고
하옵니다. 이래서야 어찌 변방의 수비를 굳건히 할 수 있으리까. 시급
히 적당한 무반(武班) 중에 지모 있는 자를 선발하여 성벽을 보수하도
록 하고 방어를 엄중히 하는 것이야말로 목하 긴급한 일이옵니다."
하고 상주했다.
윗전에서도 이를 마땅하다 여겨 하교하시기를
"경이 상주한 바 지당하니 즉시 적당한 무인을 선정하여 한시라도
서둘러 준공하도록 하라."
하고 명을 내리시니 이를 받들어 물러난 우의정은 이전부터 그 이름이
알려진 백마강 만호 임경업을 발탁하여 천마산 중군(中軍)[10]으로 직책

---

7) 조선 시대 외침 방어를 목적으로 각 도(道)의 여러 진(鎭)에 배치한 종4품의 무관
   벼슬.
8) 원두표(元斗杓, 1593~1664): 조선 중기의 문신. 인조반정에 공을 세워 정사공신
   2등에 책록, 원평부원군이 되었고 형조참판, 호조판서, 좌참찬 등을 지냈다. 1656년
   우의정을 거쳐 1662년에는 좌의정에 올라 내의원과 군기시의 도제조(都提調)를 겸직
   하였다. 시호는 충익(忠翼). 원문의 표기 '元斗韋'은 오기이므로 수정.
9) 경기도 개풍군 영북면 천마산(天磨山)에 위치한 석성. 원문에는 '鐵馬山城'으로 표기
   되어 있다.
10) 조선시대 각 군영(軍營)의 대장 또는 장관(將官)으로 품계는 종2품. 총리영(摠理營)
    과 진무영(鎭撫營), 각 도의 순영중군(巡營中軍)은 정3품직.

을 옮기도록 했다.

　주군의 명을 받고 본진으로 돌아온 경업이 자신이 다스리던 임지의 군민들을 소집하여 이번 왕명에 대하여 설명하자, 진중의 군졸이 일제히 모여 장수의 노고를 위로하고 환송하기 위하여 대대적으로 주연을 마련했다. 상하의 구별 없이 모두가 성의를 표하고 만호 자신도 술잔을 기울이며 말하기를

　"내가 아직 부덕한 까닭에 그대들과 더불어 노고를 함께하고 한마음으로 협력하여 민치(民治)를 꾸려 나가려 했소. 이처럼 추호도 은덕을 베풀지 못했거늘 어찌 이리 성대한 잔치란 말이오. 내 부끄러워할 말이 없구려. 특별히 나에 대하여 낯빛을 꾸미지 마시오. 찬 술도 충분히 위로가 되오. 굳이 아쉬움의 곡조를 지어내지 마시오."
하고 격려의 말 삼아 자신의 솔직한 심정을 드러내자 군집한 군민들이 동시에 기립하여 고두재배(叩頭再拜)하고 감사했다.

　"소인들은 일찍이 이와 같이 영명한 장수를 섬긴 적이 없나이다. 고로 오늘 이별의 날을 맞으니 마치 갓난아이가 자애로운 어미를 잃어버린 기분이옵니다. 예가 아닐지언정 용납해 주소서."
하고 이구동성 큰 소리로 외치며 말했다.

　"장수께서는 무양히 행차하시어 많은 복과 관작의 영예를 누리소서."
　만호의 군민 상하가 하나같이 이별을 슬퍼했고 눈물을 흘리지 않는 자가 없었다.

　이리하여 경성에 들어가게 된 경업이 병조판서 이시백을 방문하자 판서 이시백은 그가 무사히 경성에 들어온 것을 기꺼워하며 이번 조정의 명을 알림과 아울러 원 우의정의 내명을 전했다.
　"귀하의 빼어난 능력이 조정의 귀에 들어가 천마산성의 중군으로

직책을 옮겼으니, 삼가 명을 받들어 행장을 꾸리고 임지로 떠나 성채를 보수하고 군정을 돌보시오."

경업은 예를 표하고 공손히 말하기를

"소인과 같이 범용한 재주밖에 없는 자에게 이처럼 유례없는 은혜를 베푸시니 언제가 되어야 이에 보답할 기회가 있으리이까. 게다가 항간의 소문에 대해서는 이를 어찌하리이까. 소생의 재주가 이에 미치지 못하나이다."

이 판서가 이 말을 듣고 갸륵히 여긴지라 즉시 입궐하여 우의정 원두표에게 경업이 경성에 들어온 것을 알렸다. 원 우의정이 경업을 불러 말하기를

"귀하의 재능이 탁월하다 들어 무반 중에서 선출하여 변방 요해처의 성곽을 수축하도록 명하니, 부임 후 창고와 성채를 보수하고 그 공을 조정에 보고하라."

먼 길을 오가는 노고 짐작하고도 남음이 있어 은근히 이를 위로하니, 경업이 절을 올려 사례하고 답하건대

"소인의 졸렬한 재주로 어찌 이와 같은 중임을 감당할 수 있겠나이까. 허나 성심으로 노력하여 각하의 명을 받들겠나이다. 각하께서 부디 살펴 주소서."

우의정이 그 태도를 크게 가상하다 여겨 경업에게 한동안 휴식을 취한 후 출발하기를 권했으나 경업은 바로 행장을 차리고 길을 서둘러 천마산성으로 떠나 부임지에 도착했다.

때는 임술(壬戌) 3월이었다. 경업이 산성에 이르러 수복해야 할 부분을 점검하니 산성의 훼손 상태가 전체적으로 듣던 것보다도 심각하여 도저히 눈 뜨고 볼 수 없을 지경이라 무턱대고 수리에 임할 수 없는 난공사임이 분명했다. 게다가 소수의 백성과 군졸들을 이끌고 공사를 진척하기란 불가능한 일이라 이에 대한 의견을 적어 상주하자 병조에

서 수리하여 즉시 약간의 군졸과 일꾼을 천마산성으로 파견했다.

임 중군은 그 병졸과 일꾼들을 추가하여 수축에 착수했는데, 이들의 사기를 진작시키고 엄격한 군율을 내세우기 위하여 사전에 술과 음식을 베풀고 소와 양을 잡아 소집된 역졸들에게 나누어 주었다. 더불어 영을 내리기를

"그대들은 나라를 위하여 이 험난한 곳의 성벽을 수축하게 되었노라. 실로 그 노고란 상상하기도 어려울 것이리라. 그렇다 할지라도 나라를 위해서라면 한시라도 빨리 이 성채를 수복하지 않을 수 없으니, 아무쪼록 다들 한마음으로 협력하여 신속히 준공의 날을 맞이하도록 하자. 상과 벌은 모두 군율에 따라 처리할 것이니라. 그대들은 절대 태만한 마음을 품지 말 것이며 사심에 휘둘려 공무에 방해가 되는 일이 없도록 하라. 군율은 엄정하니 사정에 따른 참작은 추호도 없을 것이니라."

하고 살아 있는 닭을 잡아 칼로 이를 찌르더니 뚝뚝 떨어지는 생피를 큰 대접에 담고 오른손으로 술을 따르더니 재차 강조했다.

"한 사람일지라도 정해진 군율에 불복하려는 자가 있다면 바로 이 닭과 같은 꼴이 되리라."

말을 마친 후 대접에 담긴 생피를 마시고 차례대로 뭇 장수들에게 돌리니 군중의 어느 누구도 불평 한 마디 꺼내는 자가 없었다.

이 일로 인하여 군율의 엄중함을 모르는 자가 없게 되었고 수축을 시작한 이래 사흘 걸릴 일감을 하루에 처리하는 등 탁월한 성과를 보였다. 중군이 다시 그들에게 말하기를

"그대들이 군령을 착실히 지키고 군역에 진력하니 이야말로 나라에 충성이요 부모에 효도니라. 서둘러 축성을 완료하면 바로 돌아갈 수 있을 것이며 포상을 내리리라."

하고 때로는 엄하게 다스리고 때로는 노고를 위무함이 이와 같았기에,

군민 모두 감격하여 각자 중군을 칭송하고 만세불망(萬世不忘)의 어진 주군이라 상찬했다.

임 중군이 희대의 재능을 발휘하며 시종 군역을 감독하니 3년을 기한으로 예상한 난공사도 1년으로 마무리되었다. 이에 그 이유를 군졸의 근면함이라 상세히 기술하여 당상(堂上)에 상주하고, 역무에 관하여 상을 내려야 한다고 보고한 후 일꾼들을 치하하여 고향으로 돌려보냈다.

(1905년 1월 22일)

(3)

갑자년(甲子年) 8월, 동지사(冬至使)를 명국 남경(南京)으로 파견하는 일에 대하여 조정의 논의가 있었다. 사신으로 이조판서 이시백이 임명되어 이미 사행 준비가 진행되던 도중 다시 조정에서 이에 대한 논의가 벌어졌다.

"상사(上使)[11]가 만리타국으로 향하는 여정이 험난한 데에다 작금은 사방이 혼란하여 위험하기 짝이 없는 상황이니, 아무쪼록 무반 중 지용을 겸비한 충신을 선발하여 군관으로 삼아 수행 호위의 임무를 담당케 해야 할 것이라."

이때 조정의 각 관리들이 일제히 상주하기를,

"당금의 무반 중 이러한 중임을 감당하기에 합당한 자를 구하건대 전년 천마산성 수축 시 천거를 받은 그 성의 중군 임경업을 두고 어찌 다른 이를 발탁할 수 있사오리까. 마땅히 이 사람에게 명을 내려야 할 것이옵니다."

---

11) 조선시대 조정에서 중국이나 일본으로 보내는 사신 일행의 우두머리. 정사(正使)라고도 한다. 본문에서는 이시백을 가리킨다.

하고 고했다.

주상이 이를 가납하사 바로 소환 명령이 내려왔다. 전령을 경업에게 보내어 취지를 전달하자 명을 받은 경업은 감읍하여 땅에 엎드려 그 두터운 성은에 감사를 올렸다. 전령이 아울러 말했다.

"귀하의 문무와 지용은 조정 신료 모두가 알고 있는 바 임무가 내린 것은 실로 지당한 일이오. 생각건대 만리 여정의 고난이 예상되니 귀하는 부디 자중토록 하시오."

그러자 경업이 공손히 답하기를

"소신 촌구석 천민임에도 한 치의 공도 없이 이미 과분한 봉록을 받고 있을 뿐 아니라 이처럼 중대한 임무를 맡는 천은을 누리오니 무엇으로 그 만분의 일이라도 보답하오리까. 그저 성심성의로 어명을 받들어 그대로 행할 뿐이옵니다."

라고 말하자 전령이 정식으로 어주(御酒)를 내리고 상사군관(上使軍官)으로 서임했다.

이날 밤 이 판서도 경업에게 급사를 보내어 말을 전했다.

"귀하는 이전 천리 길을 떠나 변방의 퇴락한 성을 수복하는 중임에 종사했고, 이제 다시 조정의 천거로 어명을 받자와 함께 만 리 길 여정을 나서게 되었소. 세상에 알려지기에 부족함 없는 광영이오. 서둘러 그쪽의 업무를 정리하고 입경하도록 하시오."

이에 경업이 전령을 향하여 누차 승관(陞官)의 은덕을 사례하고 말했다.

"나라의 녹을 먹는 신하가 어찌 임금의 명을 거역하리이까. 설령 물 속 불 속이라 할지라도 결단코 피하지 아니할 것이외다. 대감의 행차(이 판서 일행을 가리킨다)를 소신이 맡게 된 것은 천재일우의 행운이옵니다."

상사는 이 말을 전해 듣고 충의 청절의 무사란 실로 이런 인물을 가리키는 것이라고 내심 감탄을 금치 못했다.

경업은 일단 고향으로 돌아가 노모의 장수를 기원한 후 가솔을 모아 성대한 잔치를 베풀어 석별의 정을 나누었다. 그리고 바로 상경하여 상사와 더불어 어전에 사은숙배(謝恩肅拜)하고 드디어 만 리 여정이라는 기나긴 사행 길에 올랐다.

사신 일행은 길을 서두르며 수없이 많은 고난을 겪고 십여 개월의 노정을 거쳐 겨우 남경에 도착했다. 명 조정은 일행이 바치는 국서를 받고 황자명(皇子明)[12]을 접대사로 삼아 예의를 두터이 하여 원로(遠路)의 노고를 위로하고 영접 및 환대에 모자람이 없도록 했다. 황자명은 당시 천하의 명장으로 명 조정의 원수라는 중책을 맡고 있는 자였는데 이번에 조선 사신 임경업을 만나게 되어 그 풍채가 탁월함을 보고 크게 놀랐다.

얼마 동안 약간의 병서를 내어 여러 모로 경업의 능력을 가늠해 본 바 결국 그 재주와 식견, 기개가 모두 비범한 영웅임을 알게 되어 감탄을 금치 못하고 이 판서에게 말했다.

"귀국 군관의 용모를 보니 미간이 널찍하고 흉중에 절대적인 지모를 품고 있소. 실로 당세의 영걸이요 천고의 명장이라 할 것이오."

이 판서가 대답하기를

"소국의 필부로 부족한 재주이거늘 어찌 군이 상찬을 받을 수 있사오리까. 허나 뜻밖에도 이렇게 너그러운 말씀을 듣게 되니 군관의 명예와 소생의 체면을 세우는 데 그 무엇이 이보다 더하리이까."

하고 감사를 표했다.

(1905년 1월 26일)

---

12) 중국 명의 장수. 원문에는 '皇子命'으로 표기되어 있다.

(4)

때는 을축년(乙丑年) 2월, 호국(胡國)에서 남경에 대하여 조공하고자 하는데 그 접경의 촉(蜀)이 전쟁을 일으키자 호국이 이들과 싸워 격멸 당할 지경에 이르렀다. 바야흐로 멸망이 목전에 닥친 위급한 사태에 빠지자 급사를 파견하여 명 조정에 원군을 요청했다.

이에 조정 백관이 머리를 맞대고 그 원병을 통솔할 장수를 택하고자 하는데, 도원수(都元帥) 황자명이 자리에서 나서서 주상했다.

"소신이 곰곰이 호국의 패인을 생각하건대 역시 장수에 합당한 자가 없음이 그 이유일 것이옵니다. 하오니 이번 원군으로 보낼 병력을 이끌 자는 지용을 겸비하고 국경의 천 리 밖에서 기세를 떨치기에 충분한 명장을 취할 필요가 있나이다. 신이 적당한 인물을 천거하자면 조선의 상사군관 임경업이 만 명이 덤벼도 당하지 못할 용맹함을 갖추었으며 지략 또한 다른 이들보다 탁월한 명장이니 부디 이 자를 택하사 정토원수(征討元帥)로 삼으소서. 그 무훈을 천하 사방에 알리고 삼국에 위엄을 떨치게 될 것임이 명약관화(明若觀火)이옵니다. 엎드려 바라옵건대 폐하께서는 속히 그를 불러들여 어명을 내리소서."

이 말을 듣고 뜻밖의 인물을 천거하는 것에 의문을 품은 황제는

"그는 본디 만리타국의 사신으로 방문한 자이거늘 이런 이를 전장에 파견함이 마땅치 못하니라."

하고 난색을 표하자 대원수는 재차 주상하기를

"나라의 큰 어려움 앞에서 일개 사사로운 정을 살피는 것은 온당치 않사옵니다. 만일 신이 엎드려 상주하는 내용이 폐하의 신임을 얻기에 부당하다면 어찌 다시 주청을 드리오리까."

하고 간곡히 권하니 황제도 그 뜻을 가납하사 즉일로 사자를 보내어 경업 및 이 상사를 인견(引見)하시기에 이르렀다.

역자의 생각으로는, 대명의 황제가 이웃나라에 원군을 파견하기 위하여 적임 장수를 구하는데 이를 자국의 신하 중에서 고르지 않고 외국 사신 중에서 택한다는 것은 명 조정에 국난을 평정할 명장이 한 사람도 없음을 타국에 대하여 선전하는 행동이나 다름없다. 이는 실로 국가의 큰 수치이자 명 조정의 입장에서 절대 취할 수 없는 태도가 아닌가. 한인(韓人)은 이런 종류의 사정을 태연히 서술하고 의심치 않는다. 이것이 한인 특유의 필치라 할 것이다.

이에 경업은 소환에 응하여 이 상사를 따라 관문으로 들어가 황제를 알현하게 되었다. 황제가 입을 열었다.

"지금 호국이 이웃나라의 침공을 당하여 실로 존망이 위급한 처지인지라 우리에게 원군을 요청하고자 한발에 비구름을 고대함과 같이 긴급히 사절을 보내 왔노라. 짐이 일단 그 사정을 듣고 보니 방관하고 있을 수만은 없어 대군을 파견하여 원병의 노고를 맡기려 함이라. 그런데 이번에 그 원병을 이끌 장수를 가리기 위하여 조정 백관들과 논의를 거친 바 요행히 귀국 군관 임경업이 가장 적당한 재목이라고 하니, 이 사람으로 하여금 거란족 토벌군에 가담케 하라. 이는 짐이 희망하는 바라. 바라건대 귀관은 이를 경업에게 타진해 보라."

(1905년 1월 27일)

(5)

이 상사는 칙답(勅答)하고 삼가 폐하의 성교(聖敎)를 받들어야 할 것이었으나 그 자리에서 군관의 심중을 짐작하기 어려웠다.

"우러러 바라옵건대 그에게 직접 하문하여 주소서."

주청을 올리자 황제는 이시백을 향하여 경업을 불러오도록 명했다.

이 상사는 명을 받들어 즉시 이를 경업에게 전했다. 경업이 명에 응하여 참상하니 황제는 이를 어전으로 불러 촉도(蜀道) 토평을 명했다. 경업이 땅에 엎드려 삼배하고 답하기를

"외국의 신하로서 이와 같은 대명을 받자오니 황공하여 예를 드릴 말씀이 없나이다. 하물며 이 몸은 소국에 태어난 배신(陪臣)[13]으로 재주가 일천하고 무지하며 전투의 전술도 알지 못하거늘 폐하께서 너그러이 살펴 주시옵소서."

하고 말하니 황제가 이를 듣고

"영걸스런 무사가 아니라면 어찌 이처럼 겸허한 말을 입에 담을 것인가. 짐은 이 사람을 천고에 빛날 장사의 귀감이라 하리라. 아아, 조선은 소국임에도 이러한 호걸을 배출하는데 짐의 남경은 헛되이 대국의 이름만 달고 한시가 급한 이때에 전란을 감당할 장수 한 명을 내지 못하는구나."

하고 한참을 감탄하고 새로이 옥배에 어주를 내리시니 경업은 크게 면목을 세우고 어떠한 말로든 사양할 도리가 없어 결국 황제의 명을 받아들이게 되었다.

명 조정은 이에 즉일로 십만의 정병과 천여 명의 용장을 조발하고 경업에게 상장군 겸 도원수의 인수(印綬)[14]를 하사했다. 경업은 명을 받들고 상사와 더불어 어전에서 물러나왔다. 길을 가는 도중 상사가 경업을 향하여

"우리들이 왕명을 받자와 고국을 떠난 이래 귀하와 생사를 함께하

---

13) 신하의 신하. 곧 제후의 신하가 천자에 대하여 자신을 낮추어 이르던 일인칭 대명사.
14) 관직에 임명될 때 왕에게서 받는 신분이나 벼슬의 등급을 나타내는 관인(官印)을 몸에 지니기 위한 끈.

고 고락을 나누며 무사히 임무를 완수하고 귀환하는 날을 고대하고
있었건만 뜻밖에도 귀하에게 황명이 내려 만 리 원정길에 나서게 되었
구려. 생사 여부도 기약할 수 없게 되었으나 아무쪼록 건승하고 큰
공을 세워 하루라도 속히 귀국하게 되기를 절실히 바라오."

하고 눈물을 흘리며 말하니 경업이 흔연히 대답했다.

"대감께서는 그리 심려하실 것 없나이다. 본디 인명은 재천이라 소
신 반드시 대승을 거두고 평안히 귀환하여 다시 뵙게 될 것이옵니다."

이리하여 원정 준비도 전부 완료되고 경업이 출발하는 날이 되자
천자는 친히 문무 정신들을 대동하고 교외로 전송을 나와 연회를 베풀
고 잔을 내려 그 노고를 위로하며 말했다.

"장군, 이번에 짐을 대신하여 만 리 원정길에 오르게 되었소. 그 수
고 짐작하고도 남음이 있으나 바라건대 자중하고 큰 공훈을 세워 개선
할 때 다시 만나게 되기를 희망하오."

경업은 다시 삼가 사례하고 자리를 나서 바로 행군의 영을 내렸다.
황제가 높은 위치에서 이를 바라보니 행군 대열이 자못 당당하고 호령
이 엄정하여 지휘와 진퇴가 추호도 법도에 어긋남이 없었다.

그 가운데 대장 홀로 사륜거에 올라 왼손으로 봉미선(鳳尾扇)[15]을 들
고 오른손으로 홀기(笏旗)를 쥔 모습은 위풍이 늠름하고 용한(勇悍)한
기상이 절로 드러나 정말이지 천군만마 사이에 우뚝 선 옛 명장의 모
습도 과연 이러했으리라 여겨졌다. 천자는 대단히 감격하고 기꺼워하
며 어가를 돌려 궁중으로 돌아왔다.

임 원수를 삼군의 장으로 삼아 병인년(丙寅年) 2월 드디어 호국 땅에
도착했다. 호국에서는 이보다 앞서 원군이 도달할 것이라는 패문(牌文)

---

15) 봉황의 꼬리 모양으로 만들어 의장(儀仗)으로 사용하던 부채.

을 보고 서둘러 교외 30리 밖으로 나와 이들을 영접하고 함께 적진의 형세를 살폈다.

원수는 잠시 병사를 쉬게 하고 날을 기하여 그야말로 한바탕 접전을 벌이고자 준비에 들어갔다. 호국 또한 원병이 도달하자 기세가 더하고 어느 병사나 사기가 충천하여 이 소식을 원근에 전하니 더더욱 병력이 불어났다. 원수는 먼저 은밀히 첩자를 보내어 적진을 살피게 했는데, 군졸들이 모조리 이반(離反)하고 군중에는 전혀 군율이 서지 않아 한눈에 오합지졸임을 알 수 있었으므로 바야흐로 전투를 개시하게 되었다.

경업은 일단 호국 장수로 하여금 협곡에 매복하게 하고 철기 1천을 따르도록 했다. 원수 자신은 본진에 머물렀다.

이윽고 준마를 몰아 적진 앞 가까이로 다가가 상대방을 큰 소리로 꾸짖기를

"나는 조선국 장수 경업이라는 자이다. 이번에 명에 입조하여 송구스럽게도 황명을 받자와 그대들의 죄악을 징벌하고자 하노라. 만일 그대들이 죄를 뉘우치고 행실을 바로잡아 항복하겠다면 벌을 면할 것이요, 그렇지 않고 내게 저항코자 일을 벌인다면 북녘의 오랑캐로 간주하여 일거에 소탕해 버릴 테니 단단히 각오해야 하리라."

하고 목청을 높였다.

(1905년 1월 28일)

(6)

적장 가달(可達)이 그런 경업의 말을 듣고 크게 노하여

"너희 군은 이미 몇 차례나 패배를 겪고도 아직 정신을 차리지 못하고 이제 원병을 구하여 다시 우리에게 맞서려는 모양이나, 허약한 녀석들을 어찌 상대하랴. 왕명이랍시고 거듭하여 무참한 패망을 맛보느니

차라리 깨끗이 항복하여 신변의 안전을 강구함이 나으리라."

하고 매도하자 경업이 이를 듣고 분노하여 선두에 나서 맹렬히 검을 휘두르며 가달의 군을 공격하니 전군이 그 뒤를 따라 일제히 짓쳐 들어갔다. 그 기세는 흡사 사나운 호랑이가 양 무리를 사냥하고 새 떼를 쫓는 것 같아 순식간에 시체는 산처럼 쌓이고 유혈은 내를 이루어 흐르는 참상이 벌어지기에 이르렀으니, 가달은 결국 감당할 수 없어 황망히 패주했다.

경업은 승리가 확실해지자 천자가 내린 원수의 기를 세우고 금고(金鼓)[16]를 울려 병사들을 소집한 후 포획한 물품은 전부 삼군의 전공에 따라 나누어 주었다. 동시에 패문을 작성하고 명 조정에 주상하여 전군이 귀로에 오르니 이는 무진년(戊辰年) 8월의 일이었다.

호왕은 승전의 패문을 확인하고 친히 큰 잔치를 베풀어 삼군을 포상하고 말하기를

"이 나라가 천조(天朝)의 은혜와 장군의 무공으로 단숨에 적을 평정하고 그들이 다시는 이 땅을 넘볼 수 없게 되었으니 그 큰 은덕에 보답할 방법을 알 수 없소이다."

하고 값진 금은과 재보를 내어 이를 선사하려 했다. 임 원수가 이를 사양하며

"이번 전공은 오로지 모든 군사의 공로에서 나온 것이며, 이 한 사람이 독차지할 것이 아니외다."

하고 이를 남김없이 전군의 장졸들에게 분배하여 터럭 하나도 자신이 취하지 않았다.

이렇게 토벌전도 끝을 고하고 임 원수가 회군하여 본국으로 돌아가

---

16) 군중에서 호령(號令)으로 사용하던 징과 북.

려 하자 호왕은 성대한 연회를 마련하고 30리 밖까지 나와 일행을 전송했다. 이때 원수가 급사를 파견하여 전승을 천조에 고하자 천자가 보고를 듣고 크게 가상히 여겨 전군을 이끌고 바로 황성으로 귀환하는 것을 허락하니, 장안(長安) 백만의 남녀가 하나같이 그 위용을 상찬하지 않는 자가 없었다.

원수는 장안에 들어오자 바로 천자를 알현하고 전황의 상세에 대하여 말씀을 올렸다. 천자가 친히 대하여 가라사대

"짐이 경을 만리타향으로 보내어 원정의 노고를 겪게 했거늘 이제 그 공을 상주하여 천조의 위엄을 멀리 사막 밖까지 빛나게 하였도다. 짐은 경의 위공에 깊이 사례와 찬사를 보내노라."

하고 그 자리에서 손수 잔을 내리자 경업이 고두사배(叩頭四拜)하고 말하기를

"신이 북쪽의 적을 물리치고 어명을 완수할 수 있었던 것은 오직 폐하의 높으신 덕에 의한 바요, 결코 미신(微臣)[17]의 능력이 아니옵니다."

라고 대답하니 천자가 이를 듣고 한층 그의 겸허한 덕에 감탄했다.

그러던 중 조선 상사 이 판서는 경업이 드디어 개선하여 귀환했음을 듣고 서둘러 입궐하자마자 경업의 손을 잡고 말했다.

"장군이 만 리 이역에 출정한 이후 이미 3년이라는 긴 시간을 밤낮으로 근심하며 몸을 둘 자리가 없었거늘 다행히 오늘 공훈을 세우고 무탈하게 돌아와 대면하게 되니 내 흉중의 기쁨을 어찌 알겠소."

이날 황자명도 찾아와 경업의 훈공을 칭송하기를

"옛날 초(楚)의 패왕(霸王)은 산을 뽑는 힘을 지녀 천 리를 누볐으나, 지금 장군의 공훈이 이보다 몇 배는 나을 것이오."

---

17) 신하가 임금에 대하여 자신을 지칭하는 겸칭.

하고 말하며 세 사람이 더불어 밤새 술잔을 나누었다.

임경업이 이 판서와 함께 왕명을 받들어 명 조정에 사신으로 방문한 후 어언 6년이라는 긴 세월이 흘렀다. 이제 하직하고 본국으로 귀환하고자 청을 올리니 조정에서도 이를 허락했다. 천자는 못내 아쉬워하며 경업을 불러 말했다.

"장군의 공덕을 짐은 오래도록 잊지 못할 것이라."

경업은 감읍하여 절을 올려 사례하고 궐을 나와 황자명과 대면했다. 자명 또한 작별을 아쉬워하며 조선 상사 일행을 백 리 교외까지 전송했다.

일행은 길을 서둘러 압록강을 건너고 백마산을 넘고 해주를 지나는 여정을 거쳐 마침내 남대문에 들어섰다. 한성의 사민(士民)들이 이들을 환영하며 맞이했으니 기사년(己巳年) 3월의 일이었다.

(1905년 2월 4일)

[이윤지 역]

일본 문원에 드리는 글(日本文垣に與ふるの書)

후루야마 겐푸(古山劍風)

(1)

일본에 계시는 문인 제형들 족하께, 이 편지를 형들에게 쓰는 걸 영광으로 생각합니다. 저는 고향 센다이(仙台)의 고조로(五城樓)를 떠나 이른바 일본문단이라는 곳에 발을 들여놓고 이런저런 소동을 겪으며 여러 번 실의에 빠질 때마다 스스로에게 채찍을 가하다 결국 문인으로서 무르익지도 못한 채 멀리 바다를 건너 고국을 그리워하며 이국의 들판을 헤매고 있습니다. 남쪽 바람과 차가운 이슬이 제 목덜미를 휘감고 저 멀리 고국 일본의 하늘을 바라보고 있으면 생각이 유유자적 흐릅니다. 더군다나 이국의 산속에서 한 송이 흰 매화를 보게 되면 '철쭉 언덕(躑躅か岡)'이라 불린 고향의 벚꽃은 지금쯤 도시의 신사 숙녀들이 온갖 찬미를 보내고 싶어도 다들 먹고 사는 게 바빠 적막히 피어있겠죠. 봄바람이 천리의 흰 파도를 건너 왔다는 이야기를 들으면 고향으로 돌아가지 못하는 이 마음의 한은 이루 말할 수 없게 됩니다. 히로세(廣瀨) 강가의 봄 풍경을 본 □□는 '봄바람이 불어와 만개한 꽃을 물처럼 씻어 내리는 구나(春風吹花滿洗水)'라는 한 구절을 읊는 걸로 충분하겠지만, 저는 아닙니다. 워즈워스[1]가 그의 저서 『변경 사람들(The Borderers)』의 한 절에서 "아아, 고향이란 그곳에 유채꽃이 무성하게 피는 것처럼 사람들 또한 고향에 대한 그리움을 무성히 키우게 된다. 우리는 저 가련한 나비가 되어 고향을 방문할 수 있을까. 고향 숲 속이 반짝반짝 흐르는 시냇물로 가득차면 우리는 나뭇잎이 되어

---

[1] William Wordsworth:1770~1850. 18세기에 주로 사용되었던 기교적 시어를 배척하고 영국 최초의 낭만주의 문학 선언한 낭만파 시인.

그곳을 방문할 수 있을까."라고 읊었듯이 고향의 꽃과 산과 물과 하늘
이 눈앞에 또렷이 떠오르는 순간, 저의 끝없는 추억과 애정은 금할
길이 없습니다. '고향의 검소한 음식은 타향의 맛있는 음식보다 더 낫
다'는 옛사람들의 말에 크게 동감하는 바입니다.

아아, 제형들이여, 조선의 하늘에 느닷없이 드리워진 구름을 보고
있노라면 제 이상(理想)의 불길은 타오르고 저 망망한 대륙적인 한산
(韓山)을 보고 있노라면 제 고대한 시상이 한 없이 떠오르지만, 봄 풍경
이 만연한 요즘 한 송이 들꽃을 보는 순간 제 마음은 남북의 대지를
건너 백운천봉의 산맥을 뛰어넘어 고향의 봄 풍경을 그리워합니다. 고
향의 봄 풍경을 잊지 않으려 해도 언젠간 잊게 된다는 사실이 참기
힘든 요즘입니다.

(1905년 4월 3일)

(2)

아아, 제형들이여, 고국의 산수는 어찌하여 이처럼 추억의 정을 상
기시키는 겁니까. 제형들이여, 이처럼 무익한 사색을 글로 옮기게 한
것은 제 의지가 아닙니다만, 저는 기꺼이 이에 대해서 이야기를 나누
고자 합니다. 이는 고향이 우리의 반생 혹은 그 생애를 맡긴 은인이지
않겠습니까. 우리 눈을 가득 채운 풍경은 어떤 인연과 기념을 주고
이를 조각하게 하는 걸까요. 아니 아니, 우리의 실의도 희망도 광명도
정력도 모두 고향이 조달해주고 응수하고 권고한 것이 아니겠습니까.
[이하 5행 판독 불가]
이처럼 우리들의 기념은 산수로 충만하고 인간으로 가득하며 자연
으로 꽉차있습니다. 이와 같은 망향의 기념이야말로 추억의 반려자로
서 우리에게 최상의 위로를 주고 있지 않습니까. 특히 고향 풍경은

번개가 내리치는 것처럼 제 가슴을 때립니다. 우리가 지닌 무상의 향상심도 큰 활보도 모두 고향이 있기 때문이 아니겠습니까. 저 넓은 하늘을 활활 태울 듯한 공명심을 원하는 자는 양 날개를 얻어 우리에게 최고의 활약하고자 하는 마음을 환기시킵니다. 아아, 형제들이여, 고향이란 바로 눈앞에서 최대한의 원망과 환희를 주는데 그치지 않습니다. 우리에게 조심해야할 교훈도 또한 시사하고 있는 것 같지 않습니까.

[이하 5행 판독불가]

제형들이여, □□은 과거라고 하더라도 지나간 과거가 아닙니다. 시□은 막연하게 포착하여 이제 와서 지나간 과거의 문단을 논하는 것은 미래에 광명 있는 문학을 논하고자 함이며 이것이 현명한 일이기 때문입니다. 게다가 미래는 과거가 있기에 존재하는 것. 미래는 과거와 쌍둥이여서 과거가 없으면 미래도 없는 것이고 현재도 없는 것입니다. 그래서 미래의 문단을 논하려면 우선 과거의 문단을 되돌아보지 않으면 안 됩니다. 애초에 이것은 논리의 순서를 따르기 위함이 아니고 이것이 옳고 저것이 틀리다고 높은 곳에서 탁견을 피력하는 것은 비전문가인 제가 하기에는 여러분의 멸시를 면하기 힘들 뿐입니다. 게다가 제형들이 제 말을 받아들일지 말지는 제형들의 사상 상의 자유적 행위이고 제가 참견할 바가 아닙니다.

(1905년 4월 5일)

(3)

제형들이여, 메이지 전반기 문학은 일본 문학으로서 어떠한 공헌과 어떠한 활동을 하였습니까. 제형들에게 다시 묻겠습니다. 과연 메이지 전반기 문학은 우리가 찬미하고 구가(謳歌)할 만큼 사상계에 가치가 있다고 말할 수 있겠습니까. 바꿔 말하자면 메이지 전반기 문학은 문학으로서의 진정한 가치를 지니고 있다고 할 수 있습니까. 소설계는 거의 다 비극과 연애를 노래했을 뿐, 어떤 위대한 제재(題材)를 다루었다고 말할 수 있겠습니까.

고요²⁾라는 한 소설가는 메이지 전반기에 걸쳐 문단의 대가였습니다. 하지만 그의 작품 중 세계 문단과 견줄만한 대작이 있다고 한다면 과연 『금색야차(金色夜叉)』가 그런 걸작입니까? 『다정다한(多情多恨)』은 아닙니다. 하지만 『금색야차』의 결말이 얼마나 빈약하고 또한 □□□□□□□□□□. 간이치(貫一)³⁾의 성격 □□□□□□부터 미야(宮)⁴⁾의 번뇌를 묘사한 부분이 대중들의 찬미를 받았다고 하여도 제게 있어서는 키프링⁵⁾의 단편 『들판의 바람(野の風)』에 못 미치는 것 같습니다. 『다정다한』은 보통 수준의 기량은 넘을 듯한 기미가 다소 보입니다만, 필경 편협합니다. 한 남자를 그리면서 그의 성격에 대한 주위의 동작과 대조할만한 사건에 의거할 뿐입니다. 한 남자의 파란만장하고 끝없는 고뇌를 조정하고 깊은 심상을 포착해서 사람들의 마음 속 깊이 일대 광명을 세기는 이국의 작품들과 비교대조해 보면 결국 한탄할 수밖에 없습니다.

로한⁶⁾의 『수염 난 남자(髭男)』와 『오중탑(五重の塔)』 또한 메이지 전

---

2) 尾崎紅葉:1867~1903. 도쿄(東京) 출신의 소설가. 일본 근대 최초의 문학결사 겐유샤(硯友社)를 결성하였다. 메이지 20년대 고다 로한(幸田露伴)과 함께 '고로(紅露)시대'라는 말이 나올 정도로 문단에서 중심적 작가로 활약하였다.

3) 『금색야차』의 남주인공.

4) 『금색야차』의 여주인공.

5) Joseph Rudyard Kipling:1865~1936. 『정글 북(The Jungle Book)』을 비롯한 많은 단편소설을 쓴 영국 소설가 겸 시인. 대영제국주의에 호응하였기 때문에 애국시인으로 선전되기도 하였고, 1907년 노벨문학상을 수상했다.

6) 幸田露伴:1867~1947. 도쿄 출신의 소설가이자 수필가. 유교, 불교, 도교에 조예가 깊고 동양적 정신세계와 신비주의가 어우러진 난망적 작품을 다수 남겼으며 관념적 이상주의 작가로 불렸다.

반기의 묻힐 수 없는 대작임이 틀림없습니다. 하지만 『오중탑』에 어떠
한 문학적 공헌이 있다고 할 수 있습니까. 『수염 난 남자』는 제가 아직
접하지 못했지만 문학계의 심사위원에게 이 작품을 보여준다면 어떤
평가가 나올지 모르겠습니다. 사실(寫實)소설은 다소 문단의 진보를 보
여주었다고 할 수 있습니다만, 그 성공은 한 두 작품 뿐, 이 또한 아직
위대한 성업을 이루었다고는 할 수 없습니다.

그 외에 소위 고만고만한 소설에 있어서는 저로서는 모두 그저 전반
기 시대사조의 작은 부분을 표현한 것에 지나지 않고 이른바 만고불
역, 천고불멸의 작품이라 할 수 있는 바킹[7]의 『팔견전(南總里見八犬伝)』
이나 지카마쓰[8]의 조루리(淨瑠璃)와 백보천보의 거리를 새삼 깨닫게
하는 불행을 느끼면 분개하지 않을 수 없습니다. 다만, 전반기가 끝날
무렵에 비묘[9]씨가 언문일치의 깃발을 휘날리자 소설계 아니 문학계
전체가 당연히 그 일대 조류를 맞이하게 되어 만언(漫言), 서정시에 이
르기까지 일대 혁신을 이룬 것에 대해서는 경하의 말씀을 드리지 않을
수 없습니다. 게다가 이로 인해 일본문단도 세계의 문단에 호과(豪誇)
할 것이 있다고 생각하니 감격을 금할 수 없습니다.

(1905년 4월 7일)

---

7) 曲亭馬琴:1767~1848. 에도 시대 후기를 풍미한 이야기체 소설 요미혼(讀本)의 작가.
   역사 전기물에 재능이 있었고, 주로 권선징악과 인과응보를 다룬 작품이 많았다.

8) 近松門左衛門:1653~1724. 에도 시대를 대표하는 조루리 작가이자 가부키 작가이다.
   조루리(淨瑠璃)는 샤미센(三味線) 반주에 맞춰 이야기와 음곡(音曲)을 읊는 예능을
   말한다.

9) 山田美妙:1868~1910. 메이지 시대 소설가. 메이지 20년대 오자키 고요와 함께 겐유
   샤를 결사하고 언문일치 운동의 선구적 작품을 발표하면서 일약 천재 작가로 각광을
   받았다. 신체시(新休詩), 희곡, 평론도 남겼다.

(4)

제형들이여, 그렇다면 다른 방면의 문학 작품 정확히 말하자면 메이지 문학 전반기를 대표한다는 「□□□」에 대한 평가를 하려해도 제게는 결국 그럴 능력이 없으니 오치아이 나오후미[10]가 한때 높이 읊고 □□한 당시에 있어서는 □□□□한 전성기를 대표한 적도 있었지만 예의 □□등이 가단을 장악하고는 사랑 노래를 읊은 일부를 제외하고는 오로지 자연과 인간의 미묘한 심성을 음송한 것에 지나지 않습니다. 지금 굳이 일부를 언급하자면 이들은 제비꽃과 별과 □로 이루어진 얼마 안 되는 사람의 가련한 마음을 흔들게 하는 사조에 지나지 않고 산을 덥고 바다를 뚫고 나올 듯한 호방함이나 하늘의 이치와 땅의 미묘한 비밀을 포착하여 이를 시로 읊고 붓으로 옮긴 일대 걸작을 제가 아직 전반기 메이지 문학사에서 보지 못한 걸 유감으로 생각합니다.

그 외 평론계에서 다가야마 조규[11]가 나오고 오마치 게이게쓰[12]를 낳았습니다. 조규의 글은 명석하고 □□□□하며 당당하게 무인의 광야를 나아갈 기세가 있습니다. 하지만 실로 한 세대를 뛰어넘은 탁견과 고견은 아직 찾아볼 수 없습니다만 그가 문학평론에서 관공(官公)을

---

10) 落合直文 : 1861~1903. 일본문학자이자 가인. 일본어, 일본문학의 태두로 알려져있다. 메이지 시대 단카(短歌) 혁신을 시도하여 아사카샤(淺香社)를 결성하였고 요사노 히로시(与謝野寛) 등 많은 가인을 배출하였다. 유려한 음조의 노래를 지었다.

11) 高山樗牛 : 1871~1902. 야마가타현(山形縣) 출신의 평론가. 메이지 시대의 대표적 종합잡지 『태양(太陽)』의 편집주관을 맡았다. 청일전쟁 후 국가주의가 고양하는 분위기에서 일본주의를 주장하여 국민문학을 고창하였다가 니체의 철학을 찬미하고 만년에는 니치렌(日蓮)에 경도하였다. 시대사조를 민감하게 선취하여 이를 화려하고 신랄한 문장으로 표현하여 메이지 시대 당시 내면으로 침체하는 경향이 강했던 청년학생들에게 인기가 많았다. 메이지 시대 논단과 문단을 상징하는 평론가라 할 수 있다.

12) 大町桂月 : 1869~1925. 메이지 다이쇼(大正) 시대의 시인이자 평론가. 수필가. 『태양』, 『문예구락부(文芸倶樂部)』 등에 문예평론, 기행문을 발표하고 미문가(美文家)로 널리 알려져 있다. 일본어와 한적의 고전이나 교육에도 관심이 많았고 전통에 기반을 둔 진보를 주장하였다.

논한 치기는 볼만합니다. 도이 반스이[13]에게 보낸 일서를 보면 문인들의 역경을 비관한 것에는 저도 공감합니다만, 계속해서 많은 시를 창작해야할 전반기의 문학 유흥시대에 이러한 어리석은 평론으로 몇 달을 헛되이 소비한 것을 보고 제가 그의 허물을 알아차린 건 전적으로 제 천직에 기인합니다. 조규의 일구일문 모두 매우 쉽게 쓰여 있지만 너무 초연해서 독자들한테 마치 자신의 학문을 길거리에서 노래하고 이를 자랑하는 것처럼 읽히는 것은 실로 조규를 위해서도 크게 유감스러운 일이 아닐 수 없습니다. 그가 일본주의를 숭배하고 선전하여 모든 종교나 종교계를 매도하고 배척하면서 니치렌(日蓮)과 같은 일개 중의 이념을 숭배하는 부란(腐爛)은 도대체 무엇이란 말입니까. 『와가소데노키(わが袖の記)』는 그의 걸작이자 메이지 문학 전반기의 미문으로서 후세에 남길 유물이라고 할 수 있습니다. 하지만 『와가소데노키』가 휘황찬란한 미문으로 채워져 있다 하더라도 전반기 제일의 문호가 쓴 작품으로서는 너무나도 유치합니다. 『와가소데노키』가 저의 뇌리에 어떠한 인상을 남겼다고 보기는 힘듭니다.

게이게쓰의 평론으로 말하자면 잔박하여 문단에서의 위치를 차지하기에는 부족함이 있습니다. 단지 그는 강한 열정을 갖고 때로는 서정시로, 때로는 산문으로, 때로는 평론으로 메이지 문학 사조에 □□□□□□□것은 분명 탁견에 이르러 조규에게도 백보의 차이를 보이고 있다고 단언할 수 없습니다. 이것이 제 과언이 아니길 바랄 뿐입니다.

(1905년 4월 8일)

---

13) 土井晚翠:1871~1952. 메이지부터 쇼와(昭和)시대의 시인이자 영문학자. 한어를 다용한 남성적인 음조로 비장미를 표현한 서사시의 독창성이 돋보이는 신체시인이었다.

(5)

소호[14]가 『장래의 일본(將來之日本)』에서 소리 높여 메이지 문학 전반기의 사조를 개시하였고 지금도 여전히 논단에서 노장(老將)의 책략을 펼치고 있는 것에 저는 일대 감사를 표하고자 합니다. 그의 문장은 유려함이 물과 같고 □□이 각양각생으로 봄날과 같습니다. 한 문장 한 글이 독특한 재능을 나타내고 당세에 있어서 그와 견줄 자가 없습니다. 게다가 소호의 글은 실질(實質)이 없고 이론의 묘미가 없이 담담하여 마치 안개를 쫓는 듯합니다. 그리고 그 정신이라 할 수 있는 평론, 그 높은 지식이라 할 수 있는 연설에 이르러서는 제가 감복할 점이 많습니다. 최근의 『일요강단(日曜講壇)』에서는 마침내 원숙함이 묻어나 노학자의 설로서 수긍 가는 부분이 적지 않습니다. 게다가 소호의 『장래의 일본』이 얼마나 더 진보할지 제2 『정사여록(靜思余錄)』에 있어서 한편으로는 □□□□□□□□□□□□□ 어떠한 진보를 보게 될 것일까. 확실히 제 식견이 높아진 것이 아니라면 그는 후퇴를 면할 수 없을 것입니다.

아아, 제형들이여, 전반기 문단의 위상, 문학의 진가, 문인의 태도에 관해서는 앞에서 기술한 바와 같습니다. 저는 전반기가 메이지 후반기에 줄 문학상의 과실에서 어떤 꽃이 필지를 생각하면 분연(憤然)하지 않을 수 없습니다.

제형들이여, 과거를 쫓아서는 안 됩니다. 우리는 오히려 미래에 살지 않으면 안 됩니다. 아니 더 나아가 미래를 살지 않으면 안 됩니다.

---

14) 德富蘇峰:1863~1957. 구마모토(熊本) 출신의 언론인. 평론가, 사학가. 1886년 논문 『장래의 일본(將來之日本)』을 발표하여 호평을 받고, 1887년 도쿄에서 민우사(民友社)를 결성하여 『국민의 벗(國民之友)』를 창간, 『국민신문(國民新聞)』를 발행하였다. 당초에는 평민주의를 주장하였으나 청일전쟁 이후 차음 황실중심의 국가주의 사상가로 활약하였다.

우리는 과거의 문단이 비관적인 문단이라는 것을 알기에 하늘을 덮은 수운(愁雲)을 거두어내고 넓은 하늘의 청명함을 바라볼 수 있도록 노력하지 않으면 안 될 것입니다.

제형들이여, 그렇다면 앞으로 다가올 메이지 후반기 문학은 어떠한 실질과 어떠한 진가에 의해서 이른바 후반기의 문장을 장식하려고 하는 것일까요. 저는 예언자가 아닙니다. 또 예언을 즐기지도 않습니다. 단지 저는 오늘날 예언을 할 필요를 느끼기에 하는 것입니다. 메이지 후반기의 문학이 당당하게 세계의 문단을 움직이고 그 섬나라적 문학 태도를 고쳐 시대의 운명과 그 길을 이끌어가야 할 문인들의 정력에 의해서 성공할 것을 기대할 뿐입니다. 저는 메이지 전반기의 문학자가 자신의 천직인 이 길을 위해서 과연 견인불발(堅忍不拔)의 일대 정신을 분발하고 융성을 기대하게 했는지에 관해서는 크게 의심하지 않을 수 없습니다. 전반기의 문인들이 일대 정신과 영혼으로 메이지 전반기의 문단을 개척하고 갈아 일으켜 세웠다는 말이 맞다 하더라도 저는 여전히 찬사를 보내는 데 주저하게 됩니다.

(1905년 4월 9일)

(6)

제형들이여, 마지막으로 제가 일전에 '문인이란 빵 공장의 노동자와 같다'고 말한 바 있듯이, 전반기 시대의 문인들의 운명은 매우 잔혹하여 원고를 안고 식사를 하고 밥 먹기 바쁠 때에도 원고를 놓지 않는 실로 괴이한 현상을 보입니다. 이 경우 이들 문인들로 하여금 마침내 우리들이 조석으로 바라던 대작을 쓰고 '불능'이라는 두 글자를 뒤엎을 수 없는 불행을 연출하게 하고 원고를 탈고한 자는 점점 비극에서 출발하여 연애를 건너 마침내 세계적 문호의 작품을 읽게 될 겁니다. 위고[15]

의 천둥번개를 치면서 강과 언덕을 진동시킬 것 같은 『마왕』을 읽은 저는 메이지 전반기 그래도 비교적 걸작이라고 일컬어진 작품을 읽었을 때 그 사상의 어리석음, 그 행간의 파탄에 놀라움을 금치 못했습니다. 혹은 예의 바이론[16]의 『해적주의(The Corsair)』와 같은 강렬한 작품과 우리나라의 문학을 비교해보면 저는 그 너무나도 여성스러운 조로(女郎)[17]문학 때문에 우리 문학의 가치를 깊이 유감스럽게 생각합니다.

아아, 제형들이여, 내가 이런 말을 거듭하는 것도 메이지 문학 전반기의 걸작을 가지고 세계에 자랑을 하려는 것이 아직 이르기 때문입니다. 하지만 제가 이런 표현을 하는 것이 맞는지 아닌지를 망설이고 아니, 망설이는 것이 아니라 오히려 저는 전반기의 문학으로 역사의 첫 장을 장식할 수 있을지 우려스럽기 때문입니다. 다시 생각해보니 저는 이런 쓴 소리를 하고 싶지 않습니다.

제형들이여, 지금이 어떠한 시국입니까. 시대는 □□□□□□□□ □□□□□□□□ 문인에게 있어서 지금이 어떠한 시국입니까. 게다가 지금이 어떤 시국인지를 떠나서 굳건히 전제주의를 고수한 저 러시아제국에 맞서고 있는 백만의 병사들은 현재 어떤 형세를 보이고 있습니까. 그리고 야마토 민족이 살아온 경위를 되돌아보십시오. 그들이 빼앗으려는 마을에서부터 일대 기백이 넘쳐흘러 만한(滿韓)의 땅에서는 이미 평화적 전쟁터를 이룩하지 않았습니까. 이러한 시기를 맞이하여 홀로 문학계의 의협심만 이런 상태이니 후반기의 첫 장을 무엇보다

---

15) Victor-Marie Hugo:1802~1885. 프랑스의 낭만파 시인. 소설가 겸 극작가. 소설에는 불후의 걸작으로 꼽히고 있는 ≪노트르담 드 파리≫가 있다.
16) George Gordon Byron:1788~1824. 제6대 바이런 남작으로 영국의 대표적인 낭만파 시인. 포르투갈, 에스파냐, 그리스 등지를 방랑하면서 글을 썼으며 서사시 「돈 후안(Don Juan)」이 유명하다.
17) 女郎:주로 일본의 유곽에서 남성 손님을 상대한 유녀를 의미하고 여성을 비하한 표현.

"권위를 떨친다"라는 대문자로 시작하지 않고서는 언제 바람을 불고 천둥을 내리치는 큰 위력을 가지고 세계 사람들의 눈에 띨 수 있겠습니까. 저는 저 혼자 만족하기 위해서 이런 비관적인 말을 늘어놓는 것이 아닙니다. 저는 그 □□□□ 광야의 가을보다도 오히려 백화요란한 봄날을 사랑하는 자입니다. 저는 스스로를 □□□□□□□를 가지고 문단에 충성하는 자라고 말하고 싶습니다.

(1905년 4월 11일)

(7)

제형들이여, 앞서 말씀드렸듯이 이처럼 낙천적이든 비관적이든 문단에 기대를 거는 것은 오늘날과 같은 시대의 운명과 문인들의 정력이 있기 때문이고 저는 이 글을 빌어 문단에 기대를 건다고 절규하고 나아가 문인들이 수양하기를 최대한 바라는 바입니다. □□□□□□□□□□일본문단 전반기의 문인들이 수양하고자 노력한 데에는 결코 부족함이 없었다고 믿습니다. 그들의 수양은 오로지 독서, 여행 등에 그치고 있지만 독서를 한다고 해도 세계적 작품을 읽는 것이 아니라 고서나 □□의 언어를 음미하는데 그치고 있습니다. 그 여행이라고 하는 것도 일본을 벗어나지 않아 오로지 섬나라적 작은 산과 물을 우러러 볼 뿐, 그것으로 큰 걸작을 얻을 것이라고 믿는 것은 실로 우스운 일이 아니겠습니까. 하지만 문단의 폐단으로 □□□□가 되고 혹은 같은 소의 머리에서 난 뿔들이 서로 견주듯이 작은 전쟁을 일으켜 '무슨무슨 파', '무슨무슨 파'를 표방하여 신진작가들을 쉽게 받아들이지 않습니다. 그렇기 때문에 일대를 울리고 흔들 기백을 지닌 뛰어난 글이라 하더라도 왕왕 실의와 실패에 빠지게 됩니다. 문단의 적막함은 여전합니다.

제형들이여, 적어도 세계 문단에 이름을 알리고 싶지 않습니까. 제형들이여, 후반기의 문단을 가지고 세계 천만의 주목을 받고자 합니까. 제형들이여, 후반기의 문단에서 불굴의 명작을 낳고 싶습니까. 문인은 그 천직이 요구하는 대로 쓰러지지 않는 일대 정신과 영혼을 발휘하여 우선 세계의 문학을 읽지 않으면 안 됩니다. 세계문학을 읽음과 동시에 일본을 떠나 미국으로 가서 영국으로도, 러시아로도, 프랑스로도, 그리고 발 닿는 모든 곳을 가보고 자연과 합창하여 인종 풍속의 묘미를 맛볼 노력을 해야 합니다. 그 섬나락적 문학이 읊는 재료는 결국 작은 꽃과 작은 산에 지나지 않습니다. 이는 아직까지 그 망망한 대산악과 씩씩한 큰 강의 물길을 접해보지 못해서 그런 것입니다.

사막을 노래하는 시인이 전반기 문단에 있었습니까. 대양(大洋)을 찬송한 시인은 있었습니까. 몽고를 활보하십시오. 흑룡강을 건너가 보십시오. 가는 곳마다 비관, 낙관 상관없이 위대한 시제(詩材)를 얻을 것입니다. 후반기의 문인들은 기꺼이 이 위대한 제재를 버리고 예의 그 □에 울려고 하는 겁니까, 아니면 □에 울려고 하는 것입니까.

제형들이여, 저는 이제부터 문인에 대한 사회의 동정, 작품에 대한 독자들의 태도 등을 적어보려 하지만 제형들을 너무 오랫동안 괴롭힌 거 같아 이만 붓을 놓으려고 합니다.

제형들이여, 아아, 일본문단의 제형들이여. 저는 장난으로 장언대어를 내뱉는 자가 아닙니다. 메이지 문학 후반기 문단의 미래에 좋은 소식이 있기를, 그리운 고국의 봄기운이 지나고 만산의 초록색이 깊어지는 때도 한 순간입니다. 즉, [1줄 판독불가] 저는 이제부터 한국의 산, 만주의 물이 흐르는 대천지를 활보하고 조금이라도 고국 일본문단을 위해서 공헌할 수 있는 길이 있길 바랄 뿐입니다. 붓을 놓기에 앞서 제형들의 건재를 기원 드립니다. (끝)

(1905년 4월 12일)

[유재진 역]

작품 해제

「조선 임경업전(朝鮮 林慶業傳)」

조선국 금화산인(金華山人) 원저 일본국 로쇼켄슈진(鷺松軒主人) 역술 「조선 임경업전(朝鮮 林慶業傳)」은 1882년 4월 5일부터 연재된 조선 임경업전을 일본어로 번역한 소설이다. 이 소설의 첫 회가 실린 4월 5일자 신문 잡보란에는 「임경업전」에 대한 소개문이 있다. 잡보에서는 "금화산인(金華山人)이 순서에 따라 편집"하였으며 일본의 번역관인 호사코 시게가쓰(寶迫繁勝)가 번역"하였다고 소개하고 있다. 여기서 번역을 맡은 호사코 시게가쓰(寶迫繁勝)는 최초의 서양적 한국어 문법서『한어입문 상, 하(韓語入門 上, 下)』(1880)를 집필한 인물로 한국에서 번역관으로 활동하였다. 「조선 임경업전」은 임경업의 아버지의 이야기부터 시작하여 아버지가 출세하고 결혼해서 임경업이 태어나는 이야기를 담고 있다. 아쉽게도 임경업이 등장하는 뒷이야기는 지면이 보존되지 않아서 본서에서 번역하지 못하였다. 본서에서는『조선신보』가 현존하는 지면이 많지 않은 관계로 「임경업전」을 소개한 잡보란(1882.4.5.)을 비롯하여 지면 확인이 가능한 1회(1882.4.5.), 2회(1882.4.15.), 3회(1882.5.5.), 4회(1882.5.15)를 번역하였다. 1882년이라는 이른 시기에 조선에서 일본인이 발행한 신문에 조선의 영웅인 임경업전을 번역 소개한 이유를 잡보란에는 "조선 내지의 사정을 아는 데 이바지하고자" 한다고 쓰고 있다.   (이현희)

일본 전통시가 해제

　『조선시보』 역시 여타 신문들과 마찬가지로 다양한 일본 전통시가 장르 작품들이 실려 있었던 것을 확인할 수 있다. 그 중에서도 특히 하이쿠와 관련한 회들이 많이 눈에 띄는데, 본 번역서에서는 「로게쓰긴샤(弄月吟社)」, 「우암동 음사(牛岩洞吟社)」, 「경주 야오이카이(慶州彌生會)」, 「후토카이(不倒會)」, 「조진카이(超塵會)」, 「구포 깃코카이(龜浦龜甲會)」의 구를 소개하였다. 이외에도 1917년 10월 시보음단(時報吟壇)으로 운영되었던 「고성 시치고카이(固城七五會)」 그리고 「포플러 긴샤(ポープラ吟社)」, 「고려야회(高麗野會)」, 「부산 산수회(釜山山水會)」 등의 하이쿠 회도 존재하였던 것을 찾아볼 수 있다. 이들 하이쿠회가 모두 그러한 것은 아니었지만 대부분 선자(選者)가 구를 선발하는 방식으로 운영되고 있어 당시 〈신문 하이단(新聞俳壇)〉도 나름의 체계를 갖추고 있었다고 볼 수 있다. 특히 「경주 야요이카이」 3월 26일 〈경북판〉에서 단 1회에 그치고 있으나, 옛 신라의 수도 경주와 관련한 구들을 발견할 수 있다. 한편 단카는 「곳코카이(國光會)」, 「부산 단카카이(釜山短歌會)」 정도만이 확인되며, 번역서에는 포함하지 않았으나 「노래 일기(歌日記)」와 같이 개인의 일상적인 일들을 주제로 한 이색적인 단카들도 실려 있었다. 또한 『조선시보』에는 '이요(俚謠)'라는 명칭으로 도도이쓰 등장하고 있는데 『경성신보』 다음으로 많은 양의 작품들을 접해볼 수 있다. 그 중에서도 1920년 3월 29일 스이긴카이 주최 도도이쓰 대회는 『경성신보』의 상업적인 도도이쓰와는 다르게 주로 남녀의 연애 감정을 주제로 한 가볍고 오락적인 분위기의 작품들로 이루어진 것을 볼 수 있다. 특히 하이쿠, 단카, 센류 대회는 신문뿐만 아니라 당시의 일본어 잡지 등 다양한 매체에서 그 궤적을 찾아볼 수 있지만, 도도이쓰 대회의 경우는 드물게 발견할 수 있다. 따라서 『조선시보』 또한 『경성신보』와 함께 과거 한반도에서 이루어진 도도이쓰 연구에 있어 중요한 일면을 지닌 자료라고 사료된다.　　　　　　(김보현)

「의인과 가인(義人と佳人)」

오구리 후요(小栗風葉)의 「의인과 가인(義人と佳人)」은 1915년 2월5일부터 3월 31일까지 총 45회에 걸쳐 『조선시보』에 게재된 소설이다. 제목에서 연상되듯이 '충의'를 주제로 한 재자가인(才子佳人)적 소설의 체제를 갖추고 있지만, 실제 소설의 시공간은 근대기의 일본을 배경으로 하고 있다. 줄거리는 주인공 나이토 가쓰오(內藤克夫)는 교토대학에서 법학을 공부하는 대학생으로 지방을 여행하던 중에 우연히 사건에 연루되어, 외모가 닮은 아지카 도시하루(秋鹿利春) 자작의 대역을 맡게 되면서 전개되는 이야기가 중심이 되고 있다. 도시하루는 이복동생인 아지카 히데키(秋鹿秀樹)에 의해 가문의 상속을 받지 못하도록 납치되었고, 나이토 가츠오는 충성스런 가신(家臣) 이즈미(泉) 소좌가 도시하루의 가독(家督) 상속을 위해 도시하루의 역할을 수행해 달라는 부탁을 차마 거절하지 못한다.

이 소설은 '충(忠)'이라는 근세적 이데올로기를 배경으로 하고 있으며, 아지카 가문의 영주이자 가문을 이어받게 된 도시하루는 나이토와 구분이 안될 만큼 외모가 매우 흡사할 뿐 아니라, 도시하루와 결혼을 하기로 한 마사코가 나이토의 예전 첫사랑으로 등장하는 등 우연적 요소가 많다. 또한 가독(家督) 상속을 둘러싼 암살극, 의리와 배신 등 드라마적 요소가 많아 흥미진진하게 전개될 뿐 아니라, 무협 소설 같은 활극적 요소도 두드러지고 있다.

현재 일본에서 간행된 오구리 후요의 작품집에서 「의인과 가인」이 수록된 흔적은 확인되지 않으며, 식민지 일본인을 위해 간행되었던 『조선시보』의 문예란에 이 소설이 게재된 경위 역시 유추하기 어렵다. 내지 일본에서 발견되지 않은 소설이 한반도 민간 신문의 문예란에 게재되었다는 점에서 민간 신문 문예란의 연구가 더욱 필요할 것으로 보이며, 문예란의 번역을 통해 관련되는 후속 연구가 가능해질 수 있을 것이다.

(이승신)

활극(活劇) 「명금(名金)」

소설 「활극 「명금」」은 미국의 영화 '명금(The Broken Coin)'을 배경으로 만들어진 서사라는 점에서 매우 주목할 만하다. 이 시리즈는 1916년 7월 22일부터 8월 31일에 걸쳐 총 40회 연재가 확인되고 있지만, 영화가 22편의 에피소드로 총 50편의 연속활극이었던 점을 감안한다면, 이후에 추가 연재가 더 있었을 것으로 추정된다. 하지만 9월 이후는 현재『조선시보』의 기사자료가 남아있지 않아 확인이 어려운 상태이다.

부제 '행관(幸館)[1]의 상장(上場) 세계적인 탐정극'에서도 알 수 있듯이, 이 연재물은 부산의 '행관' 상영과 맞물려 게재된 기획물이라는 것을 알 수 있다. 이 연재물의 시작에 앞서 1916년 7월 8일에 「행관의 걸작 명금」이란 기사가 게재되었는데, 부산 행관에서 영화 '명금'이 상영되는 것을 알리기 위해 이 기사에서 영화의 줄거리에 대한 자세한 소개가 이루어지고 있는 것으로 보인다. 즉 다음날인 7월 9일에 행관에서 영화 '명금'이 개봉되었다는 점을 감안한다면, 이 기사는『조선시보』의 연재물의 홍보가 목적이 아니라, 영화 자체를 홍보하는 목적이 더 강했을 것으로 짐작된다.

영화 '명금'은 1915년 6월에 미국에서 개봉되어, 1915년 10월부터 일본 제국관에서 상영된 이래, 이듬해인 1916년 경성에서 6월에, 부산에서

---

1) 행관은 부산 최초의 극장으로 불리는 '행좌'가 1915년 증축을 통해 새롭게 만들어진 것이다. 김남석 「영화상설관 '행관'의 신축과 운영으로 살펴본 '부산 극장가(劇場街)'의 변천과 그 의미 연구」,『향도부산』38, 2019.8 참조.

7월부터 선보인 연속활극으로, 미국, 일본, 조선에서 거의 같은 시기에 개봉, 상영되었다. 뒤이어 일본과 조선에서 소설과 영화설명 음반 등으로 매체의 변용을 거치며 확산되고 있었다. 미국의 할리우드 영화가 일본을 경유해 조선에 이르는 가운데 큰 환영을 받았을 뿐 아니라, 다른 장르의 서사로도 확산되어 향유되는 사례는 극히 드물다고 할 수 있다2). 이른바 '명금' 열풍이라 할 수 있는 흐름 속에서 이러한 기사가 기획되어 게재에 이르렀을 것으로 보인다.

미국에서 유니버셜 영화사가 만든 이 연속활극은, 미국의 탐정소설 작가인 키티 그레이라는 여성이 우연히 발견한 금화 반쪽에 새겨진 라틴어 문장을 단서로 남유럽 고대 왕국의 숨겨진 보물을 둘러싼 각종 모험과 위기, 더 나아가 전쟁을 겪고 나서야 보물을 둘러싼 비밀을 풀고 금의환향한다는 이야기이다.

『조선시보』에 게재된 내용은 완결되지 않은 형태인 것으로 보이며, 이 연속활극의 저본에 대해서 이지현은 "조선시보에 게재된 명금 일본어 소설은 일본에서 출판되었던 명금 소설을 그대로 사용한 것으로 보이지 않는다. 조선시보의 소설을 현재 일본 국회도서관에서 구할 수 있는 명금 소설 10종과 비교하여 보았을 때, 텍스트가 그대로 옮겨진 것은 없어 보이고, 신문의 연재소설인 만큼 스토리가 상당히 축약된 형태로 게재되어 있으며, 연재 당시 저자 표기가 없어 조선시보 편집부에서 핵심 서사만 줄여서 직접 집필하거나 편집한 소설일 가능성이 높아보인다"고 분석하고 있다3).

---

2) 구인모 「근대기 한국의 대중서사 기호(嗜好)와 향유방식의 한 단면-영화〈명금(The Broken Coin)〉(1915)을 중심으로」 『한국학』, 36-3, 2013, p.452

3) 이지현 「1910년대 부산 극장가 문화 연구-연속활극 열풍과 부산 극장가의 식민지 근대성을 중심으로」 『동북아 문화연구』 56, 2018, 9, p.48 구인모도 『조선시보』에 게재된 일본어 소설의 저본을 알 수 없으며, 추후의 과제라고 언급하고 있다. 상게서, p.454

영화 '명금'의 인기는 당시 부산 극장가의 흥행성적으로도 가늠해볼 수 있는데, 영화가 상영되던 1916년 부산의 행관, 보래관, 상생관의 3대 극장에는 총 상영 일수 590일 동안 총 243,657명이 관람했고, 그 중 가장 큰 비중을 차지했던 영화가 '명금'이었다고 한다. 일본에서 먼저 대흥행을 하고, 영화 개봉 이듬해인 1916년부터 영화, 소설로서 10여종 이상의 소설이 발간되었는데, 조선에서는 3년 뒤인 1920년 이후 딱지본 소설로 출판되어 영화 이외의 장르로도 관객들에게 지속적으로 향유되었다.[4)]

'명금' 열풍은 미국 유니버설사의 배급 노력과 제국 일본 영화산업의 확장을 배경으로 조선의 극장까지 진출하였고, 미국 할리우드의 활동사진이 1,2년 안에 식민지 조선까지 동시대적으로 유포되어, 식민지 조선인들은 근대성을 체험할 수 있었다. 특히 식민지 조선에서 영화 '명금'이 인기를 모은 이유로는 유명 소설가라는 근대적 여성을 주인공으로 한 이야기로, 주인공의 모험과 금화 조각들을 둘러싼 갈등, 근대 도시 뉴욕에서 대서양을 지나 남유럽의 중세풍 궁정을 지나, 사막으로 이어지는 파노라마적 풍경, 대도시의 자동차 추적과 여객선 여행, 그리고 격투의 액션신 등을 꼽아볼 수 있다. 이는 조선에서 소설보다도 훨씬 영화의 서사를 생생하게 전하는 '명금'의 해설 음반이 변사의 연행을 통해 향유되었을 때에도 빠지지 않고 등장하고 있다는 점으로 미루어 짐작할 수 있다.

미국과 일본의 열풍을 배경으로 한반도에 진출한 '명금'이 식민지 조선인들에 앞서서 재조 일본인들에 의해 향유되었다는 점을 감안한다면, 일본어 소설로 기획된 『조선시보』의 연재물이 이후 식민지 조선의 '명금' 서사와 어떠한 관련을 가지는지 파악해보는 것이 필요할 것으로 판단되며, 『조선시보』의 소설 「활극 「명금」」의 번역을 통해 일본에서 간행된 「명금」 판본과 식민지 조선의 「명금」 소설의 관련 양상을 비교 고

---

4) 이지현. 상게서 pp.49-50

찰할 수 있을 것으로 기대된다.

(이승신)

「하숙집의 하룻밤(下宿屋の一夜)」

『조선시보』에는 소설 이외에도 다양한 형태의 수필이 다수 게재되었는데, 수필 장르의 특성상 식민지 현실을 반영하고 있는 작품들이 눈에 띄인다. 예를 들면, 「하숙집의 하룻밤」은 1915년 8월 21일에서 27일에 걸쳐 게재된 기사인데, 식민지 대구에서 하룻밤 취재한 것을 실은 르포 형식으로 식민지 조선의 현실을 적나라하게 드러내고 있다. 필자는 조선에 온 지 얼마 되지 않은 일본인 기자로 탐방 기사를 쓰기 위해 일본인 거리를 배회하다가 싸구려 여인숙에 투숙하고, 그곳에서 만난 일본인들과의 교류를 통해 사회의 이면을 파헤치는 이야기를 담고 있다.

(이승신)

【다화(茶話)】
「어쩔 수 없이 죽으리(仕方ない死に居れ)」・
「늙은 너구리의 실패(古狸の失敗)」

한편 『조선시보』에 '챠바나시(茶話)'라는 타이틀로 수록된 「어쩔 수 없이 죽으리」(1917년 10월 25일), 「늙은 너구리의 실패」(1917년 10월 26일)와 같은 수필류도 일본어 민간신문의 지면에서 1910년대 중반 이후 비중이 늘어나고 있었다. 예를 들어 『조선신문』에는 오도기바나시라는 이름으로 내지의 유명한 동화작가 이와나미 사자나미를 비롯한 수많은 사람들이 참여한 기획물이 2년에 걸쳐 연재되었다.[5]

이렇듯 민간 일본어신문의 지면에 '오토기바나시(お伽話)', '오토기 강화(お伽講話)', '오토기 소설' 등 유사한 이름의 기사들이 많이 등장하고 있다. 본서에서 번역한 『부산일보』의 기사 「오토기바나시 두 자루의 단도」 외에도 같은 필자 후쿠로카와에 의해 집필된 다른 기사들이 연재되고 있는데, 여기서도 '오도기', '오토기바나시', '오토기소설' 등 다양한 용어가 사용되고 있음을 알 수 있다6). '오토기바나시'란 '동화'라는 용어가 다이쇼 시기에 정착되기 이전에 '옛날이야기'라는 의미로 통용되던 표현으로, 구전되던 이야기를 주로 아동을 대상을 한 읽을거리를 지칭하였다. 이러한 종류의 기사가 1910년대 중반부터 급속히 늘어나게 된 배경에는 일본에서 아동문학자들이 식민지 조선으로 초빙되어 구연 동화 강연회를 개최했던 사정이 존재한다고 파악된다. 이와나미 사자나미가 만주와 조선을 1913년 10월 21-30일에 걸쳐 구연 여행을 하였고, 뒤를 이어 구루메 다케히코와 오오이 레이코 등이 조선에서 강연회를 개최하였다. 특히 1917년은 일본에서 대표적인 아동잡지 『아카이 토리(赤い鳥)』가 창간된 해로, 일본어 민간 신문에서도 1915년에서 1917년에 걸쳐 아동을 대상으로 하는 기사들이 늘어나는 추세를 보이고 있다.

이와 같이 일본어 민간신문의 수필 기사를 살펴보면 식민지 조선에 거주하는 일본인을 대상으로 하는 미디어라는 특성을 반영한 식민지 사정과 밀접한 관련을 가지는 기사들이 다수 수록되었음을 알 수 있으며,

---

5) 巖谷小波「お伽噺　兎の手柄話」1915. 1.1, 諸橋緑遊「お伽噺　骨の歌」1916. 9.10, 原田紫山「お伽ばなし　餅と兎」1916.9.17., 小野小峽「お伽ばなし　田舍の糸毬」1916.9.23., 藤川淡水「お伽ばなし　銅像と鳥」1916.10.1, 藤川淡水「お伽ばなし　天狗山（上）, (下）」1916.10.8. /10.15, 竹貫佳水「お伽ばなし　お猿と鐘」1916.10.22. 蘆谷蘆村「お伽ばなし　紅葉の繪具」1916.10.29., 諸星糸游「お伽ばなし　魔法先生」1916.11.5, 松田雨城「お伽ばなし　喉から金貨」1916. 11.12, 小川春彦「お伽ばなし　玩具のお馬」1916.11.19., 竹貫佳水「お伽噺　大男と小男」1916.11.26., 小野小狹「お伽噺　鴛鳥の行列」1916.12.3

6) 袋川「＜子供ページ＞獅子と兎」1917.2.9., 袋川「＜子供ページ＞お伽小説 お堂と女王」1917.2.16., 袋川「＜子供ページ＞お伽 お月姬樣」1917.2.25.

이러한 기사의 번역을 통해 공백으로 남아있던 당시의 민간신문의 기사의 전모를 파악할 수 있을 것으로 기대된다.　　　　　　　(이승신)

「독자 문예(讀者文藝)-
도선 후 만 1년의 그날에(渡鮮後滿一ヶ年の其の日に)」

「독자 문예 도선(渡) 후 만 1년의 그날에」(1918.8.9.)와 같은 기사를 보면, 필자는 간호 인력으로 식민지 부산에 거주하면서 일하는 일본인 여성 '시즈코'인데, 조선에 온 지 1년이라는 시간을 보낸 소회와, 부산의 영화관 '상생관'에서 영화를 본 이야기 같은 식민지 생활의 소소한 일상을 기술하는 한편, 내지 나가사키에 두고 온 연인을 그리워하며 식민지 생활의 어려움을 토로하고 있다.　　　　　　　(이승신)

「골계 토끼의 복수(滑稽 兎の仇討)」·
「우노하나오도시(卯の花縅)」

　『조선시보』는 1894년 창간되었음에도 불구하고 1914년 이전의 자료가 현재 남아 있지 않으며 결호 또한 상당수인 까닭에 장기 연재물의 번역이 여의치 않다. 따라서『조선신문』의 경우과 같이 1915년 1월 1일 신년 특집호에 수록된 고단(講談) 및 라쿠고(落語)를 각각 한 편씩 소개하고자 한다.

　『조선신문』의 신년 특집호와 마찬가지로, 1915년이 을묘년(乙卯年) 즉 토끼해였기에 고단이나 라쿠고 역시 새해의 간지를 연상시키는 작품을 선정하여 게재하고 있다. 신년호에 일회물로 게재된 고단「우노하나오도시(卯の花縅)」의 제목은 백색으로 엮은 갑주를 흰 꽃인 우노하나(卯の花), 즉 빈도리꽃에 빗대어 일컫는 명칭이며, 우노하나의 '卯'가 토끼를 나타내는 간지인 것에서 토끼해와 연관을 지어 선정한 작품이라 생각된다.

　동년 동일에 실린 전래동화풍의 라쿠고「골계 토끼의 복수(滑稽 兎の仇討)」역시 그 제목에서 알 수 있듯 토끼가 주인공으로 등장하며, 이 또한 토끼해를 맞이하는 시점에 어울리는 작품으로 수록되었음을 알 수 있다.

(이윤지)

【『조선일보(朝鮮日報)』 시가 문학】

일본 전통시가 해제

1905년 1월 15일, 부산에서 창간된 일본어 민간신문 『조선일보』는 현재 1905년 1월부터 4월까지 약 3개월분 정도만이 남아있다. 이처럼 적은 분량임에도 『조선일보』는 초기 한반도 일본전통시가의 자취를 찾아볼 수 있는 중요한 자료라 할 수 있다. 먼저 하이쿠의 경우 초반에는 특별히 정해진 테마가 없이 각자 자유롭게 구를 읊는 잡영(雜詠) 형식으로 이루어지고 있었다. 이러한 가운데 각각 1905년 3월 24일과 3월 29일 처음으로 등장한 「사자나미카이(漣會)」와 「일일회(漣會)」는 이른 시기 부산에서 구회(句會)가 결성되었다는 사실을 증명하고 있다. 『부산일보』 내 하이쿠의 전체적인 분위기는 대체로 서정적이나, 초반 천황의 치세와 관련한 구들은 당시 한일합병의 분위기를 느끼게 하고 있다. 또한 '가라쿠니(から國)', '한국', '부산', '용두산'과 같이 다수는 아니지만 로컬컬러를 느끼게 하는 단어들도 찾아볼 수 있다. 한편 단카나 도도이쓰의 경우 본격적인 회의 결성은 부재하고 있었고, 번역에서는 다루지 않았으나 「도쿄 호아카리카이 영초(東京穗燈會詠草)」와 같이 '내지'의 단카를 그대로 싣는 경우도 있었다. 단카는 「출정 군인의 아회(出征軍人の雅懷)」와 같이 전쟁을 배경으로 하거나 한일합병과 같이 시대의 흐름을 배경으로 주제의 노래가 눈에 띄는 반면, 도도이쓰는 본 장르가 지닌 해학성을 잘 살려 읊은 작품들을 감상해 볼 수 있다. (김보현)

「소설 전승(小說 戰勝)」

「소설 전승」은 『조선일보』에 1905년 1월 15일부터 22일까지 발행 초창기에 연재된 창작 단편소설이다. 작가 고쿠초의 상세한 인물 정보에 관해서는 현재 기록이 남아있지 않으나 『조선일보』에 신문 사설, 기사, 소설 등 다양한 종류의 글을 싣고 있다. 동인일물인지는 확인이 안 되나 경성에서 발간하던 다른 일본어 민간신문에도 '고쿠초'라는 필명으로 셜록 홈즈 시리즈를 번역하고 있어 당시 한반도를 유랑하며 여러 신문에 글을 기고하던 기자로, 『조선일보』발행 당시에는 전속기자로 활동했던 인물로 추정된다.

「소설 전승」은 러일전쟁에 여순구 폐색대로 참전했다 생사불명이 된 도키에다 대기관사의 남겨진 가족들이 그의 무사 귀환을 기다리는 내용을 그리고 있다. 남편의 생사불명 통지를 받은 아내는 남편이 살아 있기를 바라면서도 어느새 자신도 모르게 점점 그가 살아있다는 희망을 잃어가게 되었다. 섣달그믐날 밤 그녀는 아직 어린 아들이 커서 훌륭한 군인이 되고 싶다하고, 초등학생 딸은 간호사가 되어 아버지가 있는 여순에 가고 싶다는 꿈을 꾼다. 그녀의 꿈속에서 훌륭한 병사의 모습으로 등장한 아들은 곤경에 처한 아버지를 도와 용감히 러시아군과 맞서 싸운다. 꿈에서 깨어난 아내는 아들과 딸도 자기와 같은 꿈을 꿨다는 사실을 알고 남편이 살아 있음을 확신하며 신년 제사를 준비하다 남편이 러시아군의 포로로 생존해있다는 소식을 전해 듣는 걸로 소설은 끝난다.

이 소설은 러일전쟁이 한참이었던 당시 상황을 배경으로 전쟁터에 남편을 보내고 남겨진 가족들의 상실감과 불안감의 극복을 그리고 있다. 청일전쟁 때는 긍정적이었던 문인들도 수많은 전사자가 발생한 러일전쟁에서는 반전주의자로 전환하였다. 남동생이 여순구포위전의 예비육군 소위로 징병되자 이를 슬퍼하며 읊은 요사노 아쓰코(与謝野晶子)의 「그대

여 죽지말지어다(君死にたまふことなかれ)」(1904)의 시가 발표되었던 일본 내 문학계의 분위기와는 달리 이 소설에서는 전쟁에서 아버지를 잃을지도 모른다는 상황에서도 전쟁을 기피하는 것이 아니라 오히려 훌륭한 군인과 간호사가 되어 전쟁터로 가서 아버지를 돕고 싶다는 이른바 '일본제국의 바람직한 아들딸'의 모습을 그리고 있다. 「전승」은 러일전쟁으로 인해 일본 국민이 '전승'이라는 희망을 품게 되면서 더 단단하고 씩씩해진다는 메시지를 노골적으로 드러내고 있어 일본 제국의 대외 팽창주의를 표방하고 러일전쟁의 승패에 일본 제국주의의 사활을 걸었던 『조선일보』의 이념이 잘 반영된 작품이라 할 수 있다.　　　　　(유재진)

번역소설 「프랑스 기병의 꽃(佛蘭西騎兵の花)」

「프랑스 기병의 꽃」은 부산에서 간행된 일본어 민간신문 『조선일보(朝鮮日報)』에 1905년 1월20일부터 3월 27일까지 총 56회 연재되었고 작가는 영국의 코난 도일(Conan Doyle), 번역자는 일본의 바이손 인지(梅村隱士)로 명기되어 있다. 「프랑스 기병의 꽃」은 코난 도일이 만들어낸 가상 인물인 프랑스 나폴레옹군의 기병 장교 에티엔 제라르(Etienne Gerard) 준장을 주인공으로 한 일련의 군사 모험담인 〈제라르 준장〉 시리즈 중 두 개의 에피소드를 번역한 작품이다. 〈제라르 준장〉 시리즈는 『스트랜드 매거진(Strand Magazine)』에 1894년 12월부터 1895년9월까지 총8회에 걸쳐 연재되었다. 1896년에 『제라르 준장의 회상((The Exploits of Brigadier Gerard)』이라는 제목으로 단행본 출판되었다.

「프랑스 기병의 꽃」은 「우울성의 탐험(憂鬱城の探檢)」과 「포로의 도박(捕虜の賭博)」이라는 두 에피소드로 구성되어 있는데, 「우울성의 탐험」은 1905년 1월 20일부터 2월 5일까지 총 13회에 걸쳐 연재되었고 원작은

1895년 7월 『스트랜드 매거진』에 발표된 「How the Brigadier Came to the Castle of Gloom」이다. 이 에피소드는 도일이 『스트랜드 매거진』에 발표한 〈제라르 준장〉 시리즈의 다섯 번째 이야기이지만, 단행본 『제라르 준장의 회상』에서는 첫 번째 에피소드로 수록되어 있다. 〈제라르 준장〉시리즈는 기본적으로 불연속적인 회상의 형태를 취하고 있기 때문에 단행본에 수록할 때는 각 단편을 발표순이 아닌 연대순으로 배열하여 작품 내 시간이 가장 이른 「How the Brigadier Came to the Castle of Gloom」이 첫 번째로 수록된 것이다. 이처럼 「프랑스 기병의 꽃」이 단행본 수록 첫 번째 에피소드를 번역하고 있는 것으로 미루어보아 역자 바이손이 번역시 저본으로 사용한 것은 잡지에 발표한 단편이 아니라 단행본일 가능성이 매우 높다. 두 번째 에피소드인 「포로의 도박」은 1905년 2월 7일부터 27일까지 총14회에 걸쳐 연재되었으며, 원작은 1895년 4월 『스트랜드 매거진』에 발표한 「How the Brigadier Held the King」이고 단행본 『제라르 준장의 회상』에서는 세 번째 에피소드로 수록되어 있다.

「프랑스 기병의 꽃」 역자 바이손 인지는 우료 하지메(瓜生寅)의 필명으로 추정된다. 우료 하지메는 메이지(明治)시대의 영어학자이자, 관료, 실업가로서 1842년 2월 24일 후쿠이번(福井藩)의 무사집안에서 태어났으나 아버지가 미상의 사건에 휘말려 사족(士族) 자격을 박탈당하고 재산도 몰수되자 우료(瓜生)로 성(姓)을 바꾸고 나가사키(長崎)로 건너가 한학, 난학, 영어를 배운 후 에도막부가 운영한 영어학교의 교수가 되었다. 이후 문부성, 대장성(大藏省), 공부성(工部省)의 관료로 근무하다, 1879년 관료를 그만두고 실업계로 전향하여 외국선 선적 대리점 우료상회(瓜生商會)를 설립한 후 시모노세키(下關)의 사업회의소 부회장(副會頭)를 역임하다 1920년 향년 67세에 서거하였다. 메이지 초기 우료는 영어실력을 살려 계몽서 및 화폐, 지질학, 측량, 지리, 가정학, 군사학7), 체육, 교육 등 다방면에 걸친 번역서 및 저서를 남겼으며 1872년 새로운 학제를 제정할

때 정책 입안의 중심 멤버이기도 한 인물이다.[8]

　우료 하지메가 어떠한 경위로 코난 도일의 〈제라르 준장〉 시리즈를 번역하여 『조선일보』에 연재하게 되었는지 그 상세한 경위는 아직 확인된 바가 없으나 우료는 1864년 군사훈련을 위한 교과서 『연습규범(演習規範)』이나 후쿠이번의 난에쓰병학소(南越兵學所)의 보병교육 교과서로 사용된 『영국식 보조신서(英式步操新書)』(1866)라는 저서를 기술하여 병학자로서의 입지를 굳힌 바[9] 있다. 여기에 영어 번역이 가능했던 그의 경력을 고려해 볼 때, 전쟁 분위기를 고취시킬 군사소설로 러일전쟁 당시 유행했던 〈제라르 준장〉 시리즈의 번역을 의뢰받았을 가능성이 높을 것으로 추측할 수 있겠다.

　「프랑스 기병의 꽃」은 『조선일보』 제1면 하단에 실려 신문의 간판 번역소설이자 『조선일보』 최장기 연재소설이기도 하다. 『조선일보』에서 코난 도일의 〈제라르 준장〉시리즈를 간판 소설로 선정한 이유는 첫째, 당시 대중들에게도 셜록 홈즈의 아버지로서 많이 알려지 코난 도일의 지명도를 이용할 의도가 있었을 것이고 둘째, 1904년부터 일본 본토에서 전쟁 분위기를 고양시키기 위해서 출판시장에서는 '군사소설'시리즈의 출간이 유행하였고 〈제라르 준장〉 시리즈 또한 잡지에 게재되거나 번역 출판되면서 일시적인 붐을 일으켰기 때문이다. 게다가 코난 도일의 탐정물이 아닌 전쟁을 소재로 한 역사소설을 선정한 것은 전쟁터에서 희열을 느끼고 자신이 용맹한 군인임을 무엇보다 자랑스럽게 여긴 제라르 준장의 전쟁관과 인물 설정이 『조선일보』가 대외 강경파 흑룡회의 기관지로서의 역할을 수행했다는 신문의 정치적 성향도 간판소설 선정에 영향을 미쳤을 것이라고 생각된다.　　　　　　　　　　　(유재진)

---

7) 綿谷章(1979)「學制以前の体育—福井藩における瓜生寅の果たした役割—」『Proceedings of the Congress of the Japanese Society of physical Education』30, p.98.

8) 山下英一(1994)「瓜生寅の英學」『若越郷土研究』39-1, pp.1-15.

9) 綿谷章(1979), 앞의 글, p.98.

「조선 패사 임경업전(鮮稗史林慶業の傳)」

『조선일보』는 1905년 1월 창간되어 동년 11월 『조선시사신보(朝鮮時事新報)』로 제호가 변경되기까지 1년에도 미치지 못하는 짧은 기간 동안 발행된 신문이나, 해외 작품을 번역 소개하는 등 일본의 소설에 국한하지 않고 다양한 문예물을 수록하고자 한 의도가 엿보인다. 본서에 번역 소개한 「조선 패사 임경업전(鮮稗史林慶業の傳)」도 그 시도의 일환이라 할 수 있을 것이다.

패사(稗史)라 명명한 제목에서도 알 수 있듯 조선 중기의 명장 임경업(林慶業)의 생애를 사실적으로 기술했다기보다 영웅담 형식으로 각색하여 묘사한 소설이다. 역자명이 명기되어 있는 것으로 보아 국문 소설의 번역 수록으로 추측되나 본문에 기술되어 있는 '메이지(明治) 10년(1877년) 일본 참모본부에서 출판한 임경업전'의 실체가 명확하지 않아 그 원문을 확인할 수 없었다. 또한 본디 『임경업전』의 성립에는 명과 청의 왕조 교체기를 배경으로 명에 대한 의리를 주장하다가 비극적인 최후를 맞은 명장에 대한 민중의 애도 및 청에 대한 적개심이 내재하고 있으나, 본지에 수록된 소설의 내용은 어디까지나 임경업의 영웅적 인물상을 조형하는 것으로 마무리되고 있다.

(이윤지)

....

「일본 문원에 드리는 글(日本文垣に與ふるの書)」

「일본 문원에 드리는 글」은 『조선일보』에 1905년 4월 3일부터 12일까지 총7회 연재된 수필로서 일본문단에 있는 문인들에게 보내는 편지 형식을 취한 메이지 일본문단의 비평문이다. 저자 후루야마 겐푸(古山劍風)의 인물정보에 대해서는 현재 밝혀진 바는 없으나 수필 내용에 의하면 센다이출신으로 문단에서 잠시 활동을 하다 한반도로 건너온 인물로 보인다. 후루야마는 이 수필 외에도 1905년 2월 일본어 민간신문 『조선』에 「아아 조선국(嗚呼朝鮮國)」이라는 신체시를 기고하였다.

 이 책에서 번역 소개한 「일본 문원에 드리는 글」은 그래도 한 때 일본 문단에 몸 담았던 사람으로서 '메이지 전반기' 즉, 메이지 30년대 이전까지의 일본문단 현황을 비평한 글이다. 그는 소설, 시, 평론으로 나누어 메이지기의 대표적 문인들을 거론하면서 일본문단의 한계를 지적하고 있다. 소설가로는 메이지 20년대부터 30년대에 걸쳐 '고로(紅露)시대'라는 별칭을 만들 정도로 문단의 최고 유명 작가였던 오자키 고요, 고다 로한의 소설을 거론하면서 "한 남자의 파란만장하고 끝없는 고뇌를 조정하고 깊은 심상을 포착해서 사람들의 마음 속 깊이 일대 광명을 세기는 이국의 작품들"과 비교해봤을 때 아직 한 없이 부족하다고 비판하고 있다. 사실(寫實)주의 소설들이 일본 소설계의 진보를 보이고 있으나 아직 성업을 이루었다고 평할 단계는 아니라고 과감히 혹평한다. 이렇듯 일본 문단이 세계인의 주목을 끌로 세계 문학과 견주기에는 아직 너무나도 섬나라적이며 주제가 협소하다는 그의 논지는 소설 뿐아니라 시, 평론에 이르러서도 마찬가지이다. 수필의 마지막 장에서 후루야마는 앞으로 일본 문단을 이끌어갈 젊은 문인들에게 세계 문학을 읽어보고 해외로 직접 나가서 다양한 경험과 견문을 쌓고 호연지기를 키우도록 독려하고 있다. 이러한 후루야마의 일본문단에 대한 평가는 당시 일본 국내 문단 및 평론의 자가 평가와 비교해봤을 때 매우 이색적일 수 있으나 문학성의 제고가 아니라 대외주의적이고 세계 문학을 주도할 일본 문학계의 육성이라는 측면에서 본다면 게재지 『조선일보』의 특색과 이념을 반영한 일본 문단비평으로도 읽을 수 있다. 이러한 측면에서 이 글은 메이지 30년대 후반 흑룡회로 대표되는 일본 내 대외강경파 지식인들이 당시 일본 내 문단을 어떻게 인식하고 평가했는지를 엿볼 수 있는 중요한 자료라고 할 수 있겠다.

(유재진)

역자 소개

김보현(金寶賢)

고려대학교 글로벌일본연구원 연구교수. 식민지 일본어문학·일본전통시가 연구.
주요 논고에 「일제강점기 대만 하이쿠(俳句)와 원주민―『화련항 하이쿠집(花蓮港俳句集)』(1939)을 중심으로―」(『비교일본학』 제36집, 2016), 「1910년 전후 조선의 가루타계(カルタ界)―『경성신보』의 가루타 기사를 중심으로―」(『일본언어문화』 제42집, 2018), 역서에 공역 『단카(短歌)로 보는 경성 풍경』(역락, 2016) 등.

송호빈(宋好彬)

계명대학교 사범대학 한문교육과 조교수. 조선 후기 한문산문·한문문헌 연구.
주요 논고에 「『華東唱酬集』成冊과 再生의 一面: 日本 東洋文庫 所藏本 所收 海隣圖卷十種 「海客琴尊第二圖題辭」를 통해」(『震檀學報』 제123호, 2015), 「日本 東洋文庫 漢籍 整理 事業의 展開와 現況」(『민족문화연구』 제71호, 2016) 등.

유재진(俞在眞)

고려대학교 일어일문학과 교수. 일본 근현대문학·일본 대중문학·식민지 일본어 대중문학 연구.
주요 논고에 「러일전쟁과 일본어 민간신문 『조선일보(朝鮮日報)』의 문예물 1·2―코난 도일(Conan Doyle) 작 「프랑스 기병의 꽃(仏蘭西騎兵の花)」을 중심으로―」(『비교일본학』 41·42집, 2017·2018), 저서에 공편 『〈異郷〉としの日本―東アジアの留学生がみた近代』(勉誠出版, 2017) 등.

이승신(李承信)
배재대학교 인문과학연구소 학술교수. 식민지 일본어문학·근대여성문학 연구.
주요 논고에 「'이단(異端)문학'으로서의 야마자키 도시오 문학 연구」(『인문사회21』 10집 3호, 2019), 「일본과 한국의 '독부물(毒婦物)' 연구―히라바야시 다이코(平林たい子)와 백신애 소설을 중심으로―」(『인문사회21』 7집 1호, 2016), 공저 『백신애 문학의 안과 밖』(전망, 2018), 역서에 공역 『백신애, 소문 속에서 진실 찾기』(한티재, 2017) 등.

이윤지(李允智)
고려대학교 글로벌일본연구원 연구교수. 일본 고전문학·중세 극문학 연구.
주요 논고에 「근대의 우타카이하지메(歌会始)와 칙제(勅題) 문예―일제강점기 일본인 발행 신문을 중심으로―」(중앙대학교 『일본연구』 제51집, 2019), 「노(能) 〈하시벤케이(橋弁慶)〉의 인물상 연구」(고려대학교 『일본연구』 제20집, 2013), 역서에 『국민시가집』(역락, 2015), 공역 『조선 민요의 연구』(역락, 2016) 등.

이현희(李炫熹)
고려대학교 BK21PLUS 중일언어문화교육연구사업단 연구교수. 일본 근대문학 연구.
주요 논고에 「한반도에서 간행된 일본어신문 『경성신보(京城新報)』 문예물 연구―「탐정실화 기이한 인연(奇緣)」을 중심으로―」(『일본학연구』 제55집, 2018), 「朝鮮半島における西欧探偵小説の日本語翻訳と受容―1910年以前, 『朝鮮新聞』に掲載された翻訳探偵小説を中心に―」(『跨境』 제8호, 2019), 역서에 공역 『역사와 주체를 묻다』(소명출판, 2014), 『근대세계의 형성』(소명출판, 2019), 『유리병 속 지옥』(이상, 2019) 등.

일본학 총서 41
일제강점 초기 한반도 간행 일본어 민간신문의 문예물 연구 6

일제강점 초기 일본어 민간신문 문예물 번역집 3 〈부산 편(上)〉

2020년 5월 22일 초판 1쇄 펴냄

집필진 고려대학교 글로벌일본연구원
　　　　일제강점 초기 한반도 간행 일본어 민간신문의 문예물 연구 사업팀
발행인 김흥국
발행처 보고사

책임편집 황효은·이경민
표지디자인 손정자

등록 1990년 12월 13일 제6-0429호
주소 경기도 파주시 회동길 337-15 보고사
전화 031-955-9797(대표), 02-922-5120~1(편집), 02-922-2246(영업)
팩스 02-922-6990
메일 kanapub3@naver.com / bogosabooks@naver.com
http://www.bogosabooks.co.kr

ISBN 979-11-6587-007-2 94800
　　　979-11-6587-001-0 (세트)

정가 30,000원
사전 동의 없는 무단 전재 및 복제를 금합니다.
잘못 만들어진 책은 바꾸어 드립니다.

이 저서는 2016년 대한민국 교육부와 한국연구재단의 지원을 받아 수행된 연구임.
(NRF-2016S1A5A2A03926907)